春在堂楹联录存

传·统·文·化·修·养·丛·书

——— 最新点校本 ———

（清）俞樾 撰　乔继堂 校注

上海科学技术文献出版社
Shanghai Scientific and Technological Literature Press

图书在版编目（CIP）数据

春在堂楹联录存／（清）俞樾撰；乔继堂校注．—上海：上海科学技术文献出版社，2023
（传统文化修养丛书）
ISBN 978-7-5439-8588-9

Ⅰ．①春… Ⅱ．①俞…②乔… Ⅲ．①对联—作品集—中国—清代 Ⅳ．① I269.6

中国国家版本馆 CIP 数据核字（2022）第 105241 号

组稿编辑：张　树
责任编辑：王　珺
封面设计：留白文化

春在堂楹联录存

CHUNZAITANG YINGLIAN LUCUN

［清］俞　樾　撰　乔继堂　校注
出版发行：上海科学技术文献出版社
地　　址：上海市长乐路 746 号
邮政编码：200040
经　　销：全国新华书店
印　　刷：商务印书馆上海印刷有限公司
开　　本：889mm×1194mm　1/32
印　　张：12.625
字　　数：328 000
版　　次：2023 年 8 月第 1 版　2023 年 8 月第 1 次印刷
书　　号：ISBN 978-7-5439-8588-9
定　　价：98.00 元
http://www.sstlp.com

俞曲园其人其联
——代校注前言

在同时代的闻人之中，俞曲园算得上声名显赫；在楹联最为发达的晚清，俞曲园也可谓屈指可数的名家。其人其联，颇值一说，不妨漫谈，权代前言。

一

俞樾（1821～1907），字荫甫，号曲园居士，浙江湖州德清人。道光元年十二月初二（1821年12月25日），出生于德清县城东门外南埭村（今乾元镇金火村）。

对于故乡的情感，几乎每一个人都会终生葆有。俞樾在原籍生活的时间虽短，但情感却毫不逊色，故乡的山山水水，不时体现在楹联之中。德清古称"临溪"、湖州古称"吴兴"，德清乌巾山、白云桥，湖属苕、霅二溪，以及"吴兴耆宿"，都留存有或直接或间接的楹联。

由于南埭条件所限，难以从师读书，四岁以后，俞樾随母亲和兄长，到母家杭州临平求学。从此，踏上了当时一般人所遵循的科举、仕宦之路。

俞樾少年聪颖，六岁能文，其舅氏姚平泉有"奇才"之叹。十六岁应童子试，入县学读书。十七岁乡试中副榜第十二名。道光二十四年（1844）甲辰恩科乡试中第三十六名举人，时年二十四岁。之后，俞樾曾"馆新安汪氏者五年"[①]——做了五年私塾

---

① 文中引语，注明之外，多见于《楹联录存》联前小引。

先生，其间结识孙莲叔（殿龄），约为"异性昆弟"，并为孙氏观旭楼、读书楼，以及汪村关庙留下了联语。

道光三十年（1850）庚戌科会试，三十岁的俞樾，以十九名进士及第。在保和殿礼闱复试中，诗句"花落春仍在"，为阅卷官曾国藩所赏，名次擢置第一。缘此，后来的曲园正堂、著述结集，均以"春在（堂）"命名，《曾文正公挽联》小引所谓："余受知文正最深……期许甚大。余以'春在'名堂，识感亦识愧也。"

礼闱复试后，五月三日，俞樾觐见咸丰帝，被钦定为翰林院庶吉士。咸丰二年（1851）四月散馆，授翰林编修。成为"玉堂客"，虽然品级不高，但却身份清贵，仕途亦可谓光明灿烂。曲园楹联中，对这段生活尽管很少正面书写，而对同馆的寿、挽，则留下了相当多的作品。

咸丰五年（1855）四月，通过差放考试，八月简放河南学政。学政属皇帝钦差，任期三年，职掌地方"岁、科"两试。为避免一般考题所致弊端，在次年二月的考试中，俞樾革新试题，截搭经文，组合新题，结果捅了娄子。由于考题难以下笔，考生纷纷表达不满。偏巧所出题目又授人以柄，比如题目"君夫人阳货欲"，可以说成是皇后要红杏出墙；"王速另出反"，又像是在鼓动宗室成员造反。御史曹泽（登庸）以命题"割裂经义"参劾，结果俞樾被罢归，仕途生涯就此终止，这一年（咸丰七年，1857）他三十七岁。

曲园楹联中，对河南学政之任很少提及，只有《河南汝州关庙联》写到行部河南，所谓"轺车遵汝水"，但联语却是"乡人乞题"——"乡人之商于汝者，以此庙为公所"。此外，《徐寿蘅侍郎七十寿联》小引云："侍郎视浙学时，曾以余文章学问，力荐于朝，余固不知也。及侍郎以此得严谴，余始知之，乃与书曰：'此事姑置之五百年后，自有定论耳。'"联语亦有"五百年论定"云云。可见曲园对弹劾所云，很是不以为然。光绪二十八年（1902），恰逢甲辰科重赋鹿鸣之年，朝廷诏复俞樾编修原官，罢、复之间尚不及五十年。

咸丰八年（1858）春，俞樾携眷南归，寓居苏州饮马桥。这年夏天，读高邮王念孙、引之父子著作，遂生治经之意，并开始习学篆隶。秋天，经江苏巡抚赵德辙推荐，主讲苏州云间书院——这应是他的第一个书院讲席。授课之余，重读经书，旁及诸子，有所心得或订正，辄予以记录，群经、诸子两《平议》之著述实始于此。

咸丰十年（1860），太平军进攻苏州，俞樾一家开始辗转避乱，先后在德清、绍兴、上虞、宁波、定海、上海漂泊两年之久。由于北方战乱稍息，同治元年（1862）春节之后，一家人又乘船奔赴天津。

其时，挚友潘霨（字伟如）任天津府知府，俞樾便在知府衙门担任普通书吏。这类差事，在俞樾自然绰绰有余，平素便杜门谢客，终日以撰述自娱。其间，经同年崇实之兄崇厚（字地山）推荐，曾参与修纂《天津府志》。此外，在天津的三年，俞樾先后为四个子女完成了嫁娶。"丁（字）沽"屡见于联语，为这段生活留下了印记。

同治四年（1865）春，天津张汝霖刊印《考工记世室重屋明堂考》（《群经平议》的一卷），此为俞樾著作的最早刊行。秋天，次子仁祖在苏州大病，俞樾举家南还。经李鸿章推荐，主苏州紫阳书院讲席。六年冬，受浙抚马新贻之邀，于次年正月出长杭州诂经精舍，直到耄年。此外，还先后至德清清溪书院、归安龙湖书院、长兴箬溪书院、上海求志书院讲学。

主讲苏、杭书院，可谓俞樾生平新阶段的开始——不仅学术，亦且生活。同治十三年（1874），俞樾在苏州马医科巷购地建宅，构筑"曲园"，李鸿章题额"德清俞太史著书之庐"。而曲园正堂取名"春在"，感铭师恩之外，又不无自我期许，如《春在堂随笔》（卷一）所云："虽名山坛坫，万不敢望，而穷愁笔墨,倘若有一字流传,或亦可言'春在'乎?此则无赖之语,聊以解嘲,因颜所居曰'春在堂'。"联语中屡见之"望衡对宇"者,自然以马医科巷的居宅为多。

自同治七年(1868)至光绪二十四年(1898),俞樾主杭州诂经精舍讲席长达三十一年,每年春、秋两季赴诂经讲学,往返于苏、杭两地。每到杭州讲学,俞樾就住在诂经精舍里的"课院第一楼"——一幢三开间小楼,弟子们曾谓之"俞楼"。光绪三年(1877),俞樾主讲诂经十年之际,门人徐琪等发起倡议,发动同门捐赀为老师建造专门居所,并选址西湖孤山西泠桥旁、六一泉侧。次年三月开工,九月彭玉麟来杭,又斥资增扩,十二月竣工,建成名副其实的"俞楼"。此即所谓"发端于徐花农,而彭雪琴侍郎又廓而大之"(《春在堂随笔》卷七),"合名臣名士,为我筑楼"(俞楼联)了。此后俞樾来杭,自然就都住在这里。

主讲诂经期间,讲学之外,俞樾著述不辍,《春在堂全书》中的一百五十余卷,就是在这里成书的。他还热心出版事业(这恐怕是所有读书"真种子"根深蒂固的"病"),曾任浙江书局总办,精刻子书二十二种,海内称为善本。

光绪二十四年(1898),俞樾七十九岁,因年高辞去诂经讲席。而龙湖书院、求志书院的讲席,则一直持续到八十二岁。

光绪三十二年(1906)九月,苏抚陈夔龙重修寒山寺,原碑残破,俞樾应请书碑(张继《枫桥夜泊》),并作考证附于碑阴。十二月二十三日(2月5日)仙逝,享年八十六岁,葬杭州西湖三台山东麓。

曲园楹联评价人物,往往隶之古来类传,以表推尊[1],如传统正史之循吏、儒林、文苑,乡邦文献之先贤、耆旧,所谓"青史留名"。曲园身后,《清史稿》有传(列传二百六十九),《清代

---

[1] 如《严母王太夫人挽联》第二首下联:"德可先贤传,行可逸民传,才可文苑传,年可耆旧传,有光青史,女而士乎。"

七百名人传》《清代朴学大师传》亦均立传；至于后来的地方文献，更是不在话下。

二

俞氏为德清望族，先世务农为生，耕而兼读，从俞樾祖父开始，几乎代有闻人。

俞樾祖父俞廷镳（1725～1797），字昌时，号南庄。他是俞家第一代有记载的文人，科举之路却并不顺畅。乾隆五十九年（1794）七十高龄，他还去应举，又因听从考官"七十岁让与他人，由皇上恩赐"之劝，结果恩赐下来，只算"副榜"，成了不是（正式）举人的举人。对此，老人倒也坦然："吾已年老，以此留与子孙，不亦善乎？"俞樾虽不曾亲见祖父，但祖父的教诲，却也反映在他的楹联中，《自题春在堂联》便提及"吾祖南庄府君是以垂惜日之训"；祖父所著《（俞南庄先生）四书评本》，也是他自费刊行的，并请李鸿章题写了书名。

俞樾父亲俞鸿渐（1781～1846），字仪伯，一字剑华，号芦圩耕叟。嘉庆二十一年（1816）丙子科中举，此后赴会试十一次不售。曾任知县，并做过湖南巡抚的幕僚，后来在常州等地开家馆授徒。俞鸿渐通经史、善诗文，著有《印雪轩文钞》《诗钞》及《随笔》等。俞樾为"先大夫"数同年之父母，或寿或挽，撰有楹联。

长辈之中，舅氏姚平泉（名光晋），对俞樾也影响甚大。舅氏可谓最早肯定俞樾潜质者，谓之"奇才"，并把四女儿许配给他。春在堂自题联，上联说的是祖父南庄府君的"昔日之训"，下联便是舅氏的"处事之方"。《春在堂随笔》卷三，还记有舅氏所著《琐谈》中的格言："凡以君子之心度人，未必皆中，然我不失为君子，况中乎？以小人之心度人，未必不中，然我不免为小人，况不中乎？"并以之为几席之铭。

俞樾兄弟二人，长兄俞林（1814～1872），字壬甫，号芝石，长乃弟七岁。俞林自幼喜诗书,少年时即考为县学第一,道光二十三年(1843)癸卯科中举。官至福宁知府(俞樾有时称之为"福宁君"),政绩突出,深孚众望,授通奉大夫[①],最终积劳成疾,卒于任上。俞樾为先兄同年陈子舫、王晓莲、钮竹君、勒少仲(此属"兄弟同年"),同岁姚莲槎,福宁省亲时结识的罗景山,都撰写过挽联。

俞樾十九岁成亲,夫人姚文玉(1820~1879),是他的表姐,长他两岁。两人青梅竹马,一生恩爱,伉俪情深。无论早年间居无定处、辗转流徙,还是后来夫君进士及第、跻身玉堂,以及被劾罢官、终老教读,夫人都处之泰然。夫人病故后,俞樾在其墓侧筑屋三间,颜曰"右台仙馆","至湖上,或居俞楼,或居斯馆"(《右台仙馆笔记·序》)。

俞樾与夫人育有二子二女。长子俞绍莱(1842~1881),号廉石,候选道补用知府,直隶北运河同知,署大名府同知,授奉政大夫,晋授通奉大夫。次子俞祖仁(1846~1866),字寿山,自幼多病,难以应举,钦加江苏候补县丞,授奉政大夫。长女锦孙(?~1902),嫁王氏(王凯泰次子豫卿)。小女绣孙(1849~1882),字彩裳,聪颖超群,工诗词,嫁许氏。

俞祖仁之子俞陛云(1868~1950,字阶青),是俞樾孙辈中最为出色者。他出生在苏州,自小便由俞樾夫妇亲自照料。在祖父的精心培育下,从十七岁起,俞陛云历经乡、会试,殿试以一甲第三名及第,成为德清"二百余年一探花"。《楹联录存》小引和联语中,涉及孙儿及其师友者不在少数,对孙儿成就喜溢言表,对师友情谊感念不置。

俞陛云之子俞平伯(1900~1990),出生于曾祖父晚年。曾孙的成就,曲园虽未能目睹,却足以告慰他于九原。

---

① 通奉大夫,文散官名,清从二品概授之;下文奉政大夫,则正五品概授之。

三

俞樾交游广泛，朋从甚多，同乡、同年、同馆以及门人，自然都在其列；由于他出众名望的"引力作用"，不在前述之列的友人，亦不在少数，甚至还包括外国门生①。

曲园的知交之中，首屈二指的，当然是曾国藩和彭玉麟。他们都是晚清大名鼎鼎的重臣，事功卓绝之外，德艺方面亦属一流，对俞樾的影响可谓甚巨。

众所周知，俞樾受知于曾国藩，源于进士及第后保和殿的礼闱复试。这年的题目是"淡烟疏雨落花天"，俞樾以"花落春仍在，天时尚艳阳"开篇，摆落"落花悲伤"的老套，阅卷官曾国藩很是赏识，谓之"此与'将飞更作回风舞，已落犹成半面妆'（宋祁诗）相似，他日所至，未可量也"（《春在堂随笔》卷一），取为第一。

俞樾对曾国藩的知遇之恩，可谓铭感终生。不仅所居、所著均以"春在"命名，在挽联中，他一方面比曾氏于大唐郭汾阳，誉为"真将军，真宰相"，一方面又述及知遇之感，又云"伤心宋公序（宋祁之兄宋庠），从今谁诵落花诗"。曾文正之外，于其家人（如兄、子、婿），多有寿、挽之联；在诸多关系人（如丁潜生、吴桐云、鲍伯熙、钱子密）挽联，以及钱敏肃、李质堂祠联中，均提及文正公，往往以"南丰"（宋曾巩，抚州南丰人）借指，可谓一往情深。

彭玉麟与俞樾的关系，尤其特殊。他们不仅是老友，"晨夕过从，情逾昆弟"，且"又申以婚姻"——俞樾长孙俞陛云，娶的正是彭玉麟的长孙女彭见贞。俞、彭间书信往来、诗画（彭是画梅

---

① 外国门生中，最知名者为日本学生井上陈政（俞为取中文名"陈子德"），光绪十年（1884），作为日本大藏省官费生游学中国，入诂经精舍从学三年。

名家）酬唱，较之他人，交往更为密切。彭曾为西湖俞楼"廊大"助赀，俞则在彭故世后董理其诗文结成《奏稿》和《诗钞》两集。寿、挽之外，西湖、衡州、台州——但凡彭刚直专祠落成，曲园均撰联以赠；彭玉麟创建的东洲船山书院，俞亦题联。

俞樾交游中的晚清大员，还有李瀚章、鸿章兄弟。俞樾和李鸿章是甲辰乡榜同年，同出曾国藩门下，又曾是翰林院的先后辈。俞樾受李氏兄弟照拂不少，罢官后处境艰难，正是李氏邀其主讲书院①，纾解一时之困的。李太夫人七十寿辰，曲园分赠二人寿联；而李鸿章五十、六十、七十（两联），则均以联寿之。

同年、同馆，应该是俞樾交游中最突出的部分，或寿或挽，不少人得到了他的联语。如应敏斋（保时），两人同庚同榜（乡举），谊属"牙期老友"，曲园应其所嘱，曾为江苏臬署"拟数联"（共四联），又为其"莳红小筑"、杭州适园题联，为无锡惠山五中丞祠题联。此外，其母朱太夫人、继室凌夫人有挽联，本人则有六十寿联和挽联，又代撰张太夫人挽联，合共十余联。又如何子贞（绍基），曾任翰林院编修，在俞氏属同馆前辈，何氏故世，曲园"辱先生知爱，书联挽之"。

原籍、任职或退居江（含松江府，今上海）、浙两省（尤其后者）的官员，也是俞樾交游的一部分。其中一些人，原本并无特别关系，大多是因其学识、名望而结交的，俞氏又多在两省居处，既有便利，又不能不存情分。这些人或请益问学，或谈艺酬唱，甚至只是仰慕清谈。如杜筱舫（文澜），浙江秀水人，又曾官苏松太道等，且颇有著述，气味相投，曲园不仅有寿、挽之联，还为其代撰了应敏斋六十寿联。

俞樾的后半生，主书院讲席三十多年，门人众多，号称"门秀

---

① 《李太夫人七十寿联》小引有云："长君筱泉中丞，方抚吾浙，……承中丞知爱，延主讲席。"可知同治六年（1867），李瀚章继马新贻任浙抚，续聘俞氏主讲诂经。

三千"。其中不少,后来成了一代名家,如学者黄以周、章太炎,画家吴昌硕;其他如王舟瑶、王诒寿、朱一新、汤寿潜、章一山、陈遹声,等等,也都有声于时。缪荃孙《翰林院编修俞先生行状》所谓"两浙知名人士,承闻训迪,蔚为通才者,不可胜数"。

此外,俞樾还有不少私淑弟子,如戴望、谭献、施补华、汪鸣鸾、刘恭冕、缪荃孙、宋恕等。缪荃孙谈及师生之关系,曾云:"荃孙于光绪丁丑初见先生于曲园,奉手受教,……后每过苏,必侍谈数次。先生成书,必先遗之;荃孙有所撰述,亦必邮呈训诲。"(《俞先生行状》)

无论及门还是私淑,在曲园楹联中,也有不少他们的身影。如徐花农(琪),与乃师关系可谓密切,徐任广东学政,学署经一番经营布置,概括出"学署八景",请老师题了光霁堂联。"执弟子礼甚恭,然实长四岁"的朱莲生卒后,老师以联挽之;又如私淑弟子周霞城(茂榕),曲园也为他撰有联语。

四

俞樾是学问大家,著述极为丰富。仕途挫折,终止了他的宦辙,也使他能够专心一意,发奋著述。对此,乃师曾文正曾有言:"李少荃拌(拚)命做官,俞荫甫拌(拚)命著书。""俞荫甫真读书人,丁禹生(日昌)真作官人。"(《春在堂诗编》六)认真读书、拚命著书的结果,便是著作等身,曲园自挽联所谓"辛辛苦苦,著成五百卷书"。

这五百卷的结集,是赫赫有名的《春在堂全书》。《全书》在俞樾生前身后曾数次结集增订。同治十年(1871)初刻本,有"曾国藩署检"牌记,但并不"全";光绪二十五年(1899)的重订刻本,学界以为最为完备精审。晚近台北环球书局和南京凤凰出版社的影印本,分别据光绪二十五年和光绪末刻本影印。近年来,浙江古籍出版社和凤凰出版社,分别出版了整理本《俞樾全集》,曲园著述可谓尽收其中。

曲园著述范围极为广阔，诸凡经子研究、语言训诂、诗文写作、笔记撰述，乃至小说创作改编，等等，均有涉足。此外又擅书法，以篆、隶法作真书，别具一格，卓然大家。

经学、子学，是古来学者最为看重、也用功最多的领域，俞曲园于此，有《群经平议》《诸子平议》和《古书疑义举例》诸书。对于这些著作，章太炎比较王念孙、引之父子所著《经义述闻》《读书杂志》和《经传释词》，评价称："《群经》不如《述闻》谛，《诸子》乃与《杂志》抗衡，及为《古书疑义举例》，……视《经传释词》益恢廓矣。"(《俞先生传》)梁启超也认为，《群经平议》"价值仅下《经义述闻》一等"，《诸子平议》乃"最精善之校勘家著作"(《中国近三百年学术史》)，《古书疑义举例》则是"训诂学之模范的名著"(《清代学术概论》)。①

在学术门径方面，俞樾遵循的是乾嘉学派的汉学范式，他自称所私淑者，正是乾嘉学派鼎盛时期的代表人物高邮王氏父子。这体现在楹联中，则有《孙琴西同年挽联》。孙衣言号琴西，温州瑞安人，著有《永嘉学案》，刻有《永嘉丛书》等。学术上，孙衣言走的是永嘉学派（又称"事功学派"）的路子，注重事功。二人"学术门户不同，而颇相得"，曲园挽联赞美有加，谓之"理学名臣"，"有封章传世，将来青史，岂仅儒林"。

曲园的杂文、尺牍，与其楹联有一定的关联度。这与他所交游有关，平日的交流见于尺牍，寿诞的文字则或寿联、或寿序，挽联、墓铭亦是。曾文正六十寿诞，既有寿联、又有寿序，李文忠五十寿诞亦然，曾劼刚则既有挽联、又有墓铭……如此等等，联、文两相对照，必能互相补充、生发，自然有助于对其人之了解、把握。

此外，曲园著述的大宗之一——笔记，也深受后世学人青

---

① 曾国藩亦曾言："偶展经、子《平议》，原本故训，取正旁通，诚有类乎高邮王氏之所为。"（俞樾《袖中书·曾涤生师相书》）

睐。其中《茶香室丛钞》为抄撮考案性质的笔记，大多有引述、有案断，这对于楹联中典章制度、名词术语的通解，不无助益。而《春在堂随笔》《右台仙馆笔记》，多是所经所见所闻的记录，具有更为突出的切身性质，可以作为相应楹联的佐证，对解读楹联更多裨益。如关于德清柳侯祠联的背景等诸情形，二书均有记录，取以阅读，对联语小引"临上质旁"之心理，当有更为清晰、准确的理会。

五

说到底，楹联终竟是一种实用性文字；即便装饰，亦属实用。而历来应用中，用于平常祝寿、挽悼，可谓最是突出。俞曲园楹联也体现了这一特点，寿联、挽联占有绝对比重，其中又以挽联为最。

曲园楹联，为何挽联多于寿联？这不难理解：长者没有给后辈晚生祝寿之礼，挽联则不存在这一限制。《楹联录存》中，指向后辈晚生的挽联就不少。彭雪琴第三孙补勤、第四孙景云，显然都是后生晚辈，曲园都有挽联；雪琴女弟子谢韵仙（又花），亦属晚辈，卒后曲园亦撰联挽之。

无论寿联、挽联，均有礼仪性质，寿礼、丧礼悬之，不无饰观瞻之用。这也是晚近名家所撰多以寿、挽联为最的根本缘由。其中固多撰者主动所为，亦不乏请托而为者，简捷说来，就是有"我要写"和"要我写"之别。

俞曲园名望崇高，又是楹联大家，自然当有求之撰联者，搁过不提。要说的是，那些"我要写"的，有消极而为的场面应酬之作，也有情不自禁、积极而为的用心之作。曾、李、彭诸挽联，有恩谊在，"我要写"，也用心。这也搁过，另举何子贞、王复卿挽联来说。

何绍基任国史馆提调时，"曾建议修三品以下列传，卒不果行"，故挽联有云："史馆建嘉谟，惜创议未行，三品下庶僚，至今无列传。"何氏所惜,亦是俞氏所惜;曲园以为,此事与雠校《十三经注疏》为其人之"大者",赞许所在,也即曲园倾重所在。

王复卿为归安菱湖镇龙湖书院监院,去世那年,"时有废书院之议,余曾主是席三十三年,不能无今昔之感,故于次联及之",联语则云"百年坛坫竟如何"。所谓"今昔之感",远非客观表述,其中有深刻菀结者在;"竟如何",也绝非消极认同,而是有执着乃至抗议的意味在。如今回头看来,吾人会以为彼时废书院应当多一些斟酌,对曲园之"感"也会多一些共情。

情不自禁"我要写"的,还可举出《赠蔡雪筠女史联》,该联小引云:"女史以祖殁关外,而父又笃病,刺血写经,誓迎祖柩。间关万里,卒成其志,遂撤环不嫁,长斋奉佛。孝女也,亦贞女也!余闻而敬之,为书此联。"对于女史来说,曲园无需酬应,亦未受请托,书联只缘"闻而敬之"。我们说,孝的方式可以有别,孝思却当亘古不变,表章孝行也应该超越时代。勿谓孝乃一家一族之事,它也是国家大事。曲园《宗懋亭封翁挽联》,记其训子湘文太守之言曰:"汝曹居官,能去民疾苦,是即所以养志也。"养志可谓古来孝养食、色二养之外的"高级形态",官吏若能如宗老爷子所言般孝养,官场之清明、百姓之安乐,不知要好出多少。

曲园楹联中,对严谨家教的推崇(如钟郝礼法),对俭德的提倡(如珍惜粒米),对乐善好施的褒赏(如"乐善好施"坊),随处可见。此外如衙署联、祠庙联、会馆联,也多别具意蕴。这些意蕴,即便其联本属应酬,特特表出,也使联语有了更高层次、更为普遍的意义。缘此,吾人可以说:十数字的楹联,人们见之于名胜古迹甚至新迹,入心之深,也许是长篇大论、高头讲章所不能望其项背的。

六

楹联昉于五代后蜀孟昶,却一直到明、清才渐趋发达,而晚清尤盛。晚清楹联大家众多，有业余者，有专门者。所谓"业余"，是说楹联在其人撰述中不占重要地位，当然也不排除其中多有佳作，俞樾恩师曾国藩即是其例。所谓"专门"，也并不是说其人只撰楹联，不作诗文，而是说楹联在其创作中处主要地位，数量不菲，成就突出，文字影响也主要在这一方面。

俞曲园著书五百卷，篇幅（无论字数还是首数）上，楹联都只是一小部分。然而，比较而言，曲园撰联，却不得不谓之"专门"，因为所作既多，成就又高，影响且大。

晚清大家的楹联之作，数量最多的，要算是钟云舫，他的《振振堂联稿》存联一千八百余副，且其中不少长联。俞樾紧随其后居于次席，《楹联录存》存联一千三百余副（其中含近七百副集联），此外还有少数《录存》未录者。

曲园楹联的影响，从《春在堂楹联录存》的刊行以及人们的追捧，可见一斑。这里不妨举一特例，以作佐证。程省卿举人出身，能诗，筮仕知县而未赴，临终语其弟曰："吾死后，得曲园先生一联，刻入《楹联录存》中，死无憾矣。"曲园与其并不相识，但"感其意"，为题挽联。特例虽说有些绝对，但也不能否认其一定程度的普适性。应该说，请托曲园撰联，存有这种心态者大有人在。

作为卓然大家，楹联撰作的种种体式规矩，以及近乎约定俗成的套路，曲园自然精熟不过，这且不说。校读、绎释曲园楹联，吾人深所感受者，或可约略漫说数端。

俞曲园学殖渊雅、腹笥富厚，恐怕少有人能及。对历代人物、史事及典制、故实，其熟悉程度，信手即能拈来，得乎心者则应乎手。作为比较特殊的文字样式，楹联不同于诗文，所用"联料"也便有其特别所在。这给阅读理解增添了困难和周折；相对言之，则是为之增加了兴味和乐趣。

向来诗文之作，如韩文杜律，有"无一字无来处"之说。此言加之于俞曲园楹联，也不能算是无厘头的胡话。曲园习熟经、子，自然不在话下，否则何来群经、诸子之《平议》？因而，曲园楹联中，援用经书、子书之语，亦属左右逢源。此外，历代诗文也很是熟稔，譬如李、杜、白的诗句，在楹联中便都有体现，如李太白的"饭颗山头逢杜甫"（《戏赠杜甫》），杜少陵的"甫也诸侯老宾客"（《醉为马坠诸公携酒相看》），白香山的"袖中吴郡新诗本，襟上杭州旧酒痕"（《故衫》），一用再用，多至五用。

作为应酬文字，寿、挽之联，难免客套，有时还不得不有所夸饰、虚拟。不过，好的楹联，无论如何都需妥帖恰当，不能予人"过谀"的印象——"大如席"的可以是燕山雪花，却不能是杭州六出。这就要求对古来虚实文字有足够的了解，运用上又要下足功夫。曲园所撰联语，大多下字精准、难以移易，有些联语文字运用之妙，出神入化，令人叫绝。

有人总结曲园楹联的特点之一，谓之"散文化"[①]。以文为诗，韩昌黎早开先河；宋词、元曲，抛过律法不说，较之整齐的近体诗，其长短句也可以说是"散"的。楹联脱胎于律诗，自然有诗的格调，但一如词、曲之于诗，"散"也是发展的路径之一。曲园楹联，确实较少如律句般整饬的，大多长短间杂，且多用虚字提领、承转，从而给人以流宕生动之感。然散则散矣，诗之韵味又无处不在。

拉杂说来，难免浮泛，而对了解俞曲园其人其联，或许不无裨益，弁之篇首，以代前言，如此而已。

校注者
癸卯年清和月

---

① 刘麟生《中国骈文史·骈文的支流余裔——联语》即云："俞曲园作品，辑有《楹联录存》，已达六百余首，间（闲）雅有散文化。"

目 录

楹联录存一

新安孙莲叔观旭楼联 …………………………… 1
孙莲叔红叶读书楼联 …………………………… 2
新安汪村关庙联 ………………………………… 2
河南汝州关庙联 ………………………………… 3
苏州积功堂联 …………………………………… 3
舅氏平泉姚公挽联 ……………………………… 4
苏州漱碧山庄联 ………………………………… 4
潘玉泉观察五十寿联 …………………………… 5
许信臣抚部七十寿联 …………………………… 5
吴母朱太夫人七十寿联 ………………………… 6
冯室徐恭人挽联 ………………………………… 6
李太夫人七十寿联 ……………………………… 7
又 ………………………………………………… 9
张仲甫先生八十寿联 …………………………… 9
吴母朱太夫人挽联 ……………………………… 10
李薇生太守六十寿联 …………………………… 11
江苏臬署联 ……………………………………… 11
许仁山阁学挽联 ………………………………… 13
朱绩臣处士五十寿联 …………………………… 13
张太夫人八十寿联 ……………………………… 13
又 ………………………………………………… 14
韩母王太夫人五十寿联 ………………………… 14

曾涤生侯相六十寿联	15
丁母黄太夫人挽联	15
又	16
应室凌夫人挽联	18
张友山漕帅五十寿联	18
史忠正公祠联	19
王荫斋观察挽联	20
张母孟太夫人八十有四寿联	20
应母朱太夫人七十有八寿联	21
唐母沈太淑人挽联	21
沈菁士太守挽联	22
王子勤观察七十寿联	23
汤敏斋太常挽联	23
恩竹樵方伯五十有四寿联	24
杨母丁淑人挽联	24
管洞美明经挽联	25
周母沈太夫人挽联	25
恽次山抚部挽联	26
沈仲复观察五十寿联	26
又	27
潘少梅明经挽联	28
财神庙联	28
又	29
李少荃爵相五十寿联	30
汪莲府驾部六十寿联	30
柳母俞孺人挽联	31
罗壮节王贞介两公祠联	32
曾文正公挽联	33
吴仲云制府挽联	33

吴晓帆方伯挽联	34
吴母徐太夫人七十寿联	34
恩竹樵中丞五十有五寿联	35
翁母许太夫人挽联	35
高辛才观察八十寿联	36
又	37
许母姚太夫人七十有八寿联	37
汪瘦梅水部挽联	38
刘听襄庶常挽联	38
莳红小筑联	39
陈母汤太淑人挽联	39
倪母张太夫人挽联	40
吴室孙夫人挽联	40
汪观澜封翁与刘夫人挽联	41
沈韵初中翰挽联	41
贾耘樵观察挽联	42
丁濂甫学使同年挽联	43
潘母汪太宜人挽联	44
魁时若将军七十寿联	44
朱久香前辈挽联	46
何子贞前辈挽联	46
金小韵太守六十有九寿联	47
徐诚庵大令挽联	47
德清乌山土地庙联	48
台州东湖湖心亭联	48
江苏藩署联	49
赵母蒋太恭人八十寿联	50
杜筱舫观察六十寿联	50
海宁观音殿联	51

理安寺静室联	51
峨眉山馆联	52
湖心亭联	52
徐庄愍公祠联	53
莫愁湖胜棋楼联	53
冯景庭宫允挽联	54
赠张任庵同年联	54
赠潘筑岩茂才联	55
潘季玉观察六十寿联	55
张太夫人挽联	56
邹蓉阁县尉挽联	56
杨石泉中丞四十有九寿联	57
高辛才观察挽联	57
张仲甫先生挽联	58
高滋园都转六十寿联	59
江室仇夫人挽联	59
无锡惠山五中丞祠联	60
吴山仓颉祠联	60
倪载轩观察挽联	61
吴中二程子祠联	62
杨石泉中丞五十寿联	62
石门高氏祠堂联	63
许母卢太夫人挽联	64
蒯士香同年廉访七十寿联	64
金眉生廉访六十寿联	65
沈兰舫广文五十寿联	66
张母彭太宜人挽联	66
吴母朱太宜人七十寿联	67
许雪门太守六十寿联	67

王补帆中丞挽联	68
瓜尔佳李夫人挽联	69
朱母赵太淑人六十寿联	70
葛母李太夫人挽联	70
张少渠别驾五十寿联	71
佛殿联	71
费室张夫人挽联	72
顾室叶淑人挽联	72
赵忠节公祠联	73
自题春在堂联	73

楹联录存二

徐云阶部郎挽联	75
陈子舫太守挽联	75
陈母缪淑人挽联	76
濮少霞观察七十寿联	76
郑畲香孝廉挽联	77
张母孟太夫人挽联	77
钱太淑人挽联	78
吴勤惠公挽联	78
沈母张太恭人挽联	79
浙绍会馆联	80
周琳粟观察挽联	81
钟子勤孝廉挽联	81
沈母李氏蒋氏两太夫人寿联	82
朱母赵太淑人七十寿联	83
杭州安徽会馆联	83
八旗奉直会馆联	84
吴桐云观察挽联	84

许季蓉明府挽联 ……	85
濮少霞观察挽联 ……	85
冯竹儒观察挽联 ……	86
邰荻洲观察七十寿联 ……	86
应敏斋同年适园联 ……	86
潘星斋侍郎暨陆夫人挽联 ……	87
金眉生廉访挽联 ……	88
王母劳太恭人七十寿联 ……	88
童际庭观察挽联 ……	89
江砚云封翁挽联 ……	89
岳庙联 ……	90
安徽会馆戏台联 ……	90
衡峰和尚挽联 ……	91
高滋园都转挽联 ……	91
应敏斋方伯六十寿联 ……	92
又 ……	92
潘母胡淑人挽联 ……	93
吴平斋观察七十寿联 ……	93
杨振甫同年挽联 ……	94
许星台廉访六十寿联 ……	95
又 ……	96
任竹贤刺史挽联 ……	96
周霞城广文挽联 ……	97
缪仲英观察七十寿联 ……	97
谭文卿中丞六十寿联 ……	98
谭丽生编修挽联 ……	99
吴母张太夫人挽联 ……	99
又 ……	100
密通和尚挽联 ……	101

杭州金华将军庙联	101
黄觐臣太守挽联	102
俞友声大令挽联	102
应母朱太夫人挽联	103
德清乌山社庙戏台联	103
杜筱舫方伯挽联	104
严缁生庶常六十寿联	105
李少荃相国六十寿联	105
勒少仲河帅挽联	106
李伯太夫人挽联	106
吕仙祠联	107
樊让村太守挽联	108
张通甫大令挽联	108
邵步梅刺史七十寿联	108
顾晋叔待诏挽联	109
陆星农观察挽联	110
王母俞太恭人挽联	110
严母王太夫人挽联	111
又	111
钱敏肃公专祠联	112
钱湘吟侍郎挽联	113
邵汴生侍郎挽联	113
陶大母凌太淑人挽联	113
恽小山太守挽联	114
许寿民太守挽联	115
王晓莲方伯挽联	115
姚室张夫人挽联	116
孟河蒋氏支祠联	116
钟桂溪广文七十寿联	117

贺许星台方伯之孙新婚联…… 117
徐室杨夫人挽联…… 118
戴保卿通守挽联…… 118
胡樗园明经挽联…… 119
王母李太夫人挽联…… 119
灵澜精舍联…… 119
周叔云都转挽联…… 120
樊稺农比部挽联…… 120
薛慰农观察挽联…… 121
东洲船山书院联…… 121
宗懋亭封翁挽联…… 122
日本鉎吉君六十寿联…… 122
吴叔和郎中挽联…… 123
任秋亭大令挽联…… 123
李眉生廉访挽联…… 124
薛心农鹾尹挽联…… 124
姚少读太守七十寿联…… 125
吴仲英司马六十寿联…… 125
彭雪琴尚书七十寿联…… 126
朱母赵太夫人七十寿联…… 126
潘玉泉观察挽联…… 127
沈蓉阁方伯挽联…… 128
樊母余太夫人挽联…… 128
恽母戴夫人六十寿联…… 128
吴引之观察挽联…… 129
梁敬叔观察挽联…… 129
吴子健中丞挽联…… 130
钮竹君大令挽联…… 130
毕孙帆内翰七十寿联…… 131

刘母曹太夫人八十寿联 ················ 131
彭南屏太守挽联 ·················· 132
王小铁同年挽联 ·················· 132
索尔和碧汉母那拉夫人七十寿联 ············ 132
季君梅太史挽联 ·················· 133
叶春伯观察挽联 ·················· 134
李肃毅伯夫人赵夫人五十寿联 ············· 134
周母姚表姊恭人八十寿联 ·············· 134
吴牧驺观察挽联 ·················· 135
朱镜香明府挽联 ·················· 136
吴焕卿大令挽联 ·················· 136
浙江会馆联 ···················· 137
任母王太夫人挽联 ················· 137
金茗人观察六十寿联 ················ 138
瓮仲渊修撰挽联 ·················· 138
姚母沈太夫人挽联 ················· 139
莫意楼观察挽联 ·················· 139
朱孝子祠联 ···················· 139
廖仲山少司马五十寿联 ··············· 140
何青士都转八十寿联 ················ 140
张圯堂廉访挽联 ·················· 141
陈母徐太淑人挽联 ················· 141
陈仲泉观察挽联 ·················· 142
蔡室朱夫人挽联 ·················· 142
暴梅村大令挽联 ·················· 143
曾劼刚侍郎五十寿联 ················ 143
恽叔来广文挽联 ·················· 144
杨滨石太常挽联 ·················· 144
叶槐生贡士挽联 ·················· 145

长女婿王康侯挽联 …………………………… 146

孙省斋方伯挽联 ……………………………… 146

钟桂溪广文挽联 ……………………………… 147

潘伯寅尚书六十寿联 ………………………… 147

冯吉云观察挽联 ……………………………… 148

钱鸣伯驾部续娶联 …………………………… 149

顾子山观察挽联 ……………………………… 149

楹联录存三

许子舒大令挽联 ……………………………… 151

黄仲陶大令挽联 ……………………………… 152

吴母韩太夫人挽联 …………………………… 152

金立甫太守挽联 ……………………………… 152

宋叔元观察挽联 ……………………………… 153

彭雪琴尚书挽联 ……………………………… 153

曾劼刚侍郎挽联 ……………………………… 154

又 …………………………………………… 154

薛子白大令挽联 ……………………………… 155

湖上高氏别业联 ……………………………… 155

李心根封翁八十寿联 ………………………… 156

彭刚直公祠联 ………………………………… 156

彭母常恭人挽联 ……………………………… 157

张子青相国八十寿联 ………………………… 158

包子庄孝廉挽联 ……………………………… 158

汪母倪太夫人八十寿联 ……………………… 159

蒋泽山大令挽联 ……………………………… 159

甪亭乡侯庙联 ………………………………… 160

应敏斋廉访挽联 ……………………………… 160

许星台方伯贺联 ……………………………… 161

季硕女史挽联	161
任母吴夫人挽联	162
姚彦侍方伯挽联	162
严伯雅太守挽联	163
沈室严夫人挽联	163
曾忠襄公挽联	164
许子乔刺史挽联	165
韩母王太夫人挽联	165
丁月湖先生挽联	166
潘伯寅尚书挽联	166
陈舫仙廉访六十寿联	167
表姊姚恭人挽联	168
朱莲生明经挽联	168
郭筠仙侍郎挽联	169
严芝生同年七十寿联	169
高力臣总戎六十寿联	170
许星台方伯挽联	170
朱璞山封翁挽联	171
郭汝雨明府挽联	171
戚母钱太恭人挽联	172
鲍伯熙太守挽联	172
李少荃傅相七十寿联	173
又	173
崧镇青中丞六十寿联	174
宝文靖公挽联	174
贺云甫御史大夫挽联	175
查子伊贰尹挽联	176
刘文楠观察挽联	176
清溪书院讲堂联	177

王氏长外孙喜联	177
许室施恭人挽联	178
罗景山军门挽联	179
广化寺大殿柱联	179
李黼堂方伯挽联	180
窦母张太恭人七十寿联	180
乐峰中丞母太夫人七十有八寿联	181
庄芝田大令挽联	181
浣花夫人祠联	182
诂经精舍式古堂联	183
虎丘魁星阁联	183
于室张孺人挽联	184
广东学使署光霁堂联	184
任小沅中丞七十寿联	185
彭岱霖观察挽联	186
朱伯华观察挽联	186
钱子密侍郎七十寿联	187
徐寿蘅侍郎七十寿联	187
李母陶太淑人挽联	188
张勤果公祠联	189
彭刚直公衡州专祠联	189
盛旭人方伯八十寿联	190
许星叔尚书挽联	190
聂仲芳廉访四十寿联	191
潘母汪太夫人挽联	191
宋母彭夫人八十寿联	192
许子社明经挽联	192
孙镜江吏部挽联	192
沈仲复中丞挽联	193

潘伟如中丞八十寿联 …………………………………… 193
又挽联 ………………………………………………… 194
于母姚孺人七十寿联 …………………………………… 194
桐山居士七十寿联 ……………………………………… 195
王母周太淑人挽联 ……………………………………… 195
陆存斋观察挽联 ………………………………………… 196
朱母陈太淑人挽联 ……………………………………… 196

楹联录存四

孙琴西同年挽联 ………………………………………… 197
廖榖士中丞六十寿联 …………………………………… 198
余母程太夫人挽联 ……………………………………… 198
沈母蒋太夫人挽联 ……………………………………… 199
林笃甫太史挽联 ………………………………………… 199
朱焕文总戎挽联 ………………………………………… 200
杨石泉制府七十寿联 …………………………………… 200
瓜尔佳那拉太夫人挽联 ………………………………… 201
陆母程太夫人挽联 ……………………………………… 201
吕庭芷同年挽联 ………………………………………… 202
陆母徐太夫人挽联 ……………………………………… 202
许荫庭观察挽联 ………………………………………… 203
严母周太夫人挽联 ……………………………………… 203
汪耕馀观察挽联 ………………………………………… 204
赵母邓太恭人挽联 ……………………………………… 204
郑听篁同年挽联 ………………………………………… 205
孙师母赵夫人七十寿联 ………………………………… 205
贺室樊夫人挽联 ………………………………………… 206
金友筠处士挽联 ………………………………………… 206
沈母钱太夫人挽联 ……………………………………… 207

曹锦涛孝廉挽联 …………………………………… 207
朱象甫喜联 ………………………………………… 208
杨敏斋太守挽联 …………………………………… 208
恽母戴夫人七十寿联 ……………………………… 209
杭州府学乡贤祠联 ………………………………… 209
惠菱舫都转挽联 …………………………………… 210
林云台广文挽联 …………………………………… 211
陈舫仙方伯挽联 …………………………………… 211
杨见山太守挽联 …………………………………… 212
诸暨钱氏宗祠联 …………………………………… 212
兄子剑孙挽联 ……………………………………… 213
黄母刘太夫人挽联 ………………………………… 213
龙仁陔方伯挽联 …………………………………… 214
施少钦封翁挽联 …………………………………… 214
汪伯春任子新婚喜联 ……………………………… 215
谢绥之太守挽联 …………………………………… 215
吴谊卿观察挽联 …………………………………… 215
沈旭初观察六十寿联 ……………………………… 216
法相寺定光佛殿联 ………………………………… 216
曹仙槎蹉尹五十寿联 ……………………………… 217
余澹湖太守挽联 …………………………………… 218
曾君表孝廉挽联 …………………………………… 218
陈母王太孺人七十寿联 …………………………… 218
杨石泉制府挽联 …………………………………… 219
宋母彭夫人挽联 …………………………………… 219
刘吉园总戎七十寿联 ……………………………… 220
翁少畦大令挽联 …………………………………… 220
钱氏孝子烈妇祠联 ………………………………… 221
恽伯方同年挽联 …………………………………… 221

查室蒋淑人挽联 …………………………………… 222
聂母张太夫人七十寿联 ……………………………… 222
吴季蓉世兄新婚贺联 ………………………………… 223
费幼亭观察七十寿联 ………………………………… 223
又挽联 ………………………………………………… 224
王母李太夫人七十寿联 ……………………………… 224
郑母李太恭人七十寿联 ……………………………… 225
吴广庵方伯挽联 ……………………………………… 225
陈母黄太淑人八十寿联 ……………………………… 226
鲍竹生明经六十寿联 ………………………………… 226
桐子霱观察挽联 ……………………………………… 227
张汉章司马挽联 ……………………………………… 227
丁潜生廉访挽联 ……………………………………… 228
丁松生大令挽联 ……………………………………… 229
徐季和学使挽联 ……………………………………… 229
朱茗笙侍郎挽联 ……………………………………… 230
谢母杨夫人挽联 ……………………………………… 230
朱竹石观察六十寿联 ………………………………… 231
毛葆园处士挽联 ……………………………………… 231
黄漱兰侍郎挽联 ……………………………………… 232
尤春畦封翁挽联 ……………………………………… 233
程省卿孝廉挽联 ……………………………………… 233
王竹侯方伯挽联 ……………………………………… 234
李小荃制府挽联 ……………………………………… 234
江建霞京堂挽联 ……………………………………… 234
陈哲甫太守挽联 ……………………………………… 235
谢韵仙女史挽联 ……………………………………… 236
潘峄琴学士挽联 ……………………………………… 236
李健斋廉访挽联 ……………………………………… 237

查湘帆封翁挽联 ………………………………… 237
龚母张太夫人挽联 ……………………………… 238
陈养原观察挽联 ………………………………… 238
常介之参戎挽联 ………………………………… 239
汪李门封君五十寿联 …………………………… 239
赵紫瑜大令挽联 ………………………………… 240
陈杏孙太史挽联 ………………………………… 240
赵母陈太夫人挽联 ……………………………… 241
倪儒粟明府挽联 ………………………………… 242
谭少卿太守挽联 ………………………………… 242
宋养初侍郎挽联 ………………………………… 243
右台仙馆联 ……………………………………… 243
又 ………………………………………………… 244
又 ………………………………………………… 244
俞楼联 …………………………………………… 245
又 ………………………………………………… 245
春在堂联 ………………………………………… 245
又 ………………………………………………… 246
又 ………………………………………………… 246
又 ………………………………………………… 247
自撰挽联 ………………………………………… 247

楹联录存五

孙蒉田前辈挽联 ………………………………… 248
潘景桓世讲喜联 ………………………………… 248
潘济之中翰六十寿联 …………………………… 249
刘母顾太淑人挽联 ……………………………… 249
张忠敏公祠联 …………………………………… 250
薛仲襄茂才挽联 ………………………………… 250

恽母张太夫人挽联 …… 251
沈母陆太夫人挽联 …… 251
郜荻洲观察挽联 …… 252
杭禄庭封翁挽联 …… 252
于母姚孺人挽联 …… 252
戴笠青广文挽联 …… 253
郑芝岩观察挽联 …… 253
张恕斋大令挽联 …… 254
朱念椿孝廉挽联 …… 254
胡芸台观察挽联 …… 255
汪宝斋司马挽联 …… 255
徐筱云尚书挽联 …… 255
张母周太夫人挽联 …… 256
廖毂士中丞挽联 …… 256
雪舟和尚挽联 …… 257
傅懋元观察挽联 …… 257
世振之廉访挽联 …… 258
巢湖杨氏听事联 …… 258
俞廙轩中丞七十寿联 …… 259
德清柳侯祠联 …… 259
邵小村中丞挽联 …… 260
刘景韩中丞七十寿联 …… 261
谭仲修大令挽联 …… 261
王文敏公挽联 …… 261
彭补勤部郎挽联 …… 262
汪南陔大令挽联 …… 263
陈辰田明经八十寿联 …… 263
赠蔡雪筠女史联 …… 263
李文忠公挽联 …… 264

又	265
罗少耕观察七十寿联	265
高母裘太夫人挽联	266
董端生大令挽联	266
谢筱山司马挽联	266
潘室毕淑人挽联	267
姚莲槎明经挽联	268
余晋珊方伯挽联	268
钱子密尚书挽联	269
李少梅观察挽联	269
王松坪大令挽联	270
江南提督质堂李公祠联	270
窦母张太恭人挽联	271
吴清卿中丞挽联	271
孙师母赵夫人挽联	272
林室侯夫人挽联	273
姚竹安封翁挽联	273
吴季英部郎挽联	274
恽菘耘中丞挽联	274
朱蘋华大令挽联	275
陈室胡宜人挽联	275
朱修庭观察挽联	276
戴美含七十寿联	276
盛旭人侍郎贺联	277
汪室吴夫人五十寿联	277
德清白云桥联	278
又	279
任筱沅中丞贺联	279
包缋甫挽联	280

赵卓士从孙婿挽联 …………………………………… 280
吴子薇司马挽联 …………………………………… 281
盛旭人侍郎挽联 …………………………………… 281
都韶笙大令挽联 …………………………………… 282
林质侯观察挽联 …………………………………… 282
沈縠成庶常挽联 …………………………………… 283
周笠西同年挽联 …………………………………… 283
潘谱琴庶常挽联 …………………………………… 284
陆春江方伯配王夫人六十寿联 …………………… 284
王复卿明经挽联 …………………………………… 285
程母裘太夫人九十有二寿联 ……………………… 285
宜兴程氏祠堂联 …………………………………… 285
苏州新建李真人庙联 ……………………………… 286
陈母王太恭人挽联 ………………………………… 286
钱室萧夫人挽联 …………………………………… 287
恽季文中翰五十寿联 ……………………………… 287
宋氏祠堂联 ………………………………………… 288
山塘李文忠公祠联 ………………………………… 288
王同伯比部挽联 …………………………………… 289
柴功甫大守挽联 …………………………………… 290
福州吴兴会馆联 …………………………………… 290
吴希玉大令挽联 …………………………………… 290
廖仲山尚书挽联 …………………………………… 291
许菊圃喜联 ………………………………………… 291
余杭县文昌阁联 …………………………………… 292
汪母黄太夫人挽联 ………………………………… 292
陆立盦庶常给假归娶贺联 ………………………… 293
章式之刑部贺联 …………………………………… 293
彭赞臣庶常挽联 …………………………………… 294

聂仲芳中丞五十寿联 …… 294
苏州省城浙江会馆联 …… 295
刘母杨太夫人挽联 …… 295
陈辰田明经挽联 …… 296
沈羲民同年九十寿联 …… 296
翁叔平相国挽联 …… 297
赠张真人联 …… 297
留园戏台联 …… 298
向子振观察六十寿联 …… 298
周伯英姨甥女挽联 …… 299
苏州元妙观祝釐所联 …… 299
费屺怀太史暨徐宜人五十双寿联 …… 302
曾母丁太夫人挽联 …… 302
沈问梅赠君挽联 …… 303
沈芳衢孝廉贺联 …… 304
姚访梅都转挽联 …… 304
李勉林制府挽联 …… 304
沈氏节烈坊柱联 …… 305
孙仁甫明经七十寿联 …… 305
台州彭刚直公祠联 …… 306
苏州府署闲园联 …… 307
沈旭初观察谢夫人双寿联 …… 307
刘景韩中丞挽联 …… 308
徐孝女六十寿联 …… 308
刘仲良制军八十寿联 …… 309
郭毅斋观察挽联 …… 309
刘吉园总戎挽联 …… 310
谭文勤公挽联 …… 311
刘仲良制府挽联 …… 311

费圮怀太史挽联 …………………………………… 312
汤室周夫人挽联 …………………………………… 312
冯仲梓廉访挽联 …………………………………… 313
潘室孔夫人挽联 …………………………………… 314
善伯封翁挽联 ……………………………………… 314
汤母葛夫人挽联 …………………………………… 315
罗少耕观察挽联 …………………………………… 315
陆蔚庭太守挽联 …………………………………… 316
王止轩太守挽联 …………………………………… 316
李鸿渚封翁挽联 …………………………………… 317
任筱沅中丞挽联 …………………………………… 317
恽母戴夫人八十寿联 ……………………………… 318
陈鹿笙方伯八十寿联 ……………………………… 318
又 …………………………………………………… 319
彭景云孝廉挽联 …………………………………… 319
胡效山观察挽联 …………………………………… 320
胡室杨淑人挽联 …………………………………… 320
陈鹿笙方伯挽联 …………………………………… 321
赠陶星如联 ………………………………………… 321
陆母郭太夫人挽联 ………………………………… 321
恽母戴太夫人挽联 ………………………………… 322
易笏山方伯挽联 …………………………………… 322
汪小樵封翁九十冥寿联 …………………………… 323
嵊县金氏养老堂联 ………………………………… 324
杭州然藜集惜字会听事联 ………………………… 324
王爵棠中丞挽联 …………………………………… 324

楹联附录

集秦篆 ……………………………………………… 326

集汉隶一 …………………………………………………… 331
集汉隶二 …………………………………………………… 336
集汉碑三 …………………………………………………… 342
集汉隶四 …………………………………………………… 347
集唐隶 ……………………………………………………… 353
集经石峪《金刚经》字 …………………………………… 357

校注后记 …………………………………………………… 363

楹联录存一

新安孙莲叔观旭楼联

莲叔有小楼，可观日出，署曰"观旭"。余甲辰岁，曾宿其中，适大风竟夕，遂题此联。故人马谦香孝廉极赏之，故至今犹未忘也。

高吸红霞，最好五更看日出；
薄游黄海，曾来一夕听风声。

【简绎】上联扣楼额"观旭"；下联回溯宿楼遭遇大风。神仙道修养有"吸霞"之举，扬雄《甘泉赋》亦有"吸青云之流霞兮"之句。此处或属化用，指红霞渐起、映射碧空，又扣到地名之"霞塘"、楼名之"观旭"。薄游，漫游，随意游览；明徐渭《梅赋》："往予薄游海外，闻罗浮之胜而未得登焉。"黄海，当指黄山云海。黄山正在新安（后徽州，今黄山市）境内。

俞曲园《春在堂随笔》卷十记云："休宁孙殿龄，字莲叔，家世富饶。生十五六而孤，拥赀百万。以年少不更事，倡楼买笑，博局呼卢，不十年，耗其赀十四五矣。然其人实恂恂儒雅，且天资绝人，能为诗，兼善书画。余甲辰岁始至新安，莲叔一见如故，长于余一岁，有异姓昆弟之约。余未通籍前，馆新安汪氏者五年，距莲叔所居霞塘二十里而近，时相过从。每宴客，必招余往，张筵演剧，灯火通宵，亦少年游冶之一乐也。"后死于寇难，曲园有《哭孙莲叔》五古一章悼之。

孙莲叔红叶读书楼联

此莲叔读书处也。楼凡三折,故其家人呼之曰"曲尺楼"。客至辄留宿其上。

仙到应迷,有簾幙几重、阑干几曲;
客来不速,看落叶满屋、奇书满牀。

【简绎】此联主要从楼名着笔,前句总领、后句分写。上联由俗称"曲尺楼"生发,"仙到应迷"极言其曲折幽邃,楼之外在形象如见;下联就留宿所见点明陈设功用,扣"红叶读书",楼主人品位之高雅尽显。簾、帘古来不同,后者唯用于"酒帘"。幙,"幕"字古体。不速,未受邀请而突然来到,语所谓"不速之客"。落叶使楼名"红叶"有了着落,而"奇书"自必非同凡俗,扣到楼名之外,更给书楼平添了几许卓异之致。

新安汪村关庙联

庙在汪村水口,并祀张睢阳,上有文昌阁。

威名满华夏,真义士,真忠臣,若论千载神交,合与睢阳同俎豆;
戎服读春秋,亦英雄,亦儒雅,试认九霄正气,常随奎璧焕光芒。

【简绎】旧时俗语谓"关帝庙,遍天下",全国村镇,是处皆有,形式具体而微。此即一例:地在乡村,上文下武,又兼合祀。

此联上联就合祀着眼,与后人相绾合(所谓"千载神交"),凸显二人之忠义。张睢阳,唐张巡,安史乱中据守睢阳,与叛军四百余战,粮草耗竭,士卒死伤殆尽,被俘不屈,骂贼而死。俎、豆,古代盛祭品之礼器,代指奉祀。"若论"及下联"试认",绾合前后句,虚空设想而力道十足。

下联则就文昌阁生发，兼及读"麟经"，凸显关帝之英儒。世传关公家学重《春秋》，公常戎服夜读《春秋》，历来多有此一题材之画作、雕像。奎璧（亦作"奎壁"），二十八宿之奎宿和壁宿，传统以为主文之星；文昌阁又称"奎阁""魁星阁"，则奉祀人格化之文昌神（文昌帝君）。

河南汝州关庙联

吾乡人之商于汝者，以此庙为公所。丙辰年，余行部至此，乡人乞题。

庙貌徧尘寰，此间地接许昌，请看魏国山河，徒留荒草；
轺车遵汝水，使者家居苕霅，愿与故乡父老，同拜灵旗。

【简绎】上联就关庙所在地来写。《诗·周颂·清庙序》郑笺："庙之言'貌'也，死者精神不可得而见，但以生时之居，立宫室象貌为之耳。"因称庙宇及神像为"庙貌"。联语由汝州而及许昌，由许昌而及魏国，无形中绾结魏、蜀，联及关公，所云也便有了根由。许昌有"汉魏故都"之称，故联语云"魏国山河"。末句"徒留荒草"，与"庙貌徧尘寰"形成鲜明对照，褒贬也便尽在不言之中。

下联就建庙者一面来写。轺（yáo）车，轻便马车，匹马所驾，为奉紧急朝命者所乘用，亦指代使者。此扣"行部"（巡行所视察的地方），指俞樾通过差放考试（对派往各省学政及乡、会试主考官的选拔考试），简放河南学政。汝水，古水名（后称汝河），汝州即缘其命名；苕霅（tiáo zhá），苕溪和霅溪，在湖州境内，借指作者自己的故乡。此处联语以水系，系联起了两地，从而由地及人。灵旗，亦作"灵旂"，神灵之旗。

苏州积功堂联

乃掩骼埋胔之公所也。司事者乞题。

积累譬为山，得寸则寸、得尺则尺；
功修无倖获，种豆是豆、种瓜是瓜。

【简绎】此可谓"藏头联"，上下联首字藏"积功"二字。旧时各地停置棺柩的殡舍，多以"积功"名之。掩骼埋胔为善举，故联语寓激劝之意；且浅显易晓，可获同情。上联后句，本《战国策·秦策三》："王不如远交而近攻，得寸，则王之寸；得尺，亦王之尺也。"下联后句，从《涅槃经》"种瓜得瓜，种李得李"化出，后成俗谚。

舅氏平泉姚公挽联

公于诸甥中极赏余，有"天才"之叹，以第四女女焉。又尝著《畴经》，衍九畴为八十一畴，命余成其书。至今不果，无以见公地下矣。

宅相讬空谈，想盛德如公，后起自应能继美；
馆甥承谬爱，愧畴经付我，至今犹未有成书。

【简绎】以外甥挽舅氏，自然多就关涉双方之要事，寓哀挽于赞美、追思。宅相，外甥之代称。《晋书·魏舒传》："（魏舒）少孤，为外家宁氏所养。宁氏起宅，相宅者云：'当出贵甥。'外祖母以魏氏小而慧，意谓应之。"《孟子·万章下》："舜尚见帝，帝馆甥于贰室。"赵岐注："谓妻父曰外舅，谓我舅者，吾谓之甥。尧以女妻舜，故谓舜甥。"后因称女婿为"馆甥"。

苏州漱碧山庄联

潘玉泉观察索题，不知其为谁氏之庄也。

邱壑在胸中，看垒石疏泉，有天然画意；
园林甲吴下，愿携琴载酒，作人外清游。

【简绎】庄墅之联，无外乎描绘景象、记述燕游。画意，绘画之精神、意境。《宣和画谱·王维》："维善画，尤精山水。……其思致高远，初未见于丹青，时时诗篇中已自有画意。"此谓山庄景致如画。吴下，指苏州。人外，指世外；唐王维《送韦大夫东京留守》诗："人外遗世虑，空端结遐心。"清游，清雅之游赏。垒，或作"叠"。攜，同"携"。

潘玉泉观察五十寿联

观察乃相国文恭公之第四子。此联丁禹生中丞极赏之，然观察谦不敢当，县（古同"悬"）未久，即撤去。

以名父子，生宰相家，有德业事功、文章气节；
当中兴年，祝无量寿，是英雄儒雅、富贵神仙。

【简绎】潘曾玮字宝臣（又字玉泉、季玉），其父潘世恩（谥"文恭"）曾任武英殿大学士、军机大臣，故上联有"宰相"云。清同治间（1862—1874），适逢媾和英法、剿灭太平军，世道一时平靖，故有"同治中兴"之说；亦有连缀前后者，谓之"咸同中兴"或"同光中兴"。无量寿，极言高寿；唐张说《奉和同皇太子过慈恩寺》之一："愿君无量寿，仙乐屡徘徊。"无量，谓无止境。

许信臣抚部七十寿联

抚部善谈名理，能以《周易》及《大学》《中庸》说释典。余戊辰年，主其家旬日，抚部每夕出谈，娓娓可听也。

前词苑、后封疆，频年养望湖山，绿野优遊，共推老福；
内儒书、外释典，每夕纵谈名理，青镫滋味，还似儿时。

【简绎】上联叙生平。词苑，翰林院别称。封疆，明清对总督、巡抚之称谓；此扣抚部。养望，此指隐退闲居。绿野，即绿野堂，唐裴度别墅，此处借用寄意。老福，老来之福。

下联写雅好。释典，佛经，《通鉴》"（沈皇后）唯寻阅经史及释典为事"，胡三省注："释典，佛经也。"名理，名称与道理之类。青镫，即"青灯"（青荧之灯光）。语有"青灯黄卷"，喻指清苦读书生活。

吴母朱太夫人七十寿联

太夫人乃平斋观察之继母。其孙广庵刺史亦成进士，宦吴中矣。夫人以五月八日生。余与平斋交，因进此联为寿。

有子宦三吴，喜从前治谱流传，已见桐孙能济美；
后佛生一月，愿自此慈容矍铄，长将蒲酒祝延龄。

【简绎】上联由子孙切入，表其福。宦，做官；王勃《送杜少卿之任蜀州》："与君离别意，同是宦游人。"三吴，宋时指苏州、常州、湖州，后多偏指苏州。《南齐书·良政传》："（傅）琰父子并著奇绩，江左鲜有。世云'诸傅有《治县谱》，子孙相传，不以示人'。"后因以"治谱"为称颂父子兄弟居官有治绩之典实。桐孙，本指桐树新生小枝，后用以称美他人子孙。济美，继承先人志业并发扬光大；《左传·文公十年》"世济其美，不陨其名"，杜预注："济，成也。"孔颖达疏："世济其美，后世承前世之美。"

下联由生辰切入，祝其寿。佛门谓释迦牟尼佛诞日，在夏历四月初八。慈容，慈祥和蔼的容颜，联语中多指女性。矍铄，形容老人目光炯炯、精神健旺。蒲酒，即菖蒲酒，端午佳酿之一，俗谓饮之可强身健体、延年益寿，李时珍《本草纲目》即云："菖蒲酒，治三十六风、一十二痹，通血脉，治骨痿，久服耳目聪明……"

冯室徐恭人挽联

恭人乃冯少渠明府之室，有贤德，且善词章、工书法。其子听涛茂才,曾从余游,颇有声,乃母教也。

为名门大妇,为剧县小君,而疏食,而布衣,尽洗庸庸脂粉气;

以官箴勖夫,以家学课子,是令妻,是贤母,长留落落孝慈声。

【简绎】妇女寿、挽之联,多从夫、子着笔,此联即是。大妇,正妻。剧县,政务繁重之县;汉时有剧县、平县之分。周代诸侯之妻称"小君",后亦用为对尊长妻妾的敬称。此联剧县、小君,均扣到"明府"(旧时对县令的尊称)。疏食,粗粝的饭食,《论语·述而》:"饭疏食饮水,曲肱而枕之,乐亦在其中矣。"官箴,做官的戒规,历代有成专书者,如宋人吕本中《官箴》。勖,同"勖",勉励。令,美好。落落,此指高卓、杰出。

李太夫人七十寿联

太夫人生六子。长君筱泉中丞,方抚吾浙;次公少荃相国,以大学士、肃毅伯督两湖,家门之盛甲海内。己巳二月三日,为太夫人七十生日。余与相国,为甲辰乡榜同年,而又承中丞知爱,延主讲席,故为二联,一致中丞、一致相国也。

起居八座,亦多寿、亦多男,先百花生日,祝慈荫长春,凤舞鸾歌,徧浙水东西、洞庭南北;

文昌六星,有上相、有上将,以万石家风,佐熙朝景运,玉昆金友,比荀龙减二、贾虎增三。

花下版舆来,自皖而两浙、而三吴、而潇湘洞庭,数千里瞻拜慈云,凤鸟舞、鸾鸟歌,颂无量寿佛;

牀头朝笏满,有子为宰相、为节度、为观察转运,五百年特锺间气,玉策贤、金策圣,作中兴名臣。

【简绎】二联一致李瀚章(字筱泉、小泉),一致李鸿章(字少荃、少泉)。筱泉为长君,第一联侧重家门、子弟,似不无来由;且从"多男"切入,亦易着笔。在此基础上,第二联则放笔写子弟官职、宦迹,"花下版舆"则扣从宦,"牀头朝笏"则寓祝寿。

八座,八抬轿也。旧俗以二月十二为百花生日,太夫人生辰二月三日,故曰"先百花生日"。浙水、洞庭,扣两子抚浙、督两湖。文昌宫六星,位于斗魁之前,形如半月。六星,"一曰上将,二曰次将,三曰贵相,四曰司命,五曰司中,六曰司禄"(《史记·天官书》),故联语有"上将、上相"之谓。《汉书·石奋传》:"奋长子建,次甲,次乙,次庆,皆以驯行孝谨,官至二千石。于是景帝曰:'石君及四子皆二千石,人臣尊宠,乃举集其门。'号奋为'万石君'。"此谓一门高官。熙朝,兴盛的朝代,多用以称颂本朝。景运,好时运。玉昆金友,亦作"玉友金昆",对他人兄弟之美称。东汉荀淑八子,皆有名声,时人谓之"八龙";贾彪兄弟三人,并有高名,天下称曰"贾氏三虎",李太夫人生六子,故下联末句云云。

版舆,木制的轻便坐车,多为老者所乘;《文选·潘岳〈闲居赋〉》:"微雨新晴,六合清朗,太夫人乃御版舆、升轻轩(妇女乘坐的小车)。"李鸿章六兄弟,长兄李瀚章抚浙,所谓"节度";三弟李鹤章任甘肃甘凉兵备道,五弟李凤章加按察使,所谓"观察";四弟李蕴章随长兄办理军饷,六弟李昭庆累功至记名盐运使,所谓"转运"。五百年,必有杰出人才出世之周期,如从周公到孔子;原本《孟子·尽心下》,详见后文"五百名世"简绎。间(jiàn)气,旧谓英雄豪杰上应星象,禀天地之气,间世而出。《太平御览》卷三百六十引《春秋演孔图》:"正气为帝,间气为臣。"宋均注:"间气则不苞一行,各受一星以生。"玉策、金策,均为古代册书,前者用于帝王祭祀告天或上尊号,以玉简制成;后者用于记载大事或帝王诏命，由金简连编而成。

两联之"慈荫""慈云"，一般多与神佛联系，如前者谓尊上或神佛之庇荫，后者谓慈悲心如云之广被众生。而揆之联语，二语似均有一主体在，即父母尊上。《左传·昭二十八年》"慈和遍服曰顺"服虔注："上爱下曰慈。"《管子·形势解》："慈者，父母之高行也。"可为佐证。传统伦理讲求"父严母慈"，故"慈"又偏指母亲。如此结合理解，似方可尽得联语意旨。

又

代许信臣前辈作。

入鼎鼐，出封疆，看膝前将相成行，武达文通，佐一代中兴大业；

月初三，春未半，祝堂上佛仙齐寿，玉牙金齿，开八旬曼衍遐龄。

【简绎】上联就子弟着眼，故有"膝前"云云。鼎鼐、封疆，概指将、相。宰相向有"调和鼎鼐"之说。武达文通，亦作"文通武达"，意指以文学通登显贵、以武略位居达官；《南史·檀珪传》："珪（檀道济）诉（王）僧虔求禄不得，与僧虔书曰：'仆一门虽谢文通，乃羡武达。'"

下联则着眼祝寿，故有"堂上"云云。"月初三，春未半"，就季节点出生辰。玉牙金齿，形容牙齿洁白、坚固，暗含身体康健之意。曼衍，绵延不绝；《庄子·寓言》："因以曼衍，所以穷年。"遐龄，高寿之敬语；清李渔《蜃中楼·献寿》："与二弟同增纯嘏，并享遐龄。"

张仲甫先生八十寿联

先生为前庚午孝廉，至己巳岁，行年八十，明年重赋鹿鸣矣。精神渊著，且通内典。所著书甚多，而《春秋属词辨例》六十卷，尤为距〔钜〕制。乱后燬其版，拟重刻之，然非容易也。

　　万卷拥书城，精神满腹，著作等身，积卅年雪案萤窗，尤于麟经有得；

　　两回游泮水，净土潜修，名场倦踏，看明载苍颜鹤发，重歌鹿鸣而来。

【简绎】上联侧重学问著述。精神满腹，扣"精神渊著"。渊著，深沉清朗；刘义庆《世说新语·赏誉》："时人欲题目高坐而未能，桓廷尉（桓彝）以问周侯（武城县侯周顗），周侯曰：'可谓卓朗。'桓公（桓温）曰：'精神渊箸。'"箸，通"著"。麟经，即《春秋经》；夫子修《春秋》，绝笔于获麟，故称。此扣著《春秋属词辨例》。

下联侧重生平恩荣。泮（pàn）水，泮宫（古学宫）前形如半月之水池；游泮水，简称"游泮"，指入州县之学就读。净土，佛门所谓"清净土"，扣"通内典（佛经）"。潜修，专心休养；潜，同"潜"。名场，指科举考场。旧时乡试后，州县长官宴请主考、学政及中式考生，宴中歌《诗·小雅·鹿鸣》，故称"鹿鸣宴"。清制：中举满六十年，重逢原科（同一干支之年）开考，经奏准，原科举人可与新科举人同赴鹿鸣宴，谓之"重赴鹿鸣"；因宴中亦歌《鹿鸣》，而有"重赋鹿鸣""重歌鹿鸣"之称。

吴母朱太夫人挽联

太夫人为平斋观察之母，广庵刺史之祖母。生于五月八日，卒于六月九日。

　　有造福三吴之子，又有造福三吴之孙，先后讴歌盈茂苑；

　　迟浴佛一月而生，再迟浴佛一月而卒，去来踪迹在灵山。

【简绎】上联以子孙德政，暗寓太夫人之贤良；下联从生卒着眼，赞叹太夫人之非凡。三吴，概指长江下游的江南地区；多特指苏州。苏州古有"茂苑",又名"长洲苑",后因以"茂苑"为苏州代称。四月初八佛诞日,佛门有浴佛之举。灵山,灵鹫山,佛陀说法之地。

李薇生太守六十寿联

太守于九月四日生,其先德曾任安徽廉访,有阴德也。

借黄花九秋,祝黄堂千秋,菊部好翻新乐府;
承高门驷马,居高官五马,柏台行绍旧家声。

【简绎】上联就生辰祝嘏。黄花,菊花。九秋,指九月深秋,亦正菊花当令之月。古州郡太守厅事,墙壁涂饰雌黄以驱邪消灾,称"黄堂";后遂借"黄堂"以指太守。宋周密《齐东野语·菊花新曲破》:"思陵(宋高宗)朝,掖庭有菊夫人者,善歌舞,妙音律,为仙韶院之冠,宫中号为'菊部头'。"后因以"菊部"泛指戏班或戏曲界。乐府,借指戏曲。旧时大户人家贺寿,有请戏班到府演戏之俗。

下联就家世赞扬。《汉书·于定国传》:"始定国父于公,其间(里巷)门坏,父老方共治之。于公谓曰:'少高大间门,令容驷马高盖车。我治狱多阴德,未尝有所冤,子孙必有兴者。'至定国为丞相,永为御史大夫,封侯传世云。"后以"驷马高门"谓门第显赫;而联系典实,则又扣到阴德。五马,太守的代称,《陌上桑》:"使君从东来,五马立踟蹰。"汉御史府中列植柏树,因称御史台为"柏台";清代亦称按察使(臬台)为柏台。此与上联"黄堂",均扣先德曾任廉访使。行,将要。

江苏臬署联

同年应敏斋任江苏廉访,以署中楹联无佳者,属(古同"嘱")为更易,辄拟数联诒之,亦未知其果用否也,聊识于此。

听讼吾犹人，纵到此平反，已苦下情迟上达；
举头天不远，愿大家猛省，莫将私意入公门。
右大门联。上联乃旧句，对联余所易也。

读律即读书，愿凡事从天理讲求，勿以聪明矜独见；
在官如在客，念平日所私心向往，肎将温饱负初衷。
右大堂联。

且住为佳，何必园林穷胜事；
集思广益，岂惟风月助清谈。

小坐集衣冠，花径常迎三益友；
清言见滋味，芸窗胜读十年书。
右便坐联。

【简绎】第一联为大门联，就臬署职司对外发论，一如对属民的教诫。《论语·颜渊》："子曰：'听讼，吾犹人也；必也，使无讼乎？'"孔夫子谓"听讼犹人"，不曾两样；重要的是"使无讼"，即以礼乐教化消除纷争。下联末句有"泯除私意"，意蕴大指似相近。

第二联为大堂联，则就职司对内提撕，一如对官吏的警醒。苏轼《戏子由》诗有句："读书万卷不读律，致君尧舜知无术。"中心意思，谓不知律法不足以致君尧舜。此苏子针对其时律法苛细而发，亦深得吾儒精义，元末杨维桢所谓："苏子之所感论者，岂诬我哉！"此处曲园反用其意，以扣合臬署性质。矜独见，固执一己之见；矜，自夸。肎，"肯"字古体。

后两联悬于接友待客之便坐，故勖以多交益友、集思广益。衣冠，指搢绅、士大夫之流。三益友，即友直（正直）、友谅（诚信）、友多闻（知识广博），语本《论语·季氏》。清言，高雅的言谈。芸窗，书斋之别称，缘斋中有驱蠹芸香而云然。

许仁山阁学挽联

阁学为余甲辰同年,在翰林则为前辈矣。嗣子奉其丧自京师归,余以此联挽之。

伤心丁卯桥边,萎翣归来从此过;
屈指甲辰榜上,文章遭际似君稀。

【简绎】许彭寿字仁山,浙江钱塘人,同治初任内阁学士。镇江丁卯桥,有唐诗人许浑别墅,切许姓;又为旅榇归浙所经,故上联后句云云。萎翣(lóu shà),古代棺饰,或彩帛覆于棺上,或彩饰绘于外板。清文宗(咸丰)驾崩,许彭寿曾参与议定郊配礼;肃顺等获罪后,又奏请察治党援,下联后句或指此。

朱绩臣处士五十寿联

处士乃采孙孝廉之父,有五子。正月十一日,其生日也。

有丹桂五株,共大椿不老;
先元宵四日,祝明月长圆。

【简绎】此联亦由子弟、生辰着笔,寓祝嘏之意。丹桂,喻指子息。大椿,古寓言中之大树,《庄子·逍遥游》:"上古有大椿者,以八千岁为春,以八千岁为秋。"后用以喻指父亲,男寿寿联常见。因生辰而联及元宵,虽不似"月到分外圆"的中秋,也不妨以"明月长圆"祝寿。

张太夫人八十寿联

太夫人乃友山方伯之母。方伯官刑曹二十年,出守秦中,迁四川廉访使。由广东、安徽方伯移姑苏,而太夫人行年八十矣。方伯与家兄同年,因献此联为寿。

京国奉慈舆，而秦而蜀而皖粤诸邦，又向三吴开寿寓；
元宵张夜宴，有子有孙有曾玄继起，行看五代共华堂。

【简绎】上联列写奉母任所。京国，京城、国都。慈舆，母亲所乘之车。联语中，"严、慈"往往分别关涉父、母（所谓"严父慈母"），一如"椿、萱"分别指代父、母。下联侧重寿筵，子孙众多、五代一堂则暗高寿。寓，同"宇"。行，又、再。

又

慈云从京国而来，为秦蜀皖粤诸大邦万家生佛；
爱日至苏台更永，与中丞廉访两贤母三寿作朋。

（时丁雨生中丞、应敏斋廉访，均有寿母。）

【简绎】生佛之"佛"，喻指有恩德之官吏；宋戴翼《贺陈待制启》："福星一路之歌谣，生佛万家之香火。"爱日，本指珍惜时日，后借指儿子供养父母之时日。汉扬雄《法言·孝至》："事父母自知不足者，其舜乎！不可得而久者，事亲之谓也，孝子爱日。"苏州有姑苏台（略称"苏台"），常用以借指苏州。永，久远。作朋，结伴。

韩母王太夫人五十寿联

夫人为韩君耀辉之继室。韩君以部司殉难，有五子：长殿甲，记名提督；次殿爵，记名总兵；次晋昌，候补副将；次殿荣，县令；次庆云，直隶州牧。同治九年，夫人年五十，二月二日，其生日也。杜小舫观察与其长君善，属撰此联为寿。

膝前种五树桂，天上拜五花封，正仲春凫降鹓鸣，共祝五旬寿母；
报国提一旅师，传家罗一牀笏，看诸子文通武达，同披一品仙衣。

【简绎】五树桂，扣五子；树，意同"株"，语有"一树梅花"。五花封，王朝时代赐给贵妇人的封诰。鳦（yǐ），燕子；鹒鹒（cāng gēng），即黄莺。"提师"扣长子记名提督。郭子仪子婿拜寿，朝笏摆满一床，谓之"满床笏"，年画、戏曲均有表现此一题材者。仙衣，仙人的衣裳，借指命妇衣饰。

曾涤生侯相六十寿联

大勇在安民，运际中兴出名世；
小春欣遇闰，天教两度祝延龄。

【简绎】运际，命运遭逢。中兴，即所谓"咸同中兴"。名世，德业勋望闻名于世；此处用之，不无"五百名世"意味。小春，小阳春，指十月；曾国藩（号涤生）生于夏历十月。因遇闰月，故云"两度"。延龄，益寿延年；南朝梁简文帝《谢赍长生米启》："食乃民天之贵，粒有延龄之名。""运、天"二字，看似平淡，却衬出曾氏其生也不凡。

丁母黄太夫人挽联

太夫人为丁雨生中丞之母。同治九年七月，中丞奉命赴天津，时太夫人已卧病，中丞欲少留一二日，不许。已而病甚，中丞犹在津，秘不使知。乌乎！可谓贤矣。

读晋史慨温峤之绝裾，若膝下牵衣、堂前劝驾，旦夕间促办行装，此事须知足千古；
在圣门有曾母之啮指，乃身膺痰疾，书报平安，巾帼中深明大义，至今传诵满三吴。

【简绎】上下联均以典实提领，集中赞其深明大义。温峤绝裾事，见南朝宋刘义庆《世说新语·尤悔》："温公（温峤）初受，刘司空使劝进，母崔氏固驻之，峤绝裾而去。"后用"温生绝裾"为去意坚决的典实,此则反衬丁母促子束装赴命。孟母啮指事,见晋干宝《搜神记》:"曾子从仲尼在楚而心动,辞归问母。母曰:'思尔啮指。'孔子曰:'曾参之孝,精感万里。'"后以"啮指"表达母对子的渴念和子对母的孝思与眷念。膺,承受。疢(chèn)疾,疾病。

又

代友人作。

多寿复多男,有令子,有贤孙,有文孙之孙,五代一堂同擗踊;

教忠即教孝,是严师,是慈母,是众母之母,三吴百越共讴思。

【简绎】上联从子孙一边着笔,描述全家之悲恸。文孙,本指周文王之孙,后泛用为对他人之孙的美称。擗踊(bì yǒng),亦作"踊擗",顿足搥胸,形容极度悲痛,多用于子弟遭逢父母之丧;《新唐书·儒学传中·王元感》:"故练而慨然,悲慕未尽,而踊擗之情差末;祥而廓然,哀伤已除,而孤藐之怀更剧。"(练、祥,均为古代祭名。)

下联以"忠孝"二字承转,由家庭及于地方,表达众人的思念。严师,绾合"教忠",扣到催促赴命、不许稽留。讴思,讴歌以表思念;清陆以湉《冷庐杂识》载钱仪吉《何文安公(何凌汉)挽联》:"渊云大文,赵张为政,奋建家风,时望兼汉廷数子;省台故事,都邑讴思,门墙述训,令名传荆国先贤。"

联中"众母",当指州县令长等地方官。古来"父母官"之称,原本《礼记·大学》:"《诗》云:'乐只君子,民之父母。'民之所好好之,民之所恶恶之,此之谓民之父母。"以及《孟子·梁惠王上》:"为民父母,行政,不免于率兽而食人,恶在其为民之父母也?"此中"父母",犹属笼统。而《汉书·循吏传》

谓"吏民亲爱"南阳太守召信臣，尊他为"召父"；《后汉书·杜诗传》又载，南阳新任太守杜诗，百姓比之于召信臣，谓"前有召父，后有杜母"，则地方官亦可称"母"。《儒林外史》（第一回）云："前月初十搬家，太尊（知府）、县父母都亲自到门来贺。"则可谓径称知县（县令）为"父母"了。

明清诗文，多有以"众母"称地方官者，如明梁朝钟《夏仲同何旦兼同年饮顾公纶父母舟中夜话》其一："三事公孙依众母，九潘壶子有吾师。"清姚鼐《喜陈硕士至舍有诗见贻答之四十韵》："北瞻宛丘道，严君今众母。"而清人宣鼎《夜雨秋灯录》虽属说部，却也源自现实："是年春，生（陈绮）试礼闱，入木天，出为太守，专恤流亡与贫病无告者，人人称众母。"（一集卷三）

清人楹联中，"众母"更多指向县令，如严保庸《贺吴中某令长母六十寿联》："众母奉寿母，江南大母；三春祝千春，上巳长春。"相应地，县令之母，则称为"众母母"或"众母之母"，如吴恭亨《贺临澧邓鉴三知事母太夫人七十生日联》："称一家家庆；祈众母母年。"《代姚南溆寿张济清知县致安母太夫人七十》："离祉延年，颂众母母；昔囚今客，戴二天天。"萨玉衡《挽某县令母联》："民是贾儿，甘棠歌众母母；官真佛子，妙莲现法身身。"其他文字亦然，如邓廷桢《题沈明府恒州迎养图》诗："贤母顾之喜，喜为众母母。"县令之外，也有指向其他地方官者，如梁章钜《挽许惇诗母许太淑人联》："桂岭芜城，随地齐歌众母母；萱心莲性，生天早现法身身。"（太淑人之子，许惇诗两淮分司，许惇书粤西太守。）俞曲园此联亦是。

另，古时有两位女性人称"众母"，一为"衣被天下"之黄道婆，一为五代时人练氏。今略予征引介绍，以资参稽。唐末五代闽国章仔钧夫人练寓，在南唐大军围困建州（今福建南平建瓯）时，不顾性命阻止屠城，人称"全城众母"。黄道婆为宋末元初松江乌泥泾（今属上海）人，是棉花种植推广者和棉纺技术改革家，清秦荣光《竹枝词》咏云："乌泥泾庙祀黄婆，标布三林出数多。衣食我民真众母，千秋报赛奏弦歌。"

应室凌夫人挽联

夫人为应敏斋同年继室，殁于江苏臬使署。

夜月冷皋桥，尚有馀芬留德耀；

秋风鼓庄缶，不堪清泪洒安仁。

【简释】联语就夫妻两面写来，上联着眼夫人之卒，以孟光扣到卒地，并颂美馀芬。苏州皋桥，汉皋伯通所居之地，梁鸿、孟光成婚后，曾在其家作佣舂米。孟光字德曜（梁鸿所命。"耀"似误植），古来贤妻的典范；明高启《死亭湾》诗："谁知孟德曜，元在尔东邻。"

下联着眼丈夫之悲，以庄子、潘岳二典表达情感。庄缶（fǒu，瓦盆），用庄子妻死鼓盆之典。晋潘岳，字安仁，妻杨氏亡故，作《悼亡诗》三首，后世称之为"悼亡诗之祖"。潘岳《悼亡》诗之一即云："庶几有时衰，庄缶犹可击。"

张友山漕帅五十寿联

时友山新从苏藩迁漕督。十二月十日，其生日也。太夫人在堂，年八十矣。潘季玉观察，属余撰此联。

筹添大衍，腊遇嘉平，奉八秩慈亲，鹤发堂前同笑语；

任重漕舻，恩承使节，合三吴父老，骊歌声里颂台莱。

【简释】上联基于寿辰，以寿筵与慈亲共娱。筹即算筹，旧时计算数目之工具。《易·系辞上》："大衍之数五十。"后以"大衍"为五十（岁）之代称。腊月别称"嘉平（月）"，清王念孙《广雅疏证·释天上》："腊，索也。夏曰清祀，殷曰嘉平，周曰大蜡，秦曰腊。"《史记·秦始皇本纪》："三十一年十二月，更名腊曰'嘉平'。"《礼记·王制》"九十日有秋"，陈澔《集说》：

"秩，常也。日使人以常膳致之也。"即老人年至九十，朝廷每日赐予膳食。基于此，后因称八十岁为八秩、九十岁为九秩。

下联基于职任，借父老歌咏祝寿。漕舻，漕运粮船。使节，本指使者，也用以称谓派驻一方之官员；而漕督为中央派驻官员，故称"使节"。骊歌，离别时所唱之歌；明叶宪祖《易水寒》杂剧第三折："骊歌一曲断人肠，坐客相看泪如雨。"缘有从苏藩迁漕督之事，"骊歌"及"三吴父老"便落到了实处。《诗·小雅·北山》云："南山有台，北山有莱；乐只君子，万寿无期。"《南山有台》亦云："南山有台，北山有莱。乐只君子，邦家之基。乐只君子，万寿无期。"后以"歌兴台莱"等为祝寿之语。

史忠正公祠联

其裔孙花楼大令属题。

明月梅花，拜祁连高塚；

疾风劲草，识版荡忠臣。

【简绎】史可法为明末抗清名将，官至督师、建极殿大学士、兵部尚书。尽节后，南明赠谥"忠靖"；乾隆三十七年（1772），清廷赠谥"忠正"。扬州城外梅花岭，有史可法衣冠冢——史可法生前曾有言："我死当葬梅花岭上。"冢前有清代诗人张尔荩所撰楹联："数点梅花亡国泪；二分明月故臣心。"上联"明月梅花"本此。《史记·卫将军骠骑列传》载，元狩六年（前117），骠骑将军霍去病去世，"天子悼之，发属国玄甲军，陈（列阵）自长安至茂陵，为冢象祁连山"；"祁连高塚"本此，宋洪咨夔诗所谓"生前图形燿凌烟，死后起冢高祁连"（《小雪前三日钟冠之约余侍老人行山舟发后洪入》）。

下联化用唐太宗李世民《赐萧瑀》诗："疾风知劲草，板荡识诚臣。勇夫安识义，智者必怀仁。"版（同"板"）荡，《诗·

大雅》有《板》《荡》两篇，皆刺周厉王暴虐无道，导致天下不宁。后因以"版荡"指社会动荡不安的乱世。

王荫斋观察挽联

观察名曾榰，故字荫斋，与余名、字皆相合。前年在沪渎，曾与同坐"威林密"轮船至金陵。观察之殁也，拟书此联挽之，数字推敲未定，竟不果书，补录于此。

旧梦怕重提，海上同舟，两夜联牀还似昨；
微名慙偶合，吴中怀刺，一时惊坐更无人。

【简绎】俞樾字荫甫，故云"名、字皆相合"。怀刺，怀藏名刺（名帖），意谓准备谒见。《汉书·游侠传》："陈遵字孟公。……时列侯有与遵同姓字者，每至人门，曰陈孟公，坐中莫不震动。既至而非，因号其人曰'陈惊坐'云。"下联末句"惊坐"用此，并绾合首句"微名偶合"。慙，同"惭"。

张母孟太夫人八十有四寿联

太夫人为子青中丞之母。同治十年，年八十四；正月十八日，其生日也。中丞以丁未第一人，历任封圻。时新从漕督调苏抚，太夫人犹在淮上也。余与中丞同年，因献此联。

溯八豑来四番春信，青衣鼓瑟，祝高堂百年，看膝前虎武龙文，从狀头至宰相；
算元宵后三夜月明，金钱买镫，庆中兴十载，听竟内鸾歌凤舞，自淮北到江南。

【简绎】上联由年寿生发，由祝嘏而及于子弟佳。豑（zhì），《书·尧典》"平秩东作"，《说文》引"秩"作"豑"，《字汇补》曰："古'秩'字。"八豑，即八秩。四番春信，指四年；相加以豑，切年龄。青衣，概指乐工。高堂，房屋正室厅堂，借作对父母之敬称。此处"看","瞩望"之意,故有"从状头(状元)到宰相"云云。

下联就生辰生发,借花灯而联系国运昌。宋熙宁四年(1071)正月,宋神宗赵顼命购浙灯四千馀盏,并令减价收买。苏轼上书切谏,谓:"百姓不可户晓,皆谓陛下以耳目不急之玩,而夺其口体必用之资。"(《谏买浙灯状》)。下联"金钱买镫",或由此生发。援史界"同治中兴"之说,"中兴十载"则为同治十年。竟,指疆界,后作"境","竟内"即"境内"。漕督驻淮安,苏抚驻苏州,故曰"自淮北到江南"。

应母朱太夫人七十有八寿联

太夫人为敏斋廉访同年之母,二月十七,其生日也。敏斋尚未得子,时有抱子之望,太夫人望之綦切矣。

距花朝五日,开萱寿八旬,吴下刚翻新菊部;
酌春酒三杯,披仙衣一品,怀中行抱小兰孙。

【简绎】上联由生日切入,主要写庆寿;下联则由"多寿"联及"多男子",写到行将抱孙。花朝,即百花生日,时在二月十二日。萱寿,母寿也。年七十有八,故曰"开八旬"。春酒,本指冬酿春熟之酒,而《诗·豳风·七月》有"为此春酒,以介眉寿"之句,后因以"春酒"为祝寿之酒。语有"桂子兰孙",乃对他人子孙之美称。上联末句虚写,多用于祝寿;下联则实写,扣到"有抱孙之望"。

唐母沈太淑人挽联

太淑人乃鹪安明府之继母,卒年五十八。

有令子宦三吴,官舍清闲,正向北堂树萱草;
距周甲尚两载,仙山归去,遽从西母看桃花。

【简绎】北堂，亦称"萱堂"，母亲之居室，后亦代指母亲。《诗·卫风·伯兮》："焉得谖草，言树之背。"《毛传》："谖草令人忘忧；背，北堂也。"陆德明《释文》："谖，本又作萱。"宋王楙《野客丛书·萱堂桑梓》云："今人称母为北堂萱，盖祖《毛诗·伯兮》诗'焉得谖草，言树之背'……其意谓君子为王前驱，过时不反，家人思念之切，安得谖草种于北堂，以忘其忧。盖北堂幽阴之地，可以种萱。初未尝言母也，不知何以遂相承为母事。"

周甲，满六十年。干支纪年，一甲子为六十年，故称。仙山，仙人所居，东海则三山，西北则昆仑。西王母（略称"西母"）所居瑶池，桃树遍野，至花期则桃花弥望；其果实"蟠桃"，俗传食之可延年益寿。周甲尚欠两载而逝，故曰"遽"从西母；遽（jù），急速、仓猝。

沈菁士太守挽联

癸丑夏，余在京师，乞假南旋。眷属先发，余寄居君廎（寓）数日。及君罢官归，主讲诂经精舍，未久辞去，余遂承其乏，于今三年矣。闻君归道山，感念今昔，寄此联挽之。

京国整归装，几日从君商出处；

湖楼开讲席，三年让我养疏顽。

【简绎】沈丙莹字菁士，道光乙巳进士，授刑部主事，历官安顺知府，同治六年（1867）曾主诂经讲席。上联侧重数日盘桓，下联侧重承乏讲席。出处（chǔ），本指去就进退，即出仕和隐退；此处偏指"处"。诂经精舍在西湖孤山，故云"湖楼"。疏顽，指懒散顽钝，与"承乏"（暂时承继空缺职位），均为自谦之词。

王子勤观察七十寿联

观察以五月十日生，有子十一人。许信臣前辈，其门下士也，属撰此联。

舞綵满华堂，看膝前簪笏成行，以八龙兼三凤；
称觞进蒲酒，愿林下康强逢吉，从夏五祝秋千。

【简绎】上联从子弟众多着笔。舞綵，着綵衣舞蹈娱亲。典出春秋时楚人老莱子，《艺文类聚》卷二十引《列女传》："昔楚老莱子孝养二亲，行年七十，婴儿自娱，常着五色斑斓衣，为亲取饮。"后衍化出"莱綵""綵衣""綵舞"等说法，均指孝养（尤指"色养"）父母。簪笏，簪子和手板，古代仕宦所用，此处代指子弟，绾合"八龙三凤"。

下联从进酒祝寿着笔。称觞，举杯祝酒，多指祝寿；语有"称觞上寿"，《陈书·侯安都传》："明日，（日益骄横的）安都坐于御坐，宾客居群臣位，称觞上寿。"康强逢吉，祝贺老年人身体健康、子孙吉利的套语，本《书·洪范》："身其康强，子孙其逢，吉。"夏五，此指仲夏五月。端午又称"五月节"，故下联首句有"称觞蒲酒"云云。唐杜甫《清明》诗之二："十年蹴鞠将雏远，万里秋千习俗同。"仇兆鳌注："《古今艺术图》：以彩绳悬木立架，士女坐立其上，推引之，谓之'鞦韆'。一云当作'千秋'，本出汉宫祝寿词，后人倒读，又易其字为'鞦韆'耳。"末句"秋千"，亦用"汉宫祝寿词"之意。

汤敏斋太常挽联

太常为协揆文端公次子。咸丰庚申岁，疏陈时事，与当轴者不合，遂引退。今年卒于吴中廑庐。其长子名纪尚，闻颇能继其家学也。

顿失老成人，忆咸丰季年，阙下封章持正论；

重披世系表，溯文端遗泽，牀头祖笏付佳儿。

【简绎】上联着眼德望事功，下联着眼家世承传。《诗·大雅·荡》："虽无老成人，尚有典型。""老成人"本此，指德高望重之长者。旧时大臣关系机密重事之章奏，皆用皂囊重封以进，名之曰"封章"，亦称"封事"。重披，重新翻开；披，打开，语有"披览"，即翻阅、展读。汤修（字敏斋）之父汤金钊，谥"文端"。祖笏，喻指祖先之事业。宋卫宗武《金缕曲·贺新郎》云："生子生孙从此始，剩有人传祖笏。"

恩竹樵方伯五十有四寿联

方伯喜吟诗，与余唱和无虚日。六月十一日，其生日，书此为寿。

白香山五十四官苏州，早见诗篇满吴郡；

范纯仁六月中赐生日，行看制草出坡公。

【简绎】此联两用典实，上联基于年寿，基本写实，年寿之外，又扣到喜好吟诗；下联基于生辰，多属虚指，冠冕堂皇，想必甚得寿星欢心。白居易号"香山居士"，生于睿宗大历七年（772），敬宗宝历元年（825）出任苏州刺史，正当五十四岁。范仲淹之子范纯仁，六月十八为其生日，元祐二年（1087），宋哲宗下诏为他庆寿，诏令的文稿（制草）由苏东坡撰写。

杨母丁淑人挽联

淑人能诗、工书，曾刲臂肉和药，疗君姑之病。所适杨君秉，字子宣，宦游浙江，辛酉之春死寇难。夫忠妇孝，是可传矣。

有令德，有清才，不愧声称是贤母；

一忠臣，一孝妇，最难伉俪并传人。

【简绎】上联单从逝者着笔。前二句,扣到刲臂和药、能诗工书,末句总括赞美。声称,即声名;汉司马相如《难蜀父老》:"故休烈显乎无穷,声称浃乎于兹。"下联则从夫妇双方着笔,臣忠谓死寇难,妇孝则重在刲肉和药疗君姑。旧时妻称夫之母为"君姑",《尔雅·释亲》:"妇称夫之父曰舅,称夫之母曰姑。姑舅在,则曰君舅、君姑;殁,则曰先舅、先姑。"传人,指声名留传后世之人;《荀子·非相》:"五帝之外无传人,非无贤人也,久故也。"

管洵美明经挽联

明经乃陈硕甫先生之高足弟子。其没之夕,有星陨之异。硕甫先生名奂,精《毛诗》学,居吴下之南园,学者称"南园陈先生"也。

东壁霣文光,一星炯然,果应此老;
南园访乔木,三吴学者,又失斯人。

【简绎】明经,明、清对贡生之尊称,而贡生为学问优长,由府、州、县学推荐入京师国子监学习者。故此联着重表其文才,并特以老师陈奂映衬。东壁,即壁宿,因在天门之东,故称。霣,古通"陨",落下。旧时谓人间才俊,对应天上星辰,故多有人殁星陨之系联。下联"乔木",犹"故家乔木",谓出众的人才;《儒林外史》第四六回:"自古说:'故家乔木',果然不差。"

周母沈太夫人挽联

太夫人为缦云侍御前辈之母,年八十六而终。

跻八秩更六龄,富贵贫贱患难,处之夷然,屡承芝诰褒扬,有是儿、有是母;
以一身兼五福,康宁令德考终,数者备矣,请看麻衣罗拜,又多子、又多孙。

【简绎】上下联分别从寿、福着笔，并由此延伸，极写多福多寿。跻（jī），登（上）。旧时皇家诰命用五色金花罗纸书写者称"花诰"，用以封赠大臣之母或妻；称"芝诰"，寓意华美、吉祥。五福，指寿、富、康宁、攸好德、考终命。源出《书·洪范》："五福：一曰寿，二曰富，三曰康宁，四曰攸好德，五曰考终命。"攸好德，所好者德，即以美德为好尚；考终命，尽享天年，善终。麻衣，粗麻布所做的衣服，多用为孝衣。

恽次山抚部挽联

抚部以庶常改吏部，官至湖南巡抚，罢归。乃家兄壬甫太守癸卯同年也。年来同厪吴下，时相过从。所居有栎树，余去年为书"栎存草堂"额，不意其遽作古人也。

　　大雅宏达，是名翰林；清通简要，是真吏部；严明仁恕，是封疆重臣，遗爱长留荆楚地；

　　论芸香俸，为前后辈；编花萼集，为同年生；订缟纻交，为吴中老友，伤心怕过栎存堂。

【简绎】上联列数官职。庶常，即庶吉士，清翰林院设庶常馆，掌教习庶吉士事。封疆重臣，扣巡抚；荆楚，扣湖南。下联罗列交谊。唐秘书省称"芸香署"（简称"芸署"），明、清借指翰林院；芸香俸，即翰林院官俸。花萼喻兄弟，而兄弟诗文结集则称"花萼集"，南宋李洪兄弟词集即题名《李氏花萼集》。《左传·襄二十九年》："（吴季札）聘于郑，见子产，如旧相识，与之缟带，子产献纻衣焉。"后因以"纻缟"为友朋交谊之典。缟带，白绢制成的大带；纻衣，苎麻织成的衣服。

沈仲复观察五十寿联

观察生于九月四日，时方从常镇道调苏松太道，尚未隶（同

"莅")新任也。

为第一泉小驻行旌，英荡将临黄歇浦；
先重九日特开公宴，茱萸预佐紫霞觞。

【简绎】上联写官辙，就近事点出前后宦地。第一泉，此指镇江中泠泉，扣常镇道。行旌，官员出行之旗帜。英荡，竹制符节；汉代有竹使符，后泛指外任官员之印信。上海境内黄浦江，别称"黄歇浦"或"歇浦"，相传为战国楚春申君黄歇疏凿，故名；诗文中常用以指代上海。苏松太道，清中后期驻节上海县，而吴淞江古称"松江"，在县境北端，松江府缘此而名。

下联写寿诞，紧扣生日邻近之佳节。重九，九九重阳两"九"相重，故称。茱萸，重阳知名节物，王维所谓"遍插茱萸"。紫霞觞，即"霞觞"（犹"霞杯"），盛满美酒的酒杯；唐曹唐《送刘尊师祗诏阙庭》诗之二："霞觞共饮身虽在，风驭难陪跡未闲。"

联语下字很是讲究，突出寿诞地、时之特殊情形，调任而未莅任，故一则曰"小驻"，再则曰"将"；未届期而祝嘏，故一则曰"特开"，再则曰"预"。真可谓一丝不苟、周到尽致。

又

观察实生于九月十日。前联小误，复撰是联。

以玉堂客，作金山主人，旌节将移，且为第一泉小住；
歌鹤南飞，和大江东去，茱萸未老，好补重九日清游。

【简绎】此联之结撰，与前一联大体同一机杼。上联宦辙之外，又表出出身。玉堂，翰林院别称；沈秉成（字仲复）进士及第授编修、迁侍讲，因有"玉堂客"之谓。金山为镇江名胜，常镇道驻镇江，故有"金山主人"之云。旌节，旗帜与符节。前一联突出驻节，故曰"小驻"；此联强调作主人，故曰"小住"。

下联则时节之外，又引入古人生日韵事，以为祝嘏。元丰五年（1082），苏轼谪居黄州，十二月十九，逢其生日，置酒赤壁矶下。酒酣，笛声起于江上，客有郭、尤二生，颇知音，谓坡曰："声有新意，非俗工也。"使人问之，则进士李委闻坡生日，作新曲曰《鹤南飞》以献。而《念女娇·赤壁怀古》词，亦作于此时，因有"和大江东去"云云。生辰在重九之后，也便易"预"为"补"了。

潘少梅明经挽联

少梅乃余兄子黼堂之妇翁也。工举子业，屡困场屋。晚年筦（管）宗文义塾事，余在西湖讲舍，频与往返。今年四月六日，余将还吴下，尚话别于塾中。不意别未数月，遂作古人也。少梅有子曰鸿，字仪父，乃诂经精舍之高才生，去岁已举于乡矣。

论年齿宜兄事，论昏媾是亲家，忆浴佛前两日，话别依依，何意重来失良友；

以道义式乡间，以举业训后进，与及门二三子，谈文娓娓，所欣继起有佳儿。

【简绎】上联侧重双方交谊，点出近事，寄寓哀挽。昏媾，通婚关系，昏同"婚"；《左传·隐十一年》："唯我郑国之有请谒焉，如旧昏媾。"下联表逝者德业，侧重义塾训育，结到佳儿高材。式，示范，做表率。乡间，家乡、故里；三国魏阮籍《大人先生传》："少称乡间，长闻邦国。"间，里巷之门。及门，正式受业于门下的弟子。

财神庙联

潘玉泉观察属撰。久无以报命，偶于舟中集《四书》语，作二联与之，亦不知其果用否也。

无以为宝，惟善以为宝，则财恒足矣；
义然后取，人不厌其取，又从而招之。

生财有大道，则拳拳服膺，仁是也，义是也，富哉言乎至足矣；
君子无所争，故源源而来，孰与之，天与之，神之格思如此夫。

【简绎】第一联，上联三句，均出自《大学》；下联前两句出《论语·宪问》，后句出《孟子·尽心下》。

第二联，上联分别出自《大学》《中庸》《孟子·尽心上》（"仁是也，义是也"）、《论语·颜渊》（"富哉言乎"）及《孟子·尽心上》（原文："民非水火不生活，昏暮叩人之门户，求水火，无弗与者，至足矣。"）下联分别出自《论语·八佾》《孟子·万章上》（"故源源而来，孰与之？天与之"）及《中庸》（原文："《诗》曰：'神之格思，不可度思，矧可射思？'夫微之显，诚之不可揜如此夫！"）格思，来、到；思，语助词。

又

西湖孤山有财神庙，庙中联语，无一佳者。余拟书此联悬之，未果也。

梅鹤洗酸寒，且教逋老扬眉、葛仙生色；
莺花添富丽，恰称金牛湖上、宝石山边。

【简绎】此联切地切景来写，上联拉逋老、葛仙作陪，洗净"酸寒"，算得别一种财富；下联"富丽""金牛""宝石"诸语，本是写景，却又委婉扣到世俗之财富。整个联语，可谓不即不离、亦即亦离，所谓"不着痕迹，尽得风流"。

宋林逋谥"和靖"，生平不娶，梅妻鹤子，西湖孤山有林和靖墓；晋葛洪人号"葛仙翁"，曾在葛岭结庐修道，西湖北宝石山之西即西湖葛岭。西湖十景有"柳浪闻莺",宝石山植物景观丰富,此所谓"莺、花"。西湖旧称"明圣湖""金牛湖",《初学记》引刘道真《钱塘记》曰:"明圣湖在县南,去县三里,父老相传,湖有金牛。古尝有见其映宝云泉,照耀流精,神化莫测,遂以'明圣'为名。"

李少荃爵相五十寿联

余与相公为甲辰同年。闻其于同治十一年正月五日庆五十寿,寄此联祝之。公时为直隶总督。

以岁之正,以月之令,春酒一尊,为相公寿;
治内用文,治外用武,长城万里,殿天子邦。

【简绎】上联首二句"以岁之正(zhèng),以月之令",出先秦《士冠辞》,其中有"寿考惟祺,介尔景福""眉寿万年,永受胡福""以成厥德,黄耇无疆"等祝福之辞。因生辰正值新春,故此处"春酒"双关时令与祝寿。尊,古同"樽"。相公,宰相之尊称。其时,李鸿章(字少荃、少泉)为文华殿大学士、受封一等肃毅伯,兼任北洋通商大臣,故云"相公""爵相"。然李氏虽属一时瞩望,却未必当得"治内用文,治外用武"八字。安邦定国谓之"殿邦",语本《诗·小雅·采菽》:"乐只君子,殿天子之邦。"寿,祝福,多指奉酒为人祝寿。

汪莲府驾部六十寿联

驾部乃先君门下士,余三十六年来老友也。以孝廉官郎署,未久即移疾归新安故里,以齿德为一乡望。今岁行年六十矣,十一月二十日,其生日也。余方在西湖诂经精舍,寄此寿之。

北阙赋归田,岿然作东鲁灵光,际一阳始生,逢六旬初度;
西湖劳望远,安得跨南飞瑞鹤,来桃花潭上,拜柏叶仙人。

【简绎】上联由归里、德望，说到生日。北阙，帝王宫禁，亦指朝廷。汉鲁恭王刘馀建有灵光殿，屡经战乱而岿然独存，后因以"鲁殿灵光"称硕果仅存之人或事物，省称"鲁灵光"。冬至后白昼渐长，古人认为乃阳气初动，故谓之"一阳生"，以代称冬至。《易·复》"后不省方"，唐孔颖达《正义》："冬至一阳生，是阳动用而阴复于静也。"宋王安石《冬至》诗："都城开博路，佳节一阳生。"冬至又多在冬月（十一月），扣到生之月份。初度，初生之时，语本屈原《离骚》"皇览揆余初度兮"；后多指称人的生日。

下联则由寄联祝寿，表达祝福。桃花潭地属古新安，位于杭州之南，故曰"望远""南飞"。瑞鹤，吉祥之鹤。柏叶仙人，传说中常年服食柏叶的长寿仙人，事见《太平广记·神仙》，明王世贞有《柏叶仙人歌》。鸟之鹤，木之柏，传统均以为长寿象征。

柳母俞孺人挽联

孺人乃柳质卿孝廉之母。议者以孝廉有前母，宜称"继母"。孝谦以书问余，余按《仪礼·丧服篇》"继母如母"，《疏》曰："继母本非骨肉，故次亲母后。"然则以亲母而谓之继母，义不可通矣。孝廉从余言，遂称"先妣"。余因书此联挽之。

生称母，死称妣，必也正名，一字记曾参末议；

钟氏礼，郝氏法，幸哉有子，九泉会见赉恩纶。

【简绎】上联由孺人称谓切入，末句涉及双方交往，纯然写实。末议，微末的议论，宋苏洵《上韩枢密书》："昨因请见，求进末议。"下联就先后两母之特殊情形着笔，援古典以褒美，末句却是推想，即因儿子出色而得朝廷封诰。赉（bēn），装饰。恩纶，犹"恩诏"；语本《礼记·缁衣》："王言如丝，其出如纶。"

钟礼郝法，是古来称美贤淑妇德之常用典故。刘义庆《世说新语·贤媛》："王汝南少无婚，自求郝普女。司空以其痴，会无婚处，任其意，便许之。既婚，果有令姿淑德。生东海，遂为王氏母仪。……王司徒妇，钟氏女，太傅曾孙，亦有俊才女德。钟、郝为娣姒（妯娌），雅相亲重。钟不以贵凌郝，郝亦不以贱下钟。东海家内，则（效法）郝夫人之法；京陵家内，范（取法）钟夫人之礼。"后世因以"郝钟"并称，且据此产生"钟郝遗徽""钟郝遗风""钟郝徽音""钟郝雅范""钟郝雍睦""钟郝流芳""钟郝仪型""钟郝坤仪"等语汇。

罗壮节王贞介两公祠联

壮节名罗遵殿，乙未进士，浙江巡抚；贞介名王友端，丁未进士，署浙江布政使，同死庚申之难者也。浙江省城新建两公祠，高滋园都转属题此联。

由名进士起家，为名臣，一开府、一开藩，浙东西崇德报功，人与白苏共千古；

是大丈夫出身，临大节，以死战、以死守，城内外矢穷援绝，天教巡远作双忠。

【简绎】咸丰十年（1860，夏历庚申年），江浙被太平军攻占，备遭蹂躏，史称"庚申之难（劫）"。太平军攻杭州城，罗遵殿（谥"壮节"）徒步泥淖中，守浃旬，城陷仰药死，妻女同殉；王友端（谥"贞介"）多次建议战备事，城破亦死。上联"开府""开藩"，均指到外省担任高级官职，分扣巡抚、布政使。唐白居易、宋苏轼，均曾在杭州为官，并有惠政遗爱。

下联"死战""死守"，分扣两人庚申事迹。杭城被困，曾乞师湖南、江南，援兵或遇阻、或未至，"援绝"谓此。唐张巡、许远并称"巡远"，安史乱中，二人协力死守睢阳（今河南商丘所辖区），城破不屈而死。后世谓之"双忠"，多地建有双忠祠宇，如广东潮阳东山双忠祠，文天祥经过时曾以《沁园春》词题壁，词中有句："骂贼睢阳，爱君许远，留得声名万古香。"

曾文正公挽联

余受知文正最深。庚戌进士覆试，公充阅卷官，以余诗有"花落春仍在"句，期许甚大。余以"春在"名堂，识感亦识愧也。山颓木坏，吾将安仰？于挽联仍及此意，追惟昔款，曷胜泫然！

是名宰相，是真将军，当代郭汾阳，到此顿惊梁木坏；
为天下悲，为后学惜，伤心宋公序，从今谁诵落花诗。

【简绎】上联大处着眼，惊悼国家遽失栋梁。曾国藩创建湘军，最终剿灭太平军、克复天京（江宁，今南京），自古文人武略少有及者；曾先后为协办大学士、体仁阁大学士，兵部尚书，故云"宰相"。唐郭子仪，历任朔方节度使、兵部尚书、同中书门下平章事（相当于宰相），曾平定河中兵变，击退吐蕃、回纥入侵，因功封汾阳郡王，世称"郭汾阳"。联语从文武两方面，比曾氏为"当代郭汾阳"，可称确切。

下联切己着笔，惋惜后学少一明师。宋庠（字公序），宋仁宗时宰相。早年与弟宋祁，持文拜谒知州夏竦，恰好一阵轻风拂过，院中花瓣纷落，二人受命即景作《落花诗》，夏竦认为兄弟咏落花而不明言其落，果然好诗。而俞樾参加礼闱复试，礼部以"淡烟疏雨落花天"命题，俞以"花落春仍在，天时尚艳阳"开篇，摆落"落花悲伤"之老套，博得曾国藩激赏，谓之"此与'将飞更作回风舞，已落犹成半面妆'（宋祁诗）相似，他日所至，未可量也"，取为保和殿复试第一名。昔款，即谓此种知遇之"往日情分"。

吴仲云制府挽联

制府为嘉庆甲戌翰林，至余庚戌入词林，为一十九科前辈矣。官至云贵总督，引疾归，门户萧然，与寒士不异。晚年主讲敷文书院，与余所主诂经精舍，止隔一西湖也。

树滇黔数万里外威名，归卧林泉，一品门庭若寒素；
溯翰苑十九科前老辈，叨陪杖履，半年坛坫共湖山。

【简绎】上联就对方着笔，写仕宦、引归及门风。寒素，清苦俭朴；宋叶适《宋故孟夫人墓志铭》："信安王以恭俭律家，夫人尤勤苦敬顺，事夫训子，率用寒素。"下联由自己着笔，写双方关系，及对方归后生涯。叨陪，谦称陪侍或追随；杖履，老者出行所用，引申为对尊长之敬称。坛坫，此指讲坛；清顾炎武《复张又南书》："倘遂（远）听不察，以为自立坛坫，欲以奔走天下之人，则东林覆辙，目所亲见，有断断不为者耳。"

吴晓帆方伯挽联

晓帆曾摄苏藩，有宦迹。归里后，于里中善举，皆力为之。余今春至福宁省亲，晓帆使人至江干，为余问船价，甚拳拳。不意自闽中还，遽哭其死也。

送我八闽游，何意归来失良友；
惟公一乡望，深为吾党惜斯人。

【简绎】联语侧重表个人交谊和乡里善举。八闽，福建别称；宋元明清，福建分八府（元代称"路"），故云。一乡望，一乡所瞩望；望，人所敬仰的。

吴母徐太夫人七十寿联

太夫人为吴子儁（古同"俊"）庶常之母。布衣疏食，贵而能贫。庶常先以军功积官至观察，辛未会试入词林，乡人荣之。时余与同寓吴中，以此联为寿。

芝诰日边来，积半生克俭克勤，天以佳儿报贤母；

版舆吴下驻，愿此后多福多寿，人从盛夏祝长春。

【简绎】上联就"佳儿"着笔，赞美贤母；下联侧重祝寿，又点出地点（吴下）、时节（盛夏）。日边，本指太阳旁边，喻指帝都或天子左右。清李渔《风筝误·请兵》："羽书飞上九重天，伫望旌旗自日边。"末句可谓"无中生有"，时本盛夏，却以"长春"喻指"长寿"，绾合春夏，对应上联"母子"。版舆"舆"，原本误作"兴"，径改。

恩竹樵中丞五十有五寿联

竹樵，吾诗友也。六月十一日，为其生日。余去年曾寿以一联，今又赠此。时奉命摄苏抚矣。

歌詠满三吴，喜玉节金符，新自屏藩晋开府；

唱酬同一集，愿冰桃雪藕，长从六月祝千秋。

【简绎】上联由宦辙叙政声。歌咏涉及政声，不过是虚拟一笔。玉节金符，金、玉制成的符节，符节之美称。屏藩，屏风和藩篱，此指一方疆土及其保障；其官如布政使、按察使等，谓之"开藩"，而"晋开府"，则谓升任巡抚。下联由交谊表祝嘏。唱酬，以诗词相酬答，扣"诗友"。桃、藕均为夏令时品，而传说西王母曾赠予周穆王、汉武帝（万岁）冰桃、（千年）雪藕，故用于祝寿有双重美意。

翁母许太夫人挽联

太夫人为常熟翁文端相国原配。药房中丞（同书）、玉甫中丞（同爵）、叔平阁学（同龢），皆其子也。夫为宰相，子孙皆状元，极箕珈之至荣。其殁也，诏书褒美，赐祭一坛，盖旷典也。文端为先朝议君同年，樾以年家子敬献此联，固未足揄扬万一耳。

夫为宰相，状元子、状元孙，看门庭武达文通，世代勋贤，会见韦平承旧业；

帝褒贤母，御赐祭、御赐葬，极恩礼隆天重地，年家子姓，敬从钟郝缅遗徽。

【简绎】上联侧写，以子孙烘染笄珈（此指妇女）至荣。勋贤，有功勋、有才能的人。西汉韦贤、韦玄成，与平当、平晏父子，并称"韦平"。韦、平父子相继为相，世所推重。

下联正写，又以年家子姓衬托。科举时代，同年登科者两家间互称曰"年家"。恩礼，尊上对下的礼遇。钟郝，亦作"郝钟"，指妇德贤淑。遗徽，逝者生前之美好德行。葖，同"葬"。

高辛才观察八十寿联

观察名应元，乃嘉庆癸酉拔贡，仕至四川永宁道，引疾归。固〔因〕故里富阳无家，廅居杭州。时又自杭移苏，将至扬州，因其孙从长芦改官两淮，入京师引见，将归也。八月下旬，遇其生日，以此联为寿。

泛宅到三吴，喜捧檄而归，日下兰孙新得意；

县弧逢八月，想称觞一笑，月中桂子共长生。

【简绎】上联由移居，写到孙儿宦辙，寓褒美。泛宅，以船为家；习语"泛宅浮家"，比喻漂泊不定。捧檄，奉命就任；唐骆宾王《渡瓜步江》诗："捧檄辞幽径，鸣榔下贵洲。"日（喻指皇帝）下，指京都。"兰孙新的得意"，绾合"捧檄"，扣其孙改官引见将归。

下联由生辰月份，连及月桂，寓祝福。古礼：男子生，悬弧（木弓）于门首左侧。后世以"悬弧"指生男，"悬弧之庆""垂弧之旦"等指代男子生日。县（xuán），古同"悬"，悬挂；《诗·魏风·伐檀》："不狩不猎，胡瞻尔庭有县貆兮？"因生辰在八月（别称"桂月"）下旬，故联中言及"月中桂子"。

又

代许信臣前辈。

吴下故人来，是六十年前总角旧交，皓首庞眉登八十；
弧南寿星见，正中秋节后缦亭高会，琼楼玉宇庆千秋。

【简绎】代撰寿联，自然要从祝寿者一边着笔，上联"总角旧交"，即许氏与寿主之关系。下联亦就生辰月份切入，特别的是，八月既有中秋佳节，又有老人星出现，故而多从天上取材，寿星、月宫都成了"联料"，高来高去，祝寿的意味也可谓"高大上"了。

古时儿童编扎头发形如两角，称"总角"，因以借指童年。弧矢星，又名"天弓"，在天狼星东南；共九星，八星如弓形，外一星如箭矢，故名。南极老人星，俗称"寿星"，在弧矢星之南，所谓"弧南"也。《史记·天官书》："（西宫）狼比地有大星，曰'南极老人'。老人见，治安；不见，兵起。常以秋分时候（守望）之南郊。"张守节《正义》："老人一星，在弧南，一曰'南极'，为人主占寿命延长之应。见，国长命，故谓之'寿昌'，天下安宁；不见，人主忧也。"缦亭，亦作"幔亭"，用帐幕围成的亭子。

许母姚太夫人七十有八寿联

太夫人为许小舫太守之母。九月二日，其生日也。

跻七十又八龄，萱寿行看登百岁；
先重九只六日，菊花刚好祝千秋。

【简绎】上下联分别着眼年寿、生辰，是寿联的常见格式。此联即如此，亦缘于无特别内容可写也。

汪瘦梅水部挽联

　　余未通籍前，馆新安汪氏最久，水部即彼时从学者也。举孝廉，官水部，未成进士，郁郁成疾，卒于京师。其弟芙青蒞尹入都，奉其灵輀（同"软"）、挈其妻女以归，途中又亡其长女。今仅存一女，是亦可哀也已。余去新安二十二载，然故交零落殆尽，今又哭君，不自知其言之悲也。

　　置身郎署十六年，名心未死，病骨遽销，孀妻弱弟，扶旅榇而归，到此膝前止存孤女；
　　回首新安廿二载，馆舍荒凉，故交零落，感旧伤今，向秋风一恸，痛吾门下又失斯人。

　　【简绎】上联着眼当下，历数可哀景况；下联感旧伤今，表达无限哀痛。郎署，古代郎官（侍郎、郎中）办公的衙门。明、清设"都水司"，俗称"水部"，隶属工部，设郎中、员外郎等。旅榇（chèn），客死者的灵柩，多用以蒲裹轮之灵輀载运。《后汉书·明帝纪》"安车輀轮"注："以蒲裹轮，令柔輀也。"恸（tòng），悲痛大哭。因逝者曾从学，故有"门下"云云。

刘听襄庶常挽联

　　庶常乃丁未前辈也。余主讲诂经，常相见。今年四月间，犹来湖上，长谈半日。及九月中再至西湖，则已作古人矣。

　　溯廿年前词馆清声，林下相逢尊老辈；
　　忆四月中湖楼闲话，秋来重到失良朋。

　　【简绎】此联主要着眼双方交往，带出逝者生平事迹。上联溯及往日，心怀敬意；下联书写当下，寄寓哀挽。词馆，指翰林院。清声，清美的声誉。林下，指山林田野之类退隐之处，可见"相逢"是在刘氏辞官之后。

莳红小筑联

苏州山塘斟酌桥,新修东阳张忠敏公祠。旁屋数楹,应敏斋廉访署曰"莳红小筑",颇有泉石、竹篱、荷沼,楚楚可观。癸酉秋,余将有武林之行,倚装题此。

小筑三楹,看浅碧垣墙、淡红池沼;

相逢一笑,有袖中诗本、襟上酒痕。

【简绎】上联摹小筑建筑、景色,浅碧、淡红扣竹篱、荷花之色,本唐殷尧藩《访许浑》:"浅绿垣墙绵薜荔,淡红池沼映芙蕖。"下联写文士交往、主人本色,本白乐天《故衫》:"袖中吴郡新诗本,襟上杭州旧酒痕。"

陈母汤太淑人挽联

淑人为陈仲泉观察之母。尝偕赠公,南至广西,西至甘肃,备尝辛苦。赠公卒,哭之失明。今年冬,殁于直隶。仲泉观察需次吴中,闻信奔赴。余与观察同年,故挽以此联。

泪眼十年枯,忆从前辛苦随夫,纸阁芦簾,远历关山到秦陇;

悲风千里动,怜吾友仓皇闻讣,麻衣桐杖,独冲风雪到幽燕。

【简绎】此联上、下首句领起,接着以"忆""怜",分别逗出下文。上联着重淑人过往,下联着重"吾友"奔丧。纸阁芦簾,用纸糊窗贴壁、用芦草编织门簾,比喻居处简陋、生活清贫。桐杖,为母送丧所拄孝杖。另,陈父称"赠公",乃旧时对官员父亲之敬称;陈母称"淑人",则是因其子为官所得封号。秦陇,扣随夫西至甘肃;幽燕,扣殁于直隶。

倪母张太夫人挽联

太夫人为载轩观察之母。其卒也,有姑在堂。

封膺一品,寿届七旬,戚党流传,共美膝前有贤子;
黍谷阳回,萱闱春去,岁除将近,最难堂上慰慈姑。

【简绎】上联由贤子生发,述逝者荣誉,寓赞扬。膺,受封膺,指承受封赠。戚党,亲友、同乡,清蒋士铨《鸣机夜课图记》:"历困苦穷乏人所不能堪者,吾母怡然无愁蹙状,戚党人争贤之。"

下联从逝时着眼,结到慈姑"最难",寓哀挽。《太平御览》引汉刘向《别录》:"传言邹衍在燕,有谷地美而寒,不生五谷。邹子居之,吹律而温气至,而生黍,到今名黍谷。"后以"黍谷阳回"或"阳回黍谷",喻指春回寒地带来生机。萱闱,亦作"萱帏",指母亲。岁除,年尽之日,即除夕。慈姑,婆婆的美称。

吴室孙夫人挽联

夫人为吴彤云观察之配。幼失怙恃,育于兄嫂。既归吴,抚八岁小姑,以迄于嫁,亦如其兄嫂。中年挈子女避兵,辛苦备尝,遂得拘挛之疾,困顿床席者几十年。将卒,犹命其子善事庶母,亦云贤矣。

噩耗到江南,溯自早岁零丁,中年离乱,暮齿又疾疢缠緜,何怪神伤苟奉倩;
褒扬来日下,想其勤俭相夫,孝友勖子,恩义逮偏妻女妹,允推闺范宋宣文。

【简绎】上、下联首尾各自绾结,哀、赞之意本可谓已然自足,但未免干瘪;妙在中间以"溯""想"二字各自领起,叙入具体事实,联语遂显得饱满充实、跌宕有致。

三国魏荀粲，字奉倩，因妻病逝，痛悼不能已，每不哭而伤神，岁馀亦死，年仅二十九岁。后成为悼亡之典实。闺范，闺中仪范。前秦太常韦逞之母宋氏，家传《周官》之学，苻坚曾令百二十人从她受业，并赐号"宣文君"。噩耗，一作"嚑耗"；嚑，同"耗"。

汪观澜封翁与刘夫人挽联

封翁与夫人结褵六十载，于壬申年重行合卺之礼。至是年十二月，夫人卒；明年元旦，封翁卒，相距九日，亦人瑞也。

倡随到六十年，白发苍颜，已届耄期重合卺；
考终完九五福，年头腊尾，未踰旬日两游仙。

【简绎】此联侧重重行合卺、相继去世，如此"人瑞"（人中祥瑞，指有德或高寿者），可谓一时难觏，故联语赞叹之意，似更为突出。

倡随，夫倡妇随，亦作"夫唱妇随"。夫倡（唱）于先，妇随于后，语出《关尹子·三极》："夫者倡，妇者随。"后用以形容夫妇关系融洽和美。耄期，高年；耄，八九十岁。合卺（jǐn），传统婚礼仪俗，即男女同杯饮酒；后泛指结婚之礼。

考终，善终，尽享天年。如前所述，五福源自《洪范》"九畴"——天帝赐予大禹治理天下之九类大法；第九畴（类），概括则"九曰飨用五福，威用六极"，具体则"九，五福：……六极：……""九五"连读，遂有"九五福"之谓；而九为"极数"（数之极），意义也很是吉祥。同时，九五福或可解释为"九如五福"之省称。游仙，漫游仙界，去世的委婉说法。

沈韵初中翰挽联

中翰嗜书画、癖金石，问字于余十馀年矣，频以金石疑义相质询，门下一佳士也。卧疴一载，竟以不起。其母夫人犹在堂，是可伤已！

一载卧沉疴，李贺牀头呼阿妳；
十年问奇字，杨云门下失侯芭。

【简绎】此联均据人物关系切入、展开，上联说母子，下联说师弟，并分别用典。

上联前句概写卧沉疴（重病），后句以李贺之典，扣到母夫人犹在堂。李商隐《李贺小传》云："长吉（李贺字）将死时，忽昼见一绯衣人，驾赤虬，持一板，书若太古篆或霹雳石文者，云当召长吉。长吉了不能读，欻（chuà）下榻叩头，言：'阿妳（对年老妇女的通称）老且病，贺不愿去。'"妳，同"奶"。有古籍又作"阿嬭"，《广韵》云："齐人呼母曰嬭，李贺称母曰阿嬭。"

下联前句概写辛勤问学，后句以侯芭之典暗寓称赞，扣到"门下一佳士"。《汉书·扬雄传》载，扬雄多识古文奇字，刘棻曾向他学习奇字。后称从人受学或向人请教为"问字"，清袁枚《留别荷芳书院》诗之一："吟诗白傅贪风月，问字侯芭感岁年。"亦作"问奇字"，唐韩愈《题张十八所居》："端（李端）来问奇字，为我讲声形。"又《汉书·扬雄传赞》："雄以病免，复召为大夫。家素贫，耆酒，人希（少）至其门。时有好事者载酒肴从游学，而巨鹿侯芭常从雄居，受其《太玄》《法言》焉。……（雄）天凤五年卒，侯芭为起坟，丧之三年。"扬雄著作得以传世，端赖侯芭之力，故明人顾璘诗云："玄经不覆瓿，侯芭名至今。"（《金元宾自吴赴山中商定王履吉遗藁临别有赠》）玄经，及扬雄拟《易》所著《太玄》。扬雄字子云，故省称"杨云"；至于其姓之"杨""扬"，历来纷论不已，今似多取"扬"者。

贾耘樵观察挽联

观察以县令起家，曾摄苏臬。

陈臬苏台，长使吴儿歌贾父；
题诗水阁，更无耘老和坡翁。

【简绎】此联由逝者姓氏、名号切入。上联借贾琮史事，表德政。《后汉书·贾琮传》："中平元年，交阯屯兵反，……灵帝特敕三府精选能吏，有司举琮为交阯刺史。琮到部，讯其反状，咸言赋敛过重，……琮即移书告示，各使安其资业，……岁间荡定，百姓以安。巷路为之歌曰：'贾父来晚，使我先反；今见清平，吏不敢饭。'在事三年，为十三州最。"父，对男子的美称，多缀于姓字之后。陈臬，指担任司法之职。臬，臬司，提刑按察使司之别称。

下联则纯借坡翁轶事发挥，以足联意。《苕溪渔隐丛话》云："贾耘老旧有水阁在苕溪之上，景物清旷。东坡作守时屡过之，题诗画竹于壁间。"坡翁曾云"平生管鲍我知子"（《次韵答贾耘老》），可见两人交好程度。"更无"，寓悼念之意。

丁濂甫学使同年挽联

学使视学吾浙，今春招同杜莲衢侍郎，小饮于其署斋，皆庚戌同年也。出所著《蜀游草》一卷，属余商定；又画横幅及团扇见赠。乃未数月而遽归道山矣，可伤也。

小集三同年，杯酒清谈，犹忆同商蜀游草；
伤心一分手，画图留赠，不能再写浙中山。

【简绎】此联均以交往琐事出之，却尤见亲切。小集，小的会聚。写，此指描摹，即绘画。宋范镇《东斋纪事》卷四："又有赵昌者，汉州人，善画花，每晨朝露下时，绕栏槛谛玩，手中调采色写之，自号'写生赵昌'。"末句"浙中山"，扣"视学吾浙"而不着痕迹。

潘母汪太宜人挽联

冝（古同"宜"）人为潘兰仪司马之母，卒于同治十二年闰六月之朔，年七十四。生七子，今存其二，有孙八人。守节四十馀年。其长女守贞不字，先母卒。同治八年，母女同请旌。倪载轩观察屦苏，为其西邻，属代撰斯联。

青灯四十载，独抱冰心，叹膝下佳儿，止存双凤；闺中贞女，先跨孤鸾，老景逼桑榆，半死枯杨遭闰厄；

丹诏九重天，特褒苦节，算萱花慈寿，已过七旬；桐树孙枝，刚符八士，高风留绰楔，平分清籁到邻春。

【简释】上联写守贞节而垂范后人。青灯，借指清苦生活。冰心，纯净高洁之心。桑榆，以夕阳余晖照在桑榆树梢，借指落日余光处，比喻晚年。孤鸾，喻指失去配偶或无配偶之人，此扣"守贞不字"。旧说黄杨难长，岁长一寸，遇闰年则倒退一寸（一说三寸）。宋苏轼《监洞霄宫俞康直郎中所居四咏·退圃》："园中草木春无数，只有黄杨厄闰年。"自注："俗说黄杨一岁长一寸，遇闰退三寸。"故以"黄杨厄闰"比喻时运不济。

下联写获旌表而名闻乡里。坚守节操，矢志不渝，谓之"苦节"。桐树孙（小）枝曰"桐孙"，美称他人之孙。八士，周代有才能者八人；此处借指"孙八人"。绰楔（chāo xiē），古时树于正门两旁，用以表彰孝义的木柱。清籁，犹"清响"，此似关涉丹诏。《礼记·曲礼上》："邻有丧，舂不相（xiāng，送杵号子）。""邻春"，借指邻居，扣"为其西邻"。

魁时若将军七十寿联

将军生于闰六月。至癸酉岁，行年七十，又逢闰六月，时官成都将军。许信臣前辈，属撰斯联寄之。

　　周亚夫真将军，溯从前崧生岳降，正碧梧益叶之年，而今八秩初开，清簟疏帘，又驻羲鞭逢闰六；

　　郭汾阳大富贵，看诸子武达文通，如琪树凌霄而起，从此一门鼎盛，木公金母，好书蜀锦祝千秋。

　　【简绎】基于寿星身份，以古名将典实切入，最为得当。周亚夫军细柳，部伍严整，汉文帝赞曰："此真将军矣！"崧生岳降，语本《诗·大雅·崧高》："崧高维岳，骏极于天，维岳降神，生甫及申。"称人禀赋独厚，系由崧（同"嵩"）山所生、四岳（泰山、衡山、黄山、恒山）所降。古传羲和为"日御"，驾日车而行；白乐天《题旧写真图》诗有"羲和鞭日走，不为我少停"句，"羲鞭"则喻指时光也。郭子仪位极人臣，子婿亦多高官显爵，世称其"大富贵"。琪树，即玉树，喻指材美之子。木公金母，本指东王公、西王母，寿联中则喻寿星夫妇。蜀锦，蜀地佳品，又扣到为官成都。

　　联语中多见"开×秩"之说，"开"谓开启，"开八秩"则谓开启第八秩。而"第八秩"，并非八十，而是七十以上；其余类之。《容斋随笔·十年为一秩》："白公（白居易）诗云：'已开第七秩，饱食仍安眠。'又云：'年开第七秩，屈指几多人。'是时年六十二，元日诗也。又一篇云：'行开第八秩，可谓尽天年。'注曰：'时俗谓七十以上为开第八秩。'以十年为一秩云。司马温公作《庆文潞公八十会致语》云'岁历行开九帙新'，亦用此也。"然临文又有"已开""初开""行开"之别：行（又）开，均基于上一"秩"而言，如上引"行开第八秩"，及下文《姚少读太守七十寿联》之"七十翁行开第八秩"；已开、初开，除基于上一"秩"者（如此联），亦有基于本一"秩"而言者，如下文《赵母蒋太恭人八十寿联》之"八秩初开"。

朱久香前辈挽联

先生安徽学政报满，即谢病归余姚故里。曾以《花阴补读图》属题。今年又属书四明楼额，未及书而先生归道山矣。公子镇甫孝廉，当先生七十生日，乞言为寿，曾以《三老碑》为赠，乃余姚客星山中新出汉碑也。

谢荡节而归田，故山泉石，前辈风流，没世无憾三老碣；
坐花阴以补读，硕德虽亡，遗书犹在，拈毫敢署四明楼。

【简绎】此联亦以小事入笔，叙交谊而寓哀挽，又重点突出德业、风采。余姚客星山，咸丰年间出土"三老碑"，有"浙江第一碑之称"。碣（jié），圆顶石碑，《后汉书·窦宪传》注："方者谓之碑，圆者谓之碣。"

何子贞前辈挽联

先生在史馆，曾建议修三品以下列传，卒不果行。晚年居吴中，于维扬书局刊大字本《十三经注疏》，手自雠校，甫毕《毛诗》，从事三《礼》，未卒业而归道山。先生书名满天下，为当代鲁灵光。余辱先生知爱，书此联挽之，举其大者；其馀琐琐，可无述也。

史馆建嘉谟，惜创议未行，三品下庶僚，至今无列传；
讲堂刊定本，奈校雠方半，九经中大义，从此付何人。

【简绎】诚如小引所言，此联"举其大者"，仅就两事写来，而一生德业已然堪称卓绝。

何绍基字子贞，曾任翰林院编修。任国史馆提调时，"因馆中照例进书，皆一品、二品大臣传，无三品以下传，虽经高宗（乾隆帝）屡次严旨申谕，史馆仍因循。因创拟条例，欲遍搜官书及前人文集，补办国初以来三品以下名臣各传。商之总裁穆师相（穆彰阿），坚不见允……"（何氏《十月十二日约黄海华等小集吾斋为消寒第一集》）。此即联语所谓"嘉谟"（好谋略）。庶僚，指一般官吏。

何绍基晚年，应地方官之邀，曾主持苏州、扬州书局，校刊《十三经注疏》。九经，九种儒家经籍，所指不一，或为三《礼》、三《传》及《诗》《书》《易》，或指《易》《诗》《书》《周礼》《礼记》《春秋》《孝经》《论语》《孟子》；此处应为行文缘故，以"九经"代"十三经"。奈，通"奈"。

金小韵太守六十有九寿联

太守由鹾〔醝〕尹累擢至知府，历佐戎幕有声。三子五孙，济济称盛。其曾祖母在时，曾有五代一堂之庆，庶几其再见乎？

六秩又九龄，溯起家禺筴，历佐戎旃，此后勋名殊未艾；
一堂曾五代，看伉俪齐眉，儿孙绕膝，从前佳话定重来。

【简绎】上联叙述生平，下联着眼家庭，末句均由眼前事实而推想将来——寿联常见的套路。禺筴（yú jiā），合算、合计。禺，义同"偶"，合也；筴，算也。此切醝尹（负责食盐专营的官员）。戎旃（zhān），军旗、军帐，亦指军旅；此切佐戎幕。艾，终止、断绝。

徐诚庵大令挽联

诚庵为余三十八年前，同补博士弟子员老友，宦游吴下，不得志而没。然所撰《词律拾遗》，实足为万红友功臣，余尝为序而行之，半世苦心，庶其不负乎？

补四百馀阕新声，传世应偕万红友；
溯三十八年旧梦，与君同是一青衿。

【简绎】上联着眼著述。徐立本号诚庵，道光举人，曾官南汇知县，所著《词律拾遗》前六卷补缺，后二卷订正。万树字红友，所编《词律》为词谱名著，俞樾亦曾为刊本作序。青衿，青色交领长衫，古代学子和明清秀才常服，亦借指学子（此扣"博士弟子员"）。《诗·郑风·子衿》"青青子衿，悠悠我心"，《毛传》："青衿，青领也。学子之所服。"

德清乌山土地庙联

余旧居德清乌巾山之阳，距所居里许，有土榖祠。父老相传，曰"尧皇土地"，不知何义。然长兴有尧市山，《一统志》云："尧时洪水，民避难于此，成市。"则吾邑有尧时迹，亦无怪也。岁在癸酉，庙重修落成，为题此联。

耕而食，凿而饮，相传中古遗风，尚留邨社；
春有祈，秋有报，愿与故乡父老，同拜神旗。

【简绎】上联着眼场域，由"尧皇土地"生发。汉王充《论衡·感虚篇》："尧时，五十之民，击壤于涂。观者曰：'大哉，尧之德也！'击壤者曰：'吾日出而作，日入而息，凿井而饮，耕田而食，尧何等力！'""尧何等力"，又作"帝力与我有何哉""帝何力于我哉"。击壤者所歌，谓无与于"尧之德"；此处重在表达"凿饮耕食"之遗风，又绾合邨（同"村"）社。

下联着眼神祇，由礼俗而明其职掌。春祈秋报，春天求神保佑、秋天报答神恩，概指春秋两季对土榖之神的祭祀。《诗·周颂·载芟序》："《载芟》，春籍田而祈社稷也。"孔颖达疏："既谋事求助，致敬民神，春祈秋报，故次《载芟》《良耜》也。"

台州东湖湖心亭联

台州之有东湖，犹杭州之有西湖也。出东郭门不过半里，湖光山色，与西湖无异。隔以长隄，分里、外湖。其外湖有湖心亭，杰阁三层，登临最胜，为题此联。

好水好山，出东郭不半里而至；

宜晴宜雨，比西湖第一楼何如。

【简绎】此上、下联，均化用古人诗而见意。上联用岳飞《池州翠微亭》："经年尘土满征衣，特特寻芳上翠微。好水好山看不足，马蹄催趁月明归。"诗、联"好山好水"，同写亭榭。郭，本指外城，后泛指城池。下联用苏轼《饮湖上初晴后雨》："水光潋滟晴方好，山色空濛雨亦奇。欲把西湖比西子，淡妆浓抹总相宜。""晴方好""雨亦奇"，岂非"宜晴宜雨"？后句则又从苏诗之"比"生出一层，而"西湖第一楼"，则正俞氏主讲席之诂经精舍。

江苏藩署联

同年应敏斋廉访摄苏藩，属拟署中楹联。未知果用否。

燕息敢忘天下事；

和平先养一家春。

右内室。

小集宾僚同骨肉；

纵谈政事即文章。

右客坐。

【简绎】内室、客座有别，故第一联侧重家人，第二联侧重宾僚。燕息，安闲休息。《诗·小雅·北山》"或燕燕居息"《毛传》："燕燕，安息貌。"敢，不敢、岂敢。一家春，美好独特的境界；唐王勃《山扉夜坐》诗："林塘花下月，别是一家春。"宾僚，宾客与僚属。纵谈，畅所欲言。

赵母蒋太恭人八十寿联

恭人为赵雨田大令之母,生三子,皆成立。其前室所生子,已有曾孙,在恭人为五世同堂矣。四月二十七日,其生日也。

萱花不老,芝草有根,已见一堂罗五代;

八秩初开,百龄将届,好从首夏祝长春。

【简绎】上联侧重家庭,突出五代同堂;下联侧重祝寿,年寿、生辰均有涉及。萱、芝多用于女性,"有根"则是"五代"的基础。夏季仨月四至六,四月谓之"首夏"。首尾的"不老""长春",遥遥呼应,祝寿之意笼罩全联。

此联"八秩初开","八秩"或为"九秩"之误。曲园《赵母蒋太恭人八十寿序》(《春在堂襍文·续编五》)文末有云:"由九十以至期颐,殆可操券。"正与"九秩初开,百龄将届"文意吻合,故谓"八秩"或误。

杜筱舫观察六十寿联

观察初学申韩家言,从盐官起家,历署藩臬。著有《古谣谚》及《平定粤寇纪略》《江南北大营纪事本末》及《万红友〈词律〉校勘记》。始生时,其大父梦一老僧,担簦入室,盖有夙根云。

从名法入手,由盐官起家,而陈臬、而开藩,意思萧闲,共识东坡是五戒转世;

纪近代战功,辑古来谣谚,又工词、又能诗,精神渊箸,请歌南山之六章寿公。

【简绎】申不害、韩非,战国法家代表。法家"循名责实",颇受名家名实论影响,故联语"名法"连属。意思萧闲,指心情潇洒悠闲。相传苏东坡为五戒禅师转世,临文拈来扣祖父之

"梦",却也认真不得。《诗·小雅·信南山》六章,有"寿考万年"(第三章)及"万寿无疆"(第六章)等祝寿之语。杜文澜(字小/筱舫)在太平天国战乱期间,曾参与戎幕,为曾国藩所称;所著《纪略》《本末》,当属渊源有自。又著有词集《宋香词》,及《憩园词话》。

海宁观音殿联

同治二年,海宁犹陷贼中,于北门内后街民间屋壁,得八面观音铜像一尊,不知何年所铸也,因供奉天后行宫。而是年官军即收复海宁,浙西以次肃清。盖慈容见而劫运消,非偶然也。寺僧仁寿属题,为书此联。

八面现金容,看一出人间便消劫运;
十方瞻宝相,愿大家心上各发慈悲。

【简绎】此联看似浮泛,却有因缘。上联纯然写实——不论"消劫运"是否果其必然,又扣到地域;因上联之实,下联也便有了特别意义,不再空言无征。金光明亮之佛像面容,谓之"金容";隋江总《优填像铭》:"毫光此遇,法相今逢,眸云齿雪,月貌金容。"宝相,佛菩萨之庄严法相;南朝梁王中《头陀寺碑文》:"金资宝相,永藉闲安。"

理安寺静室联

理安寺燬于贼,新筑静室三楹,余每游九溪十八涧,必至此小坐,因书一联。

竹笕潜通十八涧;
蒲团小坐两三时。

【简绎】此联似全从自己一方着笔,但因切所在地及功用,却很是贴合。竹笕(jiǎn),引水的长竹管。潜通,暗通。蒲团,蒲草等编成的圆垫子，多为僧人打坐或礼佛时所用。而联末之"时"，或亦用佛教"六时"之"时"。

峨眉山馆联

吾浙布政司署前有山，俗呼"管米山"，以宋粮料院得名，实则为峨眉山。同治甲子岁，诸同人于其地建崇义祠，祀庚辛死难诸公。祠之右，积石嵯峨，乃山之峰也。面峰筑屋三间，颜曰"峨眉山馆"，并移大洞经阁宋思陵御书《道德经》石幢于其前。丁君松生属题楹帖，率书十四字。至山名"峨眉"，不知何取；或如《太平寰宇记》所载南浦县"蛾眉碛"，以形得名乎？

古墨尚存宋时石；

遥青如对蜀中山。

【简绎】馆所之联，自然多联系地域、特色种种。此联主要从宝藏和名号着笔。山馆藏宋理宗御书《道德经》石幢，故云"古墨""宋时石"。蜀中南浦县（今重庆万州区）蛾眉碛，乃江边一湾碛坝，冬春水落碛出，形如修眉，故云。下联引入此碛，又并不坐实。遥青，远处之青山。

湖心亭联

圣因寺僧永清属题。

四面轩窗宜小坐；

一湖风月此平分。

【简绎】湖心亭在西湖中央，雍正《西湖志》所谓"亭在全湖中心"，故云"平分"（里外湖）。圣因寺在西湖孤山南麓，本为江浙臣民所建康熙帝行宫，雍正五年改寺，寺内文澜阁为"四库七阁"之一。

徐庄愍公祠联

公名有壬,归安人,官江苏巡抚。庚申城陷,死之。其妾施氏、子震翼及一女,皆死;幕友、仆、妾,从死者五人。同治十三年建祠。苏州同乡诸君,属题此联。按谥法,履正志和曰"庄",使民悲伤曰"愍",联语用之,附记以告观者。

仗节镇危疆,当军事土崩瓦解、不可收拾之时,视城中无固志,视城外无援兵,糜顶踵以报君恩,妇竖舆臺同授命;

结缨完大义,与谥法履正志和、使民悲伤有合,在吴会为名臣,在吴兴为先达,节春秋而修祀典,日星河岳共昭垂。

【简绎】上联极力铺排,写太平军进犯时苏州之情状。当时守军有夜遁者,有通贼、开门纳贼者,所谓"无固志""不可收拾"也。糜顶踵,指捐躯;林则徐《请戴罪赴浙图剿片》:"惟事苟有裨于国家,虽顶踵捐糜,亦复何敢自惜。"妇竖舆臺,概指妇孺、仆役;舆臺,亦作"舆儓"。授命,献出生命;《论语·宪问》:"见利思义,见危授命。"

下联结合谥法,指出其人德行堪为崇祠昭垂。结缨,系好帽带,表示从容就死。《左传·哀十五年》:"子路曰:'君子死,冠不免。'结缨而死。"徐有壬巡城,贼兵入城巷战,矛刺其冠,徐抗声骂贼遇害;"结缨"扣此。徐氏乌程人,俞曲园德清人,古属吴兴,隋以后均属湖州,故有"先达"之谓。徐有壬殉节后,有诏优恤,予骑都尉世职,谥"庄愍",苏州建专祠。昭垂(同"垂"),昭示、垂示。

莫愁湖胜棋楼联

楼有徐中山王像。相传王与明太祖奕(通"弈")棋而胜,即以此湖赐之。湖中荷花,弥望无际。

占全湖绿水芙蕖，胜国君臣棋一局；
看终古雕梁玳瑁，卢家庭院燕双栖。

【简绎】徐达为明朝开国第一功臣，去世后追封中山王。芙蕖，荷花别称。胜国，为我所胜之国，王朝时代指前朝。宋乐史《太平寰宇记》："莫愁湖在三山门外，昔有妓卢莫愁家此，故名。"一说则"卢"为莫愁夫家姓，梁武帝萧衍《莫愁歌》即云"十五嫁为卢家妇"。唐沈佺期《古意》云："卢家少妇郁金堂，海燕双栖玳瑁梁。"下联似本此。玳瑁（dài mào），此处指玳瑁（类似海龟）甲壳制成的建筑装饰。

冯景庭宫允挽联

宫允以庚子第二人及第，迁中允后，即乞归，优游林下，潜心著述，物望甚隆，又善治生。今年夏，以老病终。时方修《苏州府志》未竟，深为三吴文献惜之。

富贵寿考，重以科名，算海内知交，都无此福。
儒林文苑，兼之经济，叹吴中耆旧，顿失斯人。

【简绎】上联表福分而寓赞叹，下联颂德业而寄哀挽。重（chóng）以，再加上。耆旧，年高望重之人；宋苏轼《送穆越州》诗："四朝耆旧冰霜后，两郡风流水石间。"儒林、文苑，传统正史所设类传；此联儒林扣著述，文苑扣修志，而经济则扣"善治生"（经营生计）——亦是"富"之所由。全联可谓面面俱到，而其人确属不可多得，"都无此福"也就确定不移了。

赠张任庵同年联

任庵同年名保，道光己酉举于乡，庚戌成进士。其嗣君瀚堂中翰，名德需，以同治癸酉举于乡，甲戌成进士。父子并以酉、戌联捷，亦科名佳话也。

北山梓，南山桥，联步到桂宫杏苑；
酉年科，戌年第，成名占后甲先庚。

【简绎】《文选·任昉〈王文宪集序〉》李善注引《尚书大传》："伯禽与康叔朝于成王，见乎周公，三见而三笞之。二子有骇色，乃问于商子曰：'吾二子见于周公，三见而三笞之，何也？'商子曰：'南山之阳有木名桥，南山之阴有木名梓，二子盍往观焉！'于是二子如其言而往观之，见桥木高而仰，梓木晋（低）而俯。反以告商子。商子曰：'桥者，父道也；梓者，子道也。'"后因称父子为"桥梓"，亦作"乔梓"。桂宫，指月宫，月宫折桂则谓科举及第；杏苑，泛指新进士游宴之处。科第，发科、登第，即中举、成进士。

赠潘筑岩茂才联

茂才为相国潘文恭公之孙，娶道光壬辰状元吴崧甫侍郎之女，于十月初旬，亲迎成礼，书此贺之。

门第旧金张，喜宰相文孙，刚配状元娇女；
倡随小梁孟，缔百年嘉耦，恰当十月阳春。

【简绎】上下联分别就家庭、新人着笔，赞美佳偶，寄寓祝福。汉金日䃅（mì dī）、张安世，子孙相继，七世荣显，后用为显宦代称。梁鸿、孟光夫妇，守贫高义，相敬如宾，后因以"梁孟"为夫妇之美称。嘉耦，即佳偶。上联"刚"，亦"恰"（恰好）之意。

潘季玉观察六十寿联

观察为文恭相国之子，以刑部起家，庚申之乱，克复苏州，与有力焉。有子四人，孙十余人。夫人同旹（古同"享"）眉寿。于今年十一月初旬，称六十之觞，书此寿之。

相门硕望，郎署清才，功德在珂乡，骥子龙孙能济美；
一阳将生，六旬初度，笙歌围绮席，木公金母共长春。

【简绎】上联侧重生平、后代，下联侧重寿诞祝嘏。《新唐书·张嘉祐传》："嘉祐，嘉贞弟，有干略。方嘉贞为相时，任右金吾卫将军。昆弟每上朝，轩盖驺导盈间巷，时号所居坊曰'鸣珂里'。"鸣珂里简称"珂里"，"珂乡"犹之，均为对他人乡里之美称。冬至在农历十一月，又有"一阳生"之说，故下联谓"一阳将生"，扣生日在十一月初旬。末句"公母"而"共"，则扣"同享眉寿"。

张太夫人挽联

太夫人为振轩中丞之继母，今年九月，卒于江苏节署。

玉帐动金风，吹散慈云刚九月；
北堂拜西母，畱将福荫在三吴。

【简绎】玉帐，主帅所居帐幕；此扣"节署"（官廨）。江苏巡抚，驻节苏州。金风，秋风；《文选·张协〈杂诗〉》："金风扇素节，丹霞启阴期。"李善注："西方为秋而主金，故秋风曰金风也。"此扣"九月"。拜西母，仙逝的婉语，多用于女性。福荫，福分之庇护。畱，"留"字古体。

邹蓉阁县尉挽联

蓉阁能诗，钱塘人，官长洲典史，盖贤而隐于下位者也。今岁，杭州老辈高辛才观察、张仲甫中翰，先后下世，蓉阁继之，不胜耆旧凋零之感。

耆旧叹凋零，杭郡连伤三老辈；
闲官擅风雅，吴中顿失一诗人。

【简绎】联语从耆旧凋零说起，由彼及此，突出其人之风雅。

闲官，职任清闲之官；此亦指州佐、县丞等，清梁章钜《称谓录·县丞》："唐大中四年敕：州有上佐，县有丞簿。俗谓之闲官。"明、清典史，乃县令佐贰之一，由前代县尉改置而来，职掌一县治安，故亦称"县尉"。擅风雅，扣能诗。

杨石泉中丞四十有九寿联

中丞生于九月九日，时适请觐，朝廷以海疆有事，未允也。
  仗节久西湖，才见仙筹添大衍；
  擕香迟北阙，好凭春酒醉重阳。

【简绎】杨昌濬（字石泉）同治九年（1870）任浙江巡抚（驻杭州），当年发生"天津教案"，列强军舰进逼，浙江宁波、镇海防务严峻，故云"海疆有事"。仙筹，犹"鹤筹"，意含长寿的算筹。携香，扣重阳菊花节。请朝觐而未允，未能即行，故曰"迟北阙"。

高辛才观察挽联

观察名应元，富阳人。登嘉庆癸酉拔萃科，以县令起家，仕直隶、河南最久。后迁四川永宁道，引疾未赴。余昔年奉使中州，以岁、科两试至怀庆，君适为太守，甚相得。庚辛之乱，余避地天津，君亦寓此，过从益密。及余南还寓吴中，而君亦归，访我春在草堂。嗣是无岁不于苏、杭相见。今年夏间，君移家自扬州归杭，道出吴中，向余借西湖诂经精舍暂住，不意其竟卒于是也。闻君易箦时，其家人焚寓车寓马，皆腾空而起，高出楼屋，不知所之，意其必生天矣。

  浙水旧文雄，明经释褐，县令起家，虽锦江玉垒，未荏双旌，至今治谱流传，三辅两河犹叹美；
  覃怀贤地主，同客津门，重逢茂苑，看皓首厖眉，将登九秩，何意湖楼暂借，云车风马遽来迎。

【简绎】上联写科第、宦迹。明、清尊称贡生曰"明经",扣登拔萃科。释褐,脱去平民衣服,开始任官。锦江、玉垒,均蜀地风物。双旌,唐代节度领刺史者出行时的仪仗,泛指高官之仪仗;唐李商隐《为怀州李中丞谢上表》:"赐以竹符之重,遂使霍氏固辞之第,早建双旌。"徐炯注:"双旌,唯节度领刺史者有之,诸州不与焉。今则通用为太守之故事矣。"此扣永宁道。三辅两河,扣仕直隶、河南。

下联述交谊,寓叹挽。覃怀,古地名,即明、清之怀庆府(今河南沁阳等地)。茂苑,指苏州。寓车寓马,纸扎之车马(俗称"纸货"),因其腾空而起,故有"云车风马"之谓。此处"寓",指丧葬用品,车马之外,尚有"寓彩"(纸制彩绸)、"寓锭"(白金水涂过的纸冥钱)、"寓金银"(金纸银纸做的冥钱)等。

张仲甫先生挽联

先生登嘉庆庚午贤书,其先德适官闽抚,谢恩疏入,仁庙御批"欣慰"二字。同治庚午,重赋鹿鸣。所著《春秋属辞辨例》一书,曾呈乙览,亦儒者之至荣也。

耆年硕德,两赋鹿鸣篇,忆从前初奏笙簧,喜动天颜曾一笑;

辨例属辞,独得麟经意,想此后不祧俎豆,长传绝业到千秋。

【简绎】上联叙科第,下联表著述。初奏笙簧,指中举后与会鹿鸣宴;"初奏"对"重赋"而言,绾合"两赋"。此扣"登贤书",即乡试中式。贤书,本谓举荐贤能之名录,语本《周礼·地官·乡大夫》:"乡老及乡大夫群吏,献贤能之书于王。"后因指考试中式之名榜。不祧(tiāo),本指始祖神主永不迁移,所谓"不祧之祖";此处比喻祖业永久不废。

高滋园都转六十寿联

都转官浙冣(古同"最")久,历官至盐运使,署按察使加二品衔。引疾归,仍居杭州。今岁行年六十,九月二十四日,其生日也。

官两浙近卅年,以二品归田,仍在白苏旧治;
过重阳刚半月,为六旬介寿,恰当黄菊新花。

【简绎】上联基于宦辙写归田,下联基于生月表祝嘏。唐肃宗时,析江南东道为浙江东路和浙江西路,以钱塘江为界,南称"浙东"、北称"浙西",此即所谓"两浙"。白居易、苏轼,均曾任杭州刺史,故曰"白苏旧治"。《诗·豳风·七月》:"为此春酒,以介眉寿。"郑玄笺:"介,助也。"后以"介寿"为祝寿之词,柳亚子《田寿昌五十寿诗》:"漓水鏖兵曾雪涕,沪江介寿又衔杯。"

江室仇夫人挽联

夫人为江小云观察之配,通文墨,而不为诗词。寿〔喜〕观史,每以史中可法可戒事,为子若妇言之。尤好施与,能急人之急。庚申、辛酉之乱,戚党中往依者,人人欤助之,罄所有不惜。临终自为挽联曰:"平生伈为谁忙?代夫子辛劳,敢分人己;家法原非我设,受祖宗懿训,敬告儿孙。"乌呼!是亦女有士行者矣。

以巾帼中人,常落落然有儒生气象,有豪傑襟怀,日对青史一编,迥异寻常脂粉辈;
当緜惙之际,所拳拳者在祖宗懿训,在儿孙家法,手题總帷数语,岂惟明白去来间。

【简绎】上联就生平展开,突出其巾帼儒生气象。簂(guó),古代妇女覆于发上之首饰;亦写作"幗"。《后汉书·乌桓传》:

"妇人至嫁时，乃养发，分为髻，著句决（汉代乌桓妇女首饰），饰以金碧，犹中国有簂步摇。"李贤注："簂，字或为'帼'，妇人首饰也。"落落，形容举止大方、心胸旷达。

下联从自挽写来，突出其临终教子遗训。緛惙（chuò），亦作"绵缀"，谓病情沉重、气息仅存。懿训，泛指长辈的教导。繐（suì）帷，灵柩所设帷帐；题繐帷，扣自挽联。去来，此处偏指"去"。小序"喜"，据朱应镐《楹联新话》正。

无锡惠山五中丞祠联

五中丞者，海忠介瑞、周文襄忱、周怀鲁孔教、汤文正斌、李文恭星沅也。祠成后，应敏斋同年属题。

自胜国至熙朝，歌咏不忘，四百年来五开府；
以事功兼学术，馨香无愧，九龙山下一崇祠。

【简绎】海瑞、周忱、周孔教，胜国（明）名臣；汤斌、李星沅，熙朝（清）名臣。五人先后在江苏地区任巡抚，故有"五中丞"之谓（明、清巡抚亦称"中丞"）；且诸人均有诗文集行世，汤斌更以理学家名世，著有《洛学编》等，故谓"兼学术"。馨香，用作祭品之黍稷，概指祭祀。崇祠，高大之祠宇。无锡惠山有九陇（九座山峰），故又称"九龙山"。

吴山仓颉祠联

吴山新建仓颉祠，前临浙江，后枕西湖，形势殊胜，吴康甫大令之所定也。康甫属题此联。

上溯羲皇画八卦时，文字权舆，秦而篆、汉而隶，任后来缣素流传，不外六书体例；
高踞吴山第一峰顶，川原环抱，江为襟、湖为带，看从此菁华大启，振兴两浙人材。

【简绎】上联就仓颉着眼，列述文字创制、发展。传统以为，伏羲画八卦，为我国文字权舆（起始）。又有"仓颉造字"之说，汉许慎《说文解字序》："黄帝之史仓颉，见鸟兽蹄迒之迹，知分理可相别异也，初造书契，百工以乂，万品以察。"古人分析汉字结构，归纳出造字、用字之法六种，曰指事、象形、形声、会意、转注、假借，谓之"六书"，亦即联中所谓"六书体例"。隸，"隶"字古体。缣（jiān）素，本指书画所用细绢，代指书册等。

下联就祠宇着笔，中间突出其"殊胜"之形势；最后归到振兴人才，亦属仓圣祠宇题中应有之意。吴山第一峰，即杭州吴山紫阳峰（又称"紫阳山"），金人完颜亮有"立马吴山第一峰"（《题临安山水》）之句。菁华，亦即"精华"。

倪载轩观察挽联

观察由县令起家，以道员候阙，未补官也。数年前，曾买苏州大儒巷屋居之，余为题其舫斋曰"小摇碧"。今年就余商量，拟叠石穿池，略仿余曲园规制，未果而卒。

卜宅阖闾城，园林花木，犹待评量，遽归海上仙龛，冷落空斋小摇碧；

历官观察使，霖雨经纶，未遑展布，徒令吴中父老，欷歔遗爱古龚黄。

【简绎】《史记·吴太伯世家》张守节《正义》："太伯居梅里，在常州无锡县东南六十里。……至二十一代孙光，使子胥筑阖闾城都之，今苏州也。"仙龛，供灵牌的小室，衍指仙居；宋王安石《追伤河中使君修撰陆公》诗之三："归处仙龛应不远，新坟东见海山青。"霖雨，喻济世泽民。经纶，本指整理蚕丝，引申为规划、治理。展布，施展发挥。汉龚遂、黄霸，均为循吏；后世因以龚黄泛指循吏。欷歔，叹息；亦作"唏嘘"。

《录存》诸联，多涉"观察"之职，实即道员。道员又称"道台""道尹",雅称"观察""观察使"。在清代,道员是省(巡抚、总督)与府(知府)之间的地方长官,或有专责,或为布政使、按察使之副手。包括守道和巡道,起初守道主管钱谷、巡道侧重刑名,久之则各加"兵备"衔(曰"兵备道"),所掌渐趋一致。

吴中二程子祠联

为恩竹樵方伯作。

后尼山千五百年,笃生两先生,辟邪说、辨异端,道统天开,正所以下启紫阳、上承邹峄;

环苏台数十万户,过此一瞻拜,黜浮华、崇实学,士风日起,庶不愧言游故里、泰伯遗封。

【简绎】上联谓:宋程颢、程颐兄弟,生孔夫子一千五百年之后,上承邹峄孟子、下启紫阳朱子。尼山即尼丘,在山东曲阜东南,相传孔子父叔梁纥、母颜氏祷于此而生孔子,故孔子名丘、字仲尼。后因以"尼山""尼丘"指称孔子,清纪昀《阅微草堂笔记》:"昔尼山奥旨,传在经师。"钱谦益《谒孔子林越翌日谒先圣庙》诗:"鲁甸千年国,尼丘万代师。"生而得天独厚,谓之"笃生";《诗·大雅·大明》:"笃生武王,保右命尔。"郑玄笺:"天降气于大姒,厚生圣子武王。"

下联由古及今,期望祠宇发挥积极作用。"苏台"指苏州,别称"吴中"。瞻拜,瞻仰、礼拜。泰伯为句吴建国君主,史称"吴泰(太)伯",周武王时,其继嗣后人周章被正式册封为吴国君主,故云"泰伯遗封"。言游,孔子弟子,姓言、名偃,字子游,亦吴国人,故下联末句及之。

杨石泉中丞五十寿联

中丞生于九月九日。去年四十有九,曾赠一联;今年正五十矣，因又赠此。是岁为光绪元年恩科乡试，中丞充监临官，又为武闱主考也。

锺三湘秀气，为两浙福星，奋武揆文，恰值宾兴大典；
借九日秋光，献五旬春酒，翔禨集嘏，恭逢御极初元。

【简绎】杨昌濬为湖南湘乡人，曾任浙抚七年，故上联前两句云云。奋武揆文，亦作"揆文奋武"，指施行文教、振奋武事，扣监临乡试、主考武闱。宾兴，地方官在考前设宴招待应举士子，亦指乡试；此扣光绪元年恩科乡试。禨（jī），吉祥；嘏（gǔ），福祉。御极，天子即位；初元，扣光绪元年。

石门高氏祠堂联

高氏出齐公族，由穀熟迁姑苏。晋元兴时，又由苏迁池州。其地在九华山西南，曰魁峰、曰石门、曰桃坞，皆其地也。高滋园都转属撰祠堂楹联，因据其家谱所云，为题长句。

卜宅晋元兴，石门秋色，桃坞春风，聚九华秀气，緜延累代，簪缨后裔，至今怀祖泽；
溯源齐公族，穀熟分支，姑苏别派，守百禩清芬，崇奉不祧，俎豆先祠，终古傍魁峰。

【简绎】家族祠堂楹联，内容不外追怀源流、坚守崇奉，以及展现祠堂形胜、面貌。此联即在家族地望、迁徙、流派的叙写中，不着痕迹地表达了上述意旨。上联由卜宅引出本族祠堂所在地，下联追溯姓氏源流，后半则均归结到缅怀祖泽、崇奉先人。簪缨，古代显贵者之冠饰，比喻高官显宦。穀熟，古地名，东汉设县，地在今河南商丘，今有穀熟镇（在商丘虞城县西南）。百禩（sì），百世、百代。清芬，清香，喻指高洁德行。终古，意谓久远。

许母卢太夫人挽联

太夫人乃余次女之姑也。余亲家翁季传孝廉，为山东掖县令，卒于官，身后无馀赀。夫人拮据支持，历十馀年，心力交瘁。所生二子，长曰观身，字子宾，由拔贡生举孝廉，以病废；次曰祐身，字子原，则余女婿也，亦已捷于京兆矣。余三子皆庶出。

有弱女感姑恩，为言辛苦持家，十载伤心搔白发；

勖诸孤成父志，会见联翩兢爽，一门接踵到青云。

【简绎】因是姻亲，故先从自己女儿一边着笔，由传语（"为言"）写出事实，自然过渡到下联表其子弟，又由当下推想（"会见"）未来。兢爽，即"竞爽"，媲美、争胜。青云，比喻高官显爵。

蒯士香同年廉访七十寿联

廉访由知县起家，官河南光州牧时，战功甚著。张朗斋军门，以姻家子为帐下健儿，今官至提督，立功塞外，为当代班定远矣。余与廉访，甲辰同年也，故以此联寿之。

溯转战申息间，军前部曲，万里封侯，白发坡仙，犹坐冷泉判公牍；

忆同登甲辰榜，都下谶游，卅年成世，黄花魏国，长从老圃看秋容。

（此联曾面为廉访诵之，本拟还苏寓后，买长笺写寄。乃未及写，而廉访逝矣，因易其语曰："溯转战申息间，军前部曲，万里封侯，至今鬓雪飘萧，尚有雄心谈往事；忆同登甲辰榜，都下谶游，卅年成世，可叹晨星零落，又将清泪哭明公。"不胜故旧凋零之感矣。）

【简绎】上联表宦迹，又以昔日属下映衬。申、息，商周之际分布于今河南信阳地区的诸侯国；清光州郡域，略等于今信阳。此扣官地。部曲，部属、部下。宋费衮《梁溪漫志·东坡西湖了官事》："东坡镇余杭……以吏牍自随。至冷泉亭，则据案剖决，落笔如风雨，纷争辩讼，谈笑而办。"此借苏东坡事，扣作州牧。

下联述交谊，并借古诗寓祝寿。谯游，宴饮游乐；汉刘向《列女传·楚昭越姬》："昭王谯游，蔡姬在左，越姬参右。"《论语·子路》："如有王者，必世而后仁。"何晏《集解》引孔安国曰："三十年曰世。""卅年成世"本此。末二句，化用宋魏国公韩琦《九日水阁》诗句"虽惭老圃秋容淡，且看黄花晚节香"，"长看"自然寓含祝福长寿之意。

金眉生廉访六十寿联

眉生喜谈经济，意气浩然，亦当代振奇人也。值其六十生日，以此寿之。上联用陈同甫语，非此老不能当；下联则用香山太傅《耳顺吟》中语。

　　推倒一世豪傑，拓开万古心胸，陈同甫一流人物，如是如是；

　　醉吟旧诗几篇，闲尝新酒数盏，白香山六十岁时，仙乎仙乎。

【简绎】上联就"振奇人"着眼，借古人摹写、感喟。宋人陈亮字同甫，乃一时无两之人物，才气豪迈，倡导经世济民的事功之学，所作政论气势纵横、笔锋犀利，词则比肩苏辛、风格豪放。与朱熹友善，论学则冰炭不相容。其《甲辰答朱元晦（熹）书》有云："推倒一世之智勇，开拓万古之心胸。"如是如是，借用佛教语，表示印可（印证并认可）；宋苏轼《次韵王定国南迁回见寄》诗："心通岂复问云何，印可聊须答如是。"

下联就"六十"寿诞着眼，同样借古人摹写、祝福。白居易

《耳顺吟寄敦诗梦得》，末四句云："闲开新酒尝数醆，醉忆旧诗吟一篇。敦诗（崔群）梦得（刘禹锡）且相劝，不用嫌他耳顺年。"《论语·为政》"六十耳顺"，何晏《集解》引郑玄："耳顺，闻其言而知其微旨也。"后以"耳顺"指人到六十。仙乎仙乎，形容飘然如登仙；汉伶玄《飞燕外传》："后歌舞归风送远之曲，帝以文犀簪击玉瓯，令后所爱侍郎冯无方吹笙，以倚后歌。中流歌酣，风大起，后顺风扬音，无方长噢细嫋与相属，后裙髀，曰：'顾我顾我！'后扬袖，曰：'仙乎仙乎！舍故而就新，宁忘怀乎？'"

沈兰舫广文五十寿联

余曩居临平时，兰舫曾受业焉。其地有临平湖，所谓"东湖"者也。比年来，余主讲西湖诂经精舍，兰舫又充监院官。光绪元年，值其五十初度，盖小于余者五岁；而其生日为嘉平朔，则又先我一日。因自吴下寄此联寿之。

共学东湖，同客西湖，坐对腊灯怀旧雨；
五年迟我，一日先我，互斟春酒祝长生。

【简绎】此联纯就两人关系着笔，或就往事而怀念，或就生辰而生发。关系密、交往多，无论寿、挽，联语多能较为亲切生动。如此联，上联末句，写来栩栩如绘；下联则人我浑融，末句竟是寿人、自寿了。腊月别称"嘉平（月）"，出句"腊灯"切之。语有"旧雨新知"，旧雨，老友也。

张母彭太宜人挽联

太宜人生三子，长曰绍渠，以进士作令吴中；次曰绍轩，余视学中州时所取士也；三曰绍潜，亦诸生。绍渠子德迪，已入词馆矣。太宜人年八十而卒，寄此联挽之。

问俗到中州，记壸史流传，于孝友门风见宣文母范；
享年登大耋，况家声鼎盛，有琴堂令子与芸馆贤孙。

【简绎】上联赞美妇德，以为表彰；下联述及子孙，以为告慰。壸（kǔn）史，妇女史。壸，古通"阃"，内室。范，竹制的模型，后作"范"。大耋，指年高之人。《吕氏春秋·察贤》："宓（fú）子贱治单（chán）父，弹鸣琴，身不下堂而单父治。"后遂称州、府、县衙署为琴堂；此扣作（县）令。芸馆，书斋；此扣词馆（翰林院）。

吴母朱太宜人七十寿联

太宜人为时山大令之母，光绪二年正月八日，其七十生日也，已有曾孙矣。

罗四世于一堂，有子有孙曾，再茁兰芽，便成五代；
由七旬而百岁，曰耄曰期颐，每逢榖日，敬祝千春。

【简绎】上下联分别就家庭和寿数着笔，表达祝愿。兰芽，兰之嫩芽，比喻子弟挺秀。期颐，百岁。《礼记·曲礼上》"百年曰'期颐'"，孙希旦《集解》引方氏悫曰："人生以百年为期，故百年以'期'名之。"颐，养也，"百年者，饮食、居处、动作，无所不待于养"（孙希旦《论语集解》）。旧俗正旦（正月初一）谓"鸡日"，递推至初七谓"人日"，初八则为"榖日"；此扣生日。千春，千年，又指寿辰，此处可谓一语双关。唐杜甫《往在》诗："千春荐灵寝，永永垂无穷。"《孽海花》第二十回："李老爷的千春，我们怎会忘了。"

许雪门太守六十寿联

雪门工诗，自编其诗，自道光庚子至咸丰壬子，为《悠游集》；自癸丑至同治癸亥，为《嵩目集》；甲子以后，则为《上元初集》。时之治乱,具见其诗。光绪二年正月七日,为六十生辰,以此联寿之。是岁正月初十日立春。

先立春三日作生辰,千万户柏酒桃汤,敬为使君寿;
合大集一编即年谱,六十岁前忧后乐,又到上元初。

【简绎】上联从生日生发,下联就年寿着笔。柏酒桃汤,柏叶酒、桃汁,旧时春节饮品,俗以为可益寿、驱邪;而正月初七,还在"年"里,故有"千万户""敬为寿"之云。使君,汉代称太守为"使君",《陌上桑》:"使君从南来,五马立踟蹰。"此切太守职衔。前忧后乐,原本天下局势,表现则在诗集。末句"上元初",双关时日和诗集——时近上元(元宵),自然可谓"上元初"了。

王补帆中丞挽联

中丞为余庚戌同年,同官翰林。在京师时,晨夕往还无间也,遂以余长女,妻君仲子。年来君历官至闽抚,所至有声。今年驻节台湾,办理招垦之事,甫还省垣,遽捐馆舍,虽恩礼优渥,亦可哀矣。去年在吴中,与余倡酬,和人字韵各十馀叠,此乐讵可再邪?

乘桴过斗六门边,瘴雨蛮烟,不辞辛苦,立功在绝徼,盍视傅郑尤难;伟矣!半载经营,尽辟天南生熟地;
回头思廿七年事,敝车羸马,时相过从,同谱若弟兄,遂订朱陈之好;伤哉!一朝诀别,未完吴下倡酬篇。

【简绎】上联叙述立功绝徼,赞美有加;下联回忆多年交谊,哀恸伤心。

上联涉及较多史事和典实。王凯泰字补帆,曾任福建巡抚,同治十三年(1874),因沈葆桢奏请而移巡驻台湾,在台施设极多,积劳成疾,加之瘴疠侵袭,扶病返闽,不十日即病故。从始渡之五月十一日,至返闽之十一月十一日,恰好"半载"。桴

（fú）本谓竹木之筏，此处泛指舟船。斗六，台湾云林县有斗六镇，乾隆中，新港巡检司驻此。绝徼（jiào），极远的边塞之地。葢，古同"盖"。汉傅介子、郑吉合称"傅郑"，二人均曾经营西域。楼兰王归安道，勾结匈奴杀害汉使，傅介子用计斩之，悬首北阙。郑吉"数出西域"，"破车师，降日逐"，并肇设"都护"，"汉之号令班西域矣，始自张骞而成于郑吉"（《汉书·傅常郑甘陈段传》）。天南，指岭南，亦泛指南方；此处指台湾岛。生熟地，经过多年耕种者称"熟地"，未经开垦者则称"生地"。

下联"同谱"，本指同宗，即属于同一族谱者；此似从同年、同官及儿女婚姻生发，表示关系极为密切。朱陈之好，指两姓联姻之情谊，源自白居易《朱陈村》诗："徐州古丰县，有村曰朱陈。……一村唯两姓，世世为婚姻。"后世多有咏歌此事者，画家亦有《朱陈村嫁娶图》之作，苏轼既有诗咏之（《陈季常（慥）所蓄朱陈村嫁娶图》）。

瓜尔佳李夫人挽联

夫人为恩竹樵方伯之配。方伯之摄漕督也，夫人与偕。及回苏藩任，方伯南来，夫人北去，遂别矣。方伯为余诗友，槐云馆，其所居斋名也。

使节记南来，漂母祠边，遂成长别地；
吟怀劳北望，槐云馆内，添得悼亡词。

【简绎】此联均就丈夫一边着笔，又笔笔关系夫妇双方——于"别""望""悼"诸字可知，从而寄托哀思。明清漕督，均驻节淮安府城（今江苏淮安市淮安区）。联中"漂母祠"（祀韩信受餐之漂母），在淮安古运河畔，宦地、别地，扣合无痕。方伯南来、夫人北去，自必"北望"。吟怀、悼亡词，则原本"诗友"，绾合无间。

朱母赵太淑人六十寿联

淑人为朱竹石司马生母，有子三人。其生辰为正月二十四日。前期三日，为其幼子梅石娶妇。

　　三珠树环侍一金萱，添筒比肩人，来助綵衣舞；
　　周甲年刚逢建寅月，留将婪尾酒，敬祝锦堂春。

【简绎】上联着眼家庭，一母三子、新近娶妇，无不顾到。珠树喻子、金萱代母，早成格套；比肩之人喻夫妻形影不离，煞是形象。三珠树，略称"三珠"，喻指杰出之三兄弟。

下联基于生辰月份，由此生发表达题旨。上古三代，岁建不同，夏代建寅，以正月为岁首，故今所谓"农历"，称"夏历"更为确当。旧日饮酒，巡至末座，称"婪尾"；新正春酒至二十四，亦可谓"婪尾酒"矣。锦堂，谓华丽之厅堂。

葛母李太夫人挽联

太夫人为吴县葛瑞卿明府之母，河南许州人也。行年八十，卒于吴县署。

　　二品紫泥封，颍上版舆，花县迎来众母母；
　　八旬黄发寿，吴中丹旐，蠶歌送到大家家。

【简绎】上联着眼荣誉、迎养，带出子弟；下联着眼高寿、去世，带出门第。中间"颍上""吴中"，点明籍里、卒地，也使"迎来""送到"有了着落。

皇帝诏书，例用紫泥封缄，"二品紫泥封"，则谓二品诰命夫人也。许州（今河南许昌）古为颍川，"颍上"切之，指出旅榇归地；"吴中"则点出卒地。"花县"泛指，乃县治之美称，源出《白孔六帖》"河阳一县花"；而唐时，县令（知县）亦尊称"明府"。县令称"众母"，则县令之母例称"众母母"。

老人发白,白久则黄,为高寿象征,故云"黄发寿"。丹旐(zhào),题写死者名衔之铭旌;薤(xiè),《玉篇》谓"俗作薤",薤歌即《薤露》,古代挽歌,其词云:"薤上露,何易晞(晒干)。露晞明朝更复落,人死一去何时归。"大家,指世家望族;唐韩愈《杜君墓志铭》:"杜氏大家,世有显人。承继绵绵,以及公身。"

张少渠别驾五十寿联

少渠性好善,遇善举,必勇为之。去年四十有九,奉檄预江苏海运之役,将附"福星"轮船以行,忽捨之而就他船,"福星"船竟沉于海,君幸而免,佥曰"是好善之报也"。今年五十矣,因书此为寿。

不福星,真福星,即此一言,可为君寿;
已五十,又五十,请至百岁,再征余文。

【简绎】联语抓住"福星"轮事,由此切入,便顺理成章。既寿眼前,又祝百岁,末了缀以"再征余文",真可谓有馀不尽。

佛殿联

三藐三菩提,与大众同游净土;
一花一世界,看我佛即在灵台。

【简绎】三藐三菩提,梵语音译,三藐,"上而正";三菩提,"普遍的智慧和觉悟",合谓"无上正等正觉",即最高之智慧觉悟。《华严经》有云:"佛土生五色茎,一花一世界,一叶一如来。"灵台,指人心。联语之意,总归是说:众生与佛同在,佛在众生心中。

费室张夫人挽联

夫人为费幼亭观察继室。幼亭寓吴下,方议迁寓,夫人日间犹为相度新居,其夕遽卒。

吴下议移家,停车半日,相度新居,何期骤中膏肓,仙梦三更俄跨鹤;
天边荣锡诰,随宦廿年,勤劳内治,忍使未衰夫婿,伤心一曲赋离鸾。

【简绎】上联就近事说来,写其遽卒。相(xiàng)度,观察估量;宋范仲淹《耀州谢上表》:"臣相度事机,诚合如此。"俄,短暂的时间,一会儿;此切"遽卒"。

下联回写生平荣誉,表达哀挽。锡,同"赐",《诗·大雅·崧高》:"既成藐藐,王锡申伯:四牡蹻蹻,钩膺濯濯。"内治,家务,宋王安石《仙游县太君罗氏墓志铭》:"经纪内治,能勤不懈。"婿,"婿"字古体。离鸾,比喻分离之配偶,唐李商隐《当句有对》诗:"但觉游蜂饶舞蝶,岂知孤凤忆离鸾。"

顾室叶淑人挽联

淑人为顾竹城明府之配。年五十九,四月三日卒。

鹤寿未六旬,仙去后一年,再向仙山献寿;
莺花过三月,佛生前五日,遽归佛地拈花。

【简绎】此联以鹤、花作眼目,把年寿、卒时融于其中,更将仙、佛打作一团,既挽其证果,又贺其升仙。"寿、花""仙、佛"四字均重出,而各有意义,巧不可阶。

上联从年寿着笔,却跳进一层,拟想六旬时情景,后两句分明在说其人已成仙。下联以"过"字对应上联"未"字,转到卒之月日。莺花，莺啼花开，泛指春日景色，而三月又有"莺花月"之称。佛诞四月初八，前五日则逝者生日。佛地，本谓超脱生死、灭绝烦恼之境界，挽联中则多指佛菩萨所在之处。拈花，用佛大弟子摩诃迦叶"拈花微笑"典；挽联中不无往生极乐乃至皈依佛菩萨为弟子之微意。

赵忠节公祠联

公讳景贤，字竹生，余甲辰同年也。粤贼之乱，起义兵卫乡里，守湖州城三年。城破后陷于贼，骂贼死。

在朝忠臣，在乡义士，百战艰难，至死不二；

有唐睢阳，有宋信国，千秋俎豆，得公而三。

【简绎】上联着眼生前，朝野兼及，表其忠义；下联着眼身后，借古人予以赞颂。唐睢阳，张巡；宋信国，文天祥，封信国公。

自题春在堂联

先祖南庄府君，尝举韩昌黎诗"此日足可惜"一语以勉人，曰："此语极有味。试思明日亦日也，然非此日矣；明年亦有此日也，然非今年此日矣。然则古人惜分阴，岂为过乎？"盖府君笃志于学，故其训人若此。又先舅氏姚平泉先生，尝自言"以出世之心，行入世之事"，斯言亦极有味。樾因窃取此二意为一联，异日当书而悬之春在堂焉。

日有明年之日，年非今日之年，吾祖南庄府君是以垂惜日之训，后人宜敬体此意；

事或入世之事，心仍出世之心，先舅平泉老人用此为处事之方，小子窃有味其言。

【简绎】上联以"日"字作眼，申说祖父之训。曲园祖父俞廷镛，字南庄。汉代尊称太守为"府君"，后世亦用作对故世者之敬称。垂训，垂示教训。下联以"事"字作眼，讲明舅氏之箴。处事，处理事务。《左传·文十八年》："先君周公制《周礼》，曰：'则（礼仪）以观德，德以处事，事以度功，功以食民。'"

曲园舅氏有《琐谈》一卷，《春在堂随笔》卷三记其一条云："凡以君子之心度人，未必皆中，然我不失为君子，况中乎？以小人之心度人，未必不中，然我不免为小人，况不中乎？"并谓："数语亦名言也，谨识于此，以代几席之铭。"今录此共铭。

楹联录存二

徐云阶部郎挽联

云阶为震泽县之震泽镇人，曾举义兵卫乡里，乱后又勷办善后之事。其没也，余铭其墓。

负干济长才，小试于乡，已为遗黎复元气；
综生平义举，大书其事，愧无巨笔志幽宫。

【简绎】上联叙生前两事：义兵卫乡里，乱后勷善后。干济，才干出众、足以济世；唐白居易《与卢恒卿诏》："以卿有忠劳之前劭，干济之长才，常简朕心，宜授此职。"遗黎，乱后残存之民。下联点出"铭墓"。志幽宫，指作墓志铭之类；幽宫，谓坟墓。

陈子舫太守挽联

子舫为先兄癸卯同年，以太守候补江苏，卒于江宁。

二千石太守清贫，虽负长才，未施利器；
三十载同年寥落，既伤老友，更念先兄。

【简绎】上联叙宦迹，未尽其才，为之惋惜；下联写交谊，一茎两蒂，悼人怀兄。汉代郡守（即太守）俸禄二千石，因称郡守为"二千石"；宋以后知府别称"太守"。长才，特出、专精之才能；《金史·宣宗纪》："内负长才不为人所知者，听赴招贤所自陈。"利器，喻指杰出才能；《后汉书·虞诩传》："志不求易，事不避难，臣之职也。不遇槃根错节，何以别利器乎？"寥落，稀少；清钱泳《履园丛话·臆论》"五福"条："今人既寿矣、既富矣，而不康宁，以后子孙寥落、讼狱频仍，或水火为灾，或盗贼时发，则亦何取乎寿富哉？"

陈母缪淑人挽联

淑人为同年陈訏堂司马之母。其家始极贫，淑人具饘粥食舅姑，而自掘野菜作羹以充饥。訏堂官吾浙，就养浙中者数年，然勤俭如故也。卒年七十七。

多福多寿，过七秩又七龄，芝诰荣封，大好桑榆新景色；
克勤克俭，历一生如一日，版舆就养，未忘藜苋旧家风。

【简绎】联语先表桑榆晚景，转而追忆一生旧事，两相对照，突出逝者之贤德，寓挽悼于揄扬。就养，父母到儿子任官住所，受其奉养。宋苏轼《刘夫人墓志铭》："夫人既老，二子涓、瀚更守寿春。已而涓守襄阳，瀚复按本道刑狱，夫人皆就养焉。"藜苋（lí xiàn），泛指贫者、俭者所食之粗劣菜蔬。

濮少霞观察七十寿联

少霞旧宦蜀。光绪三年正月，其生日也。

陆放翁于老学庵中话成都旧游，灯市笙歌正月节；
白乐天从大历年间到会昌初载，香山诗酒七旬人。

【简绎】此联均借古人旧事生发，上联扣宦地、生辰，下联扣年寿。老学庵，宋陆游（号放翁）书斋名。陆游《老学庵》诗："穷冬短景苦思忙，老学菴中日自长。"自注："予取师旷'老而学，如秉烛夜行'之语名菴。"后亦借指读书养静之所。陆游曾在蜀地生活五六年，并曾萌发"终焉于斯"之念。白居易（字乐天）唐代宗大历七载（772）正月生，武宗会昌元年（841），正当七旬。

唐代纪年确有称"载"者（玄宗天宝三年改"年"为"载"，直至肃宗至德三载，共十四年），不过，大历却称"年"不称"载"；联语用"载"，变文避复，倒也渊源有自。

郑畲香孝廉挽联

孝廉太湖东山人，曾官户部。光绪丙子十二月自湖北归，卒于沪渎。时其父年六十余矣。

腊鼓动悲音，千里征帆，輁轴迎归黄歇浦；

春明树文望，一官农部，科名盼断白头亲。

【简绎】古人腊日或腊前一日击鼓驱疫，因谓之"腊鼓"，此切卒月。湖北至上海，长江顺流而下，故云"千里征帆"。輁（gǒng）轴，旧时载棺之具。黄歇浦，切卒地。春明，指代京都，切宦地。清代户部，亦称"农部"，其长官古称"大司农""大农令"。故世时仍是"孝廉"（举人），故末句云云。

张母孟太夫人挽联

太夫人为同年子青制府之母，年九十矣。正月十八日，其生日也。于正月三日卒。

一品紫泥封，看膝前令子贤孙，更有曾孙同蹁跹；

九旬黄发寿，正岁首良辰吉月，再迟半月即称觞。

先是，余曾为寿联，将书而未果，不意遽易寿为挽也。因亦附录于此，云："养志在东山，看膝前有令子、有贤孙、有婚冠之曾孙，会见一堂成五代；腾欢徧南服，自日下而梁园、而吴会、而闽浙诸都会，齐从正月祝千春。"制府曾官豫抚，由河督、漕督移抚三吴，迁闽浙总督，陈情乞养，故联语云然也。

【简绎】上联由荣封及子孙着笔，哀挽中有称扬；下联则由年寿、生辰着笔，惋惜中有赞叹。上联两"孙"字，与下联两"月"字对应，很是整饬。

原拟寿联中"养志"，谓培养、保持不慕荣利之志向，多指隐居。东晋谢安，早年隐居会稽东山，不肯出仕。《晋书·谢安传》："安虽受朝寄，然东山之志始末不渝，每形于言色。"此种隐居不仕念头，亦称"东山之志"。

钱太淑人挽联

太淑人为子密枢部之母，女而有士行者。钱故禾中望族，太淑人尝举其先世故事训其子孙云。

九五福令德考终，向来尹吉遗型，彤史允堪辉柱下；

六十年清门旧事，此后孙曾环立，白头无复话镫前。

【简绎】上联侧重"遗型"，突出个人风范；下联则着眼教子，突出门风。尹吉，《诗·小雅·都人士》中称美之贵家女子，"自然娴美，不加修饰"（朱子《诗集传》），此所谓"女而有士行"欤？彤史，记载宫闱生活之史，唐沈佺期《章怀太子靖妃挽词》诗："彤史佳声载，青宫懿范留。"古时女史官记事用"彤管"（赤色管笔），故有"彤史"之谓。相传老子曾为周柱下史，此联"柱下"借指史册。清门，清贵门第，扣禾中（嘉兴）望族。旧事，扣先世故事。末句则由以旧事训子孙生发，又表达了追怀。

吴勤惠公挽联

公名吴棠，以县令起家，官至四川总督，以病乞归，到家九日而卒，亦咸同间名臣也。余曾承其延，主受经书院，以远不赴。今闻其卒，拟一联挽之，因循未果。万小庭大令，其门下士，又有葭莩戚，属余代撰此联，因录而存之。

由牧令起家不十载，简在帝心，而监司、而开府，卅年来勤政惠民，允推柱石勋名，岂仅偏隅资保障；

从成都返斾只九日，身骑箕尾，若闽浙、若江淮，千里外报功崇德，何况葭莩戚谊，曾陪下坐在门墙。

【简绎】作为咸同间名臣，吴棠任地方官勤政爱民，卓有政绩；抗击太平军、捻军，守城有功，可谓文武双全。此联上联侧重文，末句轻抹一笔转入武；下联侧重武，又带出去世、挽者。

牧令，地方长官，此扣县令。简在帝心，为皇帝所知晓、赏识。简，犹"在"，宋王安石《祭沈文通文》："故治行简于人主之心，名声溢于时士之口。"监司，监察地方（州县）属吏的司、道诸官，刺史、转运使、按察使、布政使等的通称。

相传殷王武丁宰相傅说，死后升天，跨于箕、尾二星之上；后用"跨箕尾"为去世、升天之婉辞。报功崇德，亦作"崇德报功"，指封拜赏赐有德行、有功业者。古以"葭莩"（jiā fú，芦管内膜），比喻关系疏远的亲戚，谓之"葭莩之亲"。下坐，末座、末席；门墙，比喻师门——均切挽者（而非代撰联语者）身份。斾，"旆"字古体。

沈母张太恭人挽联

太恭人为翠岭沈君之配，乐善好施。道光二十九年大水，沈君借庵村报恩寺设局养饥民，太恭人手制绵衣数十襎以赐。又尝乘舟之平望，过杨家荡遇风，乃命其孙中坚，召水工于下流最深处，筑堤三十丈有奇，至今赖之。

嘉言懿行，落落数大端，至今客路经过，杨荡隄边，定有丛生慈竹；

仁粟义浆，孳孳八十载，长使灾黎感泣，庵村寺内，领来手制寒衣。

【简绎】此联均就其人功德着笔，表达赞美，寄托哀挽。上下联前两句概括，后三句归到具体事件，却从过客、灾黎着眼，不仅行文灵动，信实之下无形中使感召力得以增强。慈竹，又称"子母竹"，丛生可多至数十百竿，高至二丈许，新竹、旧竹密结，高低相倚，若老少相依，故名。仁粟义浆，指施舍给人的饮食、钱物。灾黎，灾民；黎，众多。

浙绍会馆联

在苏州盘门新桥巷，余为题二联，一悬客坐，一联戏台。

游宦到金阊，把越酒话乡关，如读会稽三赋；
清时调玉烛，借苏台成雅集，胜在永和九年。

高会即兰亭，叙觞咏幽情，更饶丝竹兴；
新声征菊部，对苏台风月，应忆镜湖遊。

【简绎】第一联客座，故以雅聚、话旧提调。苏州有金门、阊门两城门，因以"金阊"借指苏州。南宋王十朋仿左思《三都赋》，著《会稽三赋》，而绍兴古称"会稽"。调玉烛，指季候调和、四时气畅，形容太平盛世。永和九年，王羲之等兰亭雅集的年份，《兰亭集序》首句言之。

第二联戏台，故以菊部、丝竹提调。浙绍会馆之盛大聚会，亦可谓兰亭高会；而"觞咏幽情"之语，正原本王逸少（羲之）《兰亭集序》："一觞一咏，亦足以畅叙幽情。"丝竹逗出菊部新声，末了心魂又由客地回到了故乡山水。

两联立足苏州，又语语不离浙绍，明揭、暗寓，其风物、名胜、人事，典实纷纭，诸如"越酒""兰亭""东山"（"丝竹兴"暗寓）、镜湖，以及右军之兰亭雅集、谢傅之东山丝竹。真可谓形迹在苏台，神韵在浙绍。

周琳粟观察挽联

观察以孝廉官天津府知府,迁天津河间兵备道。四十外即谢病归,卜居于杭州横河桥,有园林之胜。光绪二年卒,齿未五十。余在天津与君相识,君时犹中书舍人也。

刚七载卧林泉,最怜甲第经营,便有青山终老意;
由一麾迁观察,回忆丁沽欵洽,及君红药赋诗时。

【简绎】上联由中年退居经营甲第,归结到"终老意",暗寓早逝哀挽。林泉,林木泉石,比喻退隐之地;《儿女英雄传》第二三回:"我自今以后,纵然终老林泉,便算荣逾台阁。"甲第,指豪门贵族的宅第,《文选·张衡〈西京赋〉》"北阙甲第,当道直启",薛综注:"第,馆也;甲,言第一也。"此处借用。

下联由迁官之地,延及相识之地,缅怀交谊。一麾,一面旌麾,代指外任地方官。天津有丁字沽(略称"丁沽"),津门俗谚谓"先有大直沽,后有天津卫",又谓"先有丁字沽,后有直沽寨","丁(字)沽"因而成为天津代称。中书省为六朝、唐宋全国政务中枢,重要职权乃撰作诏令。南朝齐谢朓《直中书省诗》,有"红药当阶翻"之句,谓官署阶前芍药盛开,后因称中书省为"红药省";唐白居易《草词毕遇芍药初开因咏小谢"红药当阶翻"诗……偶成十六韵》,有"罢草紫泥诏,起吟红药诗"句,后因以"红药赋诗"等谓任职中书省。清代中书舍人,即中书科中书。

钟子勤孝廉挽联

子勤精《穀梁》之学,著《穀梁补注》二十四卷,主讲上海敬业书院者十馀年。余每至沪,必与讨论经义,今不可得矣。其殁也,年六十。

廿四卷补注，为穀梁子功臣，频年手校青编，镂版告成犹及见；

六十岁耆儒，是乾嘉间宗派，此后我来黄浦，谈经同调更无人。

【简绎】其人荦荦大者，为学问、著述，联语亦集中于此。上联主要表其著述，孜孜矻矻如见；下联交谊中寓哀挽，枢纽不离学术。战国穀梁赤，世称"穀梁子"，所著《春秋穀梁传》，为《春秋》"三传"之一。青编，泛指文籍。耆儒，年高德劭之儒者。清乾嘉学派注重考据，此处点出其人学术特色。末句"黄浦"，又扣到主讲上海敬业书院。

沈母李氏蒋氏两太夫人寿联

李为沈莲溪观察之配，蒋为沈雪门广文之配，娣姒也。观察公为嘉庆丙子优贡，广文则是科领乡荐，皆先大夫同年也。光绪三年，李年七十，蒋年八十。书森太守，乃广文公子而嗣观察公者也，奉两太夫人于八月十三日合而称觞云。

钟夫人礼，郝夫人法，登八詠楼，互相辉映；

七十曰耋，八十曰耄，唱百年曲，同到期颐。

【简绎】两太夫人，拈出"钟礼郝法"，誉其贤德，尤为贴切。沈约任东阳太守时，建元畅楼，并作《登台望秋月》《会圃临东风》《岁暮愍衰草》《霜来悲落桐》《夕行闻夜鹤》《晨征听晓鸿》《解珮去朝市》《被褐守山东》等八诗，诗、楼均称"八咏"。此切沈姓。乐府有"百年诗"，为晋陆机所创。此体乐府诗"起总角至百年，历述其幼小、丁壮、耆耄之状，十岁为一首"（唐吴兢《乐府古题要解》卷下）。此联"百年曲"，当指此，并绾合"期颐"。

朱母赵太淑人七十寿联

太淑人为朱少虞农部之母,其君舅曾为某县校官,太淑人从之黉舍,奉侍甚谨。光绪三年,年七十矣,少虞迎养于京厢。九月中,其生日也,寄此联寿之。

佳节过重阳,借九月鞠华,祝七旬萱寿;
慈颜生一笑,对绮筵甘脆,忆冷署羹汤。

【简绎】此联纯就生辰、寿筵生发,借菊花祝寿,对绮筵忆旧。鞠华,即菊花;"鞠"通"菊","华"同"花"。明宋濂《菊轩铭》:"金华韩先生进之,以耆年硕德,为州里后进所矜式。文章问学,既不获用于世,乃寄情于鞠华。"甘脆(cuì),同"甘脆",香甜、松脆,指美味佳肴。《吕氏春秋·顺民》:"内亲群臣,下养百姓,以来其心,有甘脆,不足分,弗敢食。"冷署,冷落闲静的官署;明陈元素《赠锦衣卫经历白超宗》诗:"冷署久淹殊不恶,请看三载著书存。"

杭州安徽会馆联

为徽人之宦浙者作。不知其书何人之名,亦不知其果用否也。

游宦到钱唐,饮水思源,喜两浙东西,与歙浦江流相接;
钟灵自灊岳,登高望远,问双峰南北,比皖公山色何如。

【简绎】会馆之类楹联,当客地、故里兼顾,时相关合;此联即是。钱唐为浙江古县,《史记·秦始皇本纪》:"过丹阳,至钱唐。"张守节《正义》:"钱唐,今杭州县。"唐代改称"钱塘"。歙(shè)浦指歙江,即新安江,指钱塘江水系干流上游段,乃其正源;故联语"饮水思源""江流相接"云云。灊山,即天柱山,今多作"潜山",又称"皖(公)山",在安徽潜山县。双峰,指杭州西湖南、北两高峰。

八旗奉直会馆联

在吴中，即以拙政园为之，固三吴胜地也。

胜蹟冠吴中，有梅村诗句、衡山画图，坐对茶花思往事；
名流来日下，是丰沛故家、金张贵姓，好凭酒盏话昇平。

【简绎】上联切馆地。吴伟业（号"梅村"）《咏拙政园》诗序云："拙政园……内有宝珠山茶三四株，交柯合理，得势争高。每花时，钜丽鲜妍，纷披照瞩，为江南所仅见。"故上联末句曰"对茶花"。明嘉靖年间，文徵明（号"衡山居士"）曾为拙政园主人王敬止绘其园景，名曰《拙政园图》。胜蹟，即"胜迹"；蹟，指前人遗留之事物（多指建筑、器物）。

下联切族群。奉、直，盛京、北京，满洲皇朝之留都、首都，均属"日下"。汉高祖刘邦，沛丰邑人，因以"丰沛"称其故乡；后亦借指帝王故里。金张，用汉金日磾、张安世之典。故家、贵姓，均谓显贵之世家大族。

吴桐云观察挽联

观察为湖南沅陵人。曾从戎幕，有战功。后为曾文正公奏调江苏，统带轮船，遂殁于沪。其生、卒，皆十二月初八日，亦可异也。

仕宦本劳人，况当阳九年，戎马军中，飑轮海上；
去来皆佛地，两逢腊八日，酉山毓秀，申浦归真。

【简绎】上联叙写生平大端，又特别指出年逢阳九，多灾多难。阳九，指时运困厄，此谓太平天国战乱。飑，同"飙"。下联着眼生卒时、地：佛陀腊八日成道，故云"去来（喻生卒）皆佛地"；小酉山（在湖南沅陵）、申浦（上海之春申江），分切生（毓秀）、卒（归真）之地。

许季蓉明府挽联

季蓉于兄弟行中居第五,乃信臣抚部之子,官江苏嘉定县。卒于光绪三年十二月二十七日,其明年二月,乃信臣抚部八十生日也。

何準第五,许慎无双,祝堂上八旬,正拟椿庭同舞綵;

病共秋深,算随腊尽,賸年前三日,不能花县再颁春。

【简绎】上联前两句,切行第、切姓:晋人何準,"兄弟中(排行)第五";汉人许慎,著有《五经异义》(当然还有《说文解字》),时人为之语曰"五经无双许叔重"。椿庭,指父亲:椿有寿考之征;庭,本孔鲤趋庭。下联前两句,先虚拈、后实写。算,数也,此指寿数。賸,同"剩"。旧时新春来临,地方官多有"颁春"(颁布新历等)之举;而"花县",又扣到官县令。

濮少霞观察挽联

少霞宦蜀中二十七年,曾管前后藏及拉里军粮府,摄夷情章京,督办乍丫夷务。班禅喇嘛录为弟子,赠名"罗桑策忍",译言"好心长寿"也。光绪四年二月卒于家,年七十有一。

历万里以归来,巴蜀旧使君,班禅大弟子;

踰七旬而化去,神仙苏玉局,兜率白香山。

【简绎】拉里、乍丫,均在今四川,故云"巴蜀"。皇帝派遣办理边地夷务,故曰"使君";与内地之指称"太守"有异。苏轼曾任玉局观提举,故云"神仙";白居易晚年信佛,号"香山居士"。佛门所谓"兜率天",云为天上第四层天,其外院乃生天众生居住之处。

冯竹儒观察挽联

竹儒观察乞假出关，奉其父尹平刺史遗骨以归。适有朝命引见，乃疾行而返。甫至沪渎，遽捐馆舍。其人有肝胆，喜谈经济，有用才也。其祖子皋先生，实与先君子同举于乡，故有通家之谊。在沪上时，与余交甚深。今闻其逝，不禁泫然，寄此联挽之。

负父骨而返，闻君命而趋，是真忠臣，是真孝子；
论人才可惜，念交谊可感，一则公义，一则私情。

【简绎】联语就其人行事、才具及双方交谊写来，平实而有味。上下联各两五字句、四字句，句式相同，很是整齐；其中"而、可、真、则"数字，又使文气流宕生动。且下字准确，移易不得，尤其一"趋"（疾走）字，忠心如见。

郜荻洲观察七十寿联

观察以水部郎起家，年至古稀，精神强固，其幼子即今岁所生也，矍铄可想矣。

矍铄古稀翁，添箇娇儿作生日；
清闲观察使，本来水部是诗人。

【简绎】上下联分别着眼健康、历官，上联后句实写，下联后句则虚拟矣。矍铄，年老而强健；《后汉书·马援传》："援据鞍顾眄，以示可用。帝笑曰：'矍铄哉，是翁也！'"旧时工部亦称"水部"，而杜甫曾任检校工部员外郎，故末句谓"本来水部是诗人"。

应敏斋同年适园联

敏斋筑适园于杭之忠清里，泉石之胜，与真山水无异。有三层楼，登其上层，则襟江带湖，空旷可喜。因集唐人张蠙、王之涣句为楹帖赠之，语颇切合；惟张句上下易置，则以楹联体裁须谐平仄耳。

似入万重山，不离三亩地；

欲穷千里目，更上一层楼。

【简释】上联出张蠙（pín）《和崔监丞春游郑仆射东园》。万重山，扣泉石之胜。三亩地，指家园，扣"适园"；语有"三亩宅"，唐王维《送丘为落第归江东》诗："五湖三亩宅，万里一归人。"下联出王之涣《登鹳雀楼》，扣登园楼上层则视野开阔。

潘星斋侍郎暨陆夫人挽联

侍郎乃吴县相国文恭公仲子，由翰林起家，历官卿贰。于光绪四年三月三日，与夫人陆氏同日而卒，夫人卒于丑时，侍郎卒于巳时，可谓偕老矣。

清望历四朝，承黄阁门风，重登八座；

仙游同一日，携白头嘉耦，俱返三山。

【简释】上联从家世写来。汉代丞相、太尉及汉以后三公，其官署避用朱门，厅门涂黄色，以区别于天子，故称"黄阁"（亦作"黄閤"）；亦借指宰相府邸或宰相。潘世恩（谥"文恭"）一生经历乾、嘉、道、咸四朝，又为状元宰相，而潘曾莹（字星斋）也官至侍郎，故上联云然。八座，古时朝中的八种高级官员，隋唐以左右仆射、六部尚书为八座，后世遂为高官之通称；此扣"卿贰"（次于卿相的高官）。

下联写同日仙游，"同""携""俱"均着眼于此。三山即传说中之海上三神山，乃神仙所居；晋王嘉《拾遗记·高辛》："三壶，则海中三山也。一曰方壶，则方丈也；二曰蓬壶，则蓬莱也；三曰瀛壶，则瀛洲也。"

金眉生廉访挽联

眉生负经世才，喜谈天下事，亦古之振奇人也。今春招余游其偶园，颇擅泉石亭台之胜。乃园中一别，竟尔千古，亦可慨也。

春初招作偶园游，泉石幽深，亭台曲折，花木扶疏，忍抛三径烟霞，海上仙虺遽归去；

酒后听谈天下事，世运升降，学术盛衰，政治得失，空腾千秋著述，山中经济更谁论。

【简绎】上联由游园而归到仙去，下联由谈论时事寄寓哀挽；中间各以三短句铺垫，使后两句的抒写顺理成章、言而有物。三径，典出西汉蒋诩，晋赵岐《三辅决录·逃名》："蒋诩归乡里，荆棘塞门，舍中有三径，不出，唯求仲、羊仲从之游。"后因以指隐者家园。烟霞，烟雾云霞，借指山水胜景。隐居而不忘经世济民，故云"山中经济"；亦扣合所谓"振奇人"（特出非凡之人），隋王通《中说·天地》："或问扬雄、张衡，（文中）子曰：'古之振奇人也。其思苦，其言艰。'"

王母劳太恭人七十寿联

太恭人为王君梦薇之母。嘉平八日，其生日也。

愿岁岁今朝，以腊八良辰，陈秋千雅戏；

祝婆婆老福，从古稀七十，到上寿百年。

【简绎】上下联分别由生辰、年寿着眼。秋千之戏，多在春季。而杜甫《清明》诗之二（有"万里鞦韆习俗同"句），仇兆鳌注引《古今艺术图》谓"一云当作'千秋'，本出汉宫祝寿词，后人倒读，又易其字为'鞦韆'耳"，则腊月"陈秋千雅戏"入寿联，亦属渊源有自、确当无疑。上寿，"三寿"中之上者；"上寿百年"之说，则本诸《庄子·盗跖》："人上寿百岁，中寿八十，下寿六十。"

童际庭观察挽联

观察行年六十而卒，距生辰止三日耳。生平颇豪侈自喜，身后门庭萧索，孤子才五岁，亦可哀也。

县弧觳旦，便是盖棺期，只争三日光阴，未满六旬眉寿；
绮席清歌，变成蒿里曲，堪叹一门细弱，仅存五岁孤儿。

【简绎】上联就生卒时日切入，惜其寿之不高；下联着眼生丧之礼，哀其门庭萧索。县弧觳旦，生辰吉日也。觳旦，晴朗美好之日，《诗·陈风·东门之枌》："觳旦于差，南方之原。"孔颖达疏："见朝日善明，无阴云风雨，则曰可以相择而行乐矣。"常用以代称吉日。眉寿，指长寿，《仪礼·士冠礼》："眉寿万年，永受胡（无穷）福。"蒿里曲，古时挽歌，晋崔豹《古今注·音乐》："《薤露》《蒿里》，并丧歌也。"细弱，指妻子儿女。

江砚云封翁挽联

封翁乃小云观察之父。年至八十，尚思游京师，小云谏阻，乃率全家卜居于啚（留）下山中。小筑甫成，遽捐馆舍，因以此联挽之。时余正丁太夫人之忧也。

不辇毂即林泉，率全家入山必深，知暮年尚抱权奇气；
以考终完老福，与令子论交最久，痛去岁同衔风木悲。

【简绎】辇毂、林泉，京城、山野捉对。权奇，王先谦《汉书补注》云："权奇者，奇谲非常之意。"父母亡故、不及侍养之悲，即谓"风木之悲"；源出古语"树欲静而风不止，子欲养而亲不待"（《孔子家语·致思》）。

岳庙联

杭城众安桥畔，为岳忠武王初瘗处。同治甲子，吴康甫大令刱（同"创"）议，于其地建忠显庙，植柏于庭。至丁丑大雪，枝榦分披，遂至中裂。异而谛视之，则其树柏叶、松身，固桧树也。西湖岳庙，旧有"分尸桧"，前明同知马伟所植。顾彼则人力为之，此则天意而非人力矣。敬题此联，以志灵异。

老奸终古分屍，鬼斧神斤，劈开桧树；

快事一时抚掌，风欺雪虐，压倒秦头。

【简绎】关庙、岳庙，四处尽有，若非就所在地着笔，便可能千篇一律。此联就庭树着笔，因树及人，写中裂桧树，写老奸秦桧，均极符岳庙。屍，同"尸"。斤，古时砍伐树木的工具，类似斧头。

安徽会馆戏台联

馆中奉包孝肃、朱文公栗主。潘玉泉方伯属题此联。

菊部小排当，听他绛树新歌，好博河清同一笑；

梓乡众耆旧，来自紫阳故里，试将风景认三吴。

【简绎】上联着眼戏台，巧妙联及两位古人。旧时戏园，往往有人借以行宴会庆赏之举，谓之"排当"也。古有歌女名"绛树"，南朝陈徐陵《杂曲》谓"碧玉宫伎自翩妍，绛树新声最可怜"。包公谥"孝肃"，安徽庐州人。宋沈括《梦溪笔谈·官政》云："孝肃天性峭严，未尝有笑容。人谓'包希仁，笑比黄河清'。"

下联着眼主客地，同样以人联系。梓乡，故乡。朱熹祖籍徽州府婺源县，世称"紫阳先生"。会馆在苏州，故下联末句有"三吴"云云。同治《新建安徽会馆记》云："包孝肃产皖北，朱子出皖南，乡人旧奉祀之，遂于馆之中堂并为两公神主。"

衡峰和尚挽联

和尚住苏州宝积寺，寺圮，新之；乱后又圮，又新之。余有《重建宝积寺记》，存《襮文》中。和尚工丹青，凡相地、相人及星命家言，无不通晓。余孙陛云，自幼多病，曾托其取一僧名曰"莲生"云。

积半生苦行，经营碧殿赪廊，从前宝地落成，曾许简栖来作记；

携总角雏孙，瞻仰绀眉藕发，此后香山老去，更无如满共论交。

【简绎】上联写新寺，碧殿赪廊，见其辉煌。赪，"赬"（chēng）字古体，赤色。一、三两句，又嵌入"宝积"二字。简栖，唐代僧人，皎然有《送简栖上人之建州觐使君舅》诗。

下联论交谊，绀眉藕发，见其耆德。如满亦唐代僧人，曾与顺宗讲谈禅理，帝为之大悦。白居易居洛阳时，爱香山寺地方清幽，与寺僧如满结香火社，自号"香山居士"。俞樾自号"曲园居士"，故可借僧人简栖、如满寄意。《重建宝积寺记》，收录《春在堂襮文·续编一》。

高滋园都转挽联

都转官吾浙最久，曾权臬使，及引疾后，仍寓杭州。余与交最深，今年春至杭州，则已病矣，犹延入内室，茶话中庭，良久而别。别未帀（同"匝"）月，遽闻其讣，悲夫！

宦游两浙几及卅年，从前宪府兼权，棠荫尚留遗爱在；

话别中庭未逾一月，此后湖楼重到，柳阴少觅故人来。

【简绎】宪府兼权，扣官浙权臬。《史记·燕召公世家》："周武王之灭纣，封召公于北燕。……召公巡行乡邑，有棠树，决狱政事其下，自侯伯至庶人各得其所，无失职者。召公卒，而民人思召公之政，怀棠树不敢伐，哥（歌）咏之，作《甘棠》之诗。"后遂以"甘棠""棠荫"等称颂循吏的美政和遗爱。清聂树楷《满江红·题彭公武〈柳阴觅句图〉》有句："只清风喜伴故人来，馀都谢。"

应敏斋方伯六十寿联

敏斋与余同岁，生道光甲辰年，同举于乡，今年皆六十岁矣。十月二十二日，其生日也。其太夫人在堂，年八十有七。余寄此联赠之，并为其太夫人寿也。

　　长于我一月有馀，忆卅六年前同列贤书，榜上并题年廿四；

　　亲在堂九旬将届，合百五十岁三周大衍，筵前兼祝母千秋。

【简绎】此联绾合三人，多就年岁着笔，而生平、交谊乃至亲人，尽在其中。卅六年前廿四，相加则撰者和寿星之年岁，生平、交谊在矣；九旬、六十，寿星母子之年岁，合之则大衍三周百五十，祝寿之意明矣。

又（为杜筱舫观察作）

敏斋少年时无子，五十岁后，有丈夫子五。自苏藩乞养归，卜居杭州，买忠清里沈氏宅，极园林之胜。有三层楼，登之，则圣湖、钱江，皆了了在望，亦壮观也。

　　母九旬、儿六旬，更欣绕膝人多，商瞿五十岁后，兰玉丛生，得峥嵘五男子；

　　官二品、阶一品，尤喜乞身归早，灵隐三天竺外，园林胜地，有突兀三层楼。

【简绎】孔子弟子商瞿，"年长无子，孔子曰：'无忧。'瞿年四十后，当有五丈夫子。'已而果然"（《史记·仲尼弟子列传》）。灵隐山飞来峰东南之天竺山，有上天竺、中天竺、下天竺三座寺院，合称"三天竺"。

古代官员有品、阶之别，官员等级通称"品"，以某些称号表示官员应享某一级别待遇，则称"阶"。品即品级，分为流内、流外各九品；而在一品之内，又有上下阶之分。杜文澜官至江苏道员（苏松太道、常镇通海道，二品），署（暂任或兼理）两淮盐运使（从一品），故云"官二品、阶一品"。而旧时视任官为委身事君，故官员自请离职则为"乞身"。

潘母胡淑人挽联

淑人为太傅潘文恭公孙妇，东园君之德配也。东园君年五十一而终，其卒也，以二月十九日；淑人亦年五十一而终，其卒也，以六月十九日。二月十九，世传观音菩萨生日；六月十九，则言是成佛之日。此两人者，殆亦必有宿根者矣。

佛诞誌观音，最难伉俪归真，季夏仲春，同逢十九日；
仙筹添大衍，卻好期颐分享，锦琴瑶瑟，合成百二年。

【简绎】上联集中于卒日，写其必有宿根。首句似谓观音成佛之日，乃其又一"诞日"；进而借指夫妻卒日，亦其生天之日。归真，本佛家语，泛指人离世。

下联集中于寿数，写其独特之处。古今常以琴瑟比夫妻，"锦琴瑶瑟"，绾合上联"伉俪"。寿数过大衍（五十），分享则可"期颐"，好合则"成百二年"。"分享""合成"一番，便使寿数有了新的意蕴。卻，同"却"。

吴平斋观察七十寿联

平斋好金石，所著有《两罍轩彝器图识》，余曾为序之。今年为其七十生日,而余亦六十矣。其所居曰"金太师场",与余所居马医科巷,前后相望,苏人所谓"隔一条巷"者也。

合千古之寿寿公,永保用、永保享,左鼎右彝,坐两罍轩,居然三代上;

以十年之长长我,六十耆、七十老,望衡对宇,隔一条巷,有此二闲人。

【简绎】上联就其人爱好着眼,巧妙借用金石文字祝嘏。周青铜《逑盘》(又称《单氏逑盘》)铭文云:"逑畯臣天子,子孙永保用享。"联中"永保用、永保享"源此,又暗扣寿星之好金石。鼎彝,古代宗庙祭器。吴云号平斋,藏有齐侯罍(léi)等两罍,故以名轩。钟鼎彝器以夏、商、周为尚,故联中有"三代上"云云。

下联就两人关系着眼,带入彼此年寿。《礼记·曲礼上》:"六十曰耆,指使;七十曰老,而传。"望衡对宇,门庭相对;北魏郦道元《水经注·沔水二》:"沔水中有鱼梁洲,庞德公所居。士元(庞统)居汉之阴,……司马德操(司马徽)宅洲之阳,望衡对宇,欢情自接。"衡,架在屋梁或门窗上的横木;宇,屋檐。

联中两"寿"字、两"长"字,形音相同,而词性、意义不同。各两短句,一则见于《逑盘》,一则出于《礼记》,征引古籍而贴切不移。联末二句,上联典重,下联诙谐。如此种种,均见此联结撰之精妙独到。

杨振甫同年挽联

振甫为余庚戌同年,同入翰林者也。仕至广东布政使,光绪五年正月三日卒于官。其母沈太夫人,殁于四年十二月十八日,相距止半月也。振甫之官时,召见问行期,有"母老,途次不必急促"之命,亦荣遇矣。

从慈母以西归,虽隔岁未越两旬,回思宣室垂询,亲老途长,曾荷殷殷天上语;

哭故人于南海,叹同年又弱一个,屈指玉堂旧友,风流云散,空馀落落晓来星。

【简绎】上联写母子相继而殁,带入天语垂训。宣室,本指汉未央宫宣室殿,后泛指帝王所居正室。宣室垂询,用汉文帝宣室召见贾谊之典,所问所言却大不相同。天上语,即"天语",指皇帝所言。

下联从交往着笔,表达哀挽与感叹。南海,扣卒于广东。玉堂,翰林院别称。晓来星,犹"晨星";落落,孤零,形容晨星之少。又弱一个,指又少(丧亡)了一个,用以哀悼人去世,挽联常见。语本《左氏传》:齐惠公后代公孙灶(字子雅)和公孙虿(字子尾),均姜姓,分属栾氏、高氏,人称"齐国二惠"。昭公三年,公孙灶去世,姜族在与妫族的角逐中少了生力军,故齐大夫司马灶见晏子,曰:"又丧子雅矣。"晏子曰:"惜也!子旗(公孙灶之子)不免,殆哉!姜族弱矣,而妫将始昌。二惠竞爽犹可,又弱一个焉,姜其危哉!"

许星台廉访六十寿联

廉访与夫人同庚,其膝前子女,及孙男女、曾孙男女,及外孙男女、外曾孙男女,共得七十人,亦盛事也。

聚儿孙内外得七十人,登堂同拜生辰,从古汾阳无此盛;

合夫妇倡随成百廿岁,转瞬再周花甲,如今吴会是初筵。

【简绎】上联赞叹家门盛大、儿孙众多。《新唐书》本传,谓郭子仪"八子七婿皆贵显朝廷,诸孙数十,不能尽识";诸孙具体数目,史无明文,当不应超过七十,故曰"无此盛"。下联就夫妇同庚着眼,表达祝颂。合夫妇"成百廿岁",则不无各得百廿岁的祝祷;由一甲衍出"再周",则如今之寿筵便是"初筵"。

又

廉访自言，其夫人于十七岁举长男，后连举二女；又得一男，又连举二女。自此一男二女，相间而生，得男六人、女十二人。有如夫人者二人，得男女各四人。共得男十人、女十六人。因又撰此联寿之。

奇偶合阴阳，算一男二女相间而生，得十有八人，每岁必添丁，其馀兰梦分占，又弄四回璋瓦；

富贵亦寿考，从六旬初度递推而上，到百又廿载，大年再周甲，长此华堂聚顺，坐看七代云仍。

【简绎】《左传·宣三年》载，春秋时郑文公妾燕姞，梦天使赐己以兰，已而生子穆公；后因以"兰梦"为得子征兆。分占，扣二如夫人（妾）。古称生子曰"弄璋"，生女曰"弄瓦"。大年，犹"高年"。聚顺，会聚和顺。云仍，绵远之孙辈；《尔雅·释亲》："晜孙之子为仍孙，仍孙之子为云孙。"郭璞注："言轻远如浮云。"亦作"云礽"，清龚自珍《己亥杂诗》之五九："端门受命有云礽，一脉微言我敬承。"

任竹贤刺史挽联

刺史曾官江西乐平县，权景德镇同知。当粤贼之乱，设立"飞字营"，颇著战功。及从乐平移德化，以其地多水患，筑长堤护之，名曰"永安隄"，并建石闸焉。居民即为立生祠于堤上。后迁云南邓川州牧，以病不赴，归里数年而卒。

以书生杀贼，立功飞字营前，父老至今谈战绩；

为间阎筑堤，捍水永安闸上，使君未死有崇祠。

【简绎】此联着眼大端，仅及两事，可见其人文武兼全，足以不朽。间阎，此指乡里。捍水，抵御水患。同知为州府副职，故亦云"使君"。未死有崇祠,扣立生祠。

周霞城广文挽联

霞城名茂榕,镇海人。余曾预修《镇海县志》,君亦在志局中,故时通音问。虽未谋面,其意拳拳,愿在私淑之列。庚辰冬日,犹寄余洋钱四十,助刻《右台仙馆笔记》。至辛巳元旦而卒,亦可悲也。

汝川旧族,望海名家,惜此时邑乘已成,未及为君作佳传;

鸡日占凶,蛇年应谶,忆去岁邮筒远寄,尚烦助我刻新书。

【简绎】周平王之子姬烈,封于汝南(今属河南),当地人谓之"周家",后来演化成"周"氏;故联曰"汝川旧族"。镇海建镇于唐元和间,当时名曰"望海镇"。邑乘,专指县志,泛指地方志;方志一般列当地名人传记,故上联末句云云。鸡日(元旦)、蛇年(辛巳),扣卒之年、日。谶(chèn),旧时指将来要应验的预兆、预言。邮筒,指信函,宋洪迈《夷坚丁志·王浪仙》:"须臾,邮筒到,发封见书,果召赴阙。"

缪仲英观察七十寿联

观察以道光丁酉举人官黔中,至光绪辛巳,年七十矣。其子小珊太史,迎养入都,因余与观察有同岁之谊,乞此联为寿。

开八耋至期颐,溯酉科名列贤书,四十年前,同咏霓裳天上句;

由一麾迁观察,喜子舍官居翰苑,三千里外,笑扶鸠杖日边来。

【简绎】上下联分别就同岁之谊和迎养入都着笔。八耋,即

"八秩"。贤书，扣中举。唐范摅《云溪友议》："开成元年秋，高锴复司贡籍，……乃试《琴瑟合奏赋》《霓裳羽衣曲诗》。"因称科举中式为"咏霓裳"，李商隐《留赠畏之三首》（其一）有句"空记大罗天上事，众仙同日咏霓裳"，即咏其与韩瞻（字畏之）开成二年同登进士第、同婚于王氏的往事。子舍，本为诸子所居屋舍，借指儿子；宋富弼《韩国华神道碑》："教子舍悉用经术，而济之以严。"翰苑，扣太史——明、清修史之职归翰林院，故俗称翰林为"太史"。俗传鸠为"不噎之鸟"，杖首饰鸠鸟纹，"欲老人不噎"（《后汉书·礼仪志》）。日边来，即"来日边"，扣迎养入都。

谭文卿中丞六十寿联

中丞始官日下，屡上封事，皆持大体。及抚三秦，活饥民无算。光绪五年，移节浙中，适有海外之警，不动声色，而备御有法。又修建文澜阁，购书庋其中，以嘉惠学者。余有寿序文，言之甚详。中丞生日，余适在湖楼，复献此联。

内而调和宫府，外而存活闾阎，妙在声色不动中，便有如是经济；

武则海上旌旗，文则阁中缃素，欲验期颐无量寿，请看何等精神。

【简绎】联语内外、文武兼及，亏得其人有此。经世济民而不动声色，巧妙中贤能尽显。官于日下（京都），才有"调和宫府"（宫廷与官署）之事。闾阎，此指平民、百姓。杭州文澜阁重建于光绪七年（1881），时谭钟麟（字文卿）正在浙江巡抚任上。古时书写多用"缃素"（浅黄色绢帛），因以代指书籍；《隋书·经籍志》："大凡四部合二万九千九百四十五卷，但录题及言，盛以缥囊，书用缃素。"上下联末句，"如是经济"是赞美，"何等精神"是期盼。

谭丽生编修挽联

丽生名鑫振，湖南衡山人。光绪庚辰，以第三人及第。至辛巳春来浙，适余从湖上俞楼还吴下春在堂，已登舟矣。丽生知之，即乘肩舆出武林门，至余舟中，以后进礼见。余未及往答，期再见于吴中，乃甫逾一月，而丽生遽以咯血而死。闻其临终神识不乱，以其九龄幼子所临《元（玄）秘塔碑》，交付其同年徐花农庶常，默寓托孤之意。亦深可悲矣。

　　如何探花使，竟作报罗人，最怜客死浙西，难携九岁孤儿，托付同年良友；

　　回忆小舟中，曾修同馆礼，犹冀重逢吴下，谁料武林一面，句销文字因缘。

【简绎】上联"探花使""报罗人"，均扣进士及第。前者指进士放榜后，在杏园举行"探花宴"，"差少俊二人为探花使，遍游名园"（李淖《秦中岁时记》），折取名花；后者则指新进士之暴卒者，"名曰报罗使，言报大罗天也"（王定保《唐摭言》引《杂说》）。因是客死，故而难携幼子托孤。

下联"同馆"，指同在翰林院就职，此指二人进士及第后均曾任翰林院编修。但二人同馆，却并不同时：俞樾中式在道光三十年（1850），谭振鑫在光绪六年（1880），谭为后进，故"以后进礼见"俞。武林，杭州别称。句销，亦作"勾销"，消除、抹掉。

此联上、下各五句，中间几句起首多用虚字，并多疑惑语气，行文可谓极尽转折跌宕之能事，蕴蓄既多，悼挽之意也便表现得淋漓尽致。

吴母张太夫人挽联

太夫人为子健中丞之生母，年八十有二，于辛巳岁五月五日，卒于江苏抚署。时慈安端裕康庆昭和庄敬皇太后遗诰颁行天下，江苏甫来到也。

忆往岁鸾歌凤舞，献寿寝门，踰八秩甫二龄，曾元五代，同祝期颐。何今年佳节端阳，顿撤蒲觞陈素俎；

看令子武达文通，起家翰苑，由屏藩到开府，节钺三吴，亲承色笑。痛此日普天缟素，又扶桐杖哭慈闱。

【简绎】上联写故世，却从献寿叙起，可谓别致；下联写哀悼，由子弟着笔，趁便罗列宦辙也就顺理成章。甫，刚刚，才。曾元，曾孙、玄孙；因避讳，以"元"代"玄"，清代（康熙及其后）文献习见。蒲觞，指菖蒲酒。素俎，白木所制盛放祭品之礼器。古时出兵，天子授将帅节钺（符节及斧钺），作为标示威信之信物。亲承色笑，指曲意奉承迎合父母，以表孝顺。色笑，和悦的容貌、亲切的态度，语本《诗·鲁颂·泮水》"载色载笑"，郑玄笺："和颜色而笑语，非有所怒……"缟素，白色丧服。慈闱，亦作"慈帷"，代指母亲。

又（为潘季玉观察作）

中丞河南固始人，曾为湘藩、鄂抚；及抚苏，又再摄两江总督。所至辄奉太夫人版舆以行，故上联云然。

钟毓自两河，两湖两江，同依福荫；

曾元罗五代，五月五日，顿失慈云。

【简绎】钟灵毓秀略称"钟毓"，指美好风土诞育优秀人物。战国秦汉时，黄河自今河南武陟县以下东北流，经山东西北隅北折至河北沧县东北入海，略呈南北流向，与上游今晋陕间的北南流向一段，东西相对，当时合称"两河"。此偏指河南，切籍里。两湖两江，切宦辙：两湖，湖南、湖南；两江，清代江南和江西两省，地辖今江苏、安徽、江西。

密通和尚挽联

和尚扬州人，卓锡姑苏有年矣。城外虎丘寺，城中永定寺，皆其所重建也。于光绪辛巳岁示寂，年六十有一，盖与余同岁者。

看君赤手兴两处三门，此事由心精力果；
愧我白头亦六旬一岁，至今犹带水拖泥。

【简绎】方外之人，往生极乐，正所追求，挽联也就无需一味哀戚悼惜。此联因"同岁"这一由头，便分别就君、我写来，一则赞君功德，一则愧我因循。

三门，指寺院大门。《释氏要览·住处》释寺院"只有一门，亦呼三门"，引《佛地论》谓：寺院乃持戒修道、求至涅槃者所居，而达至涅槃境界，要由空门、无相门、无作门这"三解脱门"而入，故云。带水拖泥，犹"拖泥带水"，比喻说话做事不干脆利落；在佛门则指斩绝樛（jiū）葛、直入佛地，《五灯会元》卷二〇："一向恁么来，未免灰头土面，带水拖泥，唱九作十，指鹿为马。"又《五灯会元》卷一五："一棒一喝，犹是葛藤；瞬目扬眉，拖泥带水，如何是直截根源？"

杭州金华将军庙联

金华将军，曹氏、名杲，仕后唐为金华令。吴越时，守婺州。钱氏入朝，委以国事，杲即城隅浚三池，曰"涌金"。既殁，民为立祠池上，其神每化为蛙，游戏人间。光绪辛巳岁三月，见于俞楼，因题是联。

踵邺侯六井，凿金牛湖畔三池，利泽緜延百世祀；
傍坡老古庵，筑碧霞亭前新舍，神灵飘忽一来游。

【简绎】唐人李泌，累封邺县侯，时人呼为"邺侯"。他任杭州刺史时，凿金牛等六井，引入西湖水，供居民汲用，所谓"邺侯六井"。宋苏轼又加淘浚，并作有《钱塘六井记》。坡老古庵，当在西爽亭左近，徐琪（花农）西爽亭联："小筑一楼，存西爽遗迹；相离数步，即东坡古庵。"碧霞新舍，专门则指俞楼正室，笼统则指整个俞楼（见《俞楼诗记》）。末句扣神化青蛙游戏人间，而曾一见于俞楼。

黄觐臣太守挽联

太守为黄恕偕前辈之子，需次江苏，与海运之役，卒于通州。

潞水转云帆，未及生还黄歇浦；
长沙归旅榇，不堪肠断白头亲。

【简绎】上联实写，下联虚拟。潞水，即潞河，在（北）通州（今属北京）。当时上海属江苏松江府，故有"黄歇浦"云云。长沙，切逝者籍里。白头亲，年老之父母。

俞友声大令挽联

友声名麟振，绍兴人。以诸生从戎，积功得知县。同治丁卯岁，举于乡。光绪丁丑岁，成进士，仍以知县原班分发江苏。未几，以疾乞归，卒于杭州，年五十三。余在吴下及湖上，皆来相见，执族子礼，然服属固不可考矣。

戎幕久参北府，文闱仍捷南宫，在吾宗不愧后来秀；
吏才未试东吴，噩耗俄传西浙，于古人肯及服官年。

【简绎】北府，代指军府；南宫，礼部会试，《宋史·欧阳修传》："举进士，试南宫第一……"文闱，指科举考试；闱，试院。久参，扣"积功"；未试，扣"未几"。噩耗，即"噩耗"；耗，"耗"字古体。服官年，即五十开外。《礼记·曲礼上》:"人生……五十曰艾,服官政。"

应母朱太夫人挽联

朱太夫人为应敏斋同年之母。光绪辛巳,年八十有八,春间即卧病。至六月十三日,自言欲去,已属纩矣,乃历三刻许,复苏。至十五日,呼敏斋至床前,传以遗命,又言欲去,言已溘然。举家号呼,则又言曰:"人生有何乐处?汝曹唤我转来,甚无谓也。"自是又阅数日,至二十二日而逝。其来去之际,若可自主,必是有夙根者。敏斋妾张氏,同日化去,亦可异也。

勉为儿曹作十日留,来去从容,撷膝前小妇同行,定有三生缘分在;

并算闰馀过九旬外,富贵寿考,想天上群仙高会,依然八坐起居荣。

【简绎】上联就临终异事着笔。儿曹,儿辈;唐韩愈《示儿》诗:"诗以示儿曹,其无迷厥初。"小妇,即妾;《汉书·元后传》颜师古注:"小妇,妾也。"三生,佛家所说三世转生,即前生、今生和来生;白居易《赠张处士山人》诗:"世说三生如不谬,共疑巢许是前身。"

下联就年寿生发。"闰馀",指闰月所积馀。农历两三年一闰,平均十九年有闰月七,八十八年则三十多闰月,以年计则有两年多近三年。年八十有八,加闰馀,算来应在九十开外,故曰"九旬外"。八坐(座),八抬轿;清钱泳《履园丛话·红白盛事》:"先生(阮元)乘八座,行亲迎礼。"

德清乌山社庙戏台联

乌山即德清山。余故居南埭,在山之阳,余即社中人也。社庙戏台成,父老属题此联。

借丝竹传山水清音，里社歌谣新乐府；

与父老話昇平盛事，岁时伏腊古临溪。

【简绎】戏台而在社庙，是其特色，故上联侧重"戏"，下联则转而侧重"社"；且作为"社中人"，与父老闲话正是题中应有之意。里社，乡里；《史记·封禅书》："有司请令县常以春月及腊祠社稷以羊豕，民里社各自财以祠。"乐府，指代戏曲。岁时伏腊，指逢年过节，旧日乡里演戏多在其时。話，"话"字别体，《说文》谓"话本字"。德清古称"临溪"，因濒临馀不溪而名。

杜筱舫方伯挽联

筱舫六十岁时，余曾以联为寿，载在上卷①，已略述其生平矣。辛巳之秋，筱舫卒于嘉禾里第，因复以此联挽之。余为内子姚夫人之侄毂孙，娶筱舫从兄女，故有"昏姻"之语。

入仕途到开藩陈臬，游刃恢恢，更观采香小集、平寇巨编，叹公戎幕起家，又向词坛高树帜；

论交谊兼朋友昏姻，前尘历历，回忆倾葢秣陵、望衡吴市，此后武林归棹，为谁秀水再停桡。

【简绎】杜文澜，浙江秀水人，著有《采香词》《平定粤寇纪略》等。上联概其生平，仕途之外，特表著述、创作。词坛，此犹"文坛"；明赵振元《为袁氏祭袁石寓宪副》："瀚海知名，词坛听玉。"下联缕述交谊，朋友、婚姻两面兼顾。昏姻，即"婚姻"，昏同"婚"。倾葢（盖），谓一见如故；望衡，谓居住邻近。秀水在苏、杭之间，而曲园在两地均有居止，往来必经秀水，故有"归棹""停桡"之说。

---

① 同治十八年曾国藩署检《春在堂全书》本《楹联录存》，只上、中、下（集联）三卷，此故云"上卷"，即此本之卷一。

严缁生庶常六十寿联

缁生自入词曹，至今十有一科矣。改官比部，因太夫人年高，不赴。今太夫人年逾八旬，而缁生亦六十矣。八月三十日，其生日也，以一联寿之。

六旬人词馆逾十科，长依堂上慈亲，学老莱子白发绿衣而舞；

一樽酒清秋交九月，好作山中宰相，领韩魏公黄花晚节之香。

【简绎】词馆，翰林院，扣词曹。慈亲，本指（慈爱的）父母，后多指母亲；唐聂夷中《游子行》："慈亲倚门望，不见萱草花。"清秋，明净爽朗之秋天。山中宰相，谓有宰相之才而隐居不仕。陶弘景隐居句曲山（即茅山），梁武帝时礼聘不出，国家每有大事，常前往咨询，时人谓之"山中宰相"。宋韩琦，封魏国公，世称"韩魏公"；下联末句，化用其《九日水阁》诗"且看黄花晚节香"句。

李少荃相国六十寿联

相国于光绪壬午岁，行年六十；正月五日，其生日也。

岳降嵩生，溯道光三年到光绪八载；

鸾歌凤舞，先上元十日祝元老千秋。

【简绎】上联着眼年寿，突出其生不凡；下联着眼诞辰，渲染鸾凤齐寿。岳降嵩生，本《诗·大雅·崧高》，喻指出身高贵，切李鸿章之身份。道光三年至光绪八年，正好六十年；这一笔"算术"，平淡至极，却有"不着一字，尽得风流"之致。上元，即正月十五。鸾而歌、凤而舞，祝寿之意，冠冕堂皇，何以复加？

勒少仲河帅挽联

少仲于道光丁酉岁充拔贡生，甲辰举于乡，皆与余为同年；而又副癸卯贤书，先兄福宁君，亦于是岁捷乡闱，则又所称"兄弟同年"者也。数十年来，以文字论交，最为莫逆。君由刑曹起家，历官至江苏布政使，迁福建巡抚。调贵州巡抚，未之任，道拜河东河道总督，即引疾归，阅数月遂不起。忆去岁君自闽赴黔，道出苏州，寓居吴退楼听枫山馆，时相过从。不意一别遂成千古，因寄此联挽之，不禁哀泪之横集也。

屈指数名场，于丁酉、于癸卯、于甲辰，居然三度，叨分起桂天香，积四十馀载文字交情，如此同年能几箇；

起家由比部，而苏藩、而福抚、而河督，归自八闽，小住听枫山馆，与六七故人从容谈笑，谁知一别竟千秋。

【简绎】上联侧重科名，下联侧重宦辙，而又所在关合故人交情。科举考场，乃旧时士子求取功名之所，故谓之"名场"。起桂天香，一作"攀桂天香"。攀桂，比喻科举登第，而桂花有"天香"之称，故宋郭印《送王吉先兄弟赴试》云："我闻乃翁学汪洋，曾游桂窟攀天香。"比部，明、清两朝对刑部及其司官之习称。千秋，犹"千古"，亡故之委婉说法；《战国策·燕策二》："太后千秋之后，王弃国家，而太子即位。"

李伯太夫人挽联

太夫人乃小荃制府、少荃相国之母也。光绪八年二月，卒于两湖节署，特降诏书，有"贤母"之褒，海内荣之。时海外又小有龃龉，朝廷方倚相国为重，优诏夺情，而相国固辞，未知能如所请否也。

贤母之名定自朝廷，降明诏襃扬，荣在重重芝诰外；
诸侯之孝异乎士庶，赞庙谟挞伐，谋成五五垩庐中。

【简绎】上下联分别就母、子一边来说。上联说母，突出其荣耀。明诏，圣明之诏书。其时光绪帝圣旨有云："大学士直隶总督李鸿章、湖广总督李瀚章之母，品性淑慎，教子有方。今以疾终，深堪轸恻。朝中优礼重臣，推恩贤母，遗体回籍时，著沿路官吏，妥为照料；到籍后，赐祭一坛，以昭恩眷。"襃，"褒"字古体。

下联说子，侧重忠孝矛盾。《孝经》析孝为天子、诸侯、卿大夫、士、庶人之孝，分别论列；其中要求诸侯"在上不骄，高而不危；制节谨度，满而不溢。高而不危，所以长守贵也；满而不溢，所以长守富也。富贵不离其身，然后能保其社稷，而和其民人"，所谓"异乎士庶"。联中"诸侯"，借指封疆大吏；而当时李鸿章已封一等肃毅伯（侯爵晋于逝后），故题称"李伯"。《礼记·三年问》："三年之丧，二十五月而毕。"五五相乘二十五，汉时因以代称三年之丧；《隶释·汉巴郡太守樊敏碑》："遭离母忧，五五断仁。"垩（è，白色土）庐，旧日服丧所居之墓旁小屋，白粉涂壁或不加修饰。

吕仙祠联

苏州阊门外，有一公所，众商人醵资为善举者，于此会集焉。中奉吕仙。盛旭人观察属题此联。

小筑仙居，是当年宝剑藏精故地；
广为善举，体先生金丹济世婆心。

【简绎】上联切地。苏州阊门外虎丘，有吴王阖闾墓，据载陪葬宝剑达三千柄；坟墓筑成之后，金属精气化为白虎，驻于墓上。仙居，本仙人所居，此以供奉吕仙而称呼公所。下联切人。吕洞宾为道教丹鼎派祖师，多有医药救人之民间传说，故有"金丹济世"云云。婆心，比喻慈悲心肠。

樊让村太守挽联

让村为余亲家翁玉农太守之长子，余大儿妇之兄也。虽以知府候补，而实未一日居官，优游家食，年五十六岁而卒。其长子年二十矣，未娶也。

五十年知命又过六龄，看弱冠佳儿将纳妇；
二千石好官未曾一赴，享半生清福竟成仙。

【简绎】《论语·为政》："五十而知天命。"后称五十岁为"知命（之年）"。《礼记·曲礼上》："二十曰弱冠。"古礼男子二十加冠，故称。"半生清福"，扣优游家食、未曾一日居官。不为禄仕而自食于家，谓之"家食"；宋张端义《贵耳集》卷下："后（京）仲远作相，（丘）宗卿家食十年。"

张通甫大令挽联

通甫以县令官吴中，今年与于海运之役。四月既望，卒于津门，年六十矣。其子振荣，正摄天津县事。

矍铄六旬翁，尚堪奉檄丁沽，海舶千帆催转粟；
清和四月节，正听鸣琴子舍，津门一夕罢栽花。

【简绎】丁沽即"丁字沽"，代称天津。海舶转粟，用海船转运粮食。夏历四月，俗称"清和（月）"；清胡鸣玉《订讹杂录·清和月》："二月为清和。张平子《归田赋》：'仲春令月，时和气清。'谢灵运诗：'首夏犹清和。'今以四月当之。"子舍，偏房、小室；此指随子而居。晋潘岳任河阳县令时，县中满栽桃李，传为美谈；后因以"栽花"称扬县令。

邵步梅刺史七十寿联

壬午九月为步梅七十生辰，余为文寿之，已详载其行事矣。

是月，其家适有事，改于十月称觞，又赠此联。

　　在家为善士，在官为循吏，到七秩古稀年，继起有贤子，子又生孙、生曾孙，行看五代同堂，作熙朝人瑞；
　　故乡诸戚友，故交诸弟兄，借十月小春日，合词而祝公，公与夫人、如夫人，俱享百龄上寿，成平地神仙。

　　【简绎】上联由居家、为官，说到年寿、子嗣，最后归结于"人瑞"。人瑞，人中祥瑞，多指有德行或高寿之人；唐白居易《祭微之文》："生为国桢，出为人瑞。"下联则侧重庆寿，东拉戚友、西扯弟兄，又撮夫人、如夫人于一处。十月有"小阳春"之谓，"小春"指此。如夫人，如同夫人，小妾之雅称。语有"陆地神仙"，指忘却得失、安贫乐道之隐士。《幼学琼林·衣服类》："葛巾野服，陶渊明真陆地神仙。""平地神仙"类此，与"天上神仙"相对，指享受人间清福之世人；宋吕渭老《恋香衾》词："记得花阴同携手，……待做个、平地神仙。"

顾晋叔待诏挽联

　　晋叔为子山观察子，喜翰墨，澹荣利，亦一佳子弟也。去年曾绘《自讼图》，图中三人，一官、一吏、一讼者，实即一人，皆自貌其容也。余为载入《春在堂随笔》。今年秋，以微疾卒，年五十矣。

　　借自讼意以成图，化一我幻影成三，知达者久存南郭忘形见；
　　到知命年而出世，叹老父衰龄望八，与走也同作西河抱痛人。

　　【简绎】自讼，犹"自责"；《论语·公冶长》："吾未见能见其过而内自讼者也。"清侯方域《壮悔堂记》："夫知道而能自讼，君子许之。"南郭子綦，《庄子·齐物论》所拟人物，"形如槁木，心如死灰"，后以为物我两忘之典型。出世，此指超脱人世，亦即去世。谦称有"下走",谓供奔走役使之人,临文则或作"走也"。《史记·仲尼弟子列传》:"孔子既没,子夏居西河教授,为魏文侯师。其子死,哭之失明。"后因以称丧子之悲为"西河之痛"。

陆星农观察挽联

星农以第一人及第,余庚戌同年也。自湖南谢病归,所藏古塼(古同"砖")甚富。今年在西湖俞楼,犹与相见,不谓越两月,遽闻其讣也。

四五月间,访我楼头,茗椀清谈到金石;
三十年前,附君榜尾,蓬山旧梦落江湖。

【简绎】茗椀,茶碗;椀,同"碗"。古代镌刻文字、颂功纪事之钟鼎彝器、碑碣石刻,统曰"金石",此扣古塼(属"石")。陆增祥(号星农)撰有《金石偶存》《三百砖砚录》等金石著作。唐代秘书省,别称"蓬山"(或指弘文馆、集贤殿书院),元稹《酬鲁秘书》诗:"新识蓬山杰,深交翰苑材。"后亦代指翰林院,近人傅增湘组织"蓬山话旧"雅集,即要求参与者"进士及第"及"曾任翰林院"。陆增祥和俞樾,均曾任职翰林院修撰,后一病归、一罢官,故末句云云。

王母俞太恭人挽联

太恭人为王孝子继縠之母。孝子因母病,为疏祷于神,请以身代,遂自投月湖以死。死后相传为月湖之神。太恭人病愈,又数年而卒,卒之日,八月廿四也。

为孝子一疏,尘世小留,此事不由南斗注;
后中秋九日,月河就养,至今仍是北堂身。

【简绎】上联之"疏",指祈神时焚化之祷文。传统有"南斗注生,北斗注死"之说,"不由南斗注",谓"尘世小留"并非天意，乃孝心所致。子死后居月湖为神，母逝后亦到该处受其奉养，故云"月河就养"。北堂身，母亲之身份；因子已为神，故特予一表。

严母王太夫人挽联

太夫人曾从夫宦游滇中，著有《写韵楼诗》一卷。晚年捐赀助赈，赐建"乐善好施"坊。卒年八十四。

行万里路，传一卷诗，写韵楼小集编排，共美清才兼硕德；

膺二品封，开九秩寿，乐善坊大书绰楔，长教薄俗式高风。

【简绎】此联可谓就"清才硕德"四字生发而来。上联侧重清才，由从夫宦游领起，清才则以诗集体现；下联侧重硕德，由朝廷封诰领起，归结到表率作用。旧日朝廷旌表孝义，往往赐建"乐善好施"牌坊。薄俗，轻薄之俗。式，仿效；清方苞《己亥四月示道希兄弟》："吾兄弟笃爱如此，子孙其式之。"

又

太夫人之父竹屿先生，仕浙江有惠政，殁祀嘉兴名宦祠；夫比玉先生，祀乡贤祠；其少子某，官贵州石阡府知府，死寇难，赐恤如例；其幼女，刲臂肉疗太夫人疾，太夫人愈而女竟卒，以孝女旌，亦可谓极人伦之盛矣。张少渠属代撰挽联，因又作此。

父在名宦祠，夫在乡贤祠，子在昭忠祠，女在节孝祠，相见黄泉，死犹生也；

德可先贤传，行可逸民传，才可文苑传，年可耆旧传，有光青史，女而士乎。

【简绎】上联以父、夫、子女衬写，下联则就本身正面叙写。联语妙在由祠宇、传记着笔，而这些正是表彰人物的传统"阵地"，与挽联之"盖棺论定"颇为契合。名宦、乡贤、昭忠、节孝诸祠，传统社会之城乡，作为物质存在，人所习见。而"逸民""文苑"为传统史书之类传，地方文献也多有"先贤传""耆旧传"等，列入其中，即可谓"有光青史"。旧时具有士人操行之女子，人谓之"女士"，《诗·大雅·既醉》："其仆维何，釐尔女士。"孔颖达疏："女士，谓女而有士行者。""女而士"本此。

钱敏肃公专祠联

公讳鼎铭。当江苏沦陷时，公间关赴皖，谒曾文正公，慷慨乞师，遂以楚师至。江南底定，公之力也。后官河南巡抚，有善政。卒于官，敕于原籍太仓州建专祠。祠成，其嗣君溯耆、溯时，乞撰此联。

溯当年千里乞师，一舟摩寇垒而过，抵掌高谈，论列山川形势，与夫贼情变幻，及东南进取之方，声共泪俱，此事中兴关大局；

迨后来两河开府，四载在夷门坐镇，悉心综理，讲求治术源流，旁及边境安危，并水旱偏灾之备，人亡政在，于今故里有崇祠。

【简绎】上联写赴皖乞师，路途、言论、神情，穷形尽相。摩垒，迫近敌垒。抵（zhǐ）掌，侧手击掌，形容兴奋激扬的样子；《文选·刘孝标〈广绝交论〉》："见一善则盱衡扼腕，遇一才则扬眉抵掌。"下联述宦辙政绩，官地、方略、遗爱，论列不遗。夷门，战国时魏国都城之东门；此与"两河"，均扣官河南巡抚。全联分别以"溯""迨"二字领起，数句之后，又以"与夫""旁及"和"及""并"承转，遂使气脉流动、文如贯珠。

钱湘吟侍郎挽联

侍郎乃庚戌同年也,嘉善人。

数杭嘉湖同乡同馆同年,白首江湖惟我在;
历咸同光三朝三十三载,黄粱光景不多时。

【简绎】此联挽人,因有"同乡同馆同年"之缘,故全从自己一边着笔,而其人生平面目自见。江湖,指与"朝"相对的"野",即民间;宋吴芾《有感十首》其一"孤臣泪尽仍尝胆,白首江湖雁北飞。"黄粱光景,指人间岁月;元姬翼《木兰花慢·笑平生幻惑》词有云:"一觉黄粱未熟,百年光景都休。"

邵汴生侍郎挽联

湘吟卒之明年,汴生又卒。余与汴生甲辰、庚戌两次同年,即用挽湘吟联,增益其词,盖情事既同,词亦不嫌复也。

算乡会试两榜两度作同年,并列贤书,俱成进士,偕入翰林,白首江湖惟我在;
溯咸丰来三朝三十有四载,起家词馆,历任封疆,荐登卿贰,黄粱光景不多时。

【简绎】如引言所云,此联与上联内容相近、格调一致。荐(jiàn),再、重;通作"洊",宋王谠《唐语林·补遗四》:"唐自安史以来,兵难洊臻。"仅次于卿相的高官,谓之"卿贰";此切侍郎(明、清各部副职)。

陶大母凌太淑人挽联

太淑人为柳门刺史之祖母,年十六归于陶,未逾年而寡。其卒也,年八十九矣。是年四月间已病,柳门自吴下归省之,笑曰："吾犹未也，当在端午前三日耳。"后竟于五月三日卒，亦可异也。

黄鹄寿偏高，回头七十二年，苦节终身如旦暮；
青鸾来有信，屈指五月三日，归期一笑语孙曾。

【简绎】汉刘向《列女传》载："鲁陶婴少寡，鲁人闻其义，将求焉。婴闻之，乃作歌明已之不更二也。其歌曰：'悲黄鹄之早寡兮七年不双。'"上联"黄鹄"，既切行事（守寡），又切"陶"姓。青鸾，传说中之神鸟，西王母信使；此扣预知卒日，且暗寓升仙之意。

恽小山太守挽联

太守为恽次山中丞之子，曾与大儿绍莱同官。

旧泽在甘棠，喜君绍南服官声，冀他时阅历老成，三楚建旄仍虎节；
重泉埋玉树，令我触西河馀痛，忆囊日联翩年少，一官听鼓共豚儿。

【简绎】上下联分别就父、子一边着笔。上联"旧泽""官声"等，均指父亲，却以"喜""冀"转到儿子。《诗·召南·甘棠》："蔽芾甘棠，勿翦勿伐，召伯所茇（bā，在草野中住宿）。""甘棠"之"泽"，本此。古代王畿之外，依远近分为五服，南方谓之"南服"。《诗·小雅·出车》："我出我车，于彼郊矣。设此旐矣，建彼旄矣。"建，竖立；旄，旗竿装饰牦牛尾的旗子。虎节，泛指符节。建旄持节，谓出镇一方，扣父恽世临（号次山）任湖南巡抚。三楚，先秦时期的楚国疆域，秦汉时分为西楚、东楚、南楚。

下联从"玉树"凋零说起，触动己方西河之痛，又以"忆"字转到两老辈一边，回想昔日情形，哀痛如见。重泉，犹"九泉"。曩（nǎng）日，往日。古代官衙卯、午鸣鼓上值、下值，因称官吏赴衙为"听鼓"。豚儿，对人谦称自己之子。

许寿民太守挽联

太守为许星台廉访之子，南海世家也。其生也，高祖母黄太夫人犹在，五世同堂；而黄太夫人及事祖舅姑，亲见七代，蒙恩赐"七叶衍祥"额。太守应京兆试，举孝廉，官郎署。今以知府需次江西，故廉访宦游旧地也，乃未及补官而卒，年甫四十八，惜哉！

甲第重羊城，在福祿名达九重天，记生初七叶衍祥，曾荷恩荣来北阙；

丁年捷燕市，历兵农出为二千石，惜中寿五旬未满，不能宦蹟继西江。

【简绎】此联分别从家庭、个人起笔，又归结到生之承荷恩荣、死之不能延续宦迹，个人与家庭、子与父，始终联系。

上联首句，扣南海世家。甲第，旧时豪门贵族（所谓"世家"）之宅邸。五羊城省称"羊城"，指广州；而南海县，明、清时属广州府。七叶，七世、七代；衍祥，绵延吉祥。下联首句，扣应京兆试。燕市，战国时燕国国都，即今北京。中寿，中等年寿；《吕氏春秋·安死》："中寿不过六十。"唐人多称长江中游为"西江"，此扣江西——既是其将要赴任之地，亦是其父宦游旧地，故有"继宦迹"之说。

王晓莲方伯挽联

方伯为先兄癸卯同年，官至湖北布政使，以理学自命者也。

溯咸同间投笔而兴，人谓名臣，自云儒者；

问癸卯科同年有几，既伤老友，更念先兄。

【简绎】投笔，谓弃文而就他业，多指弃文就武；此处当指任地方官。明、清布政使，为各省民政兼财政长官，受辖于督、抚。因其时国事以剿灭太平军为主，故谓之投笔"就武"亦可。自云儒者，扣以理学自命。

姚室张夫人挽联

夫人为访梅方伯之配，生平乐善好施。其灵輀自天津返，有瞽者数十人泣送，盖皆受其惠者也。余为作家传，存《褛文》中。

好施从天性而生，积数十年阴德耳鸣，记曾丙舍勒铭，虽拙笔不工言是实；

遗泽在人心未死，合千百家穷檐顶礼，看取丁沽归旐，纵盲儿无目泪难乾。

【简绎】上下联首句，生而好施、死有遗泽，其人生前身后，可谓囊括无遗、褒美有加；"记""看"二字接转，后几句又为前文注脚，联语遂丰满生动了。

阴德耳鸣，谓好善积德而不使人知。《隋书·隐逸传》："或谓（李）士谦曰：'子多阴德。'士谦曰：'所谓阴德者何？犹耳鸣，己独闻之，人无知者。今吾所作，吾子皆知，何阴德之有！'"丙舍勒铭，扣作家传；丙舍，简陋的房舍。穷檐，本指茅舍破屋，此指居处穷檐者，扣瞽者（盲丐）。归旐，旅榇归乡所竖魂幡。

孟河蒋氏支祠联

常州孟河马培之文植，以医名。光绪六年，慈禧皇太后有疾，诏征天下精医术者，马君亦与焉。比归，命南书房翰林书"务存精要"四字赐之，遇亦荣矣。然君实姓蒋氏，在汉世有封 亭侯者，其始祖也。明季有自凤阳迁金陵者，婚于马氏。马故世医也，至是无后，以蒋氏承其业，遂袭其姓。然医则马氏，婚宦则皆蒋氏也。支祠落成，求余为记，又乞是联。

渊源遡汉代侯封，纵盛名马服交推，蒋径清风传自远；

祠宇法文公家礼，况宸翰龙章宠锡，孟河乔木仰弥高。

【简绎】上联切两姓及其渊源。战国名将赵奢，因功赐号"马服君"，子孙即以号为姓，后又改为单姓"马"。交推，交相推许，指名望为众人肯定。西汉末年人蒋诩，王莽摄政时归隐乡里，舍前竹下辟三径，只与一二老友来往，后世谓之"蒋径"。其后嗣蒋澄，即封亠亭侯者。

下联着眼祠堂及其功用。文公家礼，朱子所定《家礼》。宸翰龙章，喻指帝王之墨迹、文章。宠锡，恩宠赏赐；宋欧阳修《泷冈阡表》："故自嘉祐以来，逢国大庆，必加宠锡。"孟河中医，源自明末清初，先则费氏、法氏，后则马氏、巢氏。（故家）乔木，谓世家之人才、器物出众。

钟桂溪广文七十寿联

桂溪与余，皆于道光丙申年入德清县学，至今五十年矣。

溯五十年泮水同游，为问几人今健在；

祝八百岁大椿不老，休言七秩古来稀。

【简绎】上联忆旧。明、清科举，通过州县考试录取为生员，就读于学宫，称为"游泮（水）"。下联祝寿。以"大椿"祝男寿，原本《庄子·逍遥游》："上古有大椿者，以八千岁为春，以八千岁为秋。"

贺许星台方伯之孙新婚联

时方伯方由苏臬迁浙藩，期于明春赴浙。

嘉耦百年成，试新画眉，刚好梅开东阁；

阿翁一笑起，攜小比肩，去看花放西湖。

【简绎】联语绾合孙儿新婚与阿翁新任来写,又紧扣时、地。画眉,用张敞画眉典;着一"新"字,则扣到新婚。小比肩,指小夫妻。开东阁,扣迁浙开藩;看花放西湖,扣明春赴浙。东阁,高官招致、款待宾客之处。

徐室杨夫人挽联

夫人为同年徐荫轩尚书元配,有子五人、孙四人、曾孙一人,且曾四次拜缎匹之赐。岁六十五而卒,亦福寿兼备者矣。

寿近七旬,封膺一品,试检取笥中文绮,从九重几度颁来,岂止崇班冠兴庆;

子荣五桂,孙倍双珠,更攜将膝下锦绷,合四代同堂聚处,差堪哀思慰安仁。

【简绎】唐兴庆宫为太后、皇后闲居之所,可见笥(sì,竹筐)中文绮(缎匹),颁自宫中(所谓"九重")。崇班,犹"高位",绾合"封膺一品"。锦绷,亦作"锦襻(běng)",锦制之褟襁;《通鉴·唐纪三十二》:"安禄山母事杨贵妃。禄山生日,贵妃以锦绣为大褟襁,裹禄山,使宫人以綵舆昇之,宫中欢呼动地。"安仁,用潘岳典,借指夫君。

戴保卿通守挽联

保卿为醇士侍郎之子,官松江府通判。其子青来太史,余门下士也。

以名父子见宰官身,佐郡在云间,白首浮沉今老矣;

有继起英绳乃祖武,奔丧从日下,素车风雪太凄其。

【简绎】宰官,泛指官吏。云间,松江府之别称。绳乃祖武,又作"绳其祖武""绳厥祖武";《诗·大雅·下武》:"昭兹来许,绳其祖武;于万斯年,受天之祜。"绳,继承;武,足迹。本谓遵守、继承祖先行迹规范,喻指继承祖辈事业。素车,丧事所用之车。凄其,凄凉悲伤;《文选·谢灵运诗》:"钦圣若旦暮,怀贤亦凄其。"李善注:"毛苌《诗传》曰:'其,辞(虚词)也。'"

胡樗园明经挽联

樗园乃余从前馆新安汪氏时,曾受业门下者也。

往日列门墙,最怜年少美才,常指青云期远到;

朔风吹薤耗,顿触老夫旧感,重回白首忆前游。

【简绎】上联忆昔而期后日,下联伤今而触旧怀。事虽无多,今昔绾合,神情毕显。列门墙,在门生之列,扣受业门下。青云,喻指高官显爵。远到,犹"远至",指造就非凡;《晋书·陶侃传》:"尚书乐广欲会荆扬士人,武库令黄庆进侃于广。人或非之,庆曰:'此子终当远到,复何疑也!'"

王母李太夫人挽联

太夫人为王竹侯方伯继母。

膺一品封,届九旬寿,罗四代儿孙,瑶岛应推众仙长;

生嘉庆初,终光绪间,受道咸诰命,华堂坐阅五朝春。

【简绎】上联由生前之福,推想故去之仙位;下联回溯生平,概括人世之荣光,平铺直叙,却堂皇已极。瑶岛,传说中之仙岛。岛,"岛"本字,《说文》:"岛,海中往往有山可依止曰岛。"嘉庆到光绪,中间道、咸、同,故云"五朝"。阅,经历。

灵澜精舍联

苏州横山智显禅院有酾酾和尚,以锡杖叩石得泉,见《吴郡图经续记》。虎丘山下有泉,曰"憨憨",或曰亦酾酾和尚遗跡。

横山与虎丘相近,"憨"与"酽"音又相同,疑或然也。甲申岁,洪文卿阁学、朱修庭观察访得是泉,筑精舍于其上,郑小坡孝廉命曰"灵澜",余为题榜,并题是联。其地即在真娘墓畔,故下联及之。

一勺试清泉,此邦故老流传,都道是酽师卓锡峰头遗迹;
数椽营胜地,我辈闲人游览,勿徒向真娘埋香冢畔题诗。

【简绎】建筑之联,多就渊源和环境着笔,此联即是。上联首句,扣叩石得泉。僧人居留,谓之"卓锡"。卓,植立;锡,锡杖,僧人外出所用。真娘,唐时吴妓,其墓在虎丘之西。唐范摅《云溪友议》卷六云:"真娘者,吴国之佳人也,时人比与钱塘苏小小。死葬吴宫之侧,行客慕其华丽,竞为诗题于墓树。"下联末句,正针对"行客……竞为诗题于墓树"而言。

周叔云都转挽联

都转为余乡、会两榜同年,罢官后来居吴下,未半载而卒。

甲岁发科,庚年登第,两番傺附骥旄,阅历名场皆白首;
都门判袂,吴市班荆,几日同麾麈尾,重提旧梦竟黄粱。

【简绎】发科,科考中举;《初刻拍案惊奇》卷十二:"少年发科,到都下会试。"骥旄,犹"骥尾";《文选·刘孝标》:"附骥骥之旄端,轶归鸿于碣石。"旄端,尾端。判袂,分别;班荆,铺开荆条对坐,指朋友相遇,共坐谈心。麾麈尾,指清谈。麾,同"挥";麈(zhǔ)尾,古人闲谈时执以驱虫、掸尘之工具,类似后世之拂尘。

樊穉农比部挽联

穉农以孝廉官比部,颇有才干,因奉母,不之官。年未五十而卒。其上有四兄一姊,不数年,相继逝世,亦可悲也。

兴廉举孝，有斡济之才，郎署方期储大用；
兄亡姊逝，又惨遭此变，亲庭何以慰慈怀。

【简绎】兴廉举孝，推举廉洁、孝顺之士；《汉书·武帝纪》："兴廉举孝，庶几成风。"此扣举孝廉（中举）。明、清称京曹为郎署；此扣官比部（刑曹）。储大用，储才以重用。亲庭，指父母；绾合"慈怀"。

薛慰农观察挽联

慰农曾以杭州太守，权粮储道。解组后，主崇文书院讲席，与余所主诂经精舍遥相望也。旋移席金陵尊经书院以去。其在金陵日，以诗酒自娱，颇极林下之乐云。

溯西泠讲席相联，十里湖山两坛坫；
看南国甘棠犹在，千秋循吏一诗人。

【简绎】上联着笔两人交谊，以讲学作枢纽。宋周密《武林旧事·湖山胜概》："西陵桥，又名西林桥，又名西泠。"西泠在西湖孤山至北山间，诂经精舍在孤山，崇文书院在跨虹桥西，故云"讲席相联"。下联概括其人生平，突出为官惠政。循吏，绾合"甘棠"，扣曾杭州为官；诗人，扣诗酒自娱。

东洲船山书院联

东洲在衡州府东，书院乃彭雪琴尚书所创建，曰"船山"者，以王船山先生名也。

读船山先生所著全编，得三百馀卷之多，经史子集，蔚一代巨观。承其后者，勿徒争门户异同，汉详名物、宋主义理，各有师传，总不外古大儒根柢实学；
卜衡岳胜地而开讲舍，看七十二峯在望，春夏秋冬，备四时佳景。登斯堂也，尚共矢晨昏黾敏，出建功勋、处修节操，交相砥砺，以毋负老尚书创建初心。

【简绎】上联就书院之名生发，侧重学术，立论坚正；下联从形胜说来，侧重作为，劝励殷切。

彭玉麟，字雪琴，祖籍衡州府衡阳县（今属湖南衡阳市），联中"老尚书"扣之；王夫之，人号"船山先生"，亦衡阳县人。船山著作，道光刻本名《船山遗书》，收书十八种；同治初，曾国藩兄弟重新汇刊《船山遗书》，合四部著作共五十八种；光绪十三年，船山书院又补刻六种。"汉详名物、宋主义理"八字，赅括汉学、宋学各自特点，即汉代儒学注重名物训诂，宋代儒学注重阐释义理。衡山有七十二峰，船山书院在回雁峰下。共矢，即"共誓"；矢，通"誓"。黾（min）敏，努力。末句"创建"又扣到书院，可谓首尾完俱。

宗懋亭封翁挽联

封翁为湘文太守之父。湘文仕吾浙，守衢、守湖、守严、守嘉兴、宁波，所至有声。翁尝训之曰："汝曹居官，能去民疾苦，是即所以养志也。"今岁，翁年八十有三矣。一日晨兴，诵《金刚经》毕，忽感微疾；越六日，命家人易衣，云将有远行，俄而遽逝。

有令子仕二千石，勤恤民隐，振起人文，先生顾而乐之，笑曰汝能养志；

享大年逾八十岁，服习儒书，精通梵典，一旦飘然逝矣，自云吾有远行。

【简绎】民隐，民众之痛苦。《国语·周语上》："先王非务武也，勤恤民隐而除其害也。"韦昭注："隐，痛也。"古来孝养，食养、色养而外，养志尤为紧要。宗翁以"去民疾苦"勖子养志，仁人之言，足以不朽。服习，因常日浸润而熟悉。

日本鉎吉君六十寿联

日本东京人井上陈子德，来游中土，受业吾门。今年，其父鉎吉君行年六十，母下山氏五十有五，寄此联寿之。

有令子万里来游，言家庭期望深心，外则贤父、内则贤母；

祝而翁百年偕老，看郎君讲求实学，处为名士、出为名臣。

【简绎】上联由子引起，却说到父母；下联由翁引起，又说道郎君。是祝嘏而翁，亦是对勉励郎君。深远的心意或用心，谓之"深心"。而翁，犹"汝父"；《史记·项羽本纪》："吾翁即若翁，必欲烹而翁，则幸分我一桮（杯）羹。"

吴叔和郎中挽联

叔和为晓帆观察之孙，尝隶余门下。今年春，余在俞楼，叔和犹载酒过我，作竟日谈，然其时已病矣。既而来苏就医，病重而归，以解维稍晚，虽以小轮船曳之行，然至杭州，已次日亥时矣，不及入城。至子时，卒于舟中，惟其妻在侧；一子甫二岁，一庶子七岁，均不在舟，亦可惨矣。

滞吴中半日归程，叹到家尚隔重城，黄口孤儿，未及提攜拜琳下；

忆湖上早春雅集，痛及门又弱一个，白头老友，空馀涕泪洒风前。

【简绎】上联就临终情形着笔，带出幼子，惨况可怜；下联就祖父一边生发，白头送黑发，悲痛可想。重（chóng）城，此指城墙；宋王安石《示元度》诗："思君携手安能得，上尽重城更上楼。"

任秋亭大令挽联

秋亭精于医，筮仕江苏，曾摄金山令。余从前建春在堂、营曲园，所用匠石，即其所荐也。

良吏即良医，看君花县抚循，仍为闾阎苏疾苦；
实心行实事，记我草堂卜筑，曾烦土木助经营。

【简绎】此联首句领起，后句均可谓其注脚。上联就其人特点生发，无论官、医，宗旨都是为民"苏疾苦"。花县，泛指县治，扣摄金山令。抚循，安抚存恤。苏，缓解、解除。下联着眼双方交谊，所事既非"高雅"，而"实心实事"云云，真实、贴切，得不谓之"益友"？卜筑，择地建屋；唐孟浩然《冬至后过吴张二子檀溪别业》诗："卜筑因自然，檀溪不更穿。"

李眉生廉访挽联

廉访官苏臬使，未任而以病免，即卜居吴下，买铜师园居之。其地在沧浪亭东，故自称"苏东邻"。余寓吴下，频与往来。廉访之封翁，乃先大夫丙子同年也。其卒于光绪十一年八月之望。

苏公千载后，十万买邻，以旧使君吴下句留，定有前生缘分在；
桂子一轮秋，三五而阙，叹先大夫年家昆弟，不知当代几人存。

【简绎】沧浪亭，北宋苏舜钦流寓吴中所建，联中"苏公"切此。《南史·吕僧珍传》："初，宋季雅罢南康郡，市宅居僧珍宅侧。僧珍问宅价，曰：'一千一百万。'怪其贵。季雅曰：'一百万买宅，千万买邻。'""十万买邻"化用，谓好邻居求之难得。桂秋三五，切卒之月日；月望满月而言"阙"，则喻卒也。

薛心农醝尹挽联

心农以醝尹需次浙江，精于医。往岁慈安皇太后不豫，征天下名医，浙抚以心农应诏，亦奇遇也。其子受采，官知县。

西湖宦躅，与苏白俱留，继起清芬欣有子；
北阙徵车，以岐黄应诏，他年方技定传君。

【简绎】上联着眼仕宦，由本人宦迹联及其子仕宦。杭州均苏轼、白居易宦辙所经，故云"宦迹俱留"。清芬，比喻高洁之德行，晋陆机《文赋》："咏世德之骏烈，诵先人之清芬。"下联着眼医术，"他年"则托以文籍。征车，远行人所乘之车。岐黄，黄帝和岐伯，相传医典《黄帝内经》（含《灵枢》《素问》）为二人撰述；后用以指称医术。方技，旧时泛指医、卜、星、相等技艺；此谓必入史籍邑乘之"方技传"。

姚少读太守七十寿联

少读行年七十，权守松江。十月初旬，其生日也。而官牒则云年六十五，适与余同岁矣。

二千石坐领古三江，问生辰在十月之初，岭上春为公独占；
七十翁行开第八秩，稽仕版则六旬有五，壶中日与我同庚。

【简绎】《水经注》《吴地记》等所记"三江"，均列有松江。十月小阳春，而松江又有佘山、天马山等山岭，故有"岭上春"云云。稽，考察；仕版，记载官吏名籍之簿册。壶中，喻指仙境抑或胜境。上下联末句，似从唐钱起《送柳道士》"海上春应尽，壶中日未斜"化出者。

吴仲英司马六十寿联

仲英以杭人官吴下，吏治之外，兼擅风雅，非俗吏也。行年六十，书此寿之。

王摩诘宿世词客、前生画师，儒雅风流，又官二千石；

白香山杭州酒痕、吴郡诗本，往来游戏，已及六十年。

【简绎】上联以王摩诘，衬其风雅；下联以白香山，扣其宦地。而首句八字概括，又均源自两人诗句，王维《偶然作》："宿世谬词客，前身应画师。"白居易《故衫》："袖中吴郡新诗本，襟上杭州旧酒痕。"全联用事，却又符合其人，贴切自然。

彭雪琴尚书七十寿联

尚书督师广东者三年，今始罢兵而归，行年七十矣。十二月中旬，其生日也。先一月，为其长孙娶妇。因忆余六十岁时，为孙儿陛云娶妇，即君之长孙女也，君以一联见赠，上联祝词，下联贺词也。今援其例，亦赠一联。

桂海正销兵，七裘开筵，会有恩纶来锡寿；

兰孙新授室，一堂舞䌽，好擕嘉耦共承欢。

【简绎】桂海，南方边远地区，扣广东。裘，同"袷"。恩纶，犹"恩诏"。授室，将家事交予新妇，喻指娶妻；语本《礼记·郊特牲》："舅姑降自西阶，妇降自阼阶，授之室也。"孔颖达疏："舅姑从宾阶而下，妇从主阶而降，是示授室与妇之义也。"承欢，顺从父母心意，使之欢喜；唐孟浩然《送张参明经举兼向泾州觐省》诗："十五䌽衣年，承欢慈母前。"

朱母赵太夫人七十寿联

即上卷所载六十寿联之朱母赵太淑人也，今行年七十。正月二十四日，为其生日。其子竹石司马，已迁观察使，且权苏臬矣。

以岁之正，以月之令，鞠腞一尊，为阿母奉觞而上寿；

八十曰耋，九十曰耄，期颐百岁，看佳儿陈枲又开藩。

【简绎】《周礼·天官·小宰》郑注:"正岁,谓夏历之正月,得四时之正。"岁之正,似本此。鞠脪,即"鞠跽",跪地敬献。上寿,敬酒祝寿;《后汉书·明帝纪》:"公卿百官以帝威德怀远,祥物显应,乃并集朝堂,奉觞上寿。"李贤注:"寿者人之所欲,故卑下奉觞进酒,皆言上寿。"

另,朱母前称"太淑人"而此称"太夫人",缘于其子官阶晋升,而其封号也随之上升。清三品命妇封"淑人",一、二品则封"夫人";清代道员(观察使)原则上为四品官,但晚清驻外道员二、三品皆有,故光绪中,御史李慈铭奏疏有云:"今则外官道员多至二品,其封皆至一品矣。"(《清史稿·选举志五》)

潘玉泉观察挽联

观察乃文恭公季子。同治之初,收复江苏,与有力焉,详见余所撰寿序,已刻入《褧文续编》第五卷矣。光绪十一年十二月二十八日病卒,越三日,于除夕大敛,即其生日也。

溯中兴初,功在三吴,皖江乞援,沪渎联防,最难口舌折冲,坐看反侧异谋,潜消谈笑际;

享古稀寿,荣封一品,夫妇齐眉,儿孙绕膝,方谓期颐操券,何意县弧毂旦,即是盖棺辰。

【简绎】上联侧重事功,浓墨叙写,不啻表彰。潘曾玮(字季玉、玉泉)任刑部郎中,奉旨办理团练。太平军围攻松江,潘与署江苏布政使吴煦等,派户部主事钱鼎铭等赴安庆,拜见曾国藩请兵;又曾与吴云、应宝时、顾文彬等,与英国驻上海代理领事巴夏礼会面,磋商借兵助剿事宜。下联由荣誉、家庭诸福寿入笔,转而言及故世,突出生日即大殁之期,寄寓哀挽。联中"最难""方谓"的提调,"坐看""何意"的反跌,突出了所要强调者,又使行文波澜有致。

沈蓉阁方伯挽联

蓉阁乃响泉同年之子。由进士起家，官至广东布政使。中寿而卒，未竟其用，可惜也。

以名进士振起家声，堂构相承，深喜故人能有子；
由贤令尹骤登方岳，节旄未逮，窃为圣代惜斯才。

【简绎】堂构相承，喻子承父业。语本《书·大诰》："若考作室，既底法，厥子乃弗肯堂，矧肯构？"孔安国《传》："以作室喻治政也。父已致法，子乃不肯为堂基，况肯构立屋乎？"方岳，指州郡（职务）；南朝陈徐陵《陈武帝下州郡玺书》："卿等拥旄方岳，相任股肱。"节旄，旌节所缀牦牛尾饰物，亦代指旌节。

樊母余太夫人挽联

太夫人为樊玉农亲家之配，生六子，皆前卒；有孙八人，曾孙三人。于光绪十一年八月十七日卒，年七十有七。至十二月，吴中始得赴告。其次女为余大儿妇，方有疾，故未使闻知也。

荣封二品，上寿七旬，继起喜有诸孙，玉树依然满阶下；
噩耗三冬，仙遊八月，远嫁最怜弱女，麻衣未得拜牀前。

【简绎】上寿，"三寿"之一，指长寿之尤者。所云不一，有百二十、百岁、九十之说；准之"七十古来稀"，七旬自然亦可谓"上寿"。下联前两句，扣卒在八月、得赴告在腊月。

恽母戴夫人六十寿联

夫人为次山中丞之配，侠骨清才，非寻常罗绮中人也。五月十三日，为其生日。

历道咸来四朝，重重芝诰，叠膺一品花封，其人擅渊云词藻、具湖海襟怀，信有须眉在巾帼；

过端阳后八日，潋潋蒲觞，留祝六旬萱寿，从此罗五代曾元、跻百龄耄耋，岂非富贵又神仙。

【简绎】渊云，汉王褒字子渊，扬雄字子云，均为辞赋大家。譟（同"噪"），疑应为"藻"。此扣"清才"。湖海襟怀，喻指胸襟广大；湖海，天下四方。此扣"侠骨"。信，的确、确实。潋潋，波光闪耀的样子。富贵神仙，既富且贵、又长乐无忧，谓难得之人生遭际。

吴引之观察挽联

观察于咸丰间两守衢州，力保危城，浙东西十一郡，惟衢独完，君之功也。其先德为先大夫丙子同年。

两代订弦韦，问先君丙子世交，乔木故家能有几；

三衢资保障，叹吾浙庚辛浩劫，疾风劲草孰如公。

【简绎】弦韦，此当指同年友好。语本《韩非子·观行》："西门豹之性急，故佩韦以自缓。董安於之心缓，故佩弦以自急。"古人常佩弦（柔丝）韦（韧革），以示刚柔、缓急相济。乔木故家，亦作"故家乔木"，喻指乡贤；清曹寅《读葛庄诗有感》诗："故家乔木今谁在？永日残棋局更新。"浙江衢县（今衢州市衢江区）有三衢山，故称衢州为"三衢"。浙东西十一郡而"惟衢独完"，故有"孰如公"之云。

梁敬叔观察挽联

观察为茝林中丞之子。中丞乃先祖甲寅同年也，而观察又与余为丁酉同年。官浙江数十年，始为温州太守，后官宁绍台道，又历署金衢严道、温处道、杭嘉湖道，浙东西宦迹遍矣。

以名父子骈历二品阶，官太守循声卓卓，官观察政声尤卓卓；

叹老成人又看一个弱，论丁酉年谊寥寥，论甲寅世谊更寥寥。

【简绎】梁恭辰字敬叔，梁章钜（字茝林）第三子，《楹联丛话》中之《楹联三话》，即其所辑。循声，为官有循良（奉公守法）名声；政声，为官所获治政声誉。年谊，同年登科者之交谊；世谊，世代之交情。

吴子健中丞挽联

中丞为诸生时，即从事军旅。后以翰林院侍读学士，出藩三楚，旋授节钺。光绪十二年五月十三日，殁于皖江节署，年六十四。

以书生历戎马，由词苑陟封疆，阙下严徐、军中韩范；

周花甲甫四龄，过端午刚八日，民怀遗爱、帝念前劳。

【简绎】上联三句，各各绾合。汉武帝时，严安、徐乐上书言事，皆拜郎中；后以"严徐"并称，泛指才识之士。此"书生"也、"词苑"也。韩范，韩琦、范仲淹，北宋抵御外患的名臣，此"戎马"也、"封疆"也。

下联前两句说年龄、说生辰，后句则扣到两番外任，一以民言、一以帝言，统括无遗。前劳，犹言"前功""前勋"；《左传·哀二十七年》："今君命女（汝）以是邑也，服车（官车）而朝，毋废前劳。"

钮竹君大令挽联

竹君为先兄癸卯同年，官甘肃知县。

叹先兄乡荐同年，攀桂故人，又一个弱矣；

问使君甘凉出宰，栽花何处，有三径资无。

【简绎】上联就先兄故人切入，哀叹其逝。唐、宋应试进士，由州县荐举，称"乡荐"；后世称乡试中式为"领乡荐"。攀桂，意同"折桂"，喻指科举中第。下联就生前宦地生发，悬想故世后情形。栽花，因其曾官知县。三径资，归隐（隐喻去世）之资本。

毕孙帆内翰七十寿联

内翰以八月十六日生，其内子冯氏同岁。

　七十古人稀，况偕老百年，有嘉耦共扶鸠杖坐；
　三五明月满，加良宵一夕，为先生添取鹤筹来。

【简绎】上联着眼年寿，连同内子说来，双倍祝福；下联着眼生辰，由良宵之"加"引出鹤筹之"添"，运思独到。苏轼《（东坡）志林》载，传有三人相遇而比年岁，中一人云："海水变桑田时，吾辄下一筹，尔来吾筹已满十间屋。"后以"海屋添筹"比喻人长寿，或祝人长寿。此联"添取鹤筹"化用，而鹤本为长寿象征。

刘母曹太夫人八十寿联

太夫人为刘作仙大令之母，守节五十二年，有三子、四孙、两曾孙。十月二十七日，其生日也。

　合一堂三子四孙，又有两曾孙，綵服斓斑，同祝百龄上寿；
　守大节五十二年，今届八旬年，慈容矍铄，欣逢十月阳春。

【简绎】上联着眼子、孙、曾满堂，引出祝寿；下联由半纪守节，联及年寿、生辰，而矍铄、阳春亦都有祝福长寿之意。斓斑，亦即"斑斓"，谓灿烂多彩。

彭南屏太守挽联

南屏曾官广东知府,家居数载。沈仲复阁学疏言"其才可用",有旨引见,入京三日而卒。其父讷生太守,犹在堂也。

五羊城内,五马官高,治蹟久登黄霸传;
双凤阙前,双鱼信断,伤心莫慰白头亲。

【简绎】上联着眼任官。汉人黄霸,为官卓有治绩,《汉书·循吏传》谓之"自汉兴,言治民吏,以霸为首"。后以"黄霸传",指代循吏之传。下联侧重故世,因引见入京,又扣到父在堂,而曰"双凤阙"(指皇宫),而有"双鱼信断"。

王小铁同年挽联

小铁为余甲辰同年,年七十有二,老而矍铄,一病遽卒。余往弔之,见其一子一女,子年十五,女仅数龄也。

追溯四十三年前,共咏霓裳,叹故交又少一人,同榜同年竟无几;
正羡七秩二龄翁,健扶鸠杖,讵小病不消半月,幼儿幼女剧堪怜。

【简绎】上联从双方关系着笔,抚昔伤今;下联由小病遽卒着笔,归到儿女幼小,尽显悼惜之意。讵(jù),岂料、哪知。剧堪怜,很可怜惜。

索尔和碧汉母那拉夫人七十寿联

夫人为文农太守魁元之母。太守曾守镇江,欲为夫人寿,而夫人因适有水灾,辍称觥之费,为续命之资,是邦之民,至今感之。今岁年七十矣,十二月十日,其生日也。太守方守苏州,于十月十日预祝，是日乃慈禧皇太后圣寿节也。余在右台仙馆，率书一联，为夫人寿。

借小春预祝千春，恭遇普天开寿宇；
在京口欢腾万口，又闻颂德满苏台。

【简绎】上联特事特说——预祝特，逢圣寿节更特，自然特特说来。生辰十二月而于十月预祝，故有"小春预祝"之说。寿宇，高寿之疆域；此扣慈禧寿诞。下联表懿行，又皆关合子之宦地。京口，镇江古城名，代指镇江。

季君梅太史挽联

太史为仙九先生子，庚戌翰林，甫留馆，即乞养。归遂不复出，主讲江阴书院。有三子，其长公官两浙盐运分司，其次公官长芦盐运使。

尚书门第，翰苑声华，羡青山绿水，偃仰半生，几年朝服、频年野服；
马帐风凄，鲤庭霜冷，叹苴杖麻鞋，仓黄两地，之字江边、丁字沽边。

【简绎】上联概述家世、生平。"几年""频年"数字，即将在朝在野作了分别，其人之性情、风韵于以体现。下联由门生、儿子着笔，表达伤悼。联语前后均为四字短语，显得格外简劲；中间"羡""叹"二字转跌、系联，"偃仰"（随世沉浮）、"仓黄"（匆忙慌乱）二语，前后浑融有致。

此下联两用古人典实。汉代马融，才高学博，讲学坐高堂、挂纱帐；后以"马帐"指代通儒书斋或儒者传业授徒之所。孔鲤"趋而过庭"，父亲孔子要他学诗、学礼；后因以"鲤庭"指承受父亲教诲之地。后两句又涉及地方典实：浙江形似"之"字（亦称"之江"），两浙盐运使驻杭州；天津丁字沽"三水会流如丁字"（《读史方舆纪要》），长芦盐运使驻天津。至于苴（jū）杖，则旧时孝子居父丧所用竹杖也。

叶春伯观察挽联

观察以进士作令广西，官至候补道，引疾归，寓绍兴。年七十有一而卒。距王小铁观察之卒，不及半年。皆余甲辰同年也。

桂林遗爱，蕺山寓贤，看齿杖优游，七秩已开第八秩；
钢水秋寒，石林冬陨，叹牙琴零落，半年顿失两同年。

【简绎】上下联均以宦地、寓地切入：桂林、石林，广西风物；钢水、蕺山，绍兴名胜。齿杖，旧时君王赐予老年人的手杖，以示尊崇。《周礼·秋官·伊耆氏》"共王之齿杖"，孙诒让《正义》："此王所赐老者之杖，校年以授之，故谓之齿杖。"牙琴，伯牙琴，此喻指挚友。

李肃毅伯夫人赵夫人五十寿联

夫人于二月十九日生。是年为光绪十三年，恭逢皇上于正月十五日亲理万机，肃毅伯以首辅督直隶，驻天津，敬以此联寿之。

新政出九重，黄阁馀闲，喜逢家庆日；
春光才一半，绮筵介寿，巧值佛生辰。

【简绎】光绪亲政之初，慈禧掣肘，何谈新政，堂皇言之而已。李鸿章受封"一等肃毅伯"，时任首辅，故有"黄阁"（宰辅官署）之说。年仅半百，生辰又在二月中旬，故曰"春光才一半"。观音本已成佛，为救苦救难而重现菩萨身，二月十九日为其生辰，故有"佛生辰"云云。

周母姚表姊恭人八十寿联

恭人为平泉舅氏长女，于余为外姊，于亡妇则兄弟也。今年八十矣，于五月一日生，而于四月九日豫行称觞之礼。余往祝之，白发青裙，纵谈往事。因忆余儿时，太夫人每邀姊来度岁，所居史家埭，有楼临街，元夜张灯，与姊登楼观之，情景犹如昨日，而余与姊皆老矣。

借清和四月，祝曼衍千龄，喜看令子贤孙，奉阿母豫庆华堂午节；

越荏苒十年，便期颐百岁，犹忆垂髫总角，与吾姊同看史埭春镫。

【简释】上联着重庆寿祝福，下联则祝福兼忆旧。豫，同"预"。午节，端午节之省称。垂髫总角，以发式喻指童年。垂髫，头发不束而下垂；总角，头发编扎成两角状。春镫，春夜之灯，特指元宵花灯。

吴牧驺观察挽联

观察与余，并以道光丙申年科试入学。庚子举于乡，壬子成进士，由庶常改官云南。所著有《小匏庵诗集》《诗话》。

忆柔兆涒滩岁，泮水同游，先我一科举孝廉，迟我一科成进士；

出承明著作庭，滇池远宦，让君千古在政事，附君千古或文章。

【简释】联语均就双方关系着笔，上联侧重名场先后得意情形；下联侧重文章著述，兼及对方政事。联末一句"附君千古"，婉曲达情，悼念之意落实。上联"先、后"，事实而已；下联"让、附"，赞"君"不着痕迹，自谦不乏自负，可谓极修辞之能事矣。

柔兆涒滩，丙申年之别称。孝廉，本指孝悌清廉之士，也是古代选拔人才的两个科目；明、清两代，亦称举人为"孝廉"，《儿女英雄传》第十八回："次年乡试，便高中了孝廉；转年会试，又联捷了进士，历升了内阁学士。"汉未央宫承明殿，班固《两都赋》谓之"著作之庭"；此扣庶常（庶吉士），其为明、清翰林院短期职位，负责起草诏书等。

朱镜香明府挽联

镜香官宝应县令，罢归后，屡主书院讲席。道光丁酉科拔贡生也，余于是科，亦厕名副榜；后又于甲辰科，同举于乡。

明经科、孝廉科，两度作同年，共踏名场如昨日；
循吏传、文苑传，千秋无异议，长教里社祀先生。

【简绎】上联说双方交谊，不过同年而已；下联说逝者政学，则文籍载、里社祀，可谓不朽。明经，本意为明于经术，隋炀帝设明经、进士两科，以经义取者即为明经，进士则以诗赋取者。明、清两代，尊称贡生（国子监生员）为明经。而贡生为府、州、县生员（秀才）贡入国子监（太学）肄业者，其员额亦需考选，故有"明经科"之谓。

吴焕卿大令挽联

焕卿与余同岁，而焕卿以正月生，余以十二月生，盖长于余也。余馆休宁汪氏时，来受业于门下。后成进士，官浙江兰溪知县，未满两考，改教授而去，有王晋平恐富求归之意。余尝语浙抚李小荃制府曰："此君作令必佳。余见其文笔甚清，卜其作令亦了了也。"后果如余言。

是吾所兄，辱称大弟子，桃花潭畔，以都讲相推，迄今旧梦重提，泡影电光卅年事；
由名进士，出见宰官身，兰苣溪边，有神君之誉，记我片言论定，文章吏治一般清。

【简绎】桃花潭、兰苣溪，分切安徽休宁、浙江兰溪两地。

古时主讲学舍之人，谓之"都讲"，《新唐书·叛臣传》："（陈少游）幼习老子、庄周书，为崇玄生，诸儒推为都讲。"此扣受业门下。旧时对贤明官吏，尊称"神君"；《后汉书·荀淑传》："出补朗陵侯相，莅事明理，称为神君。"此扣作令之佳。至于王晋平事，见《齐书》（列传第二十七）："王秀之，字伯奋，琅琊临沂人也。为晋平太守，至郡期年，谓人曰：'此郡丰壤，禄俸常盈。吾生资已足，岂可久留，以妨贤路？'上表请代。时人谓'王晋平恐富求归。"卌（xì），四十。

浙江会馆联

馆在天津府城中，因旧时浙绍乡祠旧地为之。

　　从之字江边到丁字沽边，三千里远来，同归安宅；

　　拓越中旧馆为浙中新馆，十一郡咸集，各语乡山。

【简绎】之江、丁沽，分切浙、津。安宅，安适居所。越中，绍兴；浙中，全浙。清嘉庆时，浙江下设十一府；明、清之府，即秦汉之郡，故曰"十一郡"。

任母王太夫人挽联

太夫人为筱沅中丞之母。中丞父讳烜，为先祖南庄府君同年。太夫人年八十九而终，有元孙矣。

　　从令子到元孙，五代同堂，堂上尊荣，古贤母中罕见此母；

　　溯吾祖副乡榜，九十四年，年家故旧，太夫人外更有何人。

【简绎】上联着眼子孙，凸显尊荣；下联着眼世交，寄寓哀悼。上下联二、三句"堂""年"顶真，末句分别重"母"字、"人"字，往复回环，章法细腻，的为佳构。

金苕人观察六十寿联

观察以江苏县令起家，当克复苏州时，设法遣散降贼甚众。后山东、直隶水灾，集巨赀振之。今以按察使衔直隶候补道，办理河工。

耆寿六十龄，起家花县，晋秩柏台，玉节行除观察使；

存活亿万众，解散黄巾，安全赤子，金隄更筑便民渠。

【简绎】上联列宦迹，下联表治绩。《礼记·曲礼上》："六十曰耆。"故有"耆寿六十龄"云云；亦泛指寿考。花县，县治之美称；柏台，御史台（明改称"都察院"，清沿）的别称。黄巾，汉末黄巾军，此借指太平军，扣降贼。下联末两句，扣办理河工。

瓮仲渊修撰挽联

修撰乃文端公孙，文勤公子。恩赐举人、进士，应殿试，魁天下。然以疾早归，官止修撰。

三秋桂、三春杏，皆从天上颁来，只独占金鳌顶上；

文端孙、文勤子，何意山中归卧，竟长辞绿野堂前。

【简绎】旧时秋八月乡试、春季会试，及第谓之"折桂"，而新科进士又受赐游宴杏苑，故曰"三秋桂、三春杏"。天上颁来，扣恩赐。殿试后迎榜，状元所立，正当丹陛巨鳌之首，故有"独占鳌头"之说。清洪亮吉《北江诗话》卷三："俗语谓状元独占鳌头，语非尽无稽。胪传毕，赞礼官引东班状元、西班榜眼二人，前趋至殿陛下，迎殿试榜。抵陛，则状元稍前，进立中陛石上，石正中镌升龙及巨鳌，盖警跸出入所由，即古所谓螭头矣。俗语所本以此。"绿野堂，唐裴度退居之别墅，此借指辞官归居之所。

姚母沈太夫人挽联

太夫人以夫姚笛秋比部、子访梅观察、孙伯庸观察，加级请封，皆封一品。年八十七而终。生平食无兼味，衣必手浣，可谓难矣。

以勤论过人百倍，以俭论过人百倍，以福论亦过人百倍，八十七龄真寿母；

因夫贵受封一品，因子贵受封一品，因孙贵又受封一品，九重三锡太夫人。

【简绎】上联就其人德行予以称美，下联就朝廷荣宠加以衬托。明、清命妇一、二品均称"夫人"。清末驻外道员最高二品，命妇一品正所谓"加级请封"。标题"沈"，原本墨丁，据李鸿章《姚沈氏等捐赈请奖片》补出。

莫意楼观察挽联

意楼以九月十日生，九月四日卒。曾宰嘉定。其子玙香明府，亦以知县官江苏。

治谱在三吴，父为循吏，子为循吏；

清风宜九月，生近重阳，殁近重阳。

【简绎】上联着眼宦迹。父子均在江苏任知县，故上联首句云云。下联着眼去世时日。"清风"切时节，又隐隐绾合"循吏"之清慎勤谨。

朱孝子祠联

孝子名高，字兆光，香山人。母病废，与妻陈，以竹倚舁之，周行家衖。又因母嗜饴，逢市集，每躬往市之，市者曰：

"吾鬻此三十年,但见人市以啖儿女,未闻以奉母也。"一市嗟叹。

有爱子市饴,无爱亲市饴,小节寻常,万口咨嗟称大孝;
儿为母舁舆,妇为姑舁舆,年高安乐,八驺传唱总浮荣。

【简绎】人物小,事件也小,却颇不平凡。联语就小人小事写来,诠释何为"大孝"、何为"安乐",劝世之意也非凡庸。万口咨嗟,谓众人赞叹不已。舁(yú),双手同抬;《说文解字》:"舁,共举也。"舆乃轿子,此则指竹倚。古代贵官出行,八卒骑马前导,称"八驺";传唱,高声传讲。

廖仲山少司马五十寿联

仲山以兵部侍郎,充总理各国大臣。六月中生日。

盛夏祝长春,半百刚符大衍数;
本兵兼典属,九重深倚老成人。

【简绎】盛夏,切生辰月份。本兵,执掌兵权,清方以智《通雅·官制四》:"唐虞时兵政兼于刑官,未有专司,至仲康始命胤侯掌六师,是本兵之官始于夏也。"此扣兵部侍郎。汉典属国,掌管对外事务;清廷总理各国事务衙门,职掌略同,后改称"外务部"。

何青士都转八十寿联

都转旧官杭嘉湖道,晚年仍寓杭州,何文□公之子也。

旧日贤使君,今日寓公,六桥三竺,大有缘在;
早年名父子,晚年耆宿,苍颜白发,不亦仙乎。

【简绎】六桥三竺,均杭州名迹。西湖苏堤有六桥:映波、锁澜、望山、压堤、东浦、跨虹,宋苏轼所建。灵隐山飞来峰东南上、中、下天竺三寺院,合称"三天竺",省称"三竺"。何兆瀛，字通甫，号青耜，官至两广盐运使（所谓"都转"）；其父何汝霖，字雨人，谥"恪慎"，曾任兵部尚书、在军机大臣上行走。引言"文□（原本墨丁）"，或为误记？

张屺堂廉访挽联

廉访曾官十府粮道，迁苏臬。今年大府奏请，赴江北开浚河道。甫回任，值亢旱，偕同官求雨，感暴疾，不一日卒。

转漕输于江北，陈臬事于吴中，简在帝心期建节；

忧洪水而治河，悯亢阳而求雨，勤劳民事竟捐躯。

【简绎】旧时转运粮饷，水运称"漕"，陆运称"转"，合称"漕转"或"转漕"；此处"输"，亦转运之意。其官员称"督粮道"（简称"粮道"），负责督运各省漕粮。张布刑法为"陈臬"，借指主管一省司法。亢阳，此指旱灾，三国魏曹植《诰咎文》："亢阳害苗，暴风伤条。"

陈母徐太淑人挽联

太淑人为杭州太守陈仲英之母。在室事继母，出嫁事继姑，所处皆甚难，而能曲尽女、妇之职。夫亡，抚子女成立。今岁甫得曾孙，乃感微疾，于九月十三日卒。

事继母继姑曲得欢心，自从夫子云亡，辛苦支持，历三十三年，五夜青镫常饮泣；

教孤子孤女蔚成鼎族，甫幸曾孙在抱，团栾欢宴，过九月九日，七旬黄发遽归真。

【简绎】云亡，死亡；《文选·王俭〈褚渊碑文〉》："子产云亡，宣尼泣其遗爱。"五夜，即五更。鼎族，大家巨族。团栾，团聚；也作"团圞"。

陈仲泉观察挽联

观察为余甲辰同年,以病乞归久矣。今年重来吴下,主于其女婿家。八月十六日,余往视之,已偏废,不能行动,然其神明不衰,论各省秋闱题,良久乃别。未及十日,竟卒。其自营生圹,即在右台山,与余墓门相望也。

忆中秋后一日,白首重逢,相与挥麈论文,片刻清谈犹娓娓;

溯卌载前同年,黄粱大梦,尚幸眠牛接壤,异时宰树共萧萧。

【简绎】眠牛,风水好之葬地。《晋书·周光传》:"陶侃微时,丁艰将葬,家中忽失牛而不知所在。遇一老父,谓曰:'前冈见一牛眠山污中,其地若葬,位极人臣矣。'"宰树,坟上之树木。

蔡室朱夫人挽联

夫人乃老友朱璞山司马之女公子,余为平章,归蔡仲然司马为继室,今秋以微疾卒。

小疾竟难瘳,夫壻重占炊臼梦;

老怀殊有感,蹇修曾作执柯人。

【简绎】上下联分就亡人和自己一边说来。炊臼梦,指丧妻。唐段成式《酉阳杂俎》:"江淮有王生者,榜言解梦。贾客张瞻将归,梦炊于臼中,问王生。生曰:'君归不见妻矣。臼中炊,固无釜("釜"谐"妇")也。'贾客至家,妻果卒已数月。"蹇修,传说中伏羲氏之臣,古贤者。屈原《离骚》:"解佩纕以结言兮,吾令蹇脩以为理。"后指媒人。《诗·豳风·伐柯》:"伐柯如何?匪斧不克;取妻如何?匪媒不得。"后以"执柯"指作媒。

暴梅村大令挽联

梅村为余甲辰、庚戌乡、会榜同年,以知县仕江西。老而告归,主书院讲席者十许年,年八十一而终。其子举孝廉、登拔萃科者数人;孙式昭,以江苏平望司巡检,为谭序初中丞所深赏,列之荐剡,有旨"交军机处存记",亦异数也。

居官在循吏传中,居乡在耆英会上,寿逾八十考终,溯嘉道咸同远历五朝,齿德达尊从古重;

有子则天府联登,有孙则御屏特记,坐看一门鼎盛,数甲辰庚戌同年两榜,身名俱泰似君稀。

【简绎】上联叙齿德之尊。宋司马光《洛阳耆英会序》记云:文彦博留守西都洛阳,集年老士大夫十一人,聚会作乐,当时谓之"洛阳耆英会"。后以"耆英会",指年高有德者之聚会。《孟子·公孙丑下》:"天下有达尊三:爵一、齿一、德一。朝廷莫如爵,乡党莫如齿,辅世长民莫如德。"赵岐注:"三者天下之所通尊也。"达,犹"通"。

下联写家门之盛。名登天府,指名籍为朝廷所录;"联登"则谓乡、会试连捷。御屏,皇帝所用屏风,其上图画、文字多有警示作用。宋田锡《御览序》:"可以铭于座隅者,书于御屏;可以用于帝道者,录为御览。"有时也用以记事,清谷应泰《明史纪事本末》卷二十六:"初,上(万历帝)见丁应泰疏,谓:'御极二十六年,未见忠直如此人者。'书其名于御屏。"身名俱泰,指名誉、地位都安稳,形容生活优裕、舒适。

曾劼刚侍郎五十寿联

劼刚为曾文正师长子,袭一等毅勇侯,历使外国。今以侍郎,充帮办海军大臣。

汉班超以通侯立功万里外；

晋郤縠为元帅行年五十时。

【简绎】上联以汉代班超，拟写曾纪泽"使外国"。汉班超奉命赴西域，前后三十五年，西域底定，受封"定远侯"。曾氏先后出使英、法、俄，使俄时促成《中俄改订条约》，收回伊犁特克斯河流域土地及部分利权，为晚清较为成功之外交行动。

下联以晋人郤縠，拟写曾氏年龄与新职。春秋时晋国郤縠，年五十而任中军将，赵衰向晋文公荐举时有云："郤縠可，行年五十矣，守学弥惇。夫先王之法志，德义之府也。夫德义，生民之本也。能惇笃者，不忘百姓也。请使郤縠。"

恽叔来广文挽联

叔来为恽次山同年之子，其两兄皆前卒。叔来内行甚笃，兼有干才。其继母戴夫人，自幼抚之，哭甚恸。叔来之未卒也，有为之召仙者，箕笔判曰"已已已"。今年岁在己丑，其卒于四月十四日，月建己巳，日亦己丑，是可异矣。

伯氏云亡，仲氏云亡，叹堂前衰泪未乾，那堪第三度更伤爱子；

年榦在己，月榦在己，想天上除书早定，巧逢十四日又届先庚。

【简绎】伯氏、仲氏，指两位兄长。年榦、月榦，指干支纪年之天干。除书，拜官授职之文书；"天上除书"，暗寓生天。先庚，颁布命令前事先申述；唐刘禹锡《历阳书事七十韵》："退思常后已，下令必先庚。"此谓事先之晓谕，扣箕判。

杨滨石太常挽联

滨石以壬子一甲第二人入词馆，直南斋，屡拜御书、御制之赐，历充湖南、福建、山东考官，亦极儒臣之荣遇矣。以太常寺少卿乞病南旋，主书院讲席者垂二十年，年六十七岁而卒。

　　擢上第以登朝，十八学士供奉禁廷，六一先生主持文柄；

　　捧赐书而旋里，谢傅东山尚存远志，郑公北海顿失经师。

【简绎】上联着眼值南斋、充考官。唐太宗李世民设文学馆，与十八学士讨论政事、典籍；清廷南斋（南书房），亦为文学侍从值班之所。六一居士欧阳修，任礼部贡举主考官时，曾主持进士考试。文柄，评定文章、考选文士的权柄；宋王谠《唐语林·德行》："（崔枢）明年登第，竟主文柄，有清名。"

下联着眼退居归里主讲席。谢安（卒赠太傅）中年出仕，权高位重，却长存退隐东山（在会稽郡山阴县）之志。汉末北海郡（今属山东）人郑玄（字康成），著名经师，遍注儒家经典，为汉代经学之集大成者。

叶槐生贡士挽联

槐生以庚辰年会试中式贡士，遽以奉讳归，未及殿试，至今十年矣。今年庚辰一科，得试差者七人，而槐生犹未登甲第也。主讲沪上敬业书院，亦游余门下，曾为余注《宾萌外集》，未成。

　　看几人旌节𬨎（yóu）轩，怜君黄榜虚登，博十年进士空名，

　　未与编排金殿试；

　　了一生皋比讲席，劳我白头远望，抚四卷宾萌外集，

　　更谁笺注玉溪文。

【简绎】𬨎（yóu）轩，天子使臣所乘轻便车子。黄榜，此指殿试中式名单之公告；皇帝公告例用黄纸书写，故名。皋比，虎皮，古人坐虎皮讲学，后泛指讲席、坐具。清人冯浩《玉溪生诗笺注》，"辨析入微，考订精细"，人以为笺注代表。玉溪生，唐代诗人李商隐别号。

长女婿王康侯挽联

康侯为余同年文勤公之子。文勤以福建巡抚薨于位,朝廷赏延后嗣,长子赐举人,三子赐主事;而康侯以次子,拜员外郎之赐。自幼能文,廪于庠,乡试屡荐不售。庚午科,已拟中矣,以文逾八百见摈,郁郁遂成心疾。今年九月,以他疾卒。有子二人,长子念曾,已两应乡试矣,颇望其能成父志也。溯自丙寅春入赘于寒门,至今二十四年耳。余衰年,又惨遇斯事,老泪不胜挥矣。

甥馆记相依,廿四年遽断尘缘,最怜虚被天恩,了此生白蜡明经,空有头衔挂郎署;

名场嗟久困,八百字误逾功令,自此遂成心疾,问何日青云得路,好将科第付儿曹。

【简绎】联语侧重功名方面说来,引起于自己之忆旧,结束于对儿曹之期望。甥馆,女婿(此则赘婿)之住所。白蜡明经,比喻屡试不中。白蜡,比喻光秃空白;明经,科考科目之一。唐张鷟《朝野佥载》:"张鷟号'青钱学士',以其万选万中。时有明经董万,九上不第,号'白蜡明经',与鷟为对。"功令,古时朝廷考核和选用学官之法令。青云得路,比喻科第、仕途顺利,节节高升。此处"青"与上联"白"相对,似亦受到"青钱学士"启发,可知所谓"诗料随处有",洵不诬人。

孙省斋方伯挽联

方伯为道光丁酉拔贡生、甲辰举人,余皆与为同年生。由翰林、御史出任监司,官至直隶布政使,引疾归,寓居扬州十余年而卒。

由东观西台出膺方面，翱翔皇路，驯至陈臬开藩，又林泉十载闲居，大好绿杨城郭里；

忆丁酉甲辰共踏名场，寥落晨星，存此同年前辈，叹云水一江远隔，从今白发故人稀。

【简绎】上联列数生平行迹。东观，东汉洛阳南宫的皇家藏书楼，此谓宫中藏书之所，扣翰林；西台，御史台，扣御史。皇路，喻指仕途。驯至，亦作"驯致"，逐渐达到。陈臬，扣任监司；开藩，扣任布政使。清王士禛《浣溪沙·红桥》词，有"红桥风物眼中秋，绿杨城郭是扬州"之句，后人遂以"绿杨城郭"指代扬州。下联由科第切入交谊，表达悼挽之情。扬州、苏州，分别在长江北、南，故谓"一江远隔"。

钟桂溪广文挽联

桂溪为余同县人，与余同入县学者也。年七十四而卒，时为其孙娶妇甫逾月也。

备九五福考终，膝下娇孙，刚好迎将新妇至；

话六十年旧梦，邑中老辈，更谁共作泮宫游。

【简绎】上联述逝，下联缅怀。邑，旧指县。柳宗元《封建论》："秦有天下，裂都会而为之郡邑。"郡邑即郡县。又如县学称"邑学"，县令称"邑宰"，等等。

潘伯寅尚书六十寿联

伯寅时官大司空。

东坡行年六十，作小乘定；

西汉置公一人，曰大司空。

附录跋语：东坡有《与程正甫书》云："晓夕默然，作小乘定，虽非至道，亦且休息。"国朝王文诰作《苏集总案》，定是年为绍圣二年，东坡年六十。

"大司空公一人"，见《后汉书》"续志"。然大司空之设，实始西京，其时固以大司徒、大司马、大司空为三公也，寻绎"班志"自见。

【简绎】苏轼作小乘定，缘于"痔疾"，其与表兄程正甫书云："老弟凡百如昨，但痔疾不免时作，自至日便杜门不见客、不看书，凡事皆废。但晓夕默坐，作小乘定，虽非至道，亦且休息平生劳弊，且作小期百日。"因与跋语所言小异，故再引之。小乘定，小乘佛教之打坐入定。

"三公"何谓，立说不一。汉代古文学家据《周礼》，以太史、太傅、太保为三公；今文学家则据《礼记》等，以司马、司徒、司空为三公。而《周礼》六官之"冬官司空"，掌土木、水利建设，其事后属工部。明、清时工部尚书别称"大司空"，潘伯寅光绪间曾任此官，故下联有云。

《苏集总案》，指《苏文忠公诗编注集成总案》。"续志"，《后汉书》中司马彪所续之律历、礼仪、祭祀、天文、五行、郡国、百官、舆服等八志。班固《汉书》无《百官志》，有《百官公卿表》，跋语"班志"或指此。

冯吉云观察挽联

吉云生于九月，殁亦于九月。其父尹平刺史，以事戍伊犁而卒；其兄，即竹儒观察也。

孝友备一生，遗恨长留榆塞外；
去来皆九月，清风刚称菊花天。

【简绎】上联从父兄着笔，特表父没于塞外。《汉书·韩安国传》："后蒙恬为秦侵胡，辟数千里，以河为竟。累石为城，树榆为塞，匈奴不敢饮马于河。"后因以"榆塞"泛称边关、边塞。下联由生卒月份着笔，寓哀挽于称赏。元方回《瀛奎律髓》："欧阳永叔《秋怀》诗：'西风酒旗市，细雨菊花天。'［评］俗间有云：'香橙螃蟹月，新酒菊花天。'本此。"螃蟹月、菊花天，均指三秋之九月。

钱鸣伯驾部续娶联

鸣伯两娶，皆徐氏女，姊妹也。

诵南国风诗，君子得淑女为配；
仿东坡故事，同安继崇德来归。

【简释】《诗·周南·关雎》："窈窕淑女，君子好逑（配偶）。"《周南》为十五国风之一，所谓"风诗"。上联本此。东坡故事，谓其两任妻子为堂姊妹：东坡初娶王弗，追封通义郡君；王弗去世后，续娶其堂妹王润（闰）之，封同安郡君。或曰："崇德者，通义郡之异名也。"（秦同培《撰联指南·模范联语》）来归，嫁来夫家；清归有光《先妣事略》："先妣周孺人，……年十六来归。"

顾子山观察挽联

观察以进士起家，官至宁绍台道，年七十九而卒。卒之明年，重游泮水；又明年，重宴鹿鸣，均不及待也。生平长于填词，分为八集，第一集曰《灵岩樵唱》，第八集曰《跨鹤吹笙谱》。所谓《跨鹤吹笙谱》者，止《望江南》一调，首句皆以"怡园好"发端，怡园乃君园名也。

待明年泮水重遊，及后年鹿鸣再赋，吴中耆宿，已成鲁国灵光，何期耄耋将交，遽报仙龛成海外；
读初集灵岩樵唱，到八集鹤背吹笙，老去襟怀，都付苏家铁板，大息园林正好，空留绝调望江南。

【简释】上联着眼年寿。七十曰耋，八九十曰耄，年七十九，故云"耄耋将交"。仙山多在海上,"海外"暗寓升仙之意。下联着眼特长。宋人有云:"柳郎中(柳永)词,只合十七八女郎,执红牙板,歌'杨柳岸,晓风残月'。学士(苏轼)词,须关东大汉,执铜琵琶、铁绰板,唱'大江东去'。"(俞文豹《吹剑续录》)此处"苏家铁板",泛指填词。大息,即"太息"。

楹联录存三

许子舒大令挽联

子舒宰江阴，以公事至省垣，卒于行馆。余从前馆江右玉山，子舒曾执经从余读也。

百里播循声，凫舄不归，童子空骑郊外竹；

卅年寻旧梦，鸡窗同学，老夫曾赏笔头花。

【简释】上联写仕宦，连用两典实。传说东汉叶县令王乔，曾化两舄为双凫，乘之至京师。事见《后汉书·方术传上》。后以凫舄（fú xì）拟仙履。东汉郭伋任官并州，"素结恩德，及后入界，所到县邑，老幼相携，逢迎道路……始至行部，到西河美稷，有童儿数百，各骑竹马，道次迎拜。伋问：'儿曹何自远来。'对曰：'闻使君到，喜，故来奉迎。'"事见《后汉书·郭伋传》。后因以"骑竹"称美地方官之善政。空骑，扣公差至省、卒于行馆。

下联写交谊，顺势表出逝者才华。《艺文类聚》刘义庆《幽明录》："晋兖州刺史沛国宋处宗尝买得一长鸣鸡，爱养甚至，恒笼著窗间。鸡遂作人语，与处宗谈论，极有言智，终日不辍。处宗因此言巧大进。"后以"鸡窗"指书斋。五代王仁裕《开元天宝遗事·梦笔头生花》："李太白少时，梦所用之笔头上生花，后天才赡逸，名闻天下。"后因以"笔生花"谓才思俊逸、文笔优美，"笔头花"本此。

黄仲陶大令挽联

仲陶，杭州人，宦游吴下。于正月上旬生，十二月下旬卒，年六十。

家杭州，宦苏州，行跡一生皆福地；
来正月，去腊月，平头六十是完人。

【简绎】俗语有云："上有天堂，下有苏杭。"联语所谓"皆福地"也。白居易《除夜》诗："火销灯尽天明后，便是平头六十人。"又汤显祖《牡丹亭》第七出："（旦）敢问师母尊年？（末）目下平头六十。"平头，平头数，不带零头之整数。正月生，腊月卒，周一甲子，故有"完人"云云。

吴母韩太夫人挽联

太夫人为清卿河帅母。清卿闻太夫人病，疏请归省，未及归而太夫人先卒。

慈荫冀常留，方期上寿百龄，凤诏叠偕鸠杖至；
君恩许归省，谁料长途千里，朱轩竟换素车回。

【简绎】上联愿望，下联现实。凤诏，帝、后之诏书。朱轩，旧时显贵所乘红漆车子；素车，丧事所用不加文饰之车。

金立甫太守挽联

立甫宦游吴下，被议而归，赍志而殁。其苏寓亦在马医科巷，与余比邻。

门望秺侯高，伏枥悲鸣，白首犹存千里志；
园林吴市寄，连墙笑语，绿杨曾作两家春。

【简绎】上下联首句用典：汉武帝时金日磾，以功封秺

(dù)侯；西汉末梅福，王莽当政时"隐为吴市门卒"。后两句，均借古人诗寄意：上联本曹操《步出夏门行》："老骥伏枥，志在千里；烈士暮年，壮心不已。"下联本白居易《欲与元八卜邻先有是赠》："平生心迹最相亲，欲隐墙东不为身。明月好同三径夜，绿杨宜作两家春。"

宋叔元观察挽联

观察充浙江书局提调，与余同事。其子澄之明经，为余门下士，乙酉应顺天乡试，中副榜。

玉局赖提纲，十载相从，同对青编怜暮景；
金台频盼捷，一椎误中，要留黄榜慰重泉。

【简释】此联"玉局""金台"，均似双关而用。苏轼曾任玉局观提举，后人遂以"玉局"称之。首句化用，扣充浙江书局提调，而"玉局"明指书局，又暗誉其才。提纲，提挈纲领，扣充提调。青编，泛指书籍。黄金台省称"金台"，喻延揽人才之处，扣到乡试；而其又名"燕台"，在易水（在今河北）之畔，又扣到顺天府（清朝时领今北京及河北部分地区）。一椎误中，用张良博浪椎秦中副车之典，扣中副榜。

彭雪琴尚书挽联

尚书殁于庚寅三月六日，余至二十三日始闻之，为诗一百六十韵哭之，又寄题此联于其灵右。尚书功业满天下，不待余言。惟念自己巳春始与相识，及西湖退省庵成，与余湖楼相望，晨夕过从，情逾昆弟，又申之以昏姻。乃去年九月，嘉兴一见，遂成永诀，能勿泫然！数年以来，因病不能书，久无亲笔书。今年二月中，口占一书，命侍者写以寄余，殆与余诀乎？封口铃"吟香馆主"小印，犹与平昔无殊也。

功业在天下，声名在柱下，我怀姻娅私情，只论退省庵中，历历心头廿年事；

哭别于九月，闻讣于三月，公已支离病榻，犹有吟香馆内，悥悥口授数行书。

【简绎】上联分摄两端，一概括、一特写，综述其人生平及双方交谊。柱下，用老子为周柱下史典，借指藏书之所以及史册，谓其名彪青史。姻娅，女婿之父亲为姻，两婿互称为娅；泛指姻亲。退省庵，彭玉麟别业，西湖、衡阳皆有；与俞楼相望者，则西湖退省庵也。下联叙及近事，以寓哀挽缅怀。支离，衰疲。悥悥，急遽也；悥，同"匆"。

曾劼刚侍郎挽联

劼刚乃吾师文正公长子，袭侯爵，官卿贰，历使海外诸邦，精于西学。

论世务有心得，论经术有家传，参中外以独成其学；

为朝廷惜重臣，为师门惜令子，合公私而一恸斯人。

【简绎】曾纪泽为曾国藩之子，其父为晚清理学名家，故云"经术有家传"，此为"中"。"外"则指其任英、法等国使节，了解各国历史、国情，研究国际公法，考察诸国工商业及社会情况等。俞樾为曾国藩主考会试所取中式者，故有"师门"及"合公私"云云。

又

劼刚笃信西学，服西医之药而卒，故联语云然。然此联实拟而未用也。

大瀛海环游，为国宣威，方幸相门重出将；

一刀圭误事，以身垂戒，使知西法不宜中。

【简绎】汉王充《论衡·谈天》："九州之外,更有瀛海。"环绕"大九州"者,谓之"大瀛海"。曾纪泽为文官,因"为国宣威"(外任使节),故有"将"之云云。刀圭,泛指医药。世谓曾纪泽经西医之手而不治,故云"误事"。俞樾本是近代中国第一个提出废止中医的人,曾作《废医论》,后病重而得杭州名医仲昂庭诊治痊愈,因感叹中医"道未绝也"。下联后二句,不无微义,此亦"拟而未用"之原因。

薛子白大令挽联

子白为心农大令子,自少随宦浙江,曾从余游。后亦以县令仕浙,年未五十而卒。去岁曾馈余以家制橙糕,至今食之未尽也。

始随宦,继服官,曩时旧雨适从,老我曾叨一日长;
未五旬,已千古,去岁新橙制赠,至今犹賸隔年香。

【简绎】上联六字叙生平,特笔点出父为老友、子为门人。适从,跟从、随从。下联六字写故世,家制美食寄寓怀念。所制糕点已跨年,故谓"隔年香"。

湖上高氏别业联

武林高仲英、白叔昆仲,作别业于苏隄锁澜桥边,距花港观鱼甚近,有水门可通舟,树、石亦皆有致。

选胜到里湖,过苏隄第二桥,距花港不数武;
维舟登小榭,有奇峰四五朵,又老树两三行。

【简绎】选胜,选择胜地。苏堤第二桥即锁澜桥,而过锁澜桥即为里湖,花港则在苏堤南段西侧,故上联有云。下联"维舟",扣可通舟;奇峰、老树,扣树石。

李心根封翁八十寿联

封翁为杭州太守伯质李君之父。庚寅三月九日，为其八十生辰，余适至杭州，即往祝。舆中得此联，为太守诵之，越日即以玉版笺索书，亦寿言中所罕见者也。

自杖朝到百龄，看令子由二千石黄堂而登开府；
距修禊才六日，为先生写十三行玉版以祝延年。

【简绎】杖朝，指八十岁；《礼记·王制》："八十杖于朝。"古俗三月三日，水边嬉游以祓除不祥，称"修禊"，王羲之《兰亭序》所记即"修禊事"。晋王献之书《洛神赋》真迹，南宋时，高宗得九行，贾似道复得四行，共十三行，廖莹中刻于玉石，谓之"玉版十三行"。此处借用，"玉版"指玉版纸，一种光洁坚致的宣纸，十分名贵。

彭刚直公祠联

楹联乃古桃符之遗，不过五言、七言。今人有至数十言者，实非体也。世传云南大观楼联最长，合上下联，亦不过一百八十字。今年湖上彭刚直公祠落成，其湖南同乡撰一长联，寄余点定，其联凡二百七十字。余因亦自撰一联，共三百十四字。

伟哉！斯真河岳英灵乎？以诸生请缨投笔，佐曾文正创建师船，青燐一片，直下长江，向贼巢夺转小姑山去。东防歙婺，西障溢浔，日日争命于锋镝丛中，百战功高，仍是秀才本色。外授疆臣辞，内授廷臣又辞，强林泉猿鹤，作霄汉夔龙。尚书剑履，迥翔上接星辰；少保旌旗，飞舞远临海澨。虎门开绝壁，岩崖突兀，力扼重洋。千载后过大角炮台，寻求故蹟，见者犹肃然动容，谓规模宏壮、布置谨严，中国诚知有人在；

悲夫！今已旂常俎豆矣。忆畴昔倾盖班荆，借阮太傅留遗讲舍，明镜三潭，劝营别墅，从珂里移将退省庵来。南访云楼，北游花坞，岁岁追陪到烟霞深处，两翁契合，遂联儿辈因缘。吾家童孙幼，君家女孙亦幼，对秾华桃李，感暮景桑榆。粤峤初还，举足已怜蹩躠；吴阊七至，发言亦觉唅唲。鸳水遇归榇，俄顷流连，便成永诀。数月前于右台仙馆，传报噩音，闻之为潸焉出涕，念酒坐尚温、琴歌顿杳，老夫何忍拜公祠。

【简绎】上联叙生平功业，浓笔述其平贼御寇，勋业宏钜中见谦退。下联写两人交谊，从始交、居处、儿女婚姻，渐写到病状、噩音以及追念。

彭玉麟率湘军水师，屡战屡捷，此所谓"百战功高"；能诗能画，此所谓"秀才本色"。剿灭太平天国后，彭受封一等轻车都尉，赏太子少保衔。光绪七年（1881），彭辞两江总督，左宗棠接任；九年，又以衰病辞兵部尚书，朝廷未准。后期勋业，主要是筹防江海，虎门大角炮台，即中法战争中所筑。镇守一方疆土者谓之"疆臣"，清代称总督、巡抚为封疆大吏，省称"疆吏"或"疆臣"。

阮元（致仕后加太傅）任浙江学政时，创办诂经精舍，俞樾曾主讲席。珂里，对他人故里之美称。退省庵，彭玉麟西湖别业，邻近俞楼。粤峤（qiáo），指广东；吴阊，指苏州。蹩躠（bié bì），行走缓慢；唅唲（hán hú），言语不清。彭玉麟晚年罹患风疾，行动不便，口齿不清。鸳水，当指鸳鸯湖，在浙江嘉兴西南，亦称"南湖"。潸焉，犹"潸然"；潸，同"潸"。

彭母常恭人挽联

恭人为刚直公子妇，后公四月而卒。其长女归余孙陛云，今年四月中，因刚直公卒而归，得侍汤药者两月。

阿翁椿荫初蘦，正期独力持家，手理田园，兼以一经传膝下；

有女蓬门远嫁，犹幸先期归省，躬亲汤药，尚能两月侍牀前。

【简绎】阿翁，此指丈夫之父。蘦，同"颓"。一经，当指《孝经》。蓬门远嫁，即"远嫁蓬门"；蓬门，形容居室简陋，此处自谦。

张子青相国八十寿联

相国生于七月八日。

郭汾阳遇天孙后一日；

文潞国相元祐前四年。

【简绎】上联切生日。相传郭子仪早年驻防边陲，曾幸遇天孙（织女），时日正当七夕，而天孙谓其"大富贵，亦寿考"。下联切年寿。宋哲宗元祐元年（1086），文彦博（封潞国公）任平章军国重事（相当于宰相），其年正当八秩，"前四年"或误记，或就任期末年而言。

包子庄孝廉挽联

余辛亥年避兵定海，与孝廉同乘火轮船至沪上，半夜有风涛之惊，距今三十年矣。孝廉卒于安庆，书此挽之。

沪渎避烽烟，半夜怒涛还如昨；

皖南传噩耗，卅年旧雨又亡君。

【简绎】沪渎，古水名，指吴淞江下游近海一段（今黄浦江下游）。当地人在江海之滨用"沪"（滬，竹栅）捕鱼为业，故而得名。此扣"沪上"（上海）。安庆在安徽西南部，故云"皖南"。

汪母倪太夫人八十寿联

夫人生于十二月二十七日，先期于十月称觞，是日适为其孙纳妇也。

秋鬓绿如初，萱寿八旬，看膝下文孙，刚好迎将新妇至；

腊镫红欲近，梅花数点，为堂前爱日，故教移到早春来。

【简绎】上联祝寿、娶妇绾合来写。秋鬓，此指老人鬓发。乌黑光泽之发，古人谓之"绿发"。下联由生辰切入，说到预祝。腊镫，腊月年下之灯火。末句之"春"，仍是就"十月小阳春"着笔。

蒋泽山大令挽联

泽山为生沐先生子，先生即刻《别下斋丛书》者也。泽山登乙亥贤书，与定海黄（以恭）、诸暨陈（伟）、东阳龚（启苏），仁和徐（琪）、冯（崧生）、钱唐汪（行恭）、丁（立诚），皆肄业诂经精舍，榜后有"俞门八俊"之目。余初不知之，其子初民茂才所撰行述言之，当不诬也。泽山后以知县仕广东，光绪己丑充乡试同考官，出闱大病，旋卒。

八俊出吾门，如君自有家传，别下斋中，淹雅共推名父子；

一官职民社，到死不离文字，至公堂上，辛勤还似秀才时。

【简绎】别下斋，蒋光煦（号生沐）藏书楼，藏古籍十万余卷，而名刻善本居半；太平天国时被焚。淹雅，学识渊博、人品儒雅。因其子亦有撰述，故上联末句云云。民社，此指州县地方，扣仕知县；至公堂，科举时代试院中之大堂，此扣充考官。因出闱即病，可见辛苦，故有"辛勤"云云。

凹亭乡侯庙联

凹亭乡侯蒋澄，字少明，东汉初人也。其父横，佐光武平赤眉之乱，后以谗死，九子皆徙江南。侯，其第九子也，居阳羡，以父仇未复，恒郁郁。帝怜之，为诛其仇，封侯为凹亭乡侯。明帝时立庙回图，至今存焉，有唐至德二年碑。其裔孙乞书祠联，录碑文见示，碑伪不足据。然《万姓统谱》所言，与碑大略相同，姑据碑文，为撰是联。碑云澄为蒋诩五世孙，故用"三径竹"事。

周公苗裔，汉室侯封，溯当年志复父雠，忠孝兼全，不愧元卿三径竹；
阳羡寓庐，回图庙貌，看此日福流里社，烝尝勿替，长存至德二年碑。

【简绎】蒋氏源于姬姓，出自周王族，乃周公旦第三子蒋伯龄之后。蒋诩字元卿，"三径竹"，参前"蒋径"。蒋澄迁居阳羡（今江苏宜兴）滆湖西之凹（ǒu）亭（今宜兴杨巷），曾官婺州刺史，为官清廉，深得民心，卒后敕建回图村祠庙。庙貌，谓庙宇及神像。古时秋冬二祭曰"烝尝"，《诗·小雅·楚茨》："絜尔牛羊，以往烝尝。"郑玄笺："冬祭曰烝，秋祭曰尝。"也作"蒸尝"。唐肃宗"至德"年号仅用三年，均称"载"不称"年"。替，衰废。

应敏斋廉访挽联

敏斋官江苏，仕至按察使，未竟所施而去。余与同举于乡，又同庚，今年皆七十矣。不谓其遽以微疴谢世也。

溯治绩在三吴，是宜开府开藩，与汤陆诸贤，长留民爱；
享遐龄刚七袠，我亦同庚同榜，哭牙期老友，兼叹吾衰。

【简绎】上联表治绩，以汤、陆比并。汤斌、陆陇其，曾在苏州任职，均多惠政。民爱，爱民之情；宋张先《离亭宴·公择别吴兴》词："千里恩深云海浅，民爱比、春流不断。"下联论年寿，切己而表哀挽。遐龄，谓高寿。牙期，俞伯牙、钟子期，喻指知交。

许星台方伯贺联

今年九、十月间，方伯夫人大病几危，幸而无恙。一孙入泮，一孙授室，书此贺之。

十月小阳春，阿翁老而矍铄，阿婆病后康强，金母木公双福寿；

全家大欢喜，一孙秀撷芹芬，一孙香圆兰梦，青童玉女众神仙。

【简绎】上联就孙辈着笔，贺祖父母（阿翁、阿婆）双福寿。下联以"全家欢喜"衔接，转写孙辈长进。撷芹芬、圆兰梦，分扣入泮、授室。生员入学，谓之"撷芹"，语本《诗·鲁颂·泮水》："思乐泮水，薄采其芹。"兰梦，用春秋郑文公妾燕姞梦天使赐兰之典，谓得子之兆。青童，指少年；清郑燮《止足》诗："闺中少妇，好乐无猜；花下青童，慧黠适怀。"

季硕女史挽联

季硕姓曾氏，归张子黼祥龄，古之所谓"女士"也。能诗、画、篆隶，且优于德，著《妇礼通考》一书，未竟而卒。病中有句云"伏生老去传经倦，愿作来生立雪人"，为余作也。

妇礼补三通，夫婿多情，筐箧零星寻旧稿；

清才兼众妙，老人何幸，门墙立雪订来生。

【简绎】上联着眼著述，牵出夫婿细寻旧稿。三通，《通典》《通志》《文献通考》，扣著《妇礼通考》。零星旧稿，暗含书稿未竟之意。下联着眼才华，拈来来生师弟之订。众妙，指兼擅诗、画、篆隶。伏生，汉代经师，"老人"扣之。立雪，用宋杨时、游酢"程门立雪"之典，喻虔诚求学。

任母吴夫人挽联

夫人为任筱园中丞之配。久病不瘳，至今岁而卒。其女孙许嫁于刘氏，及吉期而夫人卒，乃于夫人大敛之后，至舟中遣嫁焉。

疾疢已多年，顿教夫壻衰龄，寂寂繐帷哀永逝；
悲欢同一日，堪叹娇孙新嫁，悤悤画舫赋催妆。

【简绎】上联就夫婿一边着笔，写其久病不愈而逝，寄哀挽；下联就孙女一边着笔，写悲欢同日，寓感叹。同繐帷，亦作"穗帷"，指灵帐。舟中遣嫁，故云"画舫"。旧俗新妇出嫁，必多次催促，始梳妆启行。而成婚前夕，贺者赋诗以催新妇梳妆，则谓之"催妆诗"。标题"吴"，原本字空，据李鸿章《任道镕为其故妻建坊片》补。

姚彦侍方伯挽联

方伯以农部起家，仕至广东布政使，罢归。今年有旨引见，未及行而卒。

有诏欲趋朝，丝竹东山，犹以苍生存远志；
斯人不开府，疆理南海，深为圣世惜良材。

【简绎】趋朝，上朝。丝竹东山，指隐居游乐而心存济世。东晋谢安，出仕前隐居东山，朝廷几次召用，均不就职，镇日游山玩水。每出游玩，均命从人携带乐器，丝竹之声随处响起。会稽王司马昱（后来的简文帝）以为："安石必出！既与人同乐，亦不得不与人同忧。"后果然。上联用此典，扣罢归而又有有旨引见。疆理，本指划分，引申谓治理。语本《诗·小雅·信南山》："我疆我理，南东其亩。"《毛传》："疆，画经界也；理，分地理也。"此处"疆理南海"，扣仕广东布政使。圣世，犹"圣代"。

严伯雅太守挽联

伯雅以太守需次江苏，能诗，有《养花馆诗稿》十二卷，甫刻成而卒。其妹为皖抚沈仲复夫人，同时谢世。其弟缃生太史，各以一联挽之，颇沉痛，传颂于时。

吟草刻初成，才名空满江南，未许诗人真领郡；
同枝吹并折，霾耗又传皖北，那教老弟不伤心。

【简绎】吟草，指诗稿。白居易有《初领郡政衙退登东楼作》诗，上联末句似本此。领郡，管领一郡，指担任州郡长官。同枝，喻指同胞兄弟姐妹。伤心，扣弟弟挽联沉痛。

林庆铨《楹联续录》卷二，载有严缃生挽兄、妹二联，挽兄云："贵则由太守加三品，寿则过古稀又二年，所欠者富耳！想黄泉难带一文钱，尽可独来独往；少而共随宦侍双亲，长而各求名分两地，遽至于老耶？恐白首同留千载恨，也将全受全归。"挽妹云："兄甫亡琴，妹旋撤瑟，垂老服期功，那堪吾痼疾难瘳，更使遭丧增感痛；夫登一品，妻赴九京，同时分贺吊，转是我寒门不幸，未容倚福共荣华。"

沈室严夫人挽联

夫人为皖抚沈仲复之配。仲复奉命署两江总督，未赴而夫人卒。其从前寓居吴下耦园，有听橹楼，有鲽砚庐。"鲽砚"者，仲复得一异石，文理自然，成鱼形。剖而琢之为二砚，砚各一鱼，与夫人分用之，故曰"鲽砚"，而即以颜其室云。

双节拜新恩，雨花台畔旌麾，惜未鱼轩同庋止；
耦园寻旧梦，听橹楼头灯火，不堪鲽砚再摩挲。

【简绎】双节，唐代节度领刺史者出行所用仪仗，后泛指高官仪仗；此扣署两江总督。督署驻江宁（今南京），故曰"雨花台畔"。鱼轩，古时妇人所坐之车，饰以鱼皮。戾止，到来。

曾忠襄公挽联

光绪十六年十月，两江总督曾公薨。公为文正公介弟，其功业在国史，无待胪陈。殁后恩礼优渥，赠太傅，谥"忠襄"。溯曾氏一门，父子、兄弟，得谥法者五人，建专祠者四人，赠太傅者二人。不独我朝所罕，求之列代，亦为仅见矣。

耀旂常虎武龙文，溯始事于楚，告成功于吴，又有大造于晋，至去年霖雨奇灾，仁粟义浆，兼施两浙；

锺灵秀三湘七泽，予谥法者五，建专祠者四，晋赠太傅者二，数列代凌烟盛迹，玉昆金友，足冠千秋。

【简绎】上联侧重宦辙，列数勋绩。曾国荃（谥"忠襄"）率湘军攻破太平天国天京，世所熟知，毋庸赘言。光绪初元任山西巡抚，遇"丁戊奇荒"，输家资、救民困，此所谓"大有造于晋"。后在两江总督任上，亦有惠政，所谓"兼施"也。

下联侧重荣誉，顾及一门。曾氏祖籍湖南湘乡，故谓锺灵毓秀于三湘七泽。"三湘、七泽"，概指荆楚地区之江河湖泊，南朝宋颜延之《始安郡还都与张湘州登巴陵城楼作》诗："三湘沦洞庭，七泽蔼荆牧。"唐初贞观间，太宗为表彰功臣勋绩，建凌烟阁，中悬二十四功臣画像；后泛指表彰功臣之殿阁。曾氏予谥法者五人，除国藩谥"文正"、国荃谥"忠襄"，尚有曾国华谥"愍烈"，曾国葆谥"靖毅"，曾纪泽谥"惠敏"；建专祠者，则国藩、国荃、国华、国葆四人；赠太傅者，国藩、国荃二人。足冠(guàn)，足以超越他人（而占据首位）。

许子乔刺史挽联

子乔官山东东平州知州，移牧胶州，未赴而卒。生数子皆夭，一女仅十龄，孀妻扶榇，由运河南下。然在东平，颇有政声。张朗斋中丞据以入告，敕于东平旧治建立专祠，亦不虚死矣。

有儿早夭，有女犹雏，最怜缟素扶棺，一路风霜共南下；
惟帝念功，惟民感德，想见黔黎拜庙，千秋俎豆在东平。

【简绎】缟素，丧服，此指着丧服之孀妻及幼女。黔黎，黔首、黎民之合称，指百姓。下联"惟帝念功"，源出《尚书·大禹谟》；后句"惟民感德"，应从前句推衍而来。"最怜""想见"，虚实互绾，悼惜中寓赞扬。

韩母王太夫人挽联

太夫人自言"忠孝节义，萃于一门"，盖其夫以百夫长死难，己守柏舟之节，诸子能手刃父仇，而旧时仆媪相依、流离不去故也。诸子中，次子晋昌，官永州镇总兵；三子庆云，官江苏候补道，曾署粮道，最知名。总戎入觐，皇太后询及太夫人年岁。晚年又以捐资助赈，敕建"乐善好施"坊，亦备及哀荣矣。

忠孝与节义，萃于一门，好施乐善，绰楔褒扬，更有仁声动朝野；
寿富至考终，合成五福，武达文通，儿孙鼎盛，曾邀天语问年龄。

【简绎】死国难谓之"忠"，刃父仇谓之"孝"，仆媪相依、流离不去谓之"义"。而"节"则指夫死不改嫁，用《鄘风·柏舟》之典：卫世子共伯早死，妻共姜，父母逼之改嫁，共姜作《柏舟》诗自誓；后以"柏舟之节"喻夫死守节，朱子《与陈师中书》："朋友传说，令女弟甚贤，必能养老抚孤，以全柏舟之节。"也作"柏舟之誓"。仁声动朝野，一则朝廷旌表，一则乡里羡叹——牌坊建于故里，所谓"野"也。

丁月湖先生挽联

先生名宝书，吴兴耆宿也。精于目录之学，宋元旧籍，收藏繁富，校勘精详，著述之志甚盛。潘峄琴学使续刻《两浙輶轩录》，属先生采访湖郡之诗，得数百家，尚拟再访，未竟而卒。

溯乾嘉以来，学泒相承，惟先生铅椠精详，当世同推真种子；

叹苕霅之间，风诗谁採，想使者輶轩怅望，此邦顿失老成人。

【简绎】上联侧重收藏、著述。铅椠，铅粉笔、木板片，均古人文字书写之工具；引申指写作、校勘。旧时称读书力学者为"读书种子"，略称"书种"；"真种子"本此，《儿女英雄传》第九回："这乡村地方儿，可那里去找个真读书种子呢？"泒，古同"派"。

下联由采诗而未竟，寓哀挽之意。苕霅，扣吴兴（湖州古称）。两周之时，官府定期派人赴各地采集诗歌，谓之"采风"，以观民情风俗，作为施政的参考。《诗经》中之"国风"，习称"风诗"，即采诗所得；后遂以"风诗"指代民歌。第三句"使者"，扣学使潘衍桐（号峄琴），撰有《两浙輶轩续录》。

潘伯寅尚书挽联

伯寅以文恭公之孙，由翰林起家，入直南书房。官至工部尚书，兼管顺天府事。爱士怜才，崇尚经术，引掖后进，有古大臣风。今年顺天府属灾于水，每对灾黎，为之泣下，为筹振济不遗馀力，亦可谓"以死勤事"者矣。

以宰相孙供奉翰林，数十年老书房，怜才爱士，自任斯文，物望重朝端，八百孤寒同感泣；

拜司空公兼领京兆，五六月大霖雨，御患捍灾，不遗馀力，遗章闻阙下，九重恩礼异寻常。

【简绎】上下联分别就官职切入，一写引掖后进，一写造福一方；恩礼、感泣，朝野上下之认可无不顾到。

潘祖荫号伯寅，大学士潘世恩（谥"文恭"）之孙，一甲三名进士，授编修，在南书房近四十年。供奉，指以文学等特殊技艺供职内廷、侍奉帝王，亦指承当此种职任的人，而清代南书房行走即称"内廷供奉"。物望，人望，公众中之声望。八百孤寒，谓众多寒士，"八百"形其多。五代王定保《唐摭言·好放孤寒》："李太尉德裕颇为寒畯开路。及谪官南去，或有诗曰：'八百孤寒齐下泪，一时南望李崖州。'"感泣，因感激而涕泣。

古司空之职掌，后属工部。京兆府，唐代管理京畿地区之官府；顺天府，则明、清设于京师之府制。在京兆任上，府属州县遭遇特大水灾，潘祖荫救灾勤苦，积劳成疾；病故前三日，还上章请拨银米，"遗章"谓此。去世后，朝廷加恩赠太子太傅，并派贝勒载滢率侍卫十馀人前往祭奠，赏银二千两用于治丧，赐谥"文勤"；"恩礼异寻常"指此，而小引中"以死勤事"则又原本谥号。

陈舫仙廉访六十寿联

陈舫仙为湘军宿将，勋望颇重。于时两江制府曾忠襄公薨于位，舫仙实总领湘军，颇藉其镇抚之力。

莅吴会名区，矍铄六旬翁，笑听绮席清讴，对腊镫、酌春酒；

数湘军宿将，崎岖百战后，行拜彤廷恩命，持玉节、镇金陵。

【简绎】陈湜,字舫仙,湖南湘乡人。曾隶曾国荃(谥"忠襄")部,光绪十二年,总湘、淮诸军营务。《清史稿》本传(列传卷二百十九)谓:"世称为宿将,光绪中,命绘中兴功臣于紫光阁,征集诸将之像,湜与焉。"欧,通"讴",《隶释·汉三公山碑》:"百姓欧歌,得我惠君。"清讴,清美之咏歌;《后汉书·张衡传》:"弈秋以棊局取誉,王豹以清讴流声。""彤廷",原本作"彤延",误。汉代宫廷以朱漆涂饰,故称;后泛指皇宫。恩命,谓帝王所颁发升职、赦罪之类的诏命。

表姊姚恭人挽联

姊为平泉舅氏长女,吾母之兄女,而吾妇之女兄也。年八十有四。其仲子子云孝廉,为山东泰安州书院山长;其季女归许子衡大令,随宦云南,姊年来深以为念。

至亲关中表,生小相依,于吾母为姑姪,于吾妇为弟兄,往事不堪再回首;

上寿近期颐,全归何憾,有爱女在滇南,有爱子在山左,暮年未免两悬心。

【简绎】联语几乎全从人际关系着笔,以"不堪回首"表悼挽,以"上寿全归"寓告慰。生小,自小、打小,《孔雀东南飞》:"昔作女儿时,生小出野里。"《礼记·祭义》:"父母全而生之,子全而归之,可谓孝矣。不亏其体,不辱其身,可谓全矣。"身体"不亏",名声"不辱",得以善终,即为"全归"。

朱莲生明经挽联

莲生曾游于黔,客兴义府张春潭观察幕中。会苗民不靖,以一书生,率偏师收复普安县城。总督吴文节公欲为请奖叙,谢不受,乃奏保光禄寺署正衔,从其志也。暮年居上海,充求志书院副监院，每课必与焉。余忝主求志讲席，见其所为经解，洋洋万馀言，甚奇之，辄置之前列。莲生执弟子礼甚恭，然实长于余四岁也。年七十五而卒。

功成一笑，不慕侯封，从前铁马金戈，竟以头衔六品老；
齿长四龄，谬叨师事，此后青灯黄卷，更无手稿万言来。

【简绎】上联由宦辙转关，见其志节。一笑，当为"一笑置之"之意，扣辞谢奖叙。光禄寺署正，从六品。下联由师弟关系，赞其学养。谬叨，错误地承受，谦辞。手稿万言，扣作经解万馀言。

郭筠仙侍郎挽联

侍郎由翰林起家，权广东巡抚，内历礼、兵两部侍郎，充出使英法大臣，经济、学问，见重一时。余丁酉同年，又翰林前辈也。

为翰苑，为封疆，为海外輶轩，青史长留不朽事；
是同年，是前辈，是楚中耆宿，白头顿失老成人。

【简绎】上联着眼宦迹，赞其青史留名；下联由己身（白头）引起，又说到其乡梓，寄寓哀挽。郭嵩焘（字筠仙），湖南湘阴人，故曰"楚中耆宿"。

严芝生同年七十寿联

芝生于八月下旬生日，而于月初为文孙娶妇。赠以此联，祝而兼贺也。

一双嘉耦小比肩，堂上拜生朝，闺中庆满月；
七十老翁大称意，今年娶新妇，明岁抱曾孙。

【简绎】此联祝寿、贺喜兼及，上、下联首句似各自着笔贺喜、祝寿，而后句却又分别关合，一气浑融。生朝（zhāo），生日；宋辛弃疾《渔家傲》词序："因其生朝，姑摭二事为词以寿之。"满月，此指娶妇满一月。称意，合乎心意；唐权德舆《放歌行》："男儿称意须及时，闭门下帷人不知。"

高力臣总戎六十寿联

力臣为湖北汉阳镇总兵。九月十六日，其生日也。
　　玉帐汉江秋，过重九佳节，登高拜九重恩命；
　　金樽明月满，正十六良宵，既望庆六十生辰。
【简绎】联语主要就生辰生发，多绾合节俗。上联由重阳登高，言及拜受皇命，语意双关。玉帐江汉，扣官职、宦地。下联首句，谓满月映在酒樽里。而俗谚又有"十五的月亮十六圆"之说，故云"良宵"。农历月十五谓之"望（月圆）"，十六则曰"既望"。联中"重九""九重"与"十六""六十"诸词，异中存同，颇有回环婉曲之致。

许星台方伯挽联

余与方伯交最久，前赠诸联，言之详矣。今年奉诏入都，卒于通州，仅一孙侍侧，是可悲也。
　　领郡始豫章，而吴中、而浙中，陈臬开藩，兼权节钺。
白首老同年，十载过从，回思话别衙斋，犹如前日事；
　　克家得贤子，有文孙、有曾孙，珠兰玉树，森列庭阶。
黄粱大春梦，三更旅馆，堪叹送归泉壤，仅一小同存。
【简绎】上联由宦辙转到相互交往，亲切缅怀。权，暂时代理。过从，相互来往。下联由子孙归到去世情形，深情悼惜。克家，指能承担家事、继承家业。《易·蒙》："纳妇吉，子克家。"孔颖达疏："子孙能克荷家事，故云'子克家'也。"旅馆，谓卒于驿旅。汉末郑小同，经学大家郑玄之孙；此处借指逝者之孙。

朱璞山封翁挽联

璞山官太湖同知，素负吏才，未竟其志。有二子，皆美材，其长君伯华观察，余门下士也。璞山与余，皆生于道光辛巳岁。是岁于正月二日立春，而其生也，犹在立春之前，星命家仍以庚辰大寒论，则视余若长一岁矣。

抱此才略，惜无此遭逢，尚馀伏枥雄心，有子幸能成父志；

长我一年，实与我同岁，等是悬车暮齿，哭公兼亦叹吾衰。

【简绎】上联谓其有吏才而早逝，末句以子成父志告慰。下联联系人己，表达哀悼。古人一般至七十岁辞官家居，废车不用，故云"悬车"；因借指七十岁，《周书·韦孝宽传》："孝宽每以年迫（近）悬车，屡请致仕。"

郭汝雨明府挽联

汝雨由广文改知县，署常熟县。既受代，民欠二万馀千，是岁又值水灾，乃慨然曰："民困如此，再扰残黎，不如身任之。"乃以官款垫之，如民欠数，民得免而身累矣。然郭固闽钜族，汝雨有九子六孙，第五子曾焜已举于乡，继起未艾也。

自秉铎，至鸣琴，生平惟尽所当为，早已感孚徧遐迩；

不病民，甘累己，造物将何以图报，请看继起众儿孙。

【简绎】上联由仕宦，以善政广及表赞扬。秉铎，任文教官员，扣广文（儒学教官）。鸣琴，以礼乐教化民众，扣县令。感孚，使人感动信服；明张煌言《北征录》："先是余之按芜也，兵不满千，舰不满百，惟以先声相号召，大义为感孚。"下联由德业，以继起有人寓告慰。造物，创造、主宰万物之神力。

戚母钱太恭人挽联

太恭人为戚英甫同年室,钱衎石先生女也。能诗,工书,且善分书。咸丰初,余与英甫同官翰林,两家眷属拟结伴入都,而英甫奉讳归,不果,旋亦即下世矣。其子人铣,以刑曹官京师,而恭人自与少子居家乡。今年病殁,年七十有九。

已逾七袠遐龄,止争一岁光阴,竟不少延登耋寿;

顿触卅年旧梦,回忆两家眷属,曾谋结伴到京华。

【简绎】上联就年寿着眼,寄寓悼惜;下联就交往着眼,表达缅怀。止争,只差;争,差、欠。少延,稍微迟延。

鲍伯熙太守挽联

太守为华潭中丞之子,曾文正公年终考语有"世家子弟,能耐劳苦"之语。署九江太守,卒于官,年未六十也。卒后三日,其侧室高氏仰药以殉。

官止二千石,寿未六十年,方期幢引碧油,重绍家声开幕府;

帝知佳子弟,民歌贤父母,谁料楼成白玉,并教房老殉泉台。

【简绎】上下联分别着眼本人和家庭,且前后各两句均有转折,惋惜与期许、赞誉和哀悼打成一片,足成联意,堪称周到。

此联上下均涉典实。上联"碧油幢",乃青绿色油布车帷,南齐时公主所用,唐以后御史及其他大臣多用之。下联"白玉楼",用唐代诗人李贺典:传说李贺昼见绯衣人,云"帝成白玉楼,立召君为记。天上差乐,不苦也",遂卒(见李商隐《李长吉小传》);后因以"白玉楼"指文人逝后所居之地,"白玉楼成"或"楼成白玉"等代指文人逝世。曾国藩考语上达天听,故云

"帝知"。而婢妾年老色衰,古人谓之"房老";明王志坚《表异录·亲戚》:"婢妾年久而衰退者,谓之'房长',亦曰'房老'。"此扣侧室(妾)马氏。泉台,指坟墓、墓穴。

李少荃傅相七十寿联

　　五百年名世之才,上纬天维,下理地轴;
　　七十载从心所欲,西摩月镜,东弄日珠。

　　【简绎】此联极阔大,又极空灵,除年寿之外,细节一概不及。亦唯如此,才冠冕堂皇,贴合"傅相"李鸿章之身份。

　　上联着眼雄才大略。《孟子·尽心下》:"由尧舜至于汤,五百馀岁;若禹、皋陶,则见而知之;若汤,则闻而知之。由汤至于文王,五百有馀岁,若伊尹、莱朱,则见而知之;若文王,则闻而知之。由文王至于孔子,五百有馀岁,若太公望、散宜生,则见而知之;若孔子,则闻而知之。"后以"五百年"为命世之才出现的周期。名世,德业勋望闻名于世。后两句,似出唐佚名《郊庙歌辞·享太庙乐章·大明舞》,原句为"上纽天维,下安地轴"。

　　下联侧重老岁优游。《论语·为政》:"七十而从心所欲,不踰矩。"后以"从心所欲"代指七十岁,七秩寿联多及此。明吴承恩《寿王可斋七帙幛词》:"年由此晋,值吾师从心所欲之年;月极其良,当我佛应世而生之月。"亦省作"从心",唐戴孚《广异记·丁约》:"及从心之岁,毛发皆鹤。"后两句,出唐皇甫湜《出世篇》。

又

　　以黄阁老臣兼青宫太傅,九巘坐镇,五等崇封,德威及万里遐陬,翻笑唐李郭、宋范韩,勋业事功不离寰宇内;
　　先元宵十日祝上相千秋,梁案齐眉,谢庭继武,恩礼自九天下逮,远轶汉张苍、魏罗结,富贵寿考再届古稀年。

【简绎】上联述勋业事功。前两句指任宰辅、赠太子太傅。黄阁，宰辅衙署；青宫，太子东宫。九畿坐镇，指在帝京之外任方面大员；李鸿章曾任直隶、两广总督。五等崇封，五个等级的封爵；李鸿章生前封一等肃毅伯，死后晋一等肃毅侯。唐李郭，李光弼、郭子仪；宋范韩，范仲淹、韩琦。

下联述富贵寿考。尊称宰相，谓之"上相"；李鸿章获赠"太傅"宫衔，故世多尊称"傅相"。梁案齐眉，用梁鸿妻孟光举案齐眉典；谢庭继武，用谢安、谢玄叔侄典。汉张苍，任丞相十五年，颇受倚任；北魏罗结，总领三十六曹事，甚受宠信。

崧镇青中丞六十寿联

中丞今年五十有九，豫祝焉。是年公弟崧锡侯中丞，开府蜀中。弟兄同时两巡抚，搢绅荣之。

先一岁祝六十生辰，正玉昆金友同领封疆，当代合肥堪媲美；

为两浙吁九重恩命，就越水吴山特开制府，昔年敏达与同符。

【简绎】光绪间，满洲镶蓝旗崧骏（字镇青）、崧蕃（字锡侯）兄弟，兄任江苏、浙江巡抚，弟任四川布政使、贵州巡抚。上联着眼官职，以合肥李瀚章、李鸿章兄弟比拟，故末句云云。崧骏在浙抚任上，所至兴利除弊：补救浙江南粮改折之弊，疏浚苕溪南北二湖，修治杭、嘉、湖、绍诸地塘岸堰闸，政绩颇著。雍乾间，李卫（谥"敏达"）任浙抚，为官清廉，多所惠政，下联着眼政绩，以之比拟，故云"昔年与同符"。

宝文靖公挽联

佩蘅相国宝鋆，谥"文靖"，丁酉同年也。五六岁时，其封公口授以《金刚经》，即背讽不遗一字，可知真灵位业中人，自有宿根矣。

五十年同岁生，平时怅旧雨稀逢，一旦惊台星骤陨；
廿四考中书令，早日擅金经宿慧，千秋垂青史贤名。

【简绎】首句扣同年，至今已过五十年。台星，即三台星，喻指宰辅。廿四考中书令，唐郭子仪久任中书令，其间主持官吏考绩达二十四次。宝鋆长期主持文教铨选，任阅卷大臣凡二十一次。金经，用泥金书写的佛经，此应专指《金刚经》；宿慧，与生俱有的智慧，也作"夙慧"。两种时间词"平时""一旦"与"早日""千秋"，跌宕回环，遂使气韵流动，情文双美。

贺云甫御史大夫挽联

云甫亦丁酉同年。罢官后，侨寓天津，年八十二而卒。其孙于今科中式京兆榜第二名，犹及见之也。

享大年兼备达尊三，看贤孙折桂而回，白发重亲，正喜满门皆杞梓；
叹同谱又凋硕果一，从文靖骑箕之后，黄垆再恸，自怜暮景亦桑榆。

【简绎】上下联各从彼、己着笔，亦慰亦悼，哀人又复怜己，情文周致。达尊三，即爵、齿、德"三达尊"。重（chóng）亲，祖父母与父母的并称；《金石萃编·汉郃阳令曹全碑》："收养季祖母，供事继母，先意承志，存亡之敬，礼无遗阙。是以乡人为之谚曰：'重亲致欢曹景完。'"杞梓，比喻优秀人材；《晋书·陆机陆云传论》："观夫陆机、陆云，实荆衡之杞梓，挺珪璋于秀实，驰英华于早年。"骑箕，即"骑箕尾"。黄垆，犹"黄泉"，后世因以作悼念亡友之辞。

查子伊贰尹挽联

子伊以微员需次吴中，去年腊月二十九日，卒于震泽县丞署。其子燕绪，余孙陛云同年，时充日本使臣随员。

以微员薄宦吴中，最怜风冷具区，腊鼓送回仙吏舄；

有令子壮游海外，谁料电飞列缺，星槎催返孝廉船。

【简绎】联语集中着眼去世情境、令子赴丧，细节描述中寄寓哀悼。上联写卒于官署，官职、时地兼及；下联写子游海外，闻讣、遽归尽述。卒于冬末，天气自然"风冷"；子在海外，噩耗必须"电飞"。子乘船归而云"星槎催返"，"孝廉"别称而寓美意；父逝岁末而云"腊鼓送回"，"仙吏"美称而不失实。"谁料""最怜"，中段转跌，情感具足。

薄宦，俸禄微薄之官；此指县丞，县令之佐。具区，古泽薮名，即太湖，又名震泽、笠泽。列缺，本指高空中闪电所现空隙，后亦代指闪电；此用本义。星槎，往来于天河的木筏，泛指舟船。语本有"仙令"，县令之美称；清陈维崧《秋霁·送江辰六之任益阳》词："江山未老，又逢仙令栽花到。"此曰"吏"而不曰"令"，绾合"微员"，可谓一丝不苟。而仙吏舄，显然从"仙令舄"化出，不无"升仙"之寓意——"仙吏"本指仙界、天庭之职事人员，《西游记》第五回："那齐天府下二司仙吏，早晚伏侍，（大圣）只知日食三餐，夜眠一榻，无事牵萦，自由自在。"

刘文楠观察挽联

文楠当金陵不守时，其父母、弟妹，死寇难者十馀人。感而投笔从戎，积功至观察。其才略之优，可想也。

承一门忠烈之馀，投笔从戎，公愤私雠皆得尽；

历卅载艰难而起，盖棺定论，文才武略两俱优。

【简绎】上联主要由家庭着眼，写其从戎报仇报国；下联主要从本人着眼，写其历尽艰难成就文武双全。家庭私仇、举国公愤并举，人便并非"小我"；联末"文武俱优"，顾到上联"投笔"，可谓周到。一门忠烈，扣父母、弟妹死寇难；私雠（同"仇"），亦缘此而结也。书生从戎而积功至观察（道台），故末句云云。

清溪书院讲堂联

时吾邑修葺书院，董其事者，属书此联。
　　合天目苕溪诸胜，龙飞凤舞而来，钟毓英才宜此地；
　　承朏明方虎之遗，经术文章相望，缵修旧业在群贤。

【简绎】书院在"吾邑"（德清），故联语自然就当地名胜、名人生发，归结到育英才、缵旧业。

天目山（余脉莫干山）、苕溪，均德清名胜。龙飞凤舞，乃古人对天目山之形容，源出晋郭璞《天目山谶》："天目山垂两乳长，龙飞凤舞到钱塘。"苏轼《表忠观碑》亦云："天目之山，苕水出焉，龙飞凤舞，萃于临安，笃生异人，绝类离群，奋挺大呼，从者如云。"清人胡渭，字朏明，著有《禹贡锥指》等；徐倬，字方虎，著有《苹村类稿》等。二人均德清籍，以古文经学著名。俞樾五十寿辰时，友人赠联曾有"方虎高文，朏明硕学"之语。缵（zuǎn）修，继承并进一步修养（学问、品行）。

王氏长外孙喜联

王氏长外孙念曾，字少侯，娶许氏二外孙女为妇，于正月十六日成礼。顾而乐之，为书此联。
　　十六良宵，对明月金尊，还如元夕；
　　一双嘉耦，看春风玉树，总是孙枝。

【简释】上联基于元宵，写结婚成礼，"金尊"暗含合卺之意。下联赞美新人，又扣到辈分。正月十五为上元节，是夜称"元夜"，"元夕"犹之。清潘荣陛《帝京岁时纪胜·烟火》："勋戚富有之家，于元夕集百巧为一架，次第传爇，通宵为乐。"

许室施恭人挽联

许子社明经之配也。平日喜持斋念佛，于十二月初九日微笑而逝，室中有旃檀香。

过腊八日，含笑归真，但有旃檀香不灭；
诵元九诗，伤心营奠，定知虚幌泪难干。

【简释】上联写恭人去世，看似不着痕迹，却句句扣到"喜持斋念佛"：腊八乃佛成道日；归真乃佛家谓人死，《释氏要览·送终·初亡》："释氏死谓涅槃、圆寂、归真、归寂、灭度、迁化、顺世，皆一义也。"旃檀香即檀香，乃梵语 Candana 之音译（段成式《酉阳杂俎》作"栴檀"），李时珍《本草纲目·木一·檀香》："释氏呼为旃檀，以为汤沐，犹言离垢也。番人讹为真檀。"

下联从丈夫一边着笔，寄寓哀挽。唐诗人元稹（行九），妻韦丛二十七岁亡故后，他作《遣悲怀三首》，表达追念之情。诗云："顾我无衣搜画箧，泥他沽酒拔金钗。野蔬充膳甘长藿，落叶添薪仰古槐。""今日俸钱过十万，与君营奠复营斋。衣裳已施行看尽，针线犹存未忍开。""同穴窅冥何所望，他生缘会更难期。惟将终夜长开眼，报答平生未展眉。"清陈世镕《求志居唐诗选》谓："悼亡之作，此为绝唱。"黄叔灿《唐诗笺注》云："此微之悼亡韦氏诗。通首说得哀惨，所谓贫贱夫妻也。'顾我'一联，言其妇德；'野蔬'一联，言其安贫。俸钱十万，仅为营奠营斋，真可哭杀。"虚幌，透明之窗帷。

罗景山军门挽联

军门以军功起家，官至福建福宁镇总兵，升福建提督，调湖南提督，罢归复起，仍为福宁总兵。壬申之岁，先兄壬甫守福宁，余往省太夫人起居，军门正官福宁镇，一见如故，觞余于望海楼，出所著《思痛录》见示，盖纪严州战事也。先兄旋卒于福宁郡署，乃至今年，军门亦卒于福宁镇署。追念旧游，为之泫然。

崎岖百战后，飞扬大纛高牙，浙闽草木，都仰威名。犹不忘严陵城外，数载艰难，往事重提，示我亲编《思痛录》；

荏苒廿年前，省识轻裘缓带，襄鄂英雄，更饶儒雅。试回忆望海楼头，一樽谈笑，旧游如梦，哭公兼恸对床人。

【简绎】罗大春字景山，贵州施秉人，寄籍浙江衢州。加入行伍后，十余年间转战两湖、苏皖、浙闽，由馀丁（军中编外人员）而至福宁镇总兵。任记名总兵期间，在严州府城（在今浙江建德）的四次争夺战中，备尝艰难。"浙闽仰威名"，将逝者浙江、福建任职事一体概括；"英雄饶儒雅"，又将其人风采和盘托出。唐初功臣段志玄，封褒国公；尉迟恭，封鄂国公，并称"褒鄂"；杜甫《丹青引》："褒公鄂公毛发动，英姿飒爽来酣战。"对床人，此指兄弟。

广化寺大殿柱联

寺在孤山之阳，唐宋人所称"孤山寺"也。初名"永福"，陈文帝天嘉元年建。唐元和十二年，僧惠皎镌《法华经》于寺之石壁，长庆四年毕工，元微之有记。宋大中祥符间，始改名"广化寺"，有辟支佛塔。

建刹傍孤山，溯天嘉永福初基，试与寻长庆残碑，读微之遗记；

题楣仍广化，还大中祥符旧观，愿重立辟支古塔，刻法华真经。

【简绎】上联追溯旧事，不离文籍；下联言及现况，兼表祝愿。刹（chà），梵语"刹多罗"之简称，本指寺庙佛塔，代指佛教寺庙。元稹（字微之）碑记，题为《永福寺石壁法华经记》。长庆，唐穆宗年号，元稹诗文集即名《元氏长庆集》。辟支，辟支佛的略称。大中祥符，宋真宗的第三个年号。

李黼堂方伯挽联

黼堂以江西藩司护巡抚，谢病归，著《国朝耆献类征》一书，卷袠繁富。往年曾寓居浙江，于孤山寺筑芋禅精舍，即在俞楼之后。

谢节钺以归来，征文考献，遂有成书，大笔千秋垂信史；

爱湖山而寄寓，煨芋谈禅，长留名蹟，小楼一角附芳邻。

【简绎】征文考献，又作"考献征文"，指引经据典、广泛求证。文，文籍；献，古指贤者，特指熟悉掌故之人。李恒（黼堂）所撰《国朝耆献类征》，为清代人物传记集，多达七百二十卷。煨芋，用炉火烤芋头；此处"煨芋谈禅"，扣芋禅精舍之名。

窦母张太恭人七十寿联

太恭人乃甸膏大令之母。甸膏为河内人，余从前视学中州，曾来应童子试，以试卷污墨，遂将所作文与同县范君，余竟取入府学，而甸膏又迟十年乃入学。曾以诸生从戎，有战绩。今以县令官吴中，七月三日，为其母称觞，因赠是联。

趁七月新凉,祝阿母寿到期颐,齿杖荣颁,宠命定从天上至;

忆卅年旧事,看令子材兼文武,牙琴虚赏,英雄未入彀中来。

【简释】上联祝寿,侧重太恭人。宠命,加恩特赐之诏命。七月孟秋,故有"新凉"之谓。下联论交,以令子衬托。后两句用钟子期知音伯牙琴之典,写因试卷污墨而未能被自己取中,故曰"虚赏""未入彀中"。科举时代沉考试中式为"入彀",此处借用。

乐峰中丞母太夫人七十有八寿联

乐峰中丞(奎俊)自山右移节吴下,于六月初五日至吴。前一日,太夫人生日也,行年七十有八矣。是年闰六月,乃补以此联寿之。

使节帝移来,鹂坊鹤市,罗拜慈軿,见说七旬刚晋八;

寿觞天补与,雪藕冰桃,重开家宴,又看六月过初三。

【简释】任职巡抚(中丞),故云"帝移""使节"。苏州旧时曾有黄鹂坊,鹤市则苏州别名。慈軿(píng),古时一种带有帷幔的车,多用以妇女乘坐。因闰六月,又重开家宴、补联祝寿,故云"天补与"。六月初三,韦驮菩萨诞日,下联末句似援此而言,扣生日。

庄芝田大令挽联

大令曾从戎,有战绩。其先德官浙中,故大令亦筮仕于浙。余孙儿陛云入学时,适知吾邑,取第二。

于从戎见战绩,于从政见吏才,溯先世治谱传家,又以循良达朝听;

在吾邑为父母,在吾家为师友,记小孙童年就试,曾因文字受公知。

【简绎】因父子同筮仕（初出做官）于浙，故云"治谱传家"。朝听，指朝廷或帝王之听闻；《晋书·桓温传》："操弄虚说，以惑朝听。"为父母，指做地方官。师友，从祖、孙两面而言：与祖则友，与孙则师。受知，受人知遇；清昭梿《啸亭杂录》卷四："（刘纶，字文定）少时家贫窭，……后受知尹文端公（尹继善），首荐博学宏词。"

浣花夫人祠联

江叔海自蜀中书来，言浣花溪上新建冀国夫人祠，欲余撰一联，寄刻祠中。夫人乃唐时崔宁妾任氏。宁入朝，留其弟宽守成都。杨子琳乘间袭据其城。宽战力屈，任募士自将以进，子琳大惧遁去。新、旧《唐书》并载此事，然未言封冀国夫人。《杨升庵集》言成都浣花溪，有石刻浣花夫人像；三月三日为夫人生日，倾城出游，亦止称"浣花夫人"。"冀国"之号，未知何代所封也。

新旧书未详冀国崇封，但传奋臂一呼，为夫子守城，为小郎破贼；

三四月历数成都盛事，且先遨头大会，以流觞佳节，作设帨良辰。

【简绎】上联述史事。新旧书，指《新唐书》《旧唐书》。崇封，崇高之封号。夫子，丈夫；小郎，小叔子。

下联叙方俗。成都古俗，四月十九日，郡人游宴于浣花溪，称"浣花日"；太守出游，士女纵观，称"遨头会"。宋陆游《老学庵笔记》云："四月十九日，成都谓之浣花，遨头（太守）宴于杜子美草堂沧浪亭，倾城皆出，锦绣夹道。自开岁宴游，至是而止。"三月三日有曲水流觞之举，谓之"流觞佳节"；古时女子出生，在房门右侧挂帨（佩巾），因称女子生日为"设帨良辰"。浣花夫人生日在鳌头会之前，故云"先"也。

诂经精舍式古堂联

诂经精舍讲堂西徧〔偏〕，有便坐焉，余题曰"式古堂"，并撰是联。

与诸君拜许郑先师，敢以空谈荒实义；
为昭代存乾嘉学派，须知经术即文章。

【简绎】许郑，许慎、郑玄，均为东汉经师。式古，以古为式（范式）；犹"法古"，效法古代、古人。"拜（礼敬）许郑先师"，故匾曰"式古"。昭代，政治清明之时代；常用以称颂本朝或当代。阮文达（元）任浙江学政时创办诂经精舍，谓"舍经而文，其文无质；舍诂求经，其经不实"（《西湖诂经精舍记》），又以孔子所撰《易·文言》为"万世文章之主"（《揅经室集》》）。末句云"经术即文章"，或源出有本。

虎丘魁星阁联

七月七日为魁星生日，见国朝施可斋鸿保《闽襍（杂）记》，盖闽中龙岩州有此说，他处不知也。吴下虎丘，新建魁星阁落成，余题是联，庶此说传播三吴乎？

胜地傍虎邱，更登百尺楼台，已近九霄通瑞气；
奎光射牛斗，愿共三吴儁艾，长从七夕拜文星。

【简绎】上联可谓由下及上，因魁星阁地胜、楼高，而上达九霄、接通瑞气。下联则由上返下，奎光照射，瑞气下达，而文运昌明。魁星，一作"奎星"，亦所谓"文星"；奎光，奎宿之光。旧谓奎宿耀光，标志文运昌明。牛斗，本指牛宿和斗宿；亦指吴越地区，因其正当斗、牛之分野，绾合虎丘、三吴。儁艾，亦作"俊乂"，指才德出众之人。

于室张孺人挽联

孺人名祖绶，字绿砚，于香草明经之室也。能词翰，兼通经义。香草治经，得其襄助者为多。尝课其女诵《毛诗》，遂著《诗问》二卷，亦女而士者也。

廿一年佐夫壻治经，似此倡随能有几；
三百篇为女儿课读，至今笺注尚如新。

【简绎】治经，研究经书、经学；宋苏轼《谢制科启》之一："治经独传于家学，为文不愿于世知。"《诗经》全书三百零五篇，古来习称"三百篇"。课读，教学、传授。笺注，扣著《诗问》。

广东学使署光霁堂联

为花农题。联中事迹，均见《花农诗纪》，不具录。

四面厂园林，看喻学有斋、校经有庐，以及瑞芝簃外、仙石亭中，好景无边，都向此堂呈胜概；
九霄下鸾藻，溯大兴之翁、仪征之阮，上而米老题诗、雪翁葺屋，前徽未远，更欣继起得名流。

【简绎】上联侧重堂室建筑，以及周边环境、景色。首句概括，厂同"敞"，张开；接着列数各处建筑——喻学斋、校经楼、瑞芝簃、仙石亭，末句以"好景"绾合"园林"。下联侧重与名流关系，寓功用于期望。首句亦是概括，以"鸾藻"统摄文辞；末两句，以"前徽"概括学术，以"继起"寄托希望。翁方纲，北京大兴人，曾任广东学政；阮元，江苏仪征人，曾任两广总督，所至以提倡学术、振兴文教自任。宋代书画家米芾，人称"米老"；彭玉麟字雪琴，人号"雪翁"。

花农，俞樾弟子徐琪字。光绪间，他任广东学政，一番经营布置，概括出"学署八景"，除请老师题光霁堂，亦自题数联，如《喻学斋联》："岂曰游目骋怀，荒者辟，塞者疏，皆可见为学之道；愿作中流砥柱，一拳山，一勺水，已欲障百川而东。"《校经庐联》："汉学重师承，守王高邮父子渊源，更以茶香继平议；粤邦精训诂，有惠仲儒诗书门径，益从藻鉴励真材。"《瑞芝簃联》："九芝图写入屏中，须知集以声香，已有仙根留宋代；七星泉在此堂下，我欲携之灌溉，种成芳草遍天涯。"《寻仙访岳亭联》："墨妙隐榕根，岁久又从苍壁见；波光泛仙掌，夜深时有画船来。"其中"茶香""平议"，应指曲园《茶香室经说》及《群经平议》。

任小沅中丞七十寿联

中丞曾官浙江布政使，后至浙江巡抚。

屏藩节钺半生来，宦蹟两至吾乡，僚友曰善，士林曰善，闾阎曰善；

香山放翁七十岁，诗篇并为公寿，富贵中人，风雅中人，神仙中人。

【简绎】上联表宦迹，寥寥数笔，三"曰善"概括无遗。而此"曰善"，又似化用自《孟子·梁惠王下》："左右皆曰贤，未可也；诸大夫皆曰贤，未可也；国人皆曰贤，然后察之；见贤焉，然后用之。"

下联祝寿辰，却以白居易、陆游作陪。白享年七十四，陆享年八十五，年寿均逾七旬。香山《自诲》诗有句："人生百岁七十稀"；又有《喜新年自咏》（时年七十一），句云："白须如雪五朝臣，又值新正第七旬。"放翁《七十》诗有句："七十残年百念枯，桑榆元不补东隅"；又有《七十一翁吟》《七十二岁吟》《七十三吟》，以及《新年七十有九》诸诗。白、陆均足风雅，富贵、神仙则白多占；故谓之各有侧重（若放翁之寿），未尝不可。

彭岱霖观察挽联

观察为文敬公之子，宦游吾浙。其生也，以十月十七日亥时；其殁也，亦同之。且其临终处分身后事，神色湛然，若有甚异者，亦必生有自来者也。今年春，曾偕吴清卿中丞访我于俞楼，清卿为余门下士，而观察又出清卿之门，清谈良久，进小食点心而别。不谓此别，遂千古也。

宰相之子，儒雅风流，春间过我请谈，卮酒杯羹，敢谓门生出门下；

神仙中人，去来自在，身后传君奇事，悬弧属纩，不徒同日又同时。

【简绎】上联写门望、才品及交谊，过，探望、拜访。下联写临终、仙逝。悬弧属纩，指生、卒，扣生卒月日、时辰之同。属纩（kuàng），人临终前，置棉絮于其口鼻之前，观察气息有无；亦指临终。不徒，不只。

朱伯华观察挽联

伯华曾从余游。庚申春，苏州失陷，同出危城，转徙至越中，相依一载有余，呼内子姚夫人为母。后以孝廉出为监司，署直隶清河道者一年，加二品衔，李傅相颇倚重之。未登中寿而卒，惜哉！

昔年曾患难相依，从吴下转至越中，辛苦道涂，同留此烽火馀生，何异一家骨肉；

壮岁以孝廉筮仕，由郎署出为观察，勤劳王事，止博得清河小试，兼叨二品头衔。

【简绎】上联以"患难相依"领起，叙两家交谊之亲密。吴下，泛指吴地，此扣苏州；越中，概指绍兴地区。因相依一年有余，且称曲园夫人为母，故有"一家骨肉"之云。下联以"孝廉筮仕"领起，表其人宦辙之多舛。古人出外做官，先要卜问吉凶，后世因谓初出为官曰"筮仕"；白居易《和梦游春诗一百韵》："端详筮仕蓍，磨拭穿杨镞。"苏仲翔注："筮仕，卜作官的命运。"郎署，扣出为监司；观察，扣署清河道。

钱子密侍郎七十寿联

子密乃子方同年之弟也。受曾文正知最深，在两江幕府垂二十年。后入都，供职枢廷，累迁至工部侍郎矣。子密小于余三岁，戒余勿自称弟。而每与通书，辄忘之，仍自称弟，乃加"罒"字于上，作"𦋿"，曰："周人称兄曰𦋿也。"今年子密七十生日，书此联寿之，并述前语为戏。

枢廷宿望，戎幕旧游，衣钵得真传，曾见两江来建卪；

八秩初开，三年忝长，轩楹题吉语，不辞一笑再书𦋿。

【简绎】枢廷，指内廷（庭）。衣钵真传，似扣受知最深。轩楹，堂前之廊柱；此句指撰作楹联（寿联）。卪，古通"节"，《说文》谓"瑞信也，守国者用玉卪，守都鄙者用角卪，使山邦者用虎卪，……"联中此字似有意用之，以与下联末一字搭对。𦋿，古同"昆"，兄；或作"㲊"，通作"昆"。

徐寿蘅侍郎七十寿联

侍郎视浙学时，曾以余文章学问，力荐于朝，余固不知也。及侍郎以此得严谴，余始知之，乃与书曰："此事姑置之五百年后，自有定论耳。"今侍郎年七十矣，六月五日，其生日也，书此寿之，并及前语，以为一笑。

七十岁古稀，庭院清凉，好引碧筒招客饮；

五百年论定，文章道义，可容青史附公传。

【简绎】上联侧重祝寿。碧筒，碧筒（箭）杯，用荷叶制成之饮酒器。唐段成式《酉阳杂俎·酒食》："历城北有使君林，魏正始中，郑公悫三伏之际，每率宾僚避暑于此。取大莲叶置砚格上，盛酒三升，以簪刺叶，令与柄通，屈茎上轮菌如象鼻，传嗡之，名为'碧筒杯'。"生辰在六月，正所谓"荷月"，故有"碧筒招饮"云云。

下联就交谊中一事写来，本关涉己方公案，却又不无赞扬对方之意寓含其中。论定，对一生功过是非等作出结论；陈亮《酌古论·邓艾》："自古幸而成功者多矣，死而论定，未有如邓艾之欺于后世者也。"

李母陶太淑人挽联

淑人生于嘉庆二十二年丁丑，殁于光绪十八年十二月，月建在丑。又曰"吾于丑时归"，及卒，果丑时。早寡，无子，抱夫弟之子为子。其夕梦人以榴实示之，拈其一子，及所抱子来，目有红点。生平言笑不苟，每谓"物力艰难，不可不惜"，食毕辄令人于案下检寻遗粒。其嗣子名濒，官浙中，仕而不废学，亦佳士也。

生丑年，殁丑月，又豫定丑时，平居懿美不胜书，小物克勤，珍此稻匙一点雪；

始贤妇，继贤母，遂教成贤子，异时造就未可量，循声大起，拈来榴实十分红。

【简绎】上联由生卒切入，赞其德行之美。懿美，美好、美善。克勤，当为"克勤克俭"之略。稻匙，饭勺；杜甫《孟冬》诗有"尝稻雪翻匙"句。一点雪，即指饭粒。下联则由太淑人切入，写其嗣子之佳。循声，指为官有循良（奉公守法）之声。

张勤果公祠联

公立功西域，薨于山东巡抚之位。相传为张桓侯转世，见于蒯士芗廉访所撰《岳忠武祠联跋语》。蒯其至亲，当不诬也。

唐留姓，宋留名，又为熙朝锺间气；

太山云，天山雪，长于浙水护灵旗。

【简绎】张曜，晚清名臣、名将，谥"勤果"，相传为张飞（谥"桓侯"）转世。杭州西湖旧有张公祠，《西湖游览志》谓："即富春山馆旧址。祀清山东巡抚张勤果公曜。倚山建亭，堂面临湖，有十二栏杆，曲折环绕，结构甚佳。"

上联着眼勋名，以唐张巡、宋岳飞映衬；下联着眼宦辙、遗迹，扣西域（天山）、山东（泰山）、杭州（浙水）三地。太山，即泰山，《孟子·梁惠王上》："挟太山以超北海。"《春在堂随笔》卷八有云："世传桓侯身后，在唐为张睢阳，在宋为岳忠武，故前人作桓侯祠联，有'唐曾显姓宋留名'之语。"

彭刚直公衡州专祠联

公西湖专祠，余已为题联矣，闻衡州又成，寄此联。

儒雅是书生，英武是宿将，赤心许国是社稷臣，长留俎豆旂常，突兀崇祠壮南岳；

发轫在湘中，转战在江上，白发筹边在岭海外，追数艰难辛苦，凄凉老友哭西湖。

【简绎】此联前三后二，前因后果。上联寓赞美，书生、宿将、社稷臣，无以复加，因而崇祠俎豆长在；下联概生平，湘中、江上、岭海外，艰苦备尝，无怪老友追怀不已。

彭玉麟能诗善画，尤以画梅闻名。所绘梅花"老榦繁枝，鳞鳞万玉"，曾国藩谓之"兵家梅花"；《清史稿》谓其"诗书皆超俗"。俞樾董理其诗文为两集，一曰《彭刚直公奏稿》，一曰《彭刚直诗集》。社稷臣，指关系国家安危之重臣，可谓古来大臣最高评价。汉初绛侯周勃，与陈平共谋平定诸吕，袁盎犹谓"非社稷臣"——《史记·袁盎晁错列传》："绛侯，所谓功臣，非社稷臣。社稷臣，主在与在，主亡与亡。"此联许彭刚直为"社稷臣"，可谓崇高已极。南岳衡山，在衡州境内。岭海外，指两广地区，缘其北倚五岭、南临南海；此指彭玉麟在广东筹办防务。

盛旭人方伯八十寿联

方伯之哲嗣杏孙观察，亦行年五十矣，方为天津海关道。明年恭值皇太后万寿庆典，方伯由天津入京祝嘏，必与"在籍九老"之列。盖庆典有例，有文九老、武九老、在籍九老，谓之"三九老"云。

与贤郎合作百卅龄，叠举兕觥上寿；
看明岁征为三九老，同扶鸠杖趋朝。

【简绎】上联所谓"贤郎"，指盛康（号旭人）之子盛宣怀（字杏荪）；国人却未必"皆曰贤"。兕觥（sì gōng），用兕角做成的酒器。趋朝，扣入京祝嘏。叠举兕觥者，子孙也；同扶鸠杖者，诸"九老"也。

许星叔尚书挽联

星叔以内阁中书起家，官至尚书、军机大臣，以微疴遽卒，赠太子太保，谥"恭慎"，亦备极哀荣。其明年，恭遇万寿庆典，枢廷诸臣，皆膺异数之恩，则君不及矣。

起家直阁，秉政枢廷，中外交推，洵不愧丁卯桥百年乔木；
叠晋宫衔，茂膺谥典，哀荣备至，惜未逮甲午岁万寿恩纶。

【简绎】上联"直阁""枢廷",扣内阁中书、军机大臣。丁卯桥,切"许"姓。清制不立太子,但有太子保、傅之名,专用为大臣及有功者加衔。太子称东宫,故太子保、傅谓之"宫衔"。茂膺,犹"荣膺";或作"懋膺"。

聂仲芳廉访四十寿联

廉访为曾文正公之婿,由苏松太道迁浙江按察使,行年四十,正万寿庆典之年也。

九重大庆,延及臣家,一时中外艳传,谓吾师文正公真能择婿;

四十华年,晋陈臬事,此后勋名鼎盛,是本朝咸同后继起名臣。

【简绎】祝寿有关系寿主之大事,一般都会写入联中。此联即是,万寿庆典不论,岳翁曾氏,则上下联均可见其身影。上联家国、翁婿绾合,衬托中寓赞扬。艳传,羡慕并传颂。下联由当下联及此后,拟想中寓祝福。晋陈臬事,扣迁浙江按察使。咸同名臣,暗扣曾国藩,故有"继起"云云。

潘母汪太夫人挽联

太夫人为文恭相国季子妇,年至八十,未逮生日而卒。

出自名门,嫔于相门,庆典躬逢,鸠杖方期颁内府;

生在冬日,殁当秋日,耄龄已届,兕觥未及进华堂。

【简绎】潘曾玮(潘世恩第四子)夫人,出身吴趋汪氏。潘、汪两家同乡世谊,百年联姻,潘世恩三代都娶汪氏之女,潘家三代之女又都嫁入汪家,此潘祖荫所谓"汪氏与潘家有累世通婚之谊"。《说文》:"嫔,服也。谓服事人者。"《书·尧典》:"(尧)釐降二女于妫汭,嫔于虞(舜)。"庆典,指当年有万寿庆典。末句

"未及",扣未到生日先卒,而生冬日、殁秋日,已先作注脚,可谓周到细密。

宋母彭夫人八十寿联

彭夫人为宋叔元观察德配。长子树之,筮仕吾浙;次子澄之,应试金陵,皆有时誉。八月十四日,其生日也。
看长君鹊起,听仲子鹿鸣,都为萱堂添福寿;
距百岁廿龄,先中秋一日,长斟桂醑祝期颐。

【简绎】上联由二子着笔,但鹊起、鹿鸣均在虚实之间。长君(长公子)初任官职,可冀鹊起;而仲子应试,中否尚在未知之数。鹊起,乘势奋起;宋苏轼《淮阴侯庙碑》:"志在鹊起豹变,食全楚之租,故受馈于漂母。"下联由寿辰生发,首末百岁、期颐并举,可谓善颂善祷。桂醑(xǔ),亦称"桂花醑",即桂花酒,中秋令节传统佳酿。

许子社明经挽联

子社于今年元旦,作五言绝句一首,句首冠以"甲午大吉"四字,和者甚众。
大吉竟无凭,空流传甲午元旦;
旧游能有几,又凋零丁卯诗人。

【简绎】此联几乎纯就作诗着笔,上联述逝者近事,下联念撰者旧游,挽悼自在其中。丁卯即"丁卯桥",诗人则许浑,而许集名《丁卯集》,切"许"姓,又扣合元旦作诗。

孙镜江吏部挽联

镜江以进士官吏部,改以知县官江西,罢归,以安定书院山长终。性嗜金石，尝以同乡吴氏所藏齐侯罍，谓考订有误；又好《散氏盘铭》，命其女公子摹之，书扇面见赠。今年来见我于右台仙馆，其名刺乃钟鼎文也。

登进士第，官吏部郎，花县归来，竟以山长老；
摹散盘文，订齐罍误，草堂投刺，早作古人看。

【简绎】上联着眼科第仕宦，而末句又过渡到学术。下联着眼学问爱好，末句"古人"又双关见意：古人之文字、古人之风韵。散（sàn）盘、齐罍，散氏盘、齐侯罍之略称。投刺，投递名刺；名刺又称"名帖"，旧日拜访时用以通姓名者。

沈仲复中丞挽联

仲复以安徽巡抚内召，于姑苏小住，即拟入京恭祝皇太后万寿。未及启行，以疾卒于苏寓之耦园。

谢玉节以归来，盛典恭逢，正拟衣冠趋北阙；
爱金阊而小筑，名园大好，不堪丝竹冷东山。

【简绎】上联写卸任内召、入京祝嘏；下联写卜筑金阊、卒于寓邸。耦园、东山，均在金阊（苏州）城内，故下联有云。末句东山丝竹，用谢安典，而"丝竹冷"隐喻仙逝，"不堪"则寄寓哀挽。

潘伟如中丞八十寿联

中丞由微秩起家，官至贵州巡抚，引疾家居。年登八秩，七月之望，乃其生日，夫人沈氏，白首齐眉，亦佳话也。

任封疆万里，受知遇四朝，备历官阶到开府；
距百岁廿年，先中秋一月，安排家谶祝齐眉。

【简绎】潘霨字伟如，江苏吴县人，初习儒，因科场失意而改习医，后因治愈咸丰孝成后之疾而名噪一时，进而弃医从政，起家县令，官至贵州巡抚。以贵州之远，故云"万里"；四朝，则道、咸、同、光。家谯，即家宴；谯，同"宴"。

又挽联

中丞生日后逾一月，旋卒。遗疏入，诏视巡抚例赐恤。

溯县孤縠旦，到撤瑟灵辰，一月光阴歌泣异；
从牧令起家，以封疆致仕，九重恩礼始终全。

【简绎】撤瑟，本谓父母病重，撤去琴瑟，使之安静。《仪礼·既夕礼》："有疾，疾者齐，养者皆齐，彻琴瑟。"后称疾笃或亡故为"撤瑟"，梁任昉《哭范仆射》诗："宁知安歌日，非君撤瑟辰。"灵辰，吉祥时刻。任昉诗云"撤瑟辰"，此嵌一"灵"字，固然是行文所需，而八十高龄寿终，谓之"灵"亦无不可。歌泣，欢歌、哀泣。封疆致仕，可参前联小引。九重恩礼，扣诏视巡抚例赐恤；始终全，侧重"终"，或亦暗含医愈后疾、弃医从政源自九重知遇之意。

于母姚孺人七十寿联

孺人为于香草明经之母。七十生日，戒勿称觞，命以所费周亲族之贫者。香草因请余书此联寿之。联中云云，皆述孺人之言也。

幼承祖训，老授孙书，谓儿勿急科名，课尔曹三百篇，毛诗殊有味；
年届古稀，月逢瑞腊，为吾小赒乡里，道我母八十岁，耄寿未称觞。

【简绎】三百篇，指《诗经》。汉代《诗经》传授者有齐、鲁、韩、毛四家；后只有《毛诗》传世，其《大序》（全书总序）、《小序》（各诗之序），对读解诗篇最为有益。瑞腊，腊月之美称。赒，同"周"，周济也。

桐山居士七十寿联

居士名凤瑞，字桐山，号"如如老人"。杭州驻防，曾刻小印曰"曲园门下走狗"，亦旗营中一老诗人也。今年七十矣，以诗稿见示，并乞寿联，书此赠之。其生日为十一月二十三日，乃冬至前三日。

读卮言七章及襍言诸篇，想见其人崟崎历落；
前阳生三日为先生上寿，从今以往耄耋期颐。

【简绎】上联首句，着眼诗文。凤瑞博学能诗，著有《老子解》《如如老人诗草》及《殉难录》等。卮言，自然随意之言；襍（同"杂"）言，似以杂言诗概诗作。崟（qīn）崎历落，比喻品格卓异出群。阳生，指冬至。上下联首句二"言"字、二"生"字，有回环通贯之韵。

王母周太淑人挽联

太淑人为王可庄太守之母。其始归也，及事祖舅王文勤公，随宦历秦、晋、蜀，而荆布如寒素。晚年子孙森立，长君可庄，以进士第一人出守镇江，移守苏州，皆有惠政，至今遗爱犹存。

随秦晋蜀使节归来，依然裙布钗荆，不愧文勤家法；
有子孙曾英材继起，看取召棠郇黍，曾留吴会名区。

【简绎】王凯泰，曾任福建巡抚，谥"文勤"。裙布钗荆，"布裙荆钗"的倒文。召（shào）棠郇（xún）黍，用召伯、郇伯典，谓官吏政绩卓著，遗爱一方。召棠，已见前"甘棠"。《诗·曹风·下泉》："芃芃黍苗，阴雨膏之。四国有王，郇伯劳之。"《毛传》："郇伯，郇侯也。"《郑笺》："郇侯，文王之子，为州伯，有治诸侯之功。"名区，有名之地；清赵翼《游洞庭东西两山》诗"家乡有名区，垂老乃未到"，其"名区"正谓"吴会"。

陆存斋观察挽联

存斋以观察使，官广东、福建，咸以大用期之，而竟不果。然收藏书籍，富甲海内，亦足以豪矣。

历官闽粤，声望满朝中，大可由柏署薇垣到开府；
旧籍宋元，收藏冠海内，忍抛却曹仓杜库去修文。

【简绎】柏署薇垣，泛指官署。柏署，御史官署；（紫）薇垣（亦称"薇署"），布政司。曹仓杜库，指藏书丰富、学问渊博，此处似侧重前者。汉曹曾，家巨富，藏书甚丰，因恐战乱损失，积石为仓而储书，世称"曹氏书仓"；西晋杜预，博学多才，世称"杜武库"。陆心源号存斋，清末四大藏书家之一，筑"皕宋楼""十万卷楼""守先阁"三楼藏书，皮藏多达十五万多卷。下联所言"宋元旧籍"，为我国现存古籍最为珍贵者，尤其宋刻，明末就有"一页宋版一两黄金"之谓，而陆藏宋刻二百部（所谓"皕宋"），诚可谓"富甲海内"。

朱母陈太淑人挽联

淑人为朱萍华大令之母，年八十一而终。有三子两孙，其长君先卒。

生甲年、殁甲年，上寿八旬，去岁曾经进春酒；
子二人、孙二人，考终一笑，长君先已待泉台。

【简绎】上联就年寿、生辰着笔，末句似暗含卒在当年生辰前之意。进春酒，指祝寿。下联从子孙着笔，末句扣长君先卒。泉台，墓穴，亦指阴间；元关汉卿《窦娥冤》第四折："呀！这的是衙门从古向南开，就中无个不冤哉，痛杀我娇姿弱体闭泉台。"联语中句，"考终"绾合"上寿"，可谓亦挽亦慰矣。

楹联录存四

孙琴西同年挽联

琴西以翰林直上书房,出守安庆,历官至江宁布政使,以太仆卿内召,引疾归。工诗文,兼喜校刻其乡先辈遗书。与余为丁酉、甲辰、庚戌三次同年,虽学术门户不同,而颇相得。年至八十而终。其官翰林时,再上封事甚切,非徒以文学见者也。

  数丁酉、甲辰、庚戌三度同年,洵推理学名臣。内官禁近,外任屏藩,晚以太仆归田,老去白头,重游泮水;

  刻横塘、竹轩、水心诸家遗集,自任永嘉嫡派。文法桐城,诗宗山谷,更有封章传世,将来青史,岂仅儒林。

【简绎】上联侧重科第、宦迹及晚岁情事。孙衣言号琴西,温州瑞安人,官至太仆寺卿;编有《永嘉学案》《瓯海轶闻》,刻有《永嘉丛书》等。内官,指国君左右的亲近臣僚;禁近,谓禁中帝王身边。此扣直上书房。

下联侧重学术文章,以及整理刊刻先辈遗书。北宋许景衡,人称"横塘先生",温州瑞安人,有《横塘集》;北宋林季仲,号竹轩,温州永嘉人,有《竹轩杂著》;南宋叶适,号水心居士,温州永嘉人,有《水心先生文集》等。永嘉学派,以叶适为代表之学派,注重事功,故又称"事功学派"。桐城,指桐城派;山谷,黄庭坚。儒林,指诸史之《儒林传》。

廖榖士中丞六十寿联

中丞以二月十六日生，时方抚吾浙。

春满浙东西，百五韶光，锺五百名世；
月明弦上下，十六朢日，庆六十生辰。

【简绎】百五韶光，切生辰。寒食日在冬至后一百零五天，故称"百五"。《荆楚岁时记》："去冬至节一百五日，即有疾风甚雨，谓之寒食。"又，寒食在"清澈明净"之清明前一二日，且古来踏青昉于寒食，故曰"韶光"。清纳兰性德《秋千索·渌水亭春望》词有云："悠扬扑尽风前絮，又百五，韶光难住。"下联首句基于"望"而言，对应上联首句，虽属可有可无，却移易不得。朢，"望"字古体。

余母程太夫人挽联

太夫人为余古香观察之母，正月八日生，年八十九而卒。已有元孙，惜其子皆前卒矣。

耄耋届九旬，止欠一龄，正拟寿筵开榖日；
曾元罗五世，仅虚一代，已堪人瑞告枫宸。

【简绎】上联由年寿、生辰切入。八九十岁年纪谓"耄"，"耄耋"概指。榖日（正月初八），切生日。下联由儿孙切入。枫宸，指朝廷。汉代宫庭多植枫树，故称；《幼学琼林·朝廷类》："椒房是皇后所居，枫宸乃人君所莅。"旧时朝廷有旌表人瑞之制，如康熙四十二年（1703）规定："老民年登百岁者，照例给予建坊银，并给'昇平人瑞'匾额；老妇寿至百岁，建坊悬额与命妇同。"故有"告枫宸"云云。而一"堪"（可以）字，又说得委婉，留下了余地。

沈母蒋太夫人挽联

太夫人为雪门先生之配。光绪二十年，年九十有七，遵例计闰作为一百岁，奏建百岁坊，并奉旨加赏上用缎一匹、银十两。至二十一年五月而卒。有子二人，孙十三人，曾孙十五人，元孙三人。可称全福矣。

赐寿有加隆，上溯嘉道咸同来，计闰一百零一岁；

归真无遗憾，俯看子孙曾元辈，送终三十又三人。

【简绎】赐寿，本指赐给年寿；此处应指当其寿诞赐予荣宠，即赐建百岁坊。加隆，愈加隆盛，扣"加赏"上用缎匹以及银两等。无遗憾，综合高寿、朝廷荣宠及子孙满堂而言。俯看，暗寓生天。

林笃甫太史挽联

太史自贵州学政罢归，即侨居吴下。其先德梦一僧入室而生；太史去年又梦受命为扬州府城隍，或不诬也。临卒前二日，犹向其妻弟恽季文内翰问余安否，亦可感矣。

同馆论交情，又兼同寓胥阊，垂死病中犹念我；

前年征梦兆，更溯前身寒拾，归真去后定成神。

【简绎】上下联首句"论交情""征梦兆"，可谓道尽全联生成奥妙。旧时苏州城有六门，胥阊即胥门、阊门，此以门代城。唐代诗僧寒山、拾得，并称"寒拾"。近人陈衍《元诗纪事·行端》："《灵隐寺志》：端文字不由师授，自然能通，自称'寒拾里人'。"此代指僧人。末句"成神"，扣做城隍。上联有两"同"字，下联则以两"前"字对应，故不用"去年"而代以"前年"（前一年，意犹"去年"）。

朱焕文总戎挽联

曾忠襄收复金陵时，从龙脖子地道首先冲入者，焕文也；而叙首功，竟不之及，时论惜之。其任云南鹤丽镇，曾发火枪毙一虎，绘《杀虎图》，余有诗存集中。乙未夏防寇海上，卒于军中。

海上落大星，争传当日战功，匹马冲开龙脖子；
吴中怀旧雨，听话平生快事，一枪击毙虎於菟。

【简绎】朱洪章，字焕文，贵州黎平人，生性勇猛，少年时随胡林翼剿匪，后隶曾国荃部。天京一战，率先破城，首占天王府，擒洪仁达、李秀成。事平论功居第三，然因湘淮之矛盾，且与满员不睦，仅得以总兵记名。曾两任鹤丽镇总兵，杀虎则似在此前任职永州镇时——其地老虎成患，日入村寨伤人，故亲入深山灭虎。甲午之战，张之洞调其防守两江，旧疾发作，不治身亡。著有《从戎纪略》。

於菟（wū tú），虎之别称。而"虎於菟"似嫌重复，却原本《左传》（宣公四年）："楚人谓乳谷，谓虎於菟。"其实《左传》是说，楚人把乳房叫做"谷"，把老虎叫做"於菟"。然有此典实，"虎於菟"也便用得理直气壮。

杨石泉制府七十寿联

制府时督陕甘，九月九日，其生日也。从前六十生辰，上赐以四字额，曰"岩疆锡羡"；想古稀之庆，锡赉必有加矣。

柱石久铭勋，逢重九节，拜九重恩命；
岩疆仍锡美，赐十七物，祝七十生辰。

【简绎】上联主要纪实。光绪十四年（1888），杨昌濬调补陕甘总督；二十年（1894）正月，因慈禧太后六十寿诞赏加太子太保衔。下联侧重拟想。岩疆，边远险要之地。锡羡，谓神明多多赐福；羡，有余。宋王安石《贺生皇子表》之三："神灵锡羡，果膺蕃衍之祥。"汉末王莽当政，孔光恐有不测，"固称疾辞位。太后诏：'太师毋朝，十日一入省中，置几杖，赐餐十七物，然后归，官属按职如故'"(《通鉴·汉纪二十八》)。后以"十七物"借指皇家宠赐。

瓜尔佳那拉太夫人挽联

太夫人为奎乐峰中丞之母。中丞由苏抚调陕抚，奉母北上。行次上海，待轮船未发，太夫人暴疾卒。时七月七日也，年八十有二。

一品紫泥封，三吴移驻三秦，海国飚轮刚待展；
八旬黄发寿，七月适当七日，天孙云锦遽来迎。

【简绎】上下联分别从子、母一边着眼。三吴扣苏抚，三秦扣陕抚。飚（飙）轮，行驶风快之轮船。天孙云锦，天帝女孙织女所织之锦；因卒于七夕，故云。

陆母程太夫人挽联

太夫人为陆凤石祭酒之母。凤石在京，因母老乞归。归未两月，而太夫人卒矣。凤石乃吴中旧家，康熙二十四年乙丑状元名陆肯堂者，其八世祖也；至同治十三年甲戌，而凤石亦魁天下，吴人称之。

当年以状元母，撒穀城头，乡里艳传，重振大魁旧门第；
有子为国学师，陈情阙下，君恩终养，是称全福太夫人。

【简绎】联语均就儿子一边生发，上联则科第之荣，下联则终养之福。

旧时俗传某省当年出状元，则秋必歉收，故有状元夫人亲登城头撒穀之举，参见俞樾《茶香室丛钞·状元夫人撒穀》。上联作为者乃状元之母,应别有所寓:苏州阊门内下塘街,陆润庠(字凤石)家开有米行,曰"米自量",一帐房先生收钱记账,米则顾客自量自取。联中"撒穀"("撒"原文"撤",径改。)似本此,或别有赈济之举。大魁,即状元。

国学,指国子监,扣祭酒。终养,奉养年迈父母以终其天年,多与辞官归里联系;晋李密《陈情表》:"臣密今年四十有四,祖母刘今年九十有六,是臣尽节于陛下之日长,而报养刘之日短也。乌鸟私情,愿乞终养。"冠以"君恩",则谓乞归为君上准允。

吕庭芷同年挽联

庭芷为余庚戌同年,入翰林时,年止二十有三。然在京供职时甚少,曾从左文襄于甘肃军中,又在闽筦(管)船政事。奔走半生,去年始简放永定河道,未之官,卒于家。

　　回忆登金榜、入玉堂,我正三旬,君甫越二旬,角逐青云,垂老追思都是梦;
　　最怜走甘凉、游闽峤,西行万里,南亦数千里,奔驰白首,真除虚拜未之官。

【简绎】上联叙科第而及交谊,下联叙宦辙而惜仙逝。青云,比喻显要的地位,此处兼及名场与宦途。甘凉,甘州、凉州,泛指甘肃地区;闽峤,福建境内之山地。奔驰,极写程途之远、奔波之劳。真除,指实授官职;真除而未之官,故云"虚拜"。

陆母徐太夫人挽联

太夫人为陆星农同年之配,星农乃庚戌榜大魁也。其子孙颇盛,去年一孙举于乡,今年两孙又同入学;而其次君蔚亭太史,又新授汉中府知府。太夫人年八十矣,乃以六月二十四日生,六月十四日卒,幸其家已先于四月称觞矣。

梅魁门第,尚有清风,一孙攀桂,两孙采芹,更报次君以二千石领郡;

莲界往来,皆宜长夏,廿四生辰,十四忌日,幸先三月为八十岁称觞。

【简绎】梅魁,指状元;明汪广洋《梅魁》诗:"才听东风第一声,状元高出冠群英。"莲界,即"莲花界",佛教所称西方极乐世界。夏历六月白昼长,故谓之"长夏";《素问·金匮真言论》:"春胜长夏,长夏胜冬。"王冰注:"所谓长夏者,六月也。"六月别称"荷月",荷花亦名"莲花"。

许荫庭观察挽联

观察乃恭慎公之胞弟,生平笃好内典,年六十六而卒。

古稀将届未满四龄,如何慧业已终,佛坐催归大弟子;

恭慎云亡甫逾两稔,谁料德星又陨,乡间顿失老成人。

【简绎】慧业,佛教语,指智慧的业缘。上联后两句,扣好内典。庄稼成熟曰"稔",引申指一年。德星,古以景星、岁星等为德星,贤人出现则德星现;后以喻指贤德之士。

严母周太夫人挽联

太夫人为石阡太守之配。太守死寇难,夫人抚其孤子,以至成立。其子开第时,生甫六月,今亦官观察矣。乙未五月,值太守忌日,夫人作诗云:"教子成名慰九泉,佳儿端不负君贤。怪他天上轻离别,弃我于今三十年。"是岁竟卒。所著有《砚香阁诗钞》。又平时最敬岳忠武王,撰《精忠传弹词》四十卷。

剑负儿已继家声,卅载睽违,嘉耦依然共瑶岛;

砚香阁流传遗稿,万家弹唱,粹编更为补金陀。

【简绎】剑负,亦作"负剑",抱小孩之状。《礼记·曲礼上》"负剑"郑玄注:"负谓置之于背,剑谓挟之于旁。"睽违,离别;明叶盛《水东日记·刘三吾与陈南宾书》:"暮年以来,每一得姻家书,辄兴骨肉睽违之感,友朋相继凋谢之痛。"《金陀粹编》(亦名《鄂国金陀粹编》),南宋岳珂所编传记资料,以嘉兴金陀坊别业命名,系为祖父岳飞(封鄂国公)辨冤而作;此以拟《精忠传弹词》。弹词为传统曲艺形式,文本用以演唱(三弦伴奏),故云"弹唱"。

汪耕馀观察挽联

耕馀由县令起家,以道员需次江苏。所居有小园,花木颇胜,余每诣之,必饮以洞庭山僧所饷碧罗春佳茗。盖耕馀宰吴县时,曾有德于山僧也。

官从牧令起家,骎历监司,黄歇故墟颂馀爱;
居有园林之胜,每来便坐,碧萝新茗佐清谈。

【简绎】牧令、监司,分扣县令、道员。黄歇故墟,指黄公山,扣宦地江苏。《读史方舆纪要》卷二十五"常州府武进县":黄公山"在府南七十里,一名百渎山,去太湖十五里。《志》云:'歇所封故墟也。'"馀爱,前人遗留之恩德;南唐刘崇远《金华子杂编》卷上:"崔魏公镇淮海九载,……民康物阜,军府晏然。元祐末,故老犹存,喜论其馀爱。"便坐,谓(坐于)别室;唐刘禹锡《郑州刺史东厅壁记》:"古诸侯之居,公、私皆曰寝,其他室曰便坐。"碧萝春,今作"碧螺春",产于江苏吴县东西洞庭山一带。

赵母邓太恭人挽联

太恭人为邓嶰筠制府之女,归赵惠甫刺史。其嫁时,奁装甚盛，尽以佐家，不蓄私囊。自幼即博习群书，然未尝以诗文自炫；能绘仕女，亦不轻为人作也。

袁伦始嫁，资遣甚丰，不蓄私财，尽出奁装佐家计；

徐淑能文，丹青兼擅，耻留虚誉，惟将著述助夫君。

【简绎】袁伦，未详。资遣，本谓给资遣行，此指陪嫁。奁装，即"装奁"，本指古代妇女梳妆所用镜匣，泛指嫁妆。徐淑，东汉才女，秦嘉妻，传世有《答秦嘉诗》。

郑听篁同年挽联

余与听篁，同副道光丁酉贤书；及余于甲辰举于乡，而听篁又中副车。凡三登副榜，而后举孝廉、成进士。始官刑部，继入谏垣，一生谨慎，同官皆重之。少时曾受业于先君子之门。有三子，长君兴櫆，已官工部矣。

自丁酉至甲辰，两回同到月宫，溯文字因缘，又向先君亲受业；

由刑曹而台谏，卅载服官日下，论平生谨慎，固安后辈克承家。

【简绎】上联着眼两代交谊，从本人联及其父。下联就逝者一边写来，从本人推及子弟。到月宫，即月宫折桂，喻指科举中式。刑曹，刑部属官。台谏，台官（御史大夫等）与谏官（谏议大夫等）的合称，清代统归都察院。克承家，能够继承家庭的志业。

孙师母赵夫人七十寿联

赵夫人为余房师孙文节公之配，今年十二月，值其七十生日，书此联寿之。文节公曾官吏部侍郎，故人目其所居为"天官第"云。

披一品服，称七旬觞，腊鼓频催，已转青阳新节序；
唱王母谣，登天官第，仙筹遥献，尚存白发老门生。

【简绎】上联基于对方，写其年寿、生辰之佳美；下联基于己方，多方表达祝福。

首句点明寿星为一品夫人。因十二月生日，故上联后两句云云。"频催"则紧锣密鼓，"已转"则接续更新，正好以新春祝长春。青阳，春天之别称。周穆王与西王母瑶池相会，王母谣（谣唱）曰："白云在天，道里悠远。山川间之，将子无死，尚能复来。"后世吏部职掌，属《周礼》六官之"天官"，"天官第"本此。

贺室樊夫人挽联

夫人为贺仲愚太守之配，久病不瘳，遂至不起。时太守奉差江右，得信驰归，距夫人之卒久矣。余大儿妇乃其胞姊，十月中在杭州相别，犹云明年再见，亦可悲也。

痼疾四年馀，痛远道征夫残腊驰归，未及一言成永诀；
贤声三党徧，叹吾家儿妇小春握别，犹将再见订重来。

【简绎】上联由久病写去世情景，下联由乡评写双方关系。上联末句是实况，下联末句是期望，一则哀挽，一则缅怀。征夫，远行之人，此扣丈夫奉差江右。三党，指父党、母党、妻党；因有姻亲关系，故及之。

金友筠处士挽联

友筠名文潮，青浦人。与余神交十年，书问频通，而未一面。年逾六十，衰病相乘，犹谓"明春如小愈，当来苏一见，以遂平生之愿"，竟不及也。其妇先数月卒。其子名咏榴，颇有声庠序间。

十馀年老友，两心相契，半面未谋，衰病已难支，犹冀明春见我；

六䄆外考终，与妇偕行，有儿继起，显扬应可待，愧无巨笔传君。

【简绎】上联叙交谊，大端小节兼及；下联叙与妇谐终、后代可期。六䄆，即六秩；考终，善终。显扬，（子弟）显亲扬名；《礼记·祭统》："显扬先祖，所以崇孝也。"

沈母钱太夫人挽联

太夫人为笛伊太守之母，年六十五岁，于正月九日卒于金陵寓馆。有孙三人。

周甲又五龄，欣看子舍黄堂，率总角三孙来舞綵；

建寅才九日，怅望慈轩白下，先上元七夕去游仙。

【简绎】此联就年寿、生辰生发，进而从子孙成长转到其人仙逝，亦属悼、慰兼顾。子舍黄堂，扣其子之官职（太守）。建寅月，即正月。白下，金陵（今南京）别称之一。七夕，此处指七夜：初九七天之后，即为上元（元宵），因须用成语"七夕"，故天数计入初九；因"宵"而称"夕"，亦可谓相称。不是七夕的"七夕"，便如此婉曲而成。

曹锦涛孝廉挽联

孝廉曾主宁波船捐局，贼势逼近，凡海泊之不得出口者，一夕给牌放行，全活数千人。精岐黄术，传其长子元恒，以医名吴下；馀二子皆成进士，福元官编修，元弼官内阁中书。

活数千人倾侧扰攘之中，岂惟是肘后一编堪济世；

送七十翁福寿全归而去，最难者膝前三子尽知名。

【简绎】上联浓墨重笔，概述生平两大事。倾侧扰攘，指社会动荡、民生困顿。《肘后备急方》（省称《肘后方》），传为晋葛洪所著，古代医书。末句以"济世"一语，绾合活人数千和精岐黄术。下联笼统提点，由逝者推及子弟。全归，谓保身而得善名以终；胡适《〈三侠五义〉序》："向来小说家，最爱教他的英雄福寿全归。""岂惟是""最难者"，转跌有致，不仅强调，又寓推崇。

朱象甫喜联

象甫为竹石观察之子，娶严琴墅孝廉女，二月十六日于吴中成礼。

门第紫阳高，百两香车，分到严陵清气；
园林红杏闹，一双嘉耦，占将吴苑春光。

【简绎】上联表合二姓之好。紫阳（朱熹人称"紫阳先生"）、严陵（严光字子陵），分切二姓。古时车凡两轮，故以"两"计数；百两，即百辆车，且特指结婚时所用车辆，《诗·召南·鹊巢》："之子于归，百两御之。"下联侧重成礼时节、景致，首末两句化用宋祁《玉楼春·春景》词"红杏枝头春意闹"句。吴苑，吴地的园囿，借指吴地或苏州。二月中旬成礼，故有"春光"云云。

杨敏斋太守挽联

敏斋为壬甫家兄同年，以刑部主事改官江苏，曾权知太仓直隶州，后为牙厘局提调二十馀年。

郎官出典方州，岂惟是榷算缗钱，为盛朝小佐军兴费；
暮齿回思往事，最难忘提携席帽，与伯氏同膺乡举年。

【简绎】上联述逝者生平事迹。郎官扣刑部主事。方州，指州郡；唐王维《责躬荐弟表》："顾臣谬官华省，而弟远守方州。"

清代后期，为筹措军饷等，地方政府设牙厘局，对日用必需品抽收税款；榷算缗钱指此。缗（mián）钱，用绳穿连串之铜钱。军兴，谓发起军事行动，主要指剿灭太平军。

下联就兄长叙交谊。席帽，古帽名，以藤席为骨架，形似毡笠，四缘垂下，可蔽日遮颜，唐、宋时一般读书人多戴这种帽子。宋吴处厚《青箱杂记》卷二："盖国初犹袭唐风，士子皆曳袍重戴，出则以席帽自随。"清人当属借用，张祥河《念奴娇》（"薄游倦矣"）词："闻道料检行縢，提携席帽，江北看山去。"

恽母戴夫人七十寿联

夫人为恽次山中丞之配，年六十时，余曾以一联寿之，今又寿以此联。

溯从前中外敭历，善相其夫，彤管录中无此才、无此识，诗画兼长，犹为馀事；

愿自后耄耋期颐，永锡难老，金萱堂上有贤子、有贤孙，勋名克绍，大慰慈怀。

【简绎】上联由夫君切入，称美其才具；下联寄寓祝福，又以子孙贤能告慰。敭历，同"扬历"，指仕宦所经历；宋陈亮《问答上》："惟我本朝于天下之贤者，必使之敭历中外，养其资望，而后至于大用。"古代女史用以记事之笔，杆身漆朱，称"彤管"；《后汉书·皇后纪上·序》："女史彤管，记功书过。"彤管录，则指记载女性事迹之书。永锡，永远赐予；《诗·大雅·既醉》："孝子不匮，永锡尔类（善）。"

杭州府学乡贤祠联

明时杭州府学乡贤祠，以汉严先生光居首，然先生实非杭人也。乾隆间始撤去之，以晋临淮太守范平居首。

远稽晋代，近逮熙朝，骏烈清芬，岂仅诗文垂浙派；

山号武林，湖名明圣，锺灵毓秀，不须声望借严陵。

【简绎】上联追溯源流，下联列述环境，均以末句反跌，进而拔高凸显。骏烈清芬，盛大功业与高洁德行；语本晋陆机《文赋》："咏世德之骏烈，诵先人之清芬。"浙派，犹"浙水"；派，河水支流。杭州有武林山，故旧称"武林"。西湖又称"金牛湖""明圣湖"；《西湖游览志·总叙》云："西湖，故明圣湖也。汉时，金牛见湖中，人言明圣之瑞，遂称明圣湖。"范平字子安，吴郡钱塘人，孙吴时官临淮太守，博览多识，藏书多，且可借阅；入晋征召不就，卒赠谥"文贞先生"。严光字子陵，省称"严陵"，东汉会稽馀姚人。

惠菱舫都转挽联

都转榷浙盐最久。善丹青，有墨竹数幅，刻石敷文讲舍。喜戴文节所著《画絮》，寿之剞劂。曾赠余方竹枝一枝，至今存焉。

十载总盐纲，任他人旄节飞扬，老我闲情看画絮；

数竿留墨妙，记从君湖山谈笑，赠余长物有吟筇。

【简绎】上联由宦辙转到专长，突出逝者之雅好，彰显其品位；下联由赠画引出追忆，在交谊记述中，突出双方之意气相投。上联"任"是转跌，脱屣俗事，逝者之清雅如见；下联"记"是顺接，湖山则助谈笑，长物则有吟筇，其人其事良堪缅怀。上下联之间，《画絮》、墨妙，转接如沿谿之水，流淌自然。

盐纲，盐政法规、机构。清朝设都转盐运使，主管各地盐务，掌控盐法政令。《画絮》全称《习苦斋画絮》，又名《戴文节题画类编》，清代画家戴熙（谥"文节"）著。墨妙，精妙墨迹，包括文章、书法、绘画，此侧重后者。长物，本指多馀之物，后亦指像样之物。吟筇，诗人之手杖；筇（古同"筇"），竹杖。

林云台广文挽联

广文乃乙酉拔贡,与余孙有同岁之谊。于光绪十七年五月,选就德清训导;至二十二年五月,卒于官。所异者,广文以五月十九日卒,年四十三;其孺人王氏,于五月十八日卒,年四十二。生则先后一年,死则先后一日,似亦非偶然也。

六载讲堂开,以五月选官,以五月卒官,回思记织登科,佽倖吾孙叨附尾;

双骖仙驭并,迟一年出世,迟一日逝世,恰称诗歌偕老,逍遥嘉耦总随肩。

【简绎】广文官小级低,而其职任则非文士莫属,故述及科场情事,几乎是"必由之路";好在逝者又有夫妻生卒时日之"偶然",此亦可谓挽联"题中应有"。

唐代"登科记",宋以后称"登科录",为科举时代及第士人之名录,详载乡、会试中式人数、姓名、籍贯、年岁,以及考官以下官职姓名,并三场试题目。丘逢甲《送黄翼臣秋试》诗:"嫦娥正织登科记,看取题名最上头。"双骖(cān),三马双车。仙驭,驾鹤仙游,故世之婉辞。《诗·邶风·击鼓》云:"死生契阔,与子成说。执子之手,与子偕老。"《郑风·女曰鸡鸣》云:"弋言加之,与子宜之。宜言饮酒,与子偕老。"《诗》歌"偕老",本此。随肩,比喻形影不离;南朝梁萧统《七契》:"陶嘉月而结交游,藉芳辰而宴朋友。望宜春以随肩,入长杨以携手。"

陈舫仙方伯挽联

方伯为湘军宿将,及东洋启衅,以江苏按察使,奉命赴山海关防堵。积劳三载,事平而君遽殁,甫迁江西布政使,未及赴也。然直督以开缺告，而奉硃笔垂问，其战绩遂得宣付史馆，亦可知其上契者深矣。

　　湘军宿将，如公者几人，诏书下问，战绩上陈，足见英名动天听；

　　辽海筹防，积劳至三载，方岳甫迁，大星遽陨，长留威望镇遐荒。

　　【简绎】甲午战争爆发后，陈湜（字舫仙）奉檄率湘军旧部赴防山海关，翌年春出关，先后移屯鞍山站、进驻大高岭。"辽海筹防"谓此。天听，天子之听闻。方岳，指州郡，扣迁江西布政使。《三国志·魏书》："（满）宠为汝南太守、豫州刺史二十馀年，有勋方岳。及镇淮南，吴人惮之。"遐荒，边远荒僻之地，此指关外。

杨见山太守挽联

　　见山乃吾湖名孝廉，以太守官吴中，一摄常州守而罢；然其翰墨颇行于时。余与踪跡稍疏，去岁余著《迁议》一篇，见山读之，则曰"语语如吾所欲出"云。卒年七十八，长于余两岁。

　　循良小试，翰墨盛行，两岁耄龄先我老；

　　踪跡久疏，文章深契，一篇迁议惬君心。

　　【简绎】上下联由彼及己，末句又绾合彼己，忆念、挽悼俱在。杨岘字见山，任职地方时，因得罪上僚被劾罢官，此后寓居苏州，卖字为生（擅隶书，人称"杨隶"），为世所重，故上联云云。

诸暨钱氏宗祠联

　　钱氏为武肃王之后，其裔孙士芳求撰是联。联中所述，皆其所自述也。

合数百里之秀，若雁池、若龙山、若篠岭、若亢陒，环抱崇祠，恰称五王俎豆；

溯卅馀世以来，有名宦、有循吏、有武功、有文学，蔚成巨族，长緜千禩蒸尝。

【简绎】上联就环境写祠宇，下联由族人及奉祀。五王，吴越国五代君王：武肃王钱镠（liú）、文穆王钱元瓘（guàn）、忠献王钱佐、忠逊王钱倧（zōng）、忠懿王钱俶（chù）。千禩，犹"千年"。蒸尝，本指秋、冬二祭，《后汉书·冯衍传下》："春秋蒸尝，……"后泛指祭祀。陒，同"坞"；緜，同"绵"。

兄子剑孙挽联

先大夫登嘉庆丙子贤书，越六十年，光绪丙子，剑孙继之。祖孙同丙子，一时以为佳话。方冀其昌大吾家，不谓其盛年殂谢，客死羊城也。

六十年接续科名，戚党艳称，谓此幼孙同符大父；
五千里归来旅榇，门庭衰落，痛吾犹子追念先兄。

【简绎】上联寄望，下联哀逝。大父，祖父。犹子，如同己子；《礼记·檀弓上》："丧服，兄弟之子，犹子也。"后因称兄弟之子为"犹子"，代指侄儿（侄女）。

黄母刘太夫人挽联

太夫人为莘农侍郎之配，幼农观察之母。生于四月，殁于九月，年九十三。

封膺一品，年近百龄，福寿兼全，信有汾阳在巾帼；
首夏称觞，暮秋含玉，音容顿渺，徒劳翁叔泣甘泉。

【简绎】上联就诰封、年寿，颂其福寿。末句以"巾帼汾阳"，概太夫人之福寿兼全。下联就生卒时节，表达哀挽。三夏四月为首，故曰"首夏"；三秋九月居末，故曰"暮秋"。含玉亦作"唅玉"，给死者口中含葬玉，婉指亡故。金日磾（字翁叔）之母去世后，汉武帝命画工绘像甘泉宫，日磾每至，见母亲画像便哭泣不止。下联末句"泣甘泉"，本此。

龙仁陔方伯挽联

方伯廉俭，所至有声，下僚皆畏惮之。余今年始与相见，其执礼甚谦。别未数月，遽闻其卒。时太夫人九十四，犹在堂也。

持己以俭，接人以谦，尤推吏治精详，能为圣朝除弊政；
惠泽在民，勋劳在国，堪叹中年殂谢，翻教老母泣高堂。

【简绎】上联写为人、为官，下联寄托缅怀之意。殂（cú）谢，去世。末句"高堂"用本义，指高大之厅堂。翻，反而；李白《猛虎行》："秦人半作燕地囚，胡马翻衔洛阳草。"

施少钦封翁挽联

少钦寓上海久，凡直隶、山东、山西、陕西、河南各省，无不力筹振济。玺书褒美，海内称善人。年六十九而卒，临终大呼"善举"者三，可谓中心好仁者矣。

朝廷曰贤，乡里曰贤，海内皆曰贤，如何天不慭遗，古稀欠一；
集赀无算，活人无算，阴德更无算，堪叹殁而犹视，善举呼三。

【简绎】上下联均就其人其事及朝野风评，叹惋其早逝。上联三"曰贤"，亦本《孟子·梁惠王下》之三"曰贤"。慭（yìn）遗，本指愿意留下，特指前代遗留之元老；《诗·小雅·十月之交》："不慭遗一老，俾守我王。"无算，不计其数，极言其多。殁而犹视，意谓"虽死而神明不泯"，此指临终情形。

汪伯春任子新婚喜联

伯春为柳门侍郎犹子，以子畜之，故得二品荫生。所娶妇，乃柳门婿曾孟朴之妹，谚所谓"来者为姑，去则为嫂"者。惟"姑嫂"之称，起于后世，唐宋以来类书，从无"姑嫂"一门。吾浙平湖县，有"姑嫂饼"见于志书，余尝啖之，戏用此事为联语，贺其新婚。

喜气溢门阃，竞说朱陈重结好；
华筵启汤饼，笑看姑嫂互尝新。

【简绎】门阃，本指门框，借指家门、门庭。华筵，丰盛筵席，此指婚宴。旧俗新生子满月，举行汤饼会庆祝。汤饼宴自然在喜宴之后，故曰"华筵启汤饼"。因是喜联，故无妨"戏用"俗语、俗事种种。

谢绥之太守挽联

绥之苏州人，以善士闻天下，凡四方水旱偏灾，皆集赀振之。

一乡之善士，友天下之善士；
国人皆曰贤，诸大夫皆曰贤。

【简绎】上联语本《孟子·万章下》："一乡之善士，斯友一乡之善士；一国之善士，斯友一国之善士；天下之善士，斯友天下之善士；以友天下之善士为未足，又尚论古之人。"下联语本《孟子·梁惠王上》："国君进贤，……左右皆曰贤，未可也；诸大夫皆曰贤，未可也；国人皆曰贤，然后察之；见贤焉，然后用之。"

吴谊卿观察挽联

谊卿以翰林历佐督、抚幕府，积功保至道员。偶感风疾，遂至不起。今年六十，豫为称觞；及至生日，则逝已经月矣。

　　名翰林负幹济长才，筹笔勤劳，一道福星虚注籍；
　　病维摩视形骸外物，盘铃游戏，六旬生日豫称觞。

【简绎】上联就才华、劳绩，惜其未履新任。筹笔，运笔筹划，扣佐幕。一道，似扣道员；福星，则又绾合"长才""勤劳"。注籍，登记入册。

下联就久病生发，幸其预先称觞。维摩诘，古印度居士。一次佛陀说法，他称病不往，佛陀遣文殊菩萨等前来探病，维摩诘乘机说法，妙语连珠，义理高深。后多以"病维摩""维摩疾"等，代指病人、生病。盘铃，西域乐器之一，《新唐书·回鹘传下·黠戛斯》："乐有笛、鼓、笙、觱篥、盘铃。戏有弄驼、师子、马伎、绳伎。"西域为佛教传入中土汉地之孔道，拈"盘铃"来用，似不无用意。

沈旭初观察六十寿联

观察生于正月十二日，夫人谢氏。

　　前元宵三日弧帨同陈，先生沈休文，夫人谢道韫；
　　由中寿六旬台莱进祝，会昌一品集，平原百年歌。

【简绎】弧帨同陈，应有夫妻双寿之意，然小序未及。沈休文（沈约）、谢道韫，切夫妇之姓。台莱，用"歌兴台莱"之典。李德裕《会昌一品集》，收录任相时所作制诰等；会昌为唐武宗年号，一品为宰相官阶。李商隐代郑亚所作《太尉卫公会昌一品集序》云："纪年，追圣德也；书位，旌官业也。"陆机（曾任平原内史）《百年歌》，以十年为段，分十段讲述人生百年。拈来《一品集》《百年歌》，祝颂既贵且寿，可谓风雅贴切之极。

法相寺定光佛殿联

定光佛即然灯古佛，如来所从受记者也。在五代时出世，为长耳和尚，至今真身尚在，香火极盛，求子甚灵。宋朱弁《曲洧旧闻》言宋太祖、高宗，均定光佛转世。

衍大法于千佛出世之前，如来五百年密记亲承，自昔传灯推鼻祖；

显灵蹟在三凤开山以上，有宋十八帝真人再降，至今锡福逮婴婗。

【简绎】上联说佛。佛教有"三世佛"之说，燃灯佛为纵三世佛之过去佛，故谓"古佛"，又名"锭光佛""定光佛"。因当时现在世诸佛尚未出世，故首句云云。燃灯佛在过去世，为释迦牟尼佛（如来佛）授记，预言他未来将成佛（现在佛）。密记，即秘密授记。佛家以为佛法有如明灯，故传法即云"传灯"；杭州法相寺"转轮藏"，又有元初赵孟頫所书"传灯"二字。

下联表寺。唐高僧法真，容貌奇特：耳长九寸，上过于顶，下垂至颈，故号"长耳和尚"。他自天台山国清寺游历钱塘，受到吴越国王钱镠礼敬，遂留居当地法相寺。其时法相、六通、上天竺三寺，其开山祖师道定、道宣、道翊为杭州名僧，佛界谓之"僧中三凤"。长耳和尚出世在此之前，故下联首句有云。北宋从太祖到钦宗、南宋从高宗到帝昺（bǐng），共十八位皇帝；再，此指两次。真人，此指所谓"真命天子"。婴婗（ní），婴儿；此扣求子。

曹仙槎醾尹五十寿联

八月初三日生。

平分百岁光阴，河图五，洛书十；

领略四时风景，秋一半，月初三。

【简绎】上联"河图五，洛书十"，切年龄。河图以十数合五方、五行，所谓"河图五"。历来多以为"图十书九"，北宋刘牧则认为天数、地数奇偶各五共十，其说被称为"洛书十"。下联则切生辰。秋一半，一般多指中秋；此则泛指"三秋"中间之八月。

余澹湖太守挽联

太守为古香观察之子,古香乃余杭州旧雨也。太守筦苏州六门厘局,卒于行馆。

两代论交情,杭州旧酒痕,吴郡新诗本;
六门颂遗爱,商贾藏于市,行旅出其涂。

【简绎】联语首句分别以"交情""遗爱"提领,后二句犹其注脚,又均源自古诗文。上联后两句,以白傅《故衫》七言诗句,省作五言来用。下联则原本《孟子·梁惠王上》:"今王发政施仁,使天下仕者皆欲立于王之朝,耕者皆欲耕于王之野,商贾皆欲藏于王之市,行旅皆欲出于王之涂(途),……"谓生意人都想在(此地)市场上做生意,旅行者都想在道路上出入;此处借用,扣"厘局"(税卡)。旧时苏州城,有"六门三关五鼓楼";六门,即阊门、胥门、盘门、葑门、娄门、齐门。

曾君表孝廉挽联

君表曾肄业紫阳书院,亦在门下之列。家居常熟,极园林之胜。母年八十余,子孟朴亦登贤书矣。

居虞山胜地,又有好园林,上奉母欢,下课儿读;
忆吴苑旧游,可为长大息,既悲君逝,更念吾衰。

【简绎】常熟虞山,如今为国家森林公园。曾君表之子,即《孽海花》作者曾朴(字孟朴)。同治四年(1865),俞曲园应江苏巡抚李鸿章之聘,主苏州紫阳书院讲席;"吴苑旧游"扣其人肄业紫阳书院。

陈母王太孺人七十寿联

孺人为陈孝廉洛东之母,有子四人、孙五人。除夕,其生日也。

开除夕之筵，子四人、孙五人，同承欢笑；

越古稀而上，耋八十、耄九十，直至期颐。

【简绎】上联基于生辰，子孙一堂，寿诞欢筵；下联基于年寿，递推而上，祝福长寿。不蔓不枝，言简而意赅。

杨石泉制府挽联

公为浙臬时，余即与相识。嗣是每岁春、秋，必再相见，或泛舟西湖，或同饮云楼山中。上联所云，皆实事也。

识公于廉问两浙时，寻诗湖上，载酒山中，叹逝水光阴，历历旧游还似昨；

论功在咸同百战后，投笔衡湘，建旟秦陇，问凌烟图画，寥寥宿将更何人。

【简绎】上联侧重交谊，而感怀旧游。察访查问，谓之"廉问"，扣为浙臬，而两人交往亦在其时。下联侧重宦辙，而缅怀叹惋。杨昌濬（字石泉）曾随曾国藩创办团练，随左宗棠帮办军务，历任衡州知府、陕甘总督兼甘肃巡抚、兵部尚书等职，赠太子太保；故下联有云。

宋母彭夫人挽联

夫人为宋叔元观察之配。年八十岁时，曾作自寿文，传播于时。今年正月十六日卒，年近九旬矣。

三五月初圆，令节才过，何意上元旋罢宴；

九十日旾秩，耄龄将满，不能自寿再成文。

【简绎】上联就卒日近上元令节生发，以"罢宴"喻去世，"何意"有出于意料之意。下联从年寿着眼，惜其不能满九十再作自寿文，表达叹惋。旾，"春"字古体；秩，次序。旾秩，意同"春序"，即春季。联语似谓，春季九十天过后，其人即届耄龄（九十）。

刘吉园总戎七十寿联

总戎时镇温州,其地有九凰山。

五羖年高,帝命作东瓯重镇;
九凰春满,军门拜南极仙翁。

【简绎】刘祥胜(字吉园),湘军将领,曾任浙江定海总兵(署)、温州总兵。春秋时百里奚,秦穆公以五羖(gǔ,山羊)皮得之,称"五羖大夫",授以国政,其时他已七十高龄;此切年龄。东瓯,温州别称。提督为清代各省绿营最高长官,"军门"为其尊称。南极仙翁,神话传说中之长寿仙人,即寿星。

翁少畊大令挽联

少畊为翁兰畊廉访之子,性真挚,且有用世之才。尝著《书生初见》一书,皆言治理;又著《医时六言》一书,则因东洋之衅,发愤而作者也。以知县需次吴中,即执挚来见,愿居门下,情意殷然。其兄少兰,亦负美材,于前年十二月卒。君笃于手足,为其兄营丧葬毕,遂成心疾,今年正月八日卒于苏寓。

读所著之书,两卷论治,六卷谈兵,其才其识迥异恒流,何幸吾门得此士;
不可知者命,前岁兄亡,今岁弟逝,至性至情郁为心疾,空留祖笏待将来。

【简绎】上联念其才,下联哀其命。恒流,指一般流俗之辈。下联首句,似原本师语:"尽其所可知者于己,性也;听其不可知者于天,命也。"(曾国藩《挺经》)而曾氏语,或又有见于白乐天《咏拙》诗:"所禀有巧拙,不可改者性;所赋有厚薄,不可移者命。"末句则谓门楣光大,只能寄望于子孙。

钱氏孝子烈妇祠联

钱君讳坚，字竹卿，始以孝子旌；及庚辛之乱，与妻唐氏，同死于难，又各旌如律。其子耕伯大令，乞题此联于其祠中。

前旌孝，后旌忠，两回邀九陛恩纶，不愧家风承武肃；

夫死义，妇死烈，一日成千秋大节，长留祠宇在吴阊。

【简绎】上联由忠孝旌表而追溯家风，下联由夫妻义烈而及于祠宇。九陛，代指天子。吴越建国者钱镠，谥"武肃"；钱坚为其后代，故有"家风"云云。吴阊，苏州阊门，借指吴地（今苏州一带）。

恽伯方同年挽联

伯方乃余庚戌同年，由庶常改部曹，以知府官贵州。时抚黔者为曾文诚公，亦庚戌同年也，甚器之，调补首府，奏以道员升用。及文成（诚）卒，继之者不慊于君，君知直道难容，引疾而归。年逾八十，重游泮水，亦一鲁灵光也。

远宦到黔中，循声卓卓，风骨棱棱，如何直道难容，竟以二千石归，观察头衔虚注籍；

旧游思日下，春梦重重，晨星落落，闻说泮宫两赋，不能六十年后，恩荣关宴再登筵。

【简绎】上联就逝者着笔，哀其宦辙多舛；下联则从撰者一边着笔，突出重游泮水之荣。二、三句各重二字，文气流动；接着"如何""闻说"转关，"竟以""不能"反跌，叹惋之意凸显，联意具足。

恽伯方受知于贵州巡抚曾璧光（谥"文诚"），曾上奏朝廷，欲擢其为道员。清代道员，雅称"观察"。日下，扣在京城任职。唐宋时，吏部考试进士，合格者方能为官，称"关试"；试后所举宴会,称"关宴"。而唐代殿试后新进士之"闻喜宴",明、清称"恩荣宴"。下联"恩荣关宴",泛指朝廷的类似宴会。登筵,犹"出席(宴会)"。

查室蒋淑人挽联

淑人为余孙陛云同年翼甫大令之室。其婚在咸丰辛酉之冬,两家同避兵在沪,因赘姻焉。翼甫曾充日本使者随员,淑人从之,居海外横滨者两年。去年冬,在吴下谋为其子理生授室,拮据拼挡,而病已甚,新妇甫入门,淑人已卒。未及一月,理生亦卒,新妇朱氏,年甫二十,毁妆守志,亦可哀也。

兵戈挠攘时,黄浦催妆,最怜鹣翼双飞,海外共看妻岛月;

病榻弥留际,青庐迎妇,谁料凤雏同去,闺中空賸女贞花。

【简绎】上联写联姻及夫妇共赴海外。最怜,最可喜;怜,喜爱。鹣(jiān),比翼鸟。日本长崎南部海岸外,有妻岛。下联写为子娶妇而空留孤雁。古代北方举行婚礼,有以青布搭为篷帐者,谓之"青庐";唐段成式《酉阳杂俎·礼异》:"北朝婚礼,青布幔为屋,在门内外,谓之青庐,于此交拜。"凤雏,比喻贤俊的后辈。女贞花,借指守节少妇。

聂母张太夫人七十寿联

太夫人为仲芳方伯之母。方伯奉觞上寿,并醮子迎妇,率以承欢,洵盛事也。

矍铄七旬人,上寿到颐龄,崇封登极品;

团栾一堂上,今年看新妇,明岁抱曾孙。

【简绎】上下联分别就本人、子弟着笔。上寿,指高寿;颐龄，指百岁。崇封，尊崇之封赠。古代冠、婚之礼，尊者对卑者之酌酒仪式，谓之曰"醮"（jiào）；《仪礼·昏义》云："父亲醮子而命之迎。"

吴季蓉世兄新婚贺联

季蓉乃广庵廉访之子，其所娶桃源尹氏，乃吾同年杏农观察女孙也。

一双嘉耦，于柏府趋庭，春色满延陵门第；
百两香车，自桃源发轫，风流想尹吉衣冠。

【简绎】喜联着笔，往往涉及双方门第、籍里及两姓典实，此联亦是。上联"柏府"（同"柏台"，指按察使府署），则男方门第；下联"桃源"（湖南桃源县），则女方籍里。延陵、尹吉，则切男、女之姓：延陵，指吴季札，春秋时吴国公子；尹吉，《诗·小雅·都人士》："彼君子女，谓之尹吉。"趋庭，此指子妇同承父教。

费幼亭观察七十寿联

幼亭始以知县官直隶，曾以事至京师。适英吉利入犯，焚圆明园，幼亭奉恭邸命，入敌营议定和约，由此知名。后以清河道谢病归，优游林下。滨江沙田，皆君产也，助入南菁书院，日以扩充，多至八万亩。尝语余曰："此归田以来第一快事也。"

矍铄七旬翁，从前单骑入敌营，尚有勋名留北阙；
膏腴八万亩，此后诸生游讲舍，长传歌颂满南菁。

【简绎】此联别具一格：极少言辞涉及祝寿，反而浓墨重笔记述寿主生平壮举和"快事"。人生生色处正在于此，拈来祝寿，可谓"搔着痒处"。费勋藩，字幼亭，曾官直隶清河道学政。南菁书院在江苏江阴县（今江阴市），取朱子"南方之学，得其菁华"之意命名。

清末小说《孽海花》"贝效亭"影射费勋藩，其文有云："原来是认得的常州贝效亭名佑曾的，曾经署过一任直隶臬司，就是火烧圆明园一役，议和里头得法，如今却不知为什么弃了官回来了，却寓居在苏州。"

又挽联

观察拟于四月十六日称觞，乃前三日而卒，因挽以此联。

小雅赋南山，止争三日光阴，未启七旬筵宴；
大名留北阙，犹忆片言却敌，争传单骑成功。

【简绎】上联就寿诞切入，惜其逝；下联叙名达天听，表其功。《诗·小雅·南山有台》，为颂德祝寿之宴饮诗，首两章有祝寿词"万寿无期""万寿无疆"。另有《信南山》，亦有"寿考万年""万寿无疆"之语。下联所谓"却敌"，不过和议而已。

王母李太夫人七十寿联

太夫人为王文勤公侧室，以嫡孙官受封。长斋奉佛，而治家极严，孙、曾辈皆敬畏之。

开八旬耄寿，受二品荣封，五色紫颁天上诰；
治百口谨严，养一心淡泊，六时静守佛前镫。

【简绎】上联侧重因孙受封，下联侧重治家奉佛。诏书用五色纸书写，用紫泥封口，故谓"五色紫诰"。佛教分一昼夜为六时：晨朝、日中、日没（此三时为昼），及初夜、中夜、后夜（此三时为夜）。联中多用数字，然浑融无间，甚是畅达。

上下联末句，或有所本，诸如元胡奎《送判府万侯秩满如京》诗句："天上应颁五色诰，马蹄重蹋长安道。"唐李商隐《题白石莲花寄楚公》诗句："白石莲花谁所共，六时长捧佛前灯。"而下联末句"静"，或作"青"，意与上联末句"紫"对，并修饰句尾"灯"字。

郑母李太恭人七十寿联

太恭人为肖彭大令之母。肖彭与吾孙同年，其弟则吾兄子剑孙同年也。六月中生日，寄此寿之。

六月祝千春，筵前雪藕冰桃，阿母七旬初度；
一堂罗二俊，膝下金昆玉友，吾家两代同年。

【简绎】上联就年寿、生辰着笔，祝贺寿诞。雪藕冰桃，用典且切生辰时令。下联由子弟写来，述及交谊。金昆玉友，赞二子贤俊。

吴广庵方伯挽联

广庵乃老友平斋观察之子，中进士甲第甚高，以请归原班，不入翰苑，遂以直隶州起家。官至江苏臬使，迁闽藩，未赴而卒。前数日，犹得其书也。

名父子大振家声，纪群交谊，同客姑苏，病榻数行犹报我；
翰苑才出居外服，牧令循良，跻登方岳，宦游卅载不离吴。

【简绎】累世交谊，谓之"纪群之交"；《三国志·魏书·陈群传》："鲁国孔融，高才倨傲，年在纪、群之间，先与纪友，后与群交，更为纪拜，由是显名。"纪群，指陈纪、陈群父子。此扣撰者与逝者父子均有交谊。外服与"内服"相对，本谓王畿以外之诸侯，此指外任地方官。

陈母黄太淑人八十寿联

太淑人为陈杏荪太史之母,寓居沪上,精力甚强,犹能坐马车游洋场也。正月十二,为其生日。

杖履八旬人,但期岁岁清游,安稳版舆黄歇浦;
笙歌正月夜,共美婆婆老福,斑斓綵服玉堂仙。

【简绎】杖履,本指老人所用手杖和鞋子,此指拄杖漫步,扣游洋场。版舆,似借指马车。老福,老来之福,此尤指身体强健、儿孙孝顺。玉堂仙,翰林学士的雅称;明何景明《赤壁图》诗:"黄州逐客(指苏轼)玉堂仙,停舟到此悲秋天。"此扣太史——明清修史之职归翰林院,故翰林俗称"太史"。

鲍竹生明经六十寿联

余丙寅、丁卯主讲紫阳,竹生曾肄业焉,故亦在门下。中年后,以医名噪吴中。正月十二日,其生日也。

距元旦已十日,距元宵尚三日,祝君甲子一周,茂苑寻春,先归董奉林间杏;
负文名逾廿年,负医名又卅年,忆我丙丁两载,讲堂较艺,曾赏江淹笔底花。

【简绎】寿星亦文亦医,联语便就此道来;而末两句又分明各有侧重:上联则医,赞其德技双馨;下联则文,又论到双方交谊。

东汉名医董奉,医术高明,治病不取钱物,只求患者愈后在山中栽杏,重者五株,轻者一株。数年之后,杏树成林,又在树下建仓储杏,需者以谷交换,得谷则赈济贫民、供给行旅。后世称颂医家之"杏林春暖",即源于此。茂苑代称苏州,扣医名噪吴中。南朝梁江淹,少时梦人授以五色笔,从此文采俊发,笔底生花。"春"既与"杏"花绽放时令绾合，又暗寓医家治病救人之妙手回春。上联首句"十日"，格于体例，举其成数也；下联一二句"廿年""卅年"亦大略言之，又正扣到"中年"医名大噪。

桐子霱观察挽联

子霱由苏州府迁粮道，己亥春，将押运北上，未果而卒。

　　财赋笼三吴，绿水洋中将转漕；
　　讴歌盈万户，白公祠畔共焚香。

【简绎】联语均就宦辙着笔，上联写职任未果，哀挽自在其中；下联写为官遗爱，缅怀不言自明。财赋、转漕，均扣粮道。绿水洋，亦称"青水洋"；宋元以来，我国航海者将黄海海域分别称为黄水洋、青水洋、黑水洋，青水洋指水较浅、呈青色的海域。白公祠，位于苏州山塘，为纪念白居易而建；此扣任职苏州。

张汉章司马挽联

汉章为兄子祖绥丙子科同年。其宰江山也，曾表章毛烈女，余为赋诗，事详《诗集》；其宰吾邑也，适值余重游泮水之年，余雅不欲上渎官师，而君必以闻于学使者，亦可感也。

　　名孝廉竟以循吏传，不惟妇竖讴歌，并使烈女一抒泉壤气；
　　旧部民叨附年家谊，回忆溪山坐啸，曾为老夫再赋泮宫诗。

【简绎】上联写宦迹，惜其为官循谨而未得大用，特赞其表彰烈女。泉壤气，黄泉之下的不平之气。烈女而未得表彰，故云。下联叙交谊。官吏统属之下的居民，谓之"部民"。"坐啸"谓闲坐吟啸，此本文人能事，在出仕者则指为官清闲。东汉成瑨少修仁义，笃学，以清名见，任南阳太守，用岑晊（字公孝）为功曹，公事悉委岑办理，民间为之谣曰："南阳太守岑公孝，弘农成瑨但坐啸。"事见《后汉书·党锢传序》。

丁潜生廉访挽联

潜生少时从军，母刘夫人刺八字于其臂上，曰"忠心报国，致身事君"。故潜生在军，不避危险，颇蓄战功，曾文正、彭刚直，皆极赏之。尝自练藤牌二千五百人，成一军，所向无前。余谓："此制火器之良法也。有如公等者数人，无忧西戎矣。"精绘事，能为人写真。曾写余真，目（同"以"）未肖，去年冬携一人来，以西法照余小像，盖欲用此为蓝本也，然竟不及为矣。今所照像犹在，兼有潜生像，及世振之都转像，盖三人同照云。

奉母教刺臂教忠，卅年功在中兴，如文正、如刚直，皆叹赏英雄，尚期制胜重洋，精练滚牌成劲旅；

莅吾乡建牙陈臬，一见欢同旧识，于湖楼、于山馆，每从容谈笑，惜未传神阿堵，但留照像在空斋。

【简绎】上联由母教而效忠立功、受知曾彭，惜其早逝而未能再建奇勋。滚牌，藤牌兵所用盾牌。清刘献廷《广阳杂记》（卷二）记两次雅克萨之战，福建藤牌兵都督林兴珠击败沙俄侵略军，康熙帝召见，"问曰：'滚被之外，更有何法？'曰：'有滚牌。臣家有其器。'上立命取至，曰：'汝家有能用此牌之人否？'曰：'有数人耳。'遽召六人来，于上前舞跳。上命善射者数人，以雹头射之，数发皆不能中，矢未发已滚至面前，疾于飞鸟。"丁潜生江西人，亦悉此。藤牌可御旧时代之热兵器，故有"制胜重洋"云云。

下联由任官"吾乡"而结交，列叙交往，而及于写照。建牙，指成军树旗。牙，牙旗，古代官署、军府所树旗帜。湖楼谓俞楼，山馆谓右台仙馆。丁潜生擅丹青，长于山水，为黄宾虹之师。传神阿堵,谓绘画生动逼真,能充分表现神情意态。刘义庆《世说新语·巧艺》:"顾长康(顾恺之)画人,或数年不点目精(睛)。人问其故,顾曰:'四体妍蚩(媸),本无善于妙处,传神写照,正在阿堵中。'"阿堵,六朝及唐人所常用口语指称词,相当于"这""这个"。空斋,暗寓人已逝去,不无悼惜之意。

丁松生大令挽联

松生藏书甚富,善蒐(通"搜")辑杭州掌故,刻《武林丛书》数百卷。往年浙中抄补文澜阁书,松生力也。余与交最久,余著《琼英小录》,君刻入《武林丛书》中。又尝以娑罗树一小株赠余,今种吴寓。

插架八万卷,钞补文澜全书,采辑武林故事;
论交四十年,商定仙花小谱,分栽佛树灵根。

【简绎】丁丙号松生,晚清藏书大家,书室名"嘉惠堂",为晚清四大书楼之一,藏书达二十万卷。太平军攻入杭州后,文澜阁部分藏书散失。丁丙与兄丁申(字竹舟)合力抢救,收集散佚,运至上海保存。同治间,藏书运回杭州,丁氏继续回收散佚残书,同时持续补抄,先后七年,恢复十之七八。故事,此指掌故、旧事;"事"读本音,不读轻声。俞樾所著《琼英小录》写花,故云"仙花小谱"。娑罗树,梵语音译,一种常绿大乔木,原产印度等地,传入中土后多见于古寺,故云"佛树"。

徐季和学使挽联

季和持正论,不随俗,君子人也。终于安徽学使任,士论惜之。其视浙学时,尝徒步访余于右台仙馆,是日盖其生日也。

为朝廷深惜老成人,方期正学扶轮,何意噩音来皖北;
同词馆兼叨年世谊,犹忆生辰避客,曾劳健步访山中。

【简绎】正学,合乎正道之学说;汉武帝独尊儒术,历代遂以儒学为正学。宋李之彦《东谷所见·异端》:"士君子莫不知崇尚正学,排斥异端。"扶翼车轮(在车轮两翼护持),谓之"扶轮";借指扶持正统学术,使其推广发展。年世谊,即年谊世好,谓同年登科、世代友好。避客,规避来客,此当指生辰不举宴庆贺。因卒于安徽学使任上,故云"噩音来皖北";右台仙馆在西湖湖畔右台山,故云"访山中"。

朱茗笙侍郎挽联

侍郎以水部郎起家,至少司马。年甫五十,引疾归田。乡里善举,无不首倡之,建复六和塔,其功尤钜。慕吴中狮子林之胜,于里第仿为之,峰峦千万,涌见庭中,取紫阳诗意,署曰"湧峦楼"。

历官至少司马,归来林下优游,廿年功在梓乡,开化寺前重建塔;

叠石如大狻猊,移到吴中名胜,一旦神游蓬岛,湧峦楼上孰凭栏。

【简绎】朱智字茗笙,咸丰元年(1851)举人,历任工部主事(所谓"水部郎")、军机章京等;光绪五年(1879)任兵部侍郎(所谓"少司马"),七年病免;后因在家乡办赈出力,受到嘉奖。梓乡,即故乡。狻猊(suān ní),传说中之神兽,"龙生九子"之第五子,形似狮子;亦指狮子。湧峦楼,似取意于朱子《次刘明远宋子飞反招隐韵二首》其一,诗云:"先生留落岁时多,气涌如山不易磨。却学幽人陶靖节,正缘三径起絃歌。"湧,同"涌"。

谢母杨夫人挽联

夫人余姚人,为子蓉部郎之母。其女名又花,字韵仙,彭刚直女弟子也，曾来见我于湖楼。

是节母、是寿母，二品崇封，早拜恩荣来北阙；

有贤子、有贤女，一江远隔，曾闻刚直话西湖。

【简绎】联语基于子女着笔，上联侧重因子而得恩荣，表达赞颂；下联侧重女儿一边，带出多重交谊，寓含缅怀。

谢又花事，俞曲园《谢韵仙女史传》记云："刚直（彭玉麟谥号）卒，女史欲以事刚直者事余。余谢不敢当，而其意欣然不可却。丁酉岁，来见我于西湖，以所著《絮香吟馆》诗见示。余厘为三卷，序而归之。"（《春在堂襍文·六编三》）谢有挽彭联，联云："五千里云山远隔，音耗偏迟，犹冀先生无恙，野史传讹，再到西湖承面命；九重天褒恤频加，德星遽陨，未能凤世恩酬，终身抱恨，引瞻南岳倍心伤。"

朱竹石观察六十寿联

时观察方权江苏按察使，以贤员闻，传旨嘉奖。

帝曰汝予嘉，正自九重传奖励；

天锡公纯嘏，好从六十祝期颐。

【简绎】春秋初期，晋文侯佐周平王有功，平王赐予秬鬯、圭瓒，并作《文侯之命》，中有云："汝多修，扞我于艰，若汝，予嘉。"（《书·文侯之命》）"汝予嘉"，我嘉勉你的美善。天锡，上天赐予；《宋史·韩世忠传》："世忠先得贼军号，随声应之，周览以出，喜曰：'此天锡也。'"纯嘏，大福。《诗·小雅·宾之初筵》："锡尔纯嘏，子孙其湛。"朱子《集传》："嘏，福；湛，乐也。"

毛葆园处士挽联

葆园白手起家，人甚诚笃，余与交二十年，湖楼山馆，皆托其照料。去年余自湖上归，尚来相送，不意竟永诀也。葆园事佛，终年不茹荤血。今岁七十矣，七月初微疾，梦见地藏王菩萨，语其子曰："我不起矣。"至中元日，趺坐而卒。有四子，存者二，皆县学生。

　　古佛梦中迎，七旬善果，竟证菩提，到中元趺坐而终，了无病状；

　　故人湖上别，廿载交情，顿归逝水，盼后辈踵兴勿替，大振家声。

　　【简绎】上联由逝世情事切入，叹其临终非常；下联由交谊切入，祝其后继有人。古佛，扣地藏王菩萨。佛教四大菩萨，均已成佛，故可云"佛"。证菩提，本指觉悟而达到智慧境界，此指亡故。趺坐，跏趺坐，佛徒盘腿端坐。踵兴勿替，相继兴起、不使衰落。

黄漱兰侍郎挽联

　　余去年辞主诂经讲席，浙抚廖中丞以侍郎代之，未半载而卒。时五月九日，竟未及一至精舍也。

　　饮端五酒，驻君四日流光，朝野千秋同想望；

　　坐第一楼，继我卅年陈迹，云山三竺未来游。

　　【简绎】联语就逝世时日及卒前事实着笔，集中突出讲学一事，从而串联彼此，寄寓哀挽。黄体芳，字漱（"漱"古体）兰，官至兵部左侍郎。肄业诂经精舍，曾筹建经古书院（后改名南菁书院）。

　　端午本作"端五"，唐李匡乂《资暇集·端午》："'端午'者，案周处《风土记》：'仲夏端五，烹鹜角黍。'端，始也。谓五月初五日也。今人多书'午'字，其义无取焉。余家元和中端五诏书，并无作'午'字处。"流光，流水般的时光；宋祁《浪淘沙·别刘原父》词："少年不管，流光如箭，因循不觉韶华换。"代主讲席，聘自朝官，裨益学人，故云"朝野同想望"。第一楼，即诂经精舍。俞曲园主诂经讲席卅年，故有

"卅年陈跡"云云。三竺，扣诂经精舍所在地。

尤春畦封翁挽联

翁善别人葠（同"参"）。凡人葠自关外至，皆集于上海，翁岁必至沪，品定其高下；一经翁定，无能违者。今翁殁矣，未知继其术者，尚有人否也。

沪上罢清游，北斗瑶光愁减色；
吴中推老辈，西堂禩组喜传家。

【简释】北斗亦称"瑶斗"，其第七星名"瑶光"，古以为祥瑞象征；《淮南子·本经训》："瑶光者，资粮万物者也。"又，古有地中灵物（如芝、参）上应瑶光之说。此扣封翁善别人参，而以"减色"巧妙点出其仙逝。清人尤侗有私人文集《西堂杂组》，为其不同人生阶段之作品；此切"尤"姓。"传家"则谓其鉴别人参之经验，决其代有传人。

程省卿孝廉挽联

省卿幼慧，其父有"吾家千里驹"之叹。长而幕游皖北，赋《梅花诗》百首，见赏于学使者，饩于庠。后举孝廉，以知县筮仕江苏，未补官而卒。临终语其弟锡煐曰："吾死后，得曲园先生一联，刻入《楹联录存》中，死无憾矣。"余初不相识，感其意，为题此联。

髫龄夙慧，强仕寿终，回思喜动椿庭，曾博名驹千里誉；
攀桂有年，栽花无地，仅得名驰莲幕，传诵寒梅百首诗。

【简释】夙慧，生来就有的悟性，扣"幼慧"。四十岁谓之"强仕"，语本《礼记·曲礼上》："四十曰强，而仕。"攀桂，扣举孝廉（中举）。栽花无地，扣以知县筮仕而未及补官。栽花，喻任职县令。莲幕，指幕府，扣幕游皖北。

王竹侯方伯挽联

方伯为丁酉拔贡生，仕至陕西藩司，年八十九而终。余丁酉副贡，与有同年之谊，挽以此联。

昔布秦中德政，今推海内灵光，计闰岁九旬逾二岁；
君举拔萃高科，我登待补小榜，作同年六十有三年。

【简绎】上下联分别从彼、己着笔，悼、念双下。秦中，扣任职陕西。灵光，"鲁灵光"之略称。清代乡试，列入正榜者称"拔贡（生）"，又称"拔萃"；列入副榜备取者称"副贡（生）"，故云"待补小榜"。有，古同"又"。

李小荃制府挽联

公起家淮军，官至两广总督。往年抚浙时，曾招余饮。日暮不及出城，因止宿于花厅之西厢，蓺烛清谈，漏三下始罢。余主讲西湖精舍，宿于城中者，止此一夕，至今犹记之也。

大树荫长淮，看幕府宏开，万里威名到南海；
甘棠留两浙，忆节堂止宿，一宵清话共西窗。

【简绎】上联大笔挥洒，概述宦辙而见名望；下联笔墨工致，特写小节而表交谊。李瀚章（字少荃）皖人，"长淮"扣其籍里，"大树"者似暗喻其家世显赫。南海，扣其官两广总督。节堂，唐、宋节度使用以收藏旌节，后泛指商议机密重事之处；此指浙抚衙署。下联末句，化用李商隐《夜雨寄北》"何当共剪西窗烛，却话巴山夜雨时"诗句，又扣到小引"西厢蓺烛清谈"。

江建霞京堂挽联

建霞以编修，特旨用四品京堂，旋褫职。曾视湖南学。刻有

《灵鹣馆丛书》。

  无妄福，无妄灾，孤负此金马门前雍容大作手；
  非常人，非常遇，流传得灵鹣阁上荟蕞小丛书。

  【简绎】上联侧重遭际。首二句本《战国策·楚策四》："世有无妄之福，又有无妄之祸。"无妄，不测、意外。汉代金马门，为文学侍从待诏处；此扣任编修。孤负，同"辜负"。作手，工艺和诗文书画创作能手；此扣编修。

  下联侧重刻书。班固《汉书·武帝纪》："诏曰：'盖有非常之功，必待非常之人。'"此处反跌上联遭际之窘，寓"失之东隅，收之桑榆"之意，而赞其"功"。江标（字建霞）所辑刻之《灵鹣阁丛书》，共六集五十七种。荟蕞（huì zuì），汇集琐碎事物。（下联首句原作"非当人"，据文意径改。）

陈哲甫太守挽联

  哲甫乃钱子密尚书之女婿，曾从子密在曾文正军中，以奉母早归，故功名不显，以知府候选而已。子五人，出仕者已四人。陈氏固海宁望族，哲甫乃相国文简公来孙也。

  功名让同辈，簪笏付后人，落落家风，不愧黄扉旧门第；
  官职未真除，年华止中寿，萧萧堉水，难为白发老尚书。

  【简绎】上联一、二句，扣到功名不显、四子出仕，惋惜中有告慰。后两句则就告慰生发。古代丞相、三公、给事中等高官办事之处，以黄色涂门，故云"黄扉"；亦指丞相、三公、给事中等官位。下联主要表达哀挽。首句谓官职未实授，扣候选。汉水支流有堉水，成固人唐公房学道得仙，升仙之日，女婿外出未还，约定居于此水，使其地无繁霜蛟虎之患，因称地曰"堉乡"、称水曰"堉水"（见《华阳国志》等）。后亦以堉水、堉乡，暗喻女婿。

谢韵仙女史挽联

女史上虞人，归糜氏，早寡。能诗，乃彭刚直之女弟子也。以刚直故，愿隶余门下，余谢不敢当。然其意甚殷，曾渡江见我于湖楼，临别订期后会，而竟不果。去冬大病稍间，犹驰书告病间，乃至今年正月二日竟逝。余曾序其诗，今又寄此联挽之。

病榻报粗安，其时已届三冬，如何饮罢屠苏，未许春光转东陆；

寓楼曾过访，此后竟难一面，料得神随刚直，仍吟秋色到西湖。

（女史有和刚直《秋色》诸吟。）

【简绎】谢韵仙，即前文《谢母杨夫人挽联》谢子蓉部郎之妹谢又花，可参见。

上联着笔逝前情事及去世时节。首句扣"病稍间"。病间，病情好转。《论语·子罕》："子疾病，子路使门人为臣。病间，曰：'久矣哉，由之行诈也。'"刘宝楠《正义》："《方言》云：南楚病愈者谓之差，或谓之间。"饮罢屠苏，扣去世时间；又因新正去世，故有末句云云。东陆，泛指东方。下联着笔双方交往，表达哀挽。后二句，意云追随彭刚直唱和，则其逝可谓绝俗超凡。联中"如何""料得"，系联前后句，一反跌，寓叹惋；一斩截，寓告慰。

潘峄琴学士挽联

学士曾再至浙中，前典试、后视学也。时继阮文达辑《两浙輶轩续录》，署中建"辑雅堂"，即其选诗所。去浙后，浙士思慕之，奉生位于朱文公祠。吾孙陛云，乃其典试所得士。

与吾浙有文字缘,两度乘轺,继阮太傅輶轩成后集;
许我孙列门墙末,一堂辑雅,附朱紫阳祠宇拜先生。

【简绎】轺车为使者所乘,乘轺即谓出使。典试(主持科考)、视学(此指考试学子),均天子派遣,故称"乘轺"。阮元(谥"文达")曾任浙江学政、浙抚,致仕后加官太傅;于吾儒经学最著,为校刻《十三经注疏》;《两浙輶轩录》,则其馀事也。辑雅,辑录大雅(诗文)。朱夫子,世号"紫阳先生";谥"文",世称"朱文公"。

李健斋廉访挽联

廉访以父忠武公殉难三河,赏举人;会试不售,引见赏员外郎,嗣是敭(同"扬")历中外。往年辽东告警,从督部刘公北征,战于唐王山七里河,大捷,斩其酋。至己亥岁,意人索我三门湾,浙有兵事,拜浙江按察使,旋命督办军务,卒于宁波行营。

继忠武公投笔从戎,昔年辽警方殷,七里河边竿贼首;
以廉访使登坛拜将,此日海氛未靖,三门湾外激英风。

【简绎】李续宾(谥"忠武")在三河之战中,陷入太平军重围,最终战死。李光久号健斋,李续宾次子,光绪二十一年(1895),率老湘军五营在唐王山等地与日军激战,击毙日军第二十一联队第一大队长今田唯一少佐。竿贼首,以竹竿悬贼寇之首。甲午战后,列强掀起瓜分狂潮,意大利于光绪二十五年(1899)初提出强租浙江三门湾,用作海军基地。清廷强硬拒绝,增兵布防——李光久统浙省马步三十六营驻防宁波,严阵以待,加之迫于其他列强压力,意人最终未能得逞。

查湘帆封翁挽联

封翁行贾沪上,有法兰西人吗呢者设一肆,延翁主其事,一无私焉。生平四遭回禄之灾，艰苦备尝。晚年以子济元官，封二品，年七十一而卒。

四度遭郁攸灾，辛苦艰难，为此老养成晚年福；
七旬拜荣禄诰，忠信笃敬，虽远人订作出门交。

【简绎】联语一从平生多难，谓其年老而享福；一从行事忠信，赞其德性之纯谨。上联末句、下联首句，仿佛"倒装"之句，连接很是巧妙。郁攸灾，火灾。郁攸，火气、火焰；《左传·哀三年》："济濡帷幕，郁攸从之，蒙葺公屋。"杜预注："郁攸，火气也。"此扣回禄之灾；回禄，传说中之火神。荣禄诰，封赠之诰命。出门交，喻放心放手之交谊。

龚母张太夫人挽联

太夫人殁于沪上，归葬合肥。有二子心铭、心钊，皆翰林也。

封崇一品，寿近七旬，蓬岛催回金母驾；
风送沪滨，神归肥水，麻衣对泣玉堂仙。

【简绎】上联叙福寿及仙逝。金母，本指西王母，此喻指逝者。下联写归榇及祭葬。安徽有肥水，发源于合肥县（今市）西南，北流注入淮水，"合肥"因此水而得名。玉堂，翰林院，此扣二子皆翰林。

陈养原观察挽联

观察曾随崇地山侍郎出使俄国，又充日本星使参赞官。后授浙江温处道，调署杭嘉湖道，署按察使，卒于官。

大瀛海外仙槎，西至罗刹，东至扶桑，万里重洋游踪广；
三折江边宦辙，始而观察，继而廉访，四年两浙颂声长。

【简绎】联语基本就宦途写来，一外一内，以"游踪""颂声"归结，称美也便寓于在其中。"大九州"之外者谓之"大瀛海",即环球海洋也。罗刹、扶桑,扣俄国、日本。浙水形如"之"字,"三折江"之称缘此。观察(使)扣道台;廉访(使)扣按察使。

常介之参戎挽联

参戎乃浙江将军常公恩之弟,官江苏抚标中军参将。于正月十三日卒于官,年五十九。

大衍又九龄,雄镇苏台,胥母门边貔虎壮;
元宵先两日,耗传浙水,将军树上鹡鸰孤。

【简绎】上联写逝者生平,寓赞扬。胥母门,苏州城通往莫厘山(胥母山)之门。貔(pí)虎,本均猛兽,喻指勇猛将士。下联从兄长一边写来,寓哀悼。因兄长在浙江,故次句云;而此处"传",谓"传至"而非"传自"。鹡鸰,比喻兄弟;原本《诗·小雅·常棣》:"脊令在原,兄弟急难。"常介之、常恩之乃弟兄将军,故末句云。

汪李门封君五十寿联

李门为柳门侍郎之弟,以瞽废。然多材能,闲居足以自娱,视柳门似胜也。因其五十生辰,书此寿之。郭幼明,乃子仪之母弟,见钱易《南部新书》;唐汝询,字仲言,华亭人,无目而啸咏不废,见《静志居诗话》。

郭幼明真大富贵;
唐汝询不废啸歌。

【简绎】上联就兄弟生发。唐郭幼明,郭子仪同母弟,性格恭谨,不学武艺,喜爱饮宴;居家御众,皆得欢心。累迁少府监,加银青光禄大夫,殁后追赠太子太傅。

下联由瞽而多能着眼。明唐汝询,生五岁而瞽。未瞽能识字,既瞀,父兄抱膝上授以《三百篇》及唐诗,无不琅琅上口。长成之后,尝撰《唐诗解》《唐诗十集》等书,援据赅博,当时目为异人。又工诗,有《编蓬集》十卷、《后集》十五卷。下联"唐",原本"康",据小引等改。

赵紫瑜大令挽联

紫瑜以知县官广东,罢官后,挟壬遁星命之术,浪游人间,自称"一笠山人"。所著诗文最多,推衍《璇玑图》,得五万七千馀首,亦奇观也。

　　一见宰官身,挟技而游,落托数十年,存留饭颗山头旧笠;
　　千秋才子笔,以文为戏,纵横五万首,推衍璇玑图上新诗。

【简绎】上联叙写生平,结末归于吟咏。落托,同"落拓",谓失意、冷落;《乐府诗集·懊侬歌》:"揽衣未结带,落托行人断。"《本事诗·高逸》载,李白戏杜甫"饭颗山头逢杜甫,头(一作"顶")戴笠子日卓午",形容其苦吟;末句似化用之,又扣其自号。

下联专就推衍《璇图》着笔。相传《璇玑图》为前秦才女苏蕙所作,由八百四十一字排成文字方阵,可以三、五、七言等回环往复而读,历代多有推衍者,人谓共有千馀种成诗方法。此云"纵横五万首",真可谓"奇观"。

陈杏孙太史挽联

太史恒乞假家居,仅一分校礼闱而已。大考后召见,上问历俸何浅,以"母老不能远离"对。庚子考差后,以病南回,道卒,太夫人犹在堂也。

蓬山养望，棘院论文，天语垂询怜俸浅；
荡节未持，輀车遽驾，亲闱痴想盼儿归。

【简绎】蓬山养望，扣任太史（翰林俗称）。养望，此指培养声望；《北史·魏收传》："不养望于丘壑，不待价于城市。"古代试士，以棘（酸枣树枝）围试院，故称"棘院"。此扣分校礼闱。輀（chuán）车，运载棺柩之车。亲闱，父母所居内室，因以代称父母。因母亲健在，故末句云云。

赵母陈太夫人挽联

夫人生四子，存者一，即赵仲莹殿撰也。己亥冬，夫人促仲莹入京销假，今年秋卒于苏寓，仲莹归已不及见矣。于重阳日受弔，书此挽之。

但期远志，不寄当归，鹤发人催赴京华，岂仅仙槎希八月；
已折三珠，幸存片玉，鳌头客遄还吴下，空将佳节泣重阳。

【简绎】上联就夫人着笔，连用典实。《三国志·蜀书·姜维传》"维遂与母相失"，裴松之注引晋孙盛《杂记》："初，姜维诣（诸葛）亮，与母相失，复得母书，令求当归。维曰：'良田百顷，不在一亩；但有远志，不在当归也。'"前二句本此。晋张华《博物志》卷十："旧说云天河与海通。近世有人居海渚者，年年八月有浮槎去来，不失期。"后以"八月槎"借喻如期来往之船。末句"仙槎希"，则谓仙驾已不驻人间，且扣"秋卒"。

下联就殿撰着笔。三兄弟（三珠树）已经去世，只剩一人（片玉）。"昆山片玉"，喻指群贤之一；《晋书·郤诜传》："（武帝）问诜曰：'卿自以为何如？'诜对曰：'臣举贤良对策，为天下第一，犹桂林之一枝，昆山之片玉。'"宋代集贤殿修撰等，简称"殿撰"；明、清进士一甲第一名例授翰林院修撰，故沿称状元为"殿撰","鳌头客"扣此。光绪丙戌（1886），赵以炯（字仲莹）廷试第一，大魁天下，乃贵州第一位状元。

倪儒粟明府挽联

儒粟于今年闰八月，卒于沪上。余在西湖，频与往返，赠余白牡丹一丛，今犹在曲园也。

申浦咽潮声，刚逢八月秋风，怜君厄共黄杨树；
午栏斗花韵，犹记一丛春色，为我分来白牡丹。

【简绎】上联写卒于沪上。黄浦江又名春申江，首句"申浦"扣沪上。潮声呜咽，显出哀挽，又绾合八月多大潮。末句着眼闰年，以其不幸去世比并黄杨遇闰，"厄共"字下得令人叹惋。下联写两人交谊。首句化用唐司空图诗句："孤屿池痕春涨满，小栏（阑）花韵午晴初。"（《归王官次年作》）。午栏，正午时之花栏。

谭少卿太守挽联

太守以州判起家，官至二千石，历权剧郡，屡莅大局，亦能吏也。曾署丹徒县，有营官缚盗五人至，君察之，皆冤也，尽释之。此事颇为沈文肃所称。今年秋，已病甚矣，闻銮舆西狩，伏枕泫然，越二日遂卒。

四十年宦辙总在吴中，怜赤子无辜，曾活刀边人五命；
二千石循声久传朝右，闻翠华远狩，空流枕上泪双行。

【简绎】上联写仕宦经历，特表明察活命。宦辙，仕宦之路，为官之行迹、经历；明李东阳《〈洛阳刘氏族谱〉序》："先生……又于宦辙所经，搜访遗迹，亦间有所得。"

下联写声名远播，特表伤时逝世。朝右，位列朝班之右，指朝廷大臣；此扣为沈葆桢（谥"文肃"）所称扬。庚子年（光绪二十六年，1900），八国联军侵华入京，慈禧太后与光绪帝逃往陕西，谓之"两宫西狩"。天子仪仗中，旗帜或车盖以翠羽为饰者，谓之"翠华"。

宋养初侍郎挽联

光绪二十六年秋七月，京城陷，侍御仰药死。然其五月十七日，寄其子书云："急难时，我自有主意，家中勿念。"盖死忠久定矣。

由拔萃登科，荐历谏垣，乃逢阳九年百六厄运；

以艰贞报国，预存死志，请看夏五月十七家书。

【简绎】上联叙生平而系于国运。谏垣，指谏官官署，此扣侍御（明清御史之通称）。阳九、百六，指灾难之年或厄运；《汉书·食货志上》："遭阳九之阨，百六之会，枯旱霜蝗，饥馑荐臻。"此指庚子国难。下联表死节而探源素志。艰贞，处境危难而守正不阿。

右台仙馆联

余所筑右台仙馆，无墙垣，仅以槿篱围之。初落成时题此联，上句本《东轩笔录》，乃荆公事；下联则《陶贞白传》中语也。

所居不设墙垣，望之俨若逆旅；

有时独游泉石，见者以为仙人。

【简绎】王安石（封荆国公）退居江宁，居处简陋，宋魏泰《东轩笔录》卷十二谓："所居之地，四无人家，其宅仅蔽风雨，又不设垣墙，望之若逆旅之舍；有劝筑垣墙，辄不答。"荆公《秋热》诗云："织芦编竹继檐宇，架以松栎之條枚。"逆旅，客舍、旅馆。南朝陶弘景，谥"贞白先生"，《南史·隐逸下》谓之"有时独游泉石，望见者以为仙人"。

又

余喜静坐，人事纷扰，苦未能也。山馆中偶一为之，颇得静趣，因题此联。

七旬外老翁，固知死之为归、生之为寄；
半日内静坐，不识此是何地、我是何人。

【简绎】上联后句，本《淮南子·精神训》："禹南省（巡察），方济于江，黄龙负舟，舟中之人五色无主，禹乃熙（怡然）笑而称曰：'我受命于天，竭力而劳万民。生，寄也；死，归也，何足以滑和（扰乱平和心静）！'"下联后句之问，历来文籍亦不乏类似者，如清乐钧《耳食录·魏翁》："魏翁病革，……恍惚之间，见二人催请甚急，不禁随之。行至一殿廷，有衣冠数人相揖就坐，……翁唯唯，问：'此是何地，诸公何人也？'"元马钰《蓺心香（即"行香子"）·夫妇分离》词："你是何人，我是何人？"

又

上联《般若波罗密多心经》语，下联《金刚般若波罗密经》语也。对耦天成，因书而县之山馆。

无苦集灭道，无智亦无得，以无所得故；
如梦幻泡影，如露亦如电，应作如是观。

【简绎】上联大略谓：没有世间的一切烦恼，看似拥有了智慧，其实不过是回归本性而已，并不存在得到什么。苦集灭道，佛门谓之"四圣谛"，四者略谓：认识人生的本质，探寻受苦的原因，消除致苦的因素，达到绝悟的境界。

下联佛经前尚有"一切有为法"句，大略谓：人世的一切作为，都像梦幻、泡影一般虚无缥缈，像雾露雷电一般变幻无常，应该这样看。

俞楼联

俞楼落成，余题此联。详见《俞楼经始》，已刻入《俞楼襍纂》矣。

合名臣名士，为我筑楼，不待五百年后，斯楼成矣；
傍山南山北，沿隄选胜，得之六一泉侧，其胜何如。

【简绎】俞楼之建，徐花农（琪）发动曲园弟子捐赀，而彭玉麟又斥资增建，故曰"名臣名士"。《春在堂随笔》卷七有云："其明年正月，杭城元夜张灯，有为谜语者，以'俞楼经始'四字隐《四书》人名二，或射之曰'徐辟''彭更'。盖俞楼之作，发端于徐花农，而彭雪琴侍郎又廓而大之也。"山南山北，当指西湖南高峰、北高峰。六一泉，苏轼为纪念欧阳修而命名之泉，在俞楼之东。"斯楼成"之"成"，或有作"传"者。

又

余主讲诂经精舍三十一年，可谓久矣。戊戌秋，以衰老乞退，因携孙儿陛云至俞楼小住，临行题是联。是时陛云新及第，兼以勉之。

湖山恋我，我恋湖山，然老夫耄矣；
科第重人，人重科第，愿吾孙勉之。

【简绎】俞楼在西湖孤山，故有"湖山"云云。龚自珍《己亥杂诗·五十四》有句云："科以人重科益重，人以科传人可知。"

春在堂联

余前有春在堂联，已录存矣。戊戌岁，续题两联，又录存之。

小圃如弓，竹林前一曲，柳阴后一曲；
浮生若梦，登第五十年，成婚六十年。

【简绎】上联着眼形胜，下联着眼生平。陆游《小圃》诗，于理会此联或不无意义，诗云："剡曲西边筑草堂，小园聊复寄相羊。鱼行水际汀蘋动，麝过林中野草香。觅句有时携笔砚，遣怀随事具杯觞。少年朋旧凋零尽，不独思人亦自伤。"

又

孙儿陛云，进学名次第一，乡试中式第二，殿试则以第三人及第。因题此联，戚党颇传诵焉。

念老夫毕世辛勤，藏书数万卷，读书数千卷，著书数百卷；
看吾孙更番侥倖，童试第一名，乡试第二名，殿试第三名。

【简绎】上联叙毕生志业，下联叙贤孙科第。毕世，犹"毕生"；黄宗羲《原君》："凡君之所毕世而经营者，为天下也。"俞樾所著书，多达五百余卷。更番，本指"轮替"，此处似以"接连"为确。

又

题内室，以勉励家人。

周家忠厚，开百世基，况于民庶；
武侯谨慎，成一生事，矧在庸愚。

【简绎】联语借古人古事，寓劝勉之意。上联侧重"家"。《诗·大雅·行苇》，描述周代贵族家宴盛况，《毛诗序》云："周家忠厚，仁及草木，故能内睦于九族，外尊事黄耇。养老乞言，以成其福禄焉。"唯其忠厚，故能开百世之基。民庶，庶民百姓。

下联侧重"人"。诸葛武侯《出师表》，有"先帝知臣谨慎"之语，俗谚有"诸葛一生唯谨慎，吕端大事不糊涂"。唯其谨慎，故能成一生事。上、下联末句均用反跌，况、矧（shěn）意同。

又

八十生日，题八字于春在堂。

南埭村民；

右台山鬼。

【简绎】俞樾生于浙江德清南埭村（今乾元镇金火村），故上联有云；夫人姚氏去世后，安葬于西湖三台山之右台山，俞樾又在墓旁置地建"右台仙馆"，故下联云云。

自撰挽联

此联既题于右台仙馆，又题于春在堂，由来久矣。未知何日果用，计亦不远也。

生无补乎时，死无损乎数，辛辛苦苦，著成五百卷书，流播四方，是亦足矣；

仰不愧于天，俯不怍于人，浩浩落落，历数八十年事，放怀一笑，吾其归乎。

【简绎】联语分别就做事、作人两方面予以概括，对自己的一生作出总结。上联首二句，本曹植《求自试表》"生无益于事，死无损于数"而略改；下联首二句，本《孟子·尽心上》"仰不愧于天，俯不怍于人"则全用。

曲园自挽联，还有另一版本："生无补乎时，死无关乎数，辛辛苦苦，著二百五十馀卷书，流布四方，是亦足矣；仰不愧于天，俯不怍于人。浩浩荡荡，数半生三十多年事，放怀一笑，吾其归欤！"一般以为，六十多岁时，因身体欠佳，恐有不测，故撰是联。

楹联录存五

孙蒉田前辈挽联

蒉田前辈为琴西同年之弟，在翰林中科分最老，海内无在其前者矣。重赴鹿鸣宴，重赴恩荣宴，沈文肃公及今傅相合肥相国，皆其分校会试所得士，亦极儒臣之荣矣。

桂宫两到，杏园再来，房魏罗一门，无人不拜文中子；
芸署科深，梓乡望重，坡颍称二老，令我回思苏长公。

【简绎】孙锵鸣，号蒉田；其兄孙衣言，号琴西，卷四有"孙琴西同年挽联"。此联就其科分、得士着笔，分别借三古人予以彰显、缅怀。

上联首二句，扣重赴恩荣、鹿鸣之宴。房魏，唐初房玄龄、魏徵，二人与隋王通（号"文中子"）谊兼师友，曾从其受《书》。孙锵鸣乃沈葆桢（谥"文肃"）和李鸿章（合肥籍）二人房师，故上联后二句借喻。

下联首二句，由翰林中科分之老，转到家乡声望之重，并自然带出兄弟来。眉山苏氏，大苏（苏轼）人称"坡老"，小苏（苏辙）号"颍滨遗老"；其父苏洵，人称"苏长公"（一说指苏轼），而大小苏幼承老苏家教，终成隽才。此以大小苏喻孙氏兄弟，故后二句云云。

潘景桓世讲喜联

景桓为潘文恭公元孙，谱琴庶常之孙也。于二月十九日完姻，书此贺之。

五世其昌，上承宰相门风，此夕喜谐凤卜；
二月既望，正值观音生日，明年抱送麟儿。

【简绎】潘景桓曾祖潘世恩（谥"文恭"），曾任内阁大学士、军机大臣，故云"宰相"。《左传·庄二十二年》："初，懿氏卜妻敬仲。其妻占之，曰：'吉。是谓"凤皇于飞，和鸣锵锵。"'"后因称占得佳偶为"凤卜"。麒麟儿略称"麟儿"，谓聪颖异常之孩童。观音"三十三相"有"送子观音"，民俗又有"观音送子"之说，故下联后二句云云。

潘济之中翰六十寿联

济之为文恭公之孙。二月六日，其生日也。

二月良辰，畅领三吴好风景；
六旬周甲，振兴一品旧门庭。

【简绎】联语着笔年寿、生辰，结合籍里、家庭写来，有祝福，有期许。三吴，指籍里；一品，祖父潘世恩之官品。

刘母顾太淑人挽联

太淑人为我山农部之母，于归之次日，即趋侍病姑，姑发久不栉，手为栉之。庚子之变，我山在京师，奉召赴行在，乞假回籍措资。太淑人敦促西上，行至袁浦，闻太淑人病，乃还。

当年初赋于归，兰膳新尝，便为病姑亲栉发；
此日深明大义，芒鞋催赴，不教游子苦牵衣。

【简绎】联语以"当年"忆旧，以"此日"言今，一则突出其贤孝，一则突出其忠义。此行此德，足以千古，寓悼于颂，可谓挽联合作。《诗·周南·桃夭》："之子于归，宜其室家。"朱子《集传》："妇人谓嫁曰归。"于归，即出嫁。兰膳，犹"兰肴"，即佳肴。芒鞋，草鞋，泛指简朴衣履。栉（zhi）发，梳理头发。牵衣，此谓不肯离家。

张忠敏公祠联

祠在山塘，应敏斋同年为苏臬时所建。内有蒋红小筑，敏斋属余题一联，已录存矣。今年同乡诸君，又乞题祠联。

祠宇傍山塘，小筑蒋红成胜蹟；

讴歌徧吴会，大名韦白并传人。

【简绎】苏州山塘乃千年古街，始建于唐代。宝历元年（825），白居易任苏州刺史，对苏州城外西北河道进行疏浚，开挖成山塘河，傍河（河北侧）修建道路，称"山塘街"。山塘东起阊门，西至虎丘，长约七里，故有"七里山塘到虎丘"之谓。韦白之"白"即白居易，而"韦"指韦应物，亦曾任苏州刺史，世有"韦苏州"之称。

薛仲襄茂才挽联

茂才名扆彬，为慰农太守之孙，饴澍大令之子。年十七游庠，十九即下世。娶彭氏，结缡止十六月，年止二十，相从地下，可敬亦可哀也。

祖是名流，父亦循吏，一领青衿，盼他年金马玉堂，振兴二千石旧门第；

夫未弱冠，妇仅廿龄，千秋黄壤，看终古鸟鹊鱼鲽，完成十六月好因缘。

【简绎】上联就门第写期盼。旧时考中秀才，谓之"青一领"。金马玉堂，汉金马门，学士待诏之地；玉堂殿，待诏学士议事之地。后世指翰林院或翰林学士，也借指达官显宦。逝者祖父薛时雨（字慰农）曾任杭州知府，故云"二千石门第"。下联就夫妇寓悼慰。黄壤，犹"黄泉"。鹣鲽（jiān dié），比目鸟和比目鱼，常用以喻指恩爱夫妻。

恽母张太夫人挽联

太夫人为菘耘中丞之母。性好施与，奉旨建有"乐善好施"坊。年八十六而卒，中丞方抚吾浙未三月，以忧去，浙人皆惜之。

登堂拜寿母，过八旬又届六龄，生平风义甚高，乐善好施邀特奖；

持节看佳儿，抚两浙未盈三月，一旦星奔遽去，安民察吏待重来。

【简绎】风义，犹"风操"；清吴伟业《赠家侍御雪航》诗："吾家侍御公，平生蕴风义。"星奔，如流星飞逝，形容疾速；清黄遵宪《为同年吴德潚寿其母夫人》诗："汝父初闻丧，星奔去澄江。"安民察吏，安抚民众、考察官吏。

沈母陆太夫人挽联

太夫人为子梅观察之母。庚子之变，子梅以通永道受代，从戎马中转展南归，得以亲视含敛，真幸事也。年七十七而终，子四、孙二、曾孙一，亦盛矣。

有令子从三千里外先三月归来，含敛躬亲，戎马之间真福分；

享大年过七十岁后又七龄曼衍，孙曾环侍，骖鸾而去即神仙。

【简绎】含敛，即"含殓"，指旧时丧礼，含珠宝于死者口中，换衣衾后放入棺中。《新唐书·卓行传·权皋》："(尉仲)薯（权皋妹婿）为尽哀，自含敛之。"骖鸾，仙人驾鸾鸟云游，亦婉称亡故。

郜荻洲观察挽联

观察年九十二而终，余丁酉同年也。丁酉距今六十四年，恐海内同年希矣。

大寿似公稀，若连闰月推排，已届百龄惟欠五；

微名容我附，堪叹同年寥落，还愁四海更无双。

【简绎】上联着眼高寿，下联着眼同年。连闰月推排，就是把所有闰月摘出累积，进而计算年龄。九十二岁，有近三十四闰月，约为三年，则可计为九十五岁，故曰"百龄惟欠五"。下一联之"计闰"，亦是如此。因是同年，故下联有"附名"云云。

杭禄庭封翁挽联

翁白手起家，以助振赏二品封典，年九十四而终，以"五世同堂"旌；幼时及见曾祖，故又赐"七叶衍祥"额，亦吴中人瑞也。

上承曾祖，下见元孙，五世同堂，更溯祥源成七世；

寿过九旬，封膺二品，百年计闰，略留馀算只三年。

【简绎】上联着眼家世，寓赞于述。祥源，吉祥之源流。下联主要着眼年寿，慰多于惋。馀算，即余数，指至百岁所所剩之数。

于母姚孺人挽联

孺人为香草明经之母。治家整肃，每日焚香，以所事告天。尤惜五谷，粒米在地，必手自检取。

物力惜艰难，怕鹦粒抛残，遗糁不教留在地；

家规垂谨慎，对鹊鑪默诉，焚香每事告之天。

【简绎】上联写珍惜物力，突出惜粒。鹦粒，鹦鹉粒，指稻米。杜甫《秋兴八首》之八:"香稻啄馀鹦鹉粒,碧梧栖老凤凰枝。"遗糁(shēn),掉了的饭粒。

下联写治家严肃,突出焚告。鹊鑪,鹊尾炉,一种长柄香炉;鑪,同"炉"。南朝齐王琰《冥祥记》:"(费崇先)每听经,常以鹊尾香炉置膝前。"司马温公谓"平生所为,未尝有不可对人言者"(《宋史·司马光传》);而此每事焚告,一则事必慎行之,一则知错务改之。

戴笠青广文挽联

笠青曾至苏州受业于余,官遂昌教谕而卒。

一官老玉女峰前,青馀杜甫吟诗笠;
卅载溯金阊亭畔,红赏江淹入梦花。

【简绎】上联着笔卒于任上。玉女峰,在遂昌县乌溪江畔。后句藏其名字,"青馀"又暗喻已故。下联着眼受业于己。金阊亭,在苏州阊门内。后句表其文采,"红赏"又揭出师弟关系。

郑芝岩观察挽联

观察入翰林,即典试河南。试毕省亲杭州,至养亲事毕,始还朝。故资、俸俱浅,不得开坊。由御史迁给事中,出为浙江粮道,积劳成病。

輀轩归去,又綵服娱亲,眷恋晨昏,不惜芝坊迟晋秩;
骢马驰来,更云帆转漕,崎岖南北,剧怜荡节太劳人。

【简绎】上联写辞官养亲。詹事府别称"春坊",美称"芝坊"。翰林院修撰、编修、检讨等,升迁詹事府职位,称"开坊";后泛称翰林院官员升官、晋级(所谓"晋秩")。下联写辛劳故世。崎岖,谓跋涉、奔波;王安石《诸葛武侯》诗:"崎岖巴汉间,屡以弱攻强。"转漕,扣任粮道之职。

张恕斋大令挽联

恕斋官江苏泰兴县，罢官后侨寓吴中。不喜乘肩舆，每徒步与亲故往还。临殁前一日，犹青鞋布袜，自市上归，已薄暮矣。及就寝，忽感疾，一时许即逝，亦可异也。去岁曾访我春在堂，适潘谱琴、汪柳门均在，宾主四人，二百八十八岁，余有诗存集中。

同乡里又同客吴门，去年谈笑从容，挥麈得三人，皓首苍颜偕过我；

传循良更传君耆旧，晚岁精神矍铄，易箦前一夕，青鞋布韈尚如仙。

【简绎】上联从同乡客地切入，写去岁往来之欢；下联从官声年寿切入，写今岁故世之奇。易箦（zé），更换床席；箦，竹席。柳宗元《衡州刺史东平吕君诔》："廪不馀食，藏无积帛，内厚族姻，外赒宾客，恒是悬磬，逮兹易箦，僮无凶服，葬非旧陌。"韈，"袜"字古体。

朱念椿孝廉挽联

念椿以拣选知县，大挑二等用教谕，年五十一而卒。医术颇精。

桂宫高占，又雅擅岐黄，大衍年华加一算；

花县待铨，竟未膺铜墨，冷官资格足三班。

【简绎】上联着眼才具、年寿。首句指中举成孝廉。一算，即一筭，指一年。下联则由宦辙而及于哀挽。待铨，等待选授官职。铜墨，铜印黑绶，借指县令；唐玄宗《戒县令敕》："朕稽古前哲，寤寐全才，委之铨衡，慎择铜墨。"冷官，地位不重要且事务清闲之官职；而明、清州县衙门吏役之三班六房，中含教谕，正属"冷官"。

胡芸台观察挽联

观察以䑸尹起家,官至江南盐巡道,历署宁藩、苏臬。其兄即芸楣侍郎也。

由盐铁骎历穹官,累摄柏薇,方冀外台荣建节;
看昆玉联翩皇路,交辉棣萼,忍教伯氏独吹埙。

【简释】上联列述宦辙。穹官,指高官;明宋濂《杨氏家传》:"穹官峻爵,珪组照映,亦岂偶然之故哉?"柏薇,柏台与薇垣,其官长则按察使(臬台)、布政使(藩台);此扣宁藩、苏臬。

下联就弟兄表哀挽。棣萼,比喻兄弟;杜甫《至后》诗:"梅花一开不自觉,棣萼一别永相望。"仇兆鳌注:"棣萼,以比兄弟也。"古语"伯埙仲篪",伯、仲为兄弟长幼次第,埙、篪合奏则乐音和谐,用以赞美兄弟和睦。伯氏独吹埙,则婉寓仲氏已故。

汪宝斋司马挽联

宝斋宦游吾浙,侨寓吴中。去岁归湖北,拟卜宅武昌;又拟合刻丁鹤年、杜茶村集,皆未逮也。

久客忽思归,滞苏杭卅载游踪,去岁梓桑虚卜宅;
有志仍未逮,抚丁杜两家遗集,何年梨枣得成书。

【简释】上联就归乡而写去世。梓桑,亦即"桑梓",指故乡;孔尚任《桃花扇·辞院》:"烽烟起,烽烟起,梓桑半损。欲归,归途难问。"虚卜,暗寓故世。下联叹惋事业未竟。古书雕版多用梨枣之木,因称书版曰"梨枣";清孙诒让《札迻》:"复以竹帛梨枣,钞刊屡易……"

徐筱云尚书挽联

筱云前年在京寓,有菊花并蒂之瑞,绘图征诗,余亦尝和之。未一年，即有此变，亦可叹也。

　　星象折三台，东市朝衣，补报国恩惟碧血；
　　馨香留万古，西风老圃，豫呈家瑞有黄花。

　　【简绎】上下联首句，可谓联语眼目，一则叹其枉死，一则赞其死而不朽。三台（星），喻指宰辅，扣尚书。东市朝衣，指朝臣被杀。汉景帝时，御史大夫晁错建议削藩，激发吴楚之乱，受逸"衣朝衣斩东市"。徐用仪，字吉甫，别字筱云，光绪间官总理衙门大臣、兵部尚书。义和团起，与许景澄、袁昶、立三、联元等，极言"民团不可深恃，外衅不可轻启"，与四人同被杀。后追复原官，宣统元年追谥"忠悯"。"馨香"二字，一语双关，既指黄花之祥瑞，更赞其人之名节。

张母周太夫人挽联

　　太夫人为张子虞太守之母。子虞以词臣乞郡，两署松江府，夫人病不能偕往，寓居沪上。今年署苏州府，子虞自沪赴苏，甫十二日而讣至矣。卒年八十五。

　　　　大年登耄耋，计闰将及九旬，沪渎安居，方冀长开王母宴；
　　　　令子出承明，领郡两临三泖，苏台暂驻，不能再著老莱衣。

　　【简绎】上下联分别就太夫人和子虞太守两方说来。王母宴，指寿筵。承明殿为"著作之庭"，扣词臣（翰林）。上海松江西部之泖湖，有上、中、下三泖；此以三泖代松江（府）。

廖穀士中丞挽联

　　穀士与令弟仲山尚书，昆弟竞爽。仲山甫得请归田，而穀士没矣。穀士抚浙数年，四境无事；去浙未久，而衢案起，抚、藩皆获重谴，令人更切去思矣。

君家伯仲是当代郊祁，坡老云亡，忍使伤神听夜雨；
浙事安危视一身进退，召公遗爱，岂惟怀旧感晨星。

【简绎】上联就兄弟而用典，寓悼亡之意。宋代宋郊、宋祁兄弟，政学兼长，此见逝者伯仲长才。苏东坡因"乌台诗案"被下狱，其弟苏辙上书，愿以己之官为兄赎罪，请求皇上赦免。当时苏轼自认必死，以后事托付兄弟，狱中诗有"是处青山可埋骨，他时夜雨独伤神"句。上联后两句用此，比拟逝者兄弟境遇。

下联由宦地着眼，因政绩而寓缅怀。召公遗爱，多作"甘棠遗爱"；此扣"去思"（地方士民对离职官吏之怀念）。末句感叹旧雨（老友）之寥若晨星。

雪舟和尚挽联

和尚主持南屏净慈寺，曾画山水四幅见赠。

北苑写春山，曾以烟岚分赠我；
南屏看夕照，不能云水再辱君。

【简绎】上联实写，突出交往中之一事。南唐画家董源，工山水，曾官北苑使，世称"董北苑"。烟岚分赠，多形容以山水画相赠。下联则在虚实之间。云水，指行云流水般漫游；云水再辱君，当谓漫游佛寺、再度叨扰。

傅懋元观察挽联

懋元著述甚夥，自《经翼》《史征》《子衡》各种外，有《唐文精粹》《金石集成》等书，不可胜数。及奉命游历海外，凡十有一国，皆有记述，其书益多。既还，上所著书，奉有"书甚详细"之谕；然以道员发直隶，竟未补官。丙戌岁在京师相见，承欲以师事我，未敢当也。

舟车游海外，历十万里而遥，闻见瑰奇，未尽雄才人共惜；

著述进朝端，逾一千卷之富，中西综贯，谬叨师事我何堪。

【简绎】傅云龙，字懋元，号醒夫，浙江德清人。光绪十三年（1887），经总理各国事务衙门考试，录为外交特使，出使日本、美国、秘鲁、智利、巴西、加拿大、古巴、厄瓜多尔等十一国。其间，搜集各国地理、风貌、物产、资源等资料，编写图志。十五年归国，呈献书稿，得到光绪帝褒奖。十万里、一千卷，举其约数。

世振之廉访挽联

振之家京师，庚子之变，忧念家国，郁陶成疾。其官吾浙也，以都转权廉访；及拜真除，则旋卒矣。

烽火望燕云，神京甈甀，家室飘摇，半载仓黄忧北阙；

德星临浙水，禹筴理财，廉车问俗，千秋苏白共西湖。

【简绎】上联先叙忧国成疾而逝。燕云，燕州、云州，泛指北京及周边地区。神京，指京城。甈甀（niè wù），动摇不安；甀，同"甋"。下联回写宦辙职任。二、三句扣都转（转运使）、廉访（使）。廉车，观察使、廉访使、按察使等所乘之车，亦代称上述官员。浙水、西湖，均扣到宦地。苏轼、白居易均曾在杭州为官。

巢湖杨氏听事联

杨吉堂广文，名庆长。素不相识，踵门求见，言其祖母陈，苦节四十年，其父善夫明经，节口腹，具甘旨，先意承志，色养无违，寿至八十一而终。欲余书一联，悬其听事，以表扬潜德。

余感其事，为书此联。

惟节母磊落，冰霜卅载，孀居止如一日事；
有孝子艰难，菽水终身，孺慕直到八旬馀。

【简绎】上联就节母一边写。冰霜，比喻操守纯洁清白；《明史·列女传二·王氏》："父曰：'其一从夫地下为烈，次则冰霜以事翁姑为节，三则恒人事也。'"卅载孀居止如一日事，何其难能！则称扬自在不言之中。

下联就孝子一边写。菽水终身，谓所食唯有豆和水，形容生活清苦。《礼记·檀弓下》："孔子曰：'啜菽饮水尽其欢，斯之谓孝。'"后因指晚辈对长辈之供养。孺慕，对父母之孝敬；清薛福成《庸盦笔记·慈安皇太后圣德》："毅皇帝（同治）孝事太后，能先意承志，太后抚之亦慈爱备至，故帝终身孺慕不少衰。"

俞廙轩中丞七十寿联

中丞时抚湖南，六月十九日生，相传观世音成道之日也。

仗节镇三湘，与岣嵝古碑并寿；
称觞逢六月，从补陀佛会而来。

【简绎】上联由宦地名物祝长寿。衡山古名"岣嵝山"，其主峰祝融峰有古碑，称"岣嵝碑"；此扣湖南。下联由生辰月日寓祝福。补陀落迦，中土指普陀洛迦山（在浙江舟山群岛东南部海域），观音菩萨道场；生辰在观音成道日，故及此。

德清柳侯祠联

柳侯乃唐柳子厚叔父，曾为德清令，《柳集》所谓"德清君"是也。同治十年，余泊舟城中，有客来见，余适不在舟，未之见。从者问其姓，如云姓"柳"，而吾邑固无柳姓。时江子平孝廉、蔡瑜卿茂才，在余苏寓，皆邑人也，闻之诧曰："岂柳侯乎？"事详《春在堂随笔》及《右台仙馆笔记》。临上质旁，实深寅畏，敬题此联，惟神鉴之。

　　曾读柳州文，治蹟分明于此信；
　　幸叨枌社荫，灵踪飘忽至今疑。

【简绎】柳宗元字子厚，官终柳州刺史，人称"柳柳州"。其《先侍御史府君神道表》，谓德清君任湖州德清令，"德廉孝，飑于河浒，士之称家风者归焉"。枌榆社，简称"枌社"，泛指家乡、故里。灵踪飘忽，扣引言之柳侯造访。引言"临上质旁"，由韩愈《与孟尚书书》"天地鬼神，临之在上，质之在傍"化出，谓神灵就在身边。寅畏，恭敬戒惧；《书·无逸》："严恭寅畏，天命自度。"蔡沈《集传》："寅则钦肃，畏则戒惧。"

《春在堂随笔》卷五"柳侯"一条，末尾所记，应有助于理解"临上质旁，实深寅畏"。文云："余羁旅四方，久不获躬拜祠下。自惟素履，硁硁自守，未必获罪明神。若谓文章道义，足以感动幽明，则余又非其人也。两君云云，无乃谰语？姑记于此，以为修省之资。"

邵小村中丞挽联

小村官台湾巡抚，后调湖南，谢病归，寓居沪上。

　　丝竹老东山，黄歇浦边，大好平泉风景；
　　旌麾照南海，赤嵌城外，长留开府勋名。

【简绎】上下联分别就为官和退归着笔。丝竹东山，用谢安典，指隐居游娱，扣病归寓居沪上。唐李德裕有平泉别庄，为其游息之所。康骈《剧谈录·李相国宅》云："（平泉庄）去洛阳三十里，卉木台榭，若造仙府。"此处借用。任职在台岛，故云"旌麾照南海"。赤嵌城，亦作"赤崁城"，台湾古城，在今台南；此扣官台湾巡抚。

刘景韩中丞七十寿联

景韩自浙抚罢归，暂寓吴下。七月六日，其生日也。

三吴小住，话三竺清游，新诗本、旧酒痕，公真白太傅；
七夕将临，庆七旬初度，大富贵、亦寿考，天赐郭汾阳。

【简绎】联语基于两古人典实结缀。上联切地，三吴苏州，三竺杭州，两地白居易均曾任职，"新诗本，旧酒痕"则均出白诗。下联切寿辰，相传郭子仪七夕见天仙下凡，拜祝祈祷，天孙织女谓之"大富贵，亦寿考"。

谭仲修大令挽联

余主诂经讲席三十一年，自辞退后，继之者为黄漱兰侍郎，五阅月而殁；又继者为汪郎亭侍郎，逾年亦他就；又继者即仲修也，六阅月而殁。仲修工诗词，颇负时望，曾官安徽含山县令。

词坛耆宿，自少知名，百里牛刀怜小试；
精舍替人，得君为幸，半年马帐叹俄空。

【简绎】上联述文名与职任，亦赞亦惜。百里君（宰）省称"百里"，县令之别称。李白《赠张公洲革处士》诗："长揖二千石，远辞百里君。"王琦注："百里君，谓县令。"下联写讲席得人而未久，兼叹兼惋。替人，接替之人。马帐，指讲席，用汉马融绛帐授学之典。俄空，转眼即空。

王文敏公挽联

文敏名懿荣，字廉生，官国子监祭酒，直南书房。庚子之变，充团练大臣。京师陷，与其妻及子、妇，同投井死。其在翰林时，颇有声，曾请开四库馆，有旨"俟《会典》告成时举行"，今恐无计及者矣。

铜驼荆棘，通国仓黄，抟民力以卫皇畿，岂仅南斋留硕望；

金井梧桐，举家化碧，哭斯人兼悲吾道，更谁东观访遗书。

【简绎】上联着眼保卫京师，以直南斋（南书房）反跌。《晋书·索靖传》："靖有先识远量，知天下将乱，指洛阳宫门铜驼，叹曰：'会见汝在荆棘中耳！'"后因以"铜驼荆棘"，指山河残破等。抟，集聚。皇畿，旧指京城管辖的地区。

下联着眼死节，前两句写投井而死，末句则以东观访书追念。金井梧桐，古时常用此以表示晚秋；此切死期，并隐投井。化碧，鲜血化作碧玉，多用以称颂忠臣志士；语本《庄子·外物》："苌弘死于蜀，藏其血，三年而化为碧。"吾道，当指文人及其志业等。王懿荣广涉书史，尤嗜金石，且于甲骨文发现和收藏大有造就。

彭补勤部郎挽联

补勤为刚直第三孙。及岁引见，赏主事，以助振加员外郎衔。始颇有用世之志，以"运甓"名其斋；后知时事难为，乃归而以诗词自娱。年二十七而卒，余甚惜之，挽以此联，"吟香"乃刚直旧馆也。

时事艰难，想运甓斋中不无遗憾；

天才清妙，附吟香馆后定有传诗。

【简绎】上联由时事而惜其赍志而没。《晋书·陶侃传》："侃在州无事，辄朝运百甓（pì，砖）于斋外，暮运于斋内。人问其故，答曰：'吾方致力中原，过尔优逸，恐不堪事。'其励志勤力，皆此类也。"后以"运甓"比喻刻苦自励。下联由才具而推其诗篇必定传世。

汪南陔大令挽联

南陔官青浦县，卒于官。其父厈青大令，亦宰青浦。二十年间，父子相继，亦佳话也。其祖小堂观察，乃余丁酉同年。

青浦听循声，昔日郎君今众母；
白头悲往事，君家大父我同年。

【简绎】上联扣"佳话"，写父子两代同令一县；下联扣"同年"，写两家世谊。

陈辰田明经八十寿联

辰田乃湖郡同乡，寓居吴门。光绪辛丑，行年八十，重游泮宫，重谐花烛，亦佳话也。其少时，曾客王壮愍、瑞忠壮幕府，话辛酉之变甚悉。

吴兴耆宿，吴下寓贤，白首话前游，旧是诸侯老宾客；
重掇芹香，重谐花烛，青庐传盛事，共推平地两神仙。

【简绎】上联前两句，切籍里、居地及身份，以"诸侯老宾客"概其早年经历。诸侯老宾客，出杜甫《醉为马坠，诸公携酒相看》诗句"甫也诸侯老宾客"。吴兴，湖州属县，此处切佐幕，即做王有龄（谥"壮愍"）、瑞昌（谥"忠壮"）等人幕客。寓贤，本指隐士，此借指在野的贤明之士。下联着眼重游泮宫、重谐花烛，以"平地神仙"祝福寿主夫妇。掇芹，犹"采芹"；重掇芹香，扣重游泮宫。因重谐花烛，故有"青庐"之谓。

赠蔡雪筠女史联

女史以祖殁关外，而父又笃病，刺血写经，誓迎祖柩。间关万里，卒成其志，遂撤环不嫁，长斋奉佛。孝女也，亦贞女也！

余闻而敬之,为书此联。

誓迎祖骨归来,写经血赤;

甘以童真终老,礼佛镫青。

【简绎】上下联语,分扣引言所感叹之"孝女""贞女"而言。祖骨,祖父遗骸,此扣祖柩。童真,犹"童贞";佛教此语,则指受过十戒之沙弥。此扣"撤环不嫁";撤环,用婴儿子"彻其环瑱,至老不嫁"典。礼佛,即拜佛。

李文忠公挽联

公临卒,以俄约未定、两宫未返为忧。或诡言以慰之,乃瞑,可谓忠矣。

甫四十即封疆,未五旬即宰辅,经文纬武,盖代勋名。历数寰中盪寇、域外和戎,力任其难,相业巍巍千古少;

位三公为太傅,食万户为通侯,重地隆天,饰终典礼。惟是边警仍殷、銮舆尚远,殁而犹视,忠心耿耿九原悲。

【简绎】上联列数宦辙之顺遂,赞叹勋绩之突出。李鸿章同治元年(1862)三十九岁时署江苏巡抚,同治八年(1869)赏加太子太保衔、授协办大学士;前两句指此。盖代,犹"盖世"。盪(同"荡")寇,谓率淮军进剿太平军;和戎,谓与列强媾和修好。

下联概括饰终之隆礼,颂美忧国之忠心。李鸿章卒后获赠太傅,晋一等肃毅侯。太傅为"三公"之一,通侯为秦汉侯爵最高一等。饰终,谓人死时给予尊荣。清昭梿《啸亭续录·赐奠》:"国家宠待臣僚,遇有勋绩昭著者,饰终之典,有上亲临赐奠者。"两宫回銮后,曾命恭亲王溥伟前往奠醊,后又派醇亲王载沣致祭。边警,边境之警讯。九原,指九州大地。

又

前联意有未尽，再题一联。

一个臣系天下重轻，使当年长镇日畿，定可潜消庚子变；
八旬翁完真灵位业，溯壮岁同游月府，不能再逮甲辰科。

【简绎】上联概写位望之重。《书·周书·秦誓》："如有一介臣，断断猗无他伎。其心休休焉，其如有容。人之有伎，若己有之；人之彦圣，其心好之，弗啻若自其口出。是能容之，以保我子孙，黎民亦职有利哉！""一介臣"，《大学》引作"一个臣"。明徐光启，曾官礼部尚书兼文渊阁大学士，位至内阁次辅，其墓石牌坊联云："治历明农百世师，经天纬地；出将入相一个臣，奋武揆文。"本联"一个臣"，借此比拟李鸿章。日畿，即京畿。宋叶廷珪《海录碎事·地下》："天子之畿方千里，象日月径围，故曰日畿，又曰日围。"

下联忆念两人关系。真灵位业，本指真仙名位，此喻指寿终升仙。同游月府，俞樾与李鸿章为乡榜同年——同一年（甲辰）中举。壮岁（壮年），与"八旬"相绾。月府，即月宫。

罗少耕观察七十寿联

观察时官江苏粮道，兼苏海关监督。

辽海驾云帆，三千里转漕初归，又向雄关司管键；
苏台酌春酒，七十岁从心所欲，便由藩服到封疆。

【简绎】上联就宦辙叙已往。辽海，渤海，泛指东南部海域。管键，钥匙和锁；此扣兼苏海关监督。下联就生辰期未来。末句"由……到"属展望：藩服，此指藩臣，即藩台（布政使）之类地方官；而封疆（大吏），则指督、抚，前者为其所辖。

高母裘太夫人挽联

夫人为滋园都转之配,筠堂运副之母。生于道光辛丑十一月十一日,殁于光绪辛丑十月十二日,年八十一。

生于仲冬,殁于孟冬,因果往来,止争一日异;
前以夫贵,后以子贵,恩荣终始,直到八旬馀。

【简绎】指向女性的挽联,如无特殊事迹,则多从年寿、卒时以及家人着笔。此联即是,上联基于生卒月日说往来,归到因果奇异;下联基于家人官职说恩荣,归到高年寿终。

董端生大令挽联

端生官江苏靖江县,卒于官。余识其大父梓庭吏部,曾购余《群经平议》百部而去,时《平议》初刻成也。

忆昔年经议初成,文字因缘,何幸获交君大父;
听此日政声卓著,茧丝保障,果然不愧古循良。

【简绎】上联忆与逝者祖辈之交往,下联写逝者本人之为官。经议,指小引提及的《群经平议》,故此处"文字因缘",主要指购书推广。茧丝,泛指赋税,敛赋如抽丝于茧,故云。《国语·晋语九》:"赵简子使尹铎为晋阳。请曰:'以为茧丝乎?抑为保障乎?'"韦昭注:"茧丝,赋税;保障,蔽扞也。"此处"赋税",指征收租税;《明史·食货志二》:"粮长者,太祖时,令田多者为之,督其乡赋税。"太史公《史记》设《循吏列传》,奠基循吏范式,后人所谓"古循良";宋邵彪《赋丹阳县治沧浪台》:"今尹古循良,见利勇有为。"

谢筱山司马挽联

筱山挟钱穀之法,幕游江苏,客苏藩署最久,亦诸侯老宾客也。其馆嘉定时,适获贼数百人,将骈诛之。筱山察非真贼,言于居停而免之,一大功德也。

积四五十年以金布令甲起家,名满三吴,佐治无惭唐幕职;

活六七百人于兵火零丁之地,泽流百世,勃兴应比汉于公。

【简绎】上联概述客幕知名。《汉书·萧望之传》"故金布令甲曰",颜师古注:"金布者,令篇名也。其上有府库金钱布帛之事,因以名篇。令甲者,其篇甲乙之次。"此扣"钱穀之法";旧时幕职有文书、钱穀、刑狱等之分。唐代主要使府,幕职极多,各有职掌,迁转有序,为历代最突出时期,故末句云云。

下联特写明察活人。兵火零丁,指战乱连年、无所依靠。汉于公,于定国之父,《汉书》定国本传(合传)载:"于公为县狱史、郡决曹,决狱平,罗文法者,于公所决皆不恨。……于公谓曰:'……我治狱多阴德,未尝有所冤,子孙必有兴者。'至定国为丞相,(孙)永为御史大夫,封侯传世云。"后因以指为官贤明而子孙显贵者。

潘室毕淑人挽联

淑人为济之太守之配,文恭公孙妇也。贤而勤,济之甚得其内助之力。晚年卜新居,亲往营度,竟不得一日居。其奁中物,因兵乱尽失,一油盒仅存,忽失手碎之,未几而病,遂不起矣,卒年六十二。

六旬人备历勤劳,最怜卜定新居,空费鱼轩亲相度;

一品家自安俭素,賸有嫁时旧物,竟先鸾镜兆分飞。

【简绎】联语集中着力于逝者之勤俭,首句赞扬以综括,次句补充以具体,末句则以"空""竟"二字转跌,表达挽悼。鸾镜分飞,本指离别,此指永别。鸾镜,指妆镜,此扣奁中油盒。

姚莲槎明经挽联

莲槎乃杭州书局同事，亦吾湖老辈也。长于余七岁，与先壬甫兄同岁生。

书局久追陪，看此老白发苍颜，是吾郡一乡之望；
道山遽归去，溯当年桑弧蓬矢，与先兄同岁而生。

【简绎】上联从己着笔，突出同事、乡贤。追陪，追随、伴随；望指"人望"，即人所瞩望。下联从兄着笔，突出同岁，寄寓哀挽。古时男子出生，要用桑弧（桑木弓）蓬矢（蓬草箭），射天地四方，寓志向远大之意。

余晋珊方伯挽联

方伯以鼎甲起家，官至湖南布政使，署浙江巡抚。甫半载，以疾归，逾年遂卒。其官苏松太道，适值庚子之变，调和中外，保障东南，与有力焉。

由鼎甲起家，曩时沪上筹防，怀远招携，滨海东南资保障；
叹年庚未暮，半载浙中建节，事烦食少，之江左右失长城。

【简绎】上联由功名写到功勋，不无赞美。鼎甲，状元、榜眼、探花之总称；余联沅（字晋珊）光绪三年中榜眼。其在苏松太道任上，代表张之洞、刘坤一等，与驻沪各国领事签订《东南互保条约》，史谓之"东南互保"。怀远招携，谓怀柔远人、招引尚未归心者。

下联由年庚写到故世，寄寓叹挽。余氏享年五十七岁，故云"年庚未暮"。建节，扣署浙江巡抚。事烦食少，事情多、吃饭少，形容工作辛劳、身体不佳。

钱子密尚书挽联

子密由拔贡起家,以尚书直枢廷,老病乞归,赏食全俸,终于里第。余与其兄子方,同举于乡,又同为曾文正门下士。年长于君者三岁,书问往来,率自称兄焉。

君以拔萃起家,官尚书,参机务,食一品俸终其身。乞骸北阙归来,绿野平泉,共钦全福;

我与哲昆同榜,承推爱,僭称兄,历五十年如昨日。回首南丰门下,白头老辈,更有何人。

【简绎】上联切"君"而叙生平。乞骸骨略称"乞骸",旧称大臣辞职,言使骸骨得归葬乡土;汉荀悦《汉纪·哀帝纪下》:"大司空彭宣见莽专权,乞骸。"绿野、平泉,唐人裴度、李德裕退居优游之别业。

下联由"我与哲昆"而表交谊。僭称,越分之称谓,用作谦词;清李渔《巧团圆·得妻》:"我从今以后,只得僭称婆婆,唤你们做孩儿媳妇了。"宋曾巩字子固,江西抚州南丰人,世称"曾南丰"。此以姓氏借指曾国藩,又扣到作者自己与逝者兄长同为曾氏门人。

李少梅观察挽联

少梅乃眉生廉访嗣子,寓吴下蘧园,有泉石之胜。其卒也,以壬寅正月元旦。

为名父子主领名园,兜率海山遽归去;
于正月朔考终正寝,屠苏春酒太悲凉。

(据《史记正义》:"正月之'正',以避始皇讳,故改音'征'。"然则正月,古读如字也。)

【简绎】上下联首句,一写生前,一写去世;末一句由生前所居归到逝后所去，由去世时日之喜悦衬出悼挽之悲凉。兜率海山、兜率天、海上仙山，分别为佛道乐境；遽归，谓生入天界、仙境。考终正寝，即"寿终正寝"。新正元旦去世，故云"太悲凉"。

王松坪大令挽联

大令以孝廉官直隶知县。其八岁时，能解说《论语》"戒之在得"语，微谏其祖，人以神童目之。宰宣化时，寇大至，城无兵，乃多张旗帜，且于各旅店门上大书红纸，题曰"某某统领行台"，贼疑援兵至，竟不敢犯。

诵先圣既衰戒得一言，大父解颐，八岁神童征慧业；
法古人多鼓钧声之意，疑兵误敌，千秋上谷仰英风。

【简绎】联语就少、长两事，概括生平，才慧、德业，可谓表述无遗。《论语·季氏》：孔子曰："君子有三戒：……及其老也，血气既衰，戒之在得。"多鼓钧声，同时击鼓发声。《左传·襄二十六年》："若多鼓钧声，以夜军之，楚师必遁。"杜预注："钧（通"均"）同其声。""上德若谷"省称"上谷"，谓道德崇高者，胸怀有如山谷深广多容。

江南提督质堂李公祠联

咸丰初，广西李沅发叛，公即在行间，有战绩。后隶曾文正公部下，自两湖而至江浙，无战不与。积功至提督，诏于原籍及立功之地，各建专祠，此其原籍所建也。

自西粤从军为始，历湘皖江浙，所在有功，百战勋名登国史；
是南丰特拔之才，与左李彭杨，一时并起，千秋祠宇壮乡关。

【简绎】上联叙述生平，以"勋名登国史"一语论定。西粤，即粤西，指两粤之广西。下联列数同人，以"祠宇壮乡关"一语结束。南丰，借曾巩以指曾文正。左宗棠、李鸿章、彭玉麟、杨岳斌，均曾得曾氏举荐提拔。扳，同"拔"。

窦母张太恭人挽联

太恭人为甸膏大令之母。去年七月，大令为豫祝八十寿，实七十有九也。今年正八十，而太恭人正月遽卒。时大令宰武进，方大浚河道，工未毕，以忧去，舆论惜之。

八秩豫称觞，尚期乞巧楼头，萱寿重逢，今岁再开瓜果宴；

千夫方荷锸，何意惠民渠畔，瓠歌未唱，一朝顿废蓼莪篇。

【简绎】上联由母亲寿辰称觞切入，欲抑先扬。乞巧楼、瓜果宴，均扣生辰之七月。下联由儿子兴工未毕切入，表达哀挽。荷锸（chā），扛着铁锹；锸，类似铁锹的掘土工具。惠民渠，此处泛指。乐府歌辞有《瓠子歌》（省称"瓠歌"），《史记·河渠书》载：汉元封二年，数万人封堵黄河瓠子决口，汉武帝"自临工地。初堵口不成，武帝作《瓠子歌》二章悼之，卒塞瓠子"。此扣疏浚河道。蓼莪篇，《诗·小雅》篇名，写子女对双亲抚养之恩的追慕。晋王裒之父死于非命，王裒每读《蓼莪》，遇"哀哀父母，生我劬劳"二句，必流泪终日；门人恐伤其心，为废《蓼莪》之诗而不读。

吴清卿中丞挽联

清卿以翰林起家，官至湖南巡抚。工篆籀，嗜金石。尝于秦中得玉琯，长一尺二寸，受一千二百黍，定以为古黄钟管；凡言黄钟管长九寸者，皆误。所言颇近理，余有长歌纪之。同治初，余主吴下紫阳书院，君为肄业生。今君已古人，而紫阳书院规模亦大变矣。

词臣雄领封圻，尚将古尺评量，白玉考求真律琯；
老我感怀今昔，不独故交寥落，紫阳非复旧巢痕。

书此联已，意有未尽，又题《满江红》词一阕："同治初元，正大乱削平区宇。有吴下紫阳一席，皋比叨据。文采风流吾及见，升平景象今犹慕。算两年黄卷共青镫，人文聚。四十载，犹朝暮；一转瞬，成今古。叹故交零落，不堪重数。阙下尚书应白发，（谓陆凤石尚书。）湘中开府俄黄土。腾龙钟八十二龄翁，悲前度。"

【简绎】上联由宦迹切入，侧重表其专长。封圻（qí），本指疆土，借指封疆大吏。律琯（guǎn），亦作"律管"，古代定音用具；《六韬·五音》："夫律管十二，其要有五音：宫、商、角、徵、羽。"下联着笔交谊，突出师弟关系。旧巢痕，旧时燕巢之痕，此处喻指非复旧貌。

孙师母赵夫人挽联

夫人为余房师孙文节公之配。今年二月二日卒，年七十有七。子孙零落，仅嗣一曾孙而已。

封膺一品，寿近八旬，玉树阶前，幸有曾孙小萧愿；
节届中和，天归兜率，绛纱帐外，尚存下士老彭宣。

【简绎】上联叙品阶、寿数及后代。唐萧俶，僖宗乾符初年拜相，招待宾客时，小曾孙萧愿在旁嬉戏，效仿朝堂传呼之声；后以萧愿代指曾孙，此扣仅存一曾孙。

下联叙卒日及与己关系。唐代盛行中和节，时在二月二；此切卒日。绛纱帐用马融典，表明撰者与逝者关系。汉彭宣、戴崇，均为张禹弟子，二人品行不同，老师对待亦各异。彭宣来时，张禹从不邀入后堂，只在便处接待，与之谈论经义，饮食也较简朴。此以彭宣自比,并缀"下士"自谦、缀"老"写实。

林室侯夫人挽联

夫人年四十一,始归林少颖太守为继室,年四十九而终。其生也,以十一月十一日;其卒也,以十一月十二日,亦似非偶然也。

四十一年嫁,四十九年终,虽然大衍虚奇,已算唱随同艾发;

旬有一日生,旬有二日卒,等是仲冬中浣,请将消息问梅花。

(重两"一"字,然纪实之语,不能改也。)

【简绎】联语均以年岁、时日生发。大衍虚奇,五十缺一,扣四十九岁;奇,谓数目不成双。艾发,苍头白发;艾叶背白,故云。古时官吏十日一休沐,其日称"浣",每月三浣,每旬一浣,中浣即中旬。因来去均在十一月,且时日似非偶然,故末句云云;消息,此指奥秘。

姚竹安封翁挽联

竹安以子菊坡官翰林院待〔侍〕读学士,封如其官。年七十三,有曾孙四人矣,于三月二十八日卒。

芝诰晋清班,高年又越古稀,三党艳称爵齿德;

梓乡娱晚景,爱日竟随春去,一堂哭拜子孙曾。

【简绎】清班,清贵官班,多指文学侍从之类;此扣翰林院侍读学士。宋陆游《贺皇太后笺》:"幸逢熙运,获缀清班。"爵齿德,所谓"三达德",指贤德而官高、年高者;语本《孟子·公孙丑下》。上下联由"三党"而"梓乡",转接自然有致。随春去,扣卒之时日。

吴季英部郎挽联

季英为故人晓帆方伯之孙，今年感时疾，与妻、女二人相继而逝。

纪群累代之交，昌黎又哭殿中君，墓草已看三世宿；
梁孟同时而逝，摩诘兼携月上女，天花还是一家春。

【简绎】上联写两家三代世交，表达哀挽之情。韩愈《殿中少监马君墓志》，涉及马氏祖孙三代：祖马燧任河东节度使，平叛功高；父辈马汇、马畅兄弟；孙即殿中少监马继祖。三世宿，三代所素有；宿（sù），素有的。

下联写与妻女同殁，暗寓生天之意。梁孟切夫妻，摩诘、月上切父女，天花切感时疾。印度毗耶离城长者毗摩罗诘，有女名"月上"，初生不久即大如八岁，姿容端丽，后遇舍利弗，与之先后诣佛所。

恽菘耘中丞挽联

毗陵恽氏，分南、北二派。本朝有三巡抚，一为吾师薇叔先生，一为次山同年前辈，一即君也。君为薇叔先生犹子，开藩吾浙有年，及升巡抚，止七十余日，奉讳去。然其藩浙多善政，次山同年之抚湖南，祀名宦祠，君将来或亦同之也。

南北派分支以后，入本朝节钺有三人，政绩相望，岂惟湘水千秋留召棠遗爱；
东西浙宣化多年，逮暮岁封疆无百日，设施未竟，不仅曲园一叟感孔李私交。

【简绎】此联妙在就姓氏生发，仅同姓同派之人之事，缀结联语，道出己所欲道者。上联由姓氏切入，末两句反跌，谓其或祀名宦之祠；下联由宦辙切入，末两句转到交谊而表达哀挽。

节钺三人，扣三巡抚。湘水，扣悼次山祀名宦祠。宣化，传布君命，教化百姓。俞樾苏州居邸名"曲园"，自号"曲园居士"。孔李私交，指世代交好。典出汉末孔融与李膺：孔融十岁时，随父到京城洛阳，独自拜访名士李膺，而若非名人故旧，门人概不通报，孔融便说是李之亲戚。见面后，李膺问是何亲戚，孔融说是世交，因两家祖上孔子、李耳（老子）有师弟之谊。此扣恽蔚叔为曲园之师。

朱蘋华大令挽联

蘋华以庶常改部，自请以知县官江苏。去岁有相士劝其留须，谓必可得缺，乃竟无验。旧尝肄业紫阳书院，故于余执弟子礼，曾制山轿见赠。

起家翰苑，屈为百里才，怜君撚断吟髭，未得除书拜黄纸；

同客苏台，谬叨一日长，怕我折残屐齿，曾为游具制蓝舆。

（蓝舆之"篮"，从艸，本王右丞"蓝舆、白衣"之对。）

【简绎】上联概宦辙，寓哀挽；下联论交谊，寓缅怀。百里才，扣任职知县。吟髭（zī），本指诗人之胡须，此扣相士劝留须，亦符合文士身份。古代铨选、考绩官吏，登记姓名上报朝廷，例用黄色纸张；写在黄麻纸上的诏书，亦称"黄纸"。屐齿，木屐底部突出的齿，旧时文人多着木屐登临；此扣赠山轿。蓝舆，竹轿，清查慎行《寿朱竹垞》诗："茗碗登堂无俗客，蓝舆扶路有门生。"亦作"篮舆"，《宋书·隐逸传·陶潜传》："潜有脚疾，使一门生二儿轝（yú，抬）篮舆。"

陈室胡宜人挽联

宜人为陈辰田明经原配，年八十五而终。去岁成婚六十年，行重谐花烛之礼,一时艳之。

　　胖合逾六十年,百岁期颐让夫婿;
　　考终完九五福,一堂蹁跹有孙曾。

　　【简绎】联语结合家人,谓其福寿而终,亦挽亦慰。胖(pàn),一半,两方结合中的一方。胖合,合两半使成一体,通常指两姓婚配;《仪礼·丧服》:"夫妻胖合也。"贾公彦疏:"夫妇胖合,子胤生焉,是半合为一体也。"让夫婿,暗含先夫婿去世。一堂孙曾,谓而儿孙满堂,亦"福"之一端。

朱修庭观察挽联

　　修庭自幼能文,应县、府及院试皆弟(古同"第")一,人称"小三元"。官吴下数十年,不废啸咏,著《双清阁诗》初、二集若干卷。所居有园林之胜,往岁曾招髯者四人共饮,宾主皆髯,名曰"五髯会"云。

　　服官卅馀载,仕学兼优,双清阁遗诗,手稿已编初二集;
　　卜筑十数楹,园林最好,五髯仙高会,头衔还带小三元。

　　【简绎】仕学兼优,语本《论语·子张》:"子夏曰:'仕而优则学,学而优则仕。'"宋邢昺疏:"《正义》曰:'此章劝学也。言人之仕官行己职而优闲有余力,则以学先王之遗文也。若学而德业优长者,则当仕进以行君臣之义也。'"此处"学",扣其自幼能文、不废啸咏且有集。髯仙,指长髯老翁。引言"弟",古同"第",《说文》:"弟,韦束之次第也。"又《吕氏春秋·原乱》:"乱必有弟。大乱五,小乱三。"

戴美含七十寿联

　　美含居休宁之隆阜,有园曰"仿陶",极园林之胜,集诸名人题咏,刻成一集。今年其七十生辰也,乞余以一联为寿,言其少时曾执贽来见,盖五十年前事,余久不记忆矣。

小筑曰仿陶,集名流数百首新诗,为此地长留风月;
前游曾访戴,是老夫五十年旧雨,愿与君同到期颐。

【简绎】上联就园林表雅韵。风月,本指清风明月,此指诗文;宋欧阳修《赠王介甫》诗:"翰林风月三千首,吏部文章二百年。"下联就交谊而祝寿诞。《世说新语·任诞》:"王子猷居山阴,夜大雪,……忽忆戴安道。时戴在剡,即便夜乘小船就之。经宿方至,造门不前而返。人问其故,王曰:'吾本乘兴而行,兴尽而返,何必见戴。'"后因称访友为"访戴"。此扣执贽来见。

盛旭人侍郎贺联

侍郎今年八十有九,八月十三日生日;先一日,为弟(第)四郎君莱荪授室,犹止十四岁也。而是岁补行庚子正科,又为侍郎重宴鹿鸣盛事,书此贺之。

预举九旬觞,十四岁佳儿,笑携鸳侣拜;
将交八月望,三五夜良会,重奏鹿鸣篇。

【简绎】此联不曰"寿联",而曰"贺联",自然有理由、有事实在。揆之小引,则寿(本人)、喜(第四郎君)皆有,更有重赴鹿鸣,真所谓"可喜可贺",谓之"贺联",似更贴切。旧俗有提前一年贺整寿之俗,故上联首句谓"预举九旬觞"。鸳侣,"鸳鸯侣"之省称,指配偶;宋周邦彦《尉迟杯·隋堤路》词:"有何人、念我无憀,梦魂凝想鸳侣。"下联首句切生日,次句过渡,末句转到重赴鹿鸣。

汪室吴夫人五十寿联

夫人乃柳门侍郎之配,四月十九生日;柳门曾祖,亦以是日生。家人谓与太阳同生日,盖是日俗传"太阳生日"也。

大衍祝齐眉，距观世音诞降恰三旬，佛国分来无量寿；
小君尊敌体，记曾王父览揆同一日，大家都庆太阳生。

【简绎】上联由年寿切入，将生辰与观音诞联系，祝福长寿。观音诞在二月十九，太阳生日在三月十九（北方尚有二月初一之说），相距"恰三旬"，则小引生辰或误记？诞降，观音则谓"从天而降"；凡庶则谓"降生"。宋罗大经《鹤林玉露》卷十八："良知良能，恻隐羞恶辞让是非之端，嘉种之诞降者也。"因联系观音诞，故末句云云。

下联从家人着笔，叙写庆生。首句谓夫妻敌体（身份相等），故次句道及夫之"曾王父"（曾祖父），联系成章。屈原《离骚》："皇览揆余初度兮，肇锡余以嘉名。"王逸注："览，观也；揆，度也。……言父伯庸，观我始生年时，度其日月，皆合天地之正中，故赐我以美善之名也。"后以"览揆"代称生辰，语有"览揆之辰"。旧时太阳生日，有祭太阳神、吃太阳糕、献生子等礼俗活动。

德清白云桥联

亦名"云塘桥"，未知建自何年。雍正间重建，李敏达有碑。今又重建，为题桥柱。嘉庆四年进士陈斌，字陶邻，有《白云文集》，时称"白云先生"，即其地人也。

天目山两乳双来，凤舞龙飞，到此始成大结果；
云塘桥百年重建，虹腰雁齿，于今再焕旧规模。

【简绎】上联由传闻而传精神。世传郭璞有谶语："天目山垂两乳长，龙飞凤舞到钱塘。海门一点巽峰起，五百年间出帝王。"联中疑以传疑，且如此行文，与"未知何年所建"恰相合符。佛教以种树栽花喻行事、结果喻归宿，此处"大结果"，谓事物最后之结局或归宿。

下联由重建而写形貌。虹腰雁齿，乃常见形容拱桥语汇，即虹腰以谓桥拱，雁齿以谓上下台阶；白居易《答王尚书问履道池旧桥》诗："虹梁雁齿随年换，素板朱栏逐日修。"百年，举概数也；下一联"百岁"类同。

又

　　一方水利攸关，读敏达遗碑，岂止通津便舟楫；
　　百岁风流未沫，近陶邻故里，应教比户盛弦歌。

【简绎】此联以古今人为眼目，写其惠民功用。上一联写貌传神，却未尽桥之意义，故复有此联。上联以李敏达作眼。李卫（谥"敏达"）在浙江巡抚任上，曾办理浙江海塘事宜，云塘桥即此时首次重建。首、末句点出桥之三大功用：通津、便舟楫、水利。下联以陈陶邻作眼。陈斌嘉庆四年进士，至光绪间云塘桥二次重建，大约百年，故首句有云。末句绾合上联首、尾两句，因该桥惠民而引致比户弦歌。

任筱沅中丞贺联

　　中丞今年八十生辰，于九月十三日，为其第九郎君子木授室，所娶乃李文忠幼女也。书此贺之，即以为寿。

　　雁来秋九月，恰好新郎行第，班列九人，九十其仪，向相门引凤；
　　龙兴廿八年，欣看元老精神，寿登八秩，八州兼督，卜尚父飞熊。

【简绎】上联贺第九子娶妇，以"九"绾合。首句点明授室月份，次句联系新郎行第，接着进一步生发而归到新婚。旧时女子出嫁，父母反复叮咛其仪容举止，谓之"九十其仪"；也用以夸奖新妇仪态端美。《诗·豳风·东山》："之子于归，皇驳其马，亲结其缡，九十其仪。"李鸿章曾任首辅，世称

"傅相"，故云"相门"。

下联祝任中丞福寿，却以"八"字绾合。首句点明光绪二十八年（1902）。龙兴，王者兴起，此指光绪帝登基。接着联系年寿，联系官职。唐高祖之子徐王元礼，官"赠太尉，使持节大都督，冀、相、贝、沧、德、隶、魏、博等八州诸军事，冀州刺史"，欧阳修谓此官称"盖为一州刺史而兼督八州军事"。而其时任道镕（字筱沅）任浙抚，浙江省属十一府，故以"八州兼督"借喻。《武王伐纣平话》云，西伯侯夜梦飞熊来至殿下，周公谓必得贤人，后果得姜尚（即尚父，字子牙）。后因以"飞熊"指君主得贤，或隐士见用；此不无祝福之意，亦是对仗所需。

包缵甫挽联

余与具〔其〕曾大父虎臣孝廉交，及君四世矣。君工大小篆，吴愙斋中丞后，未见有出其右者。以微员需次吴下而卒，甚可惜也。

忝与曾大父游，吴苑逢君，倍怜我老；
妙得古籀史意，愙斋逝世，又失斯人。

【简绎】上联由交谊切入，交往老辈而生出"我老"；下联由专长切入，比较同人而寄寓哀挽。史籀（zhòu），周宣王时太史，名籀，姓氏不详。《汉书·艺文志》著录所著《史籀篇》，其文字称作"籀书"，为大篆之一种。吴大澂晚号吴愙（kè）斋，好金石，精篆书，著有《说文古籀补》等。包承善字缵甫，精篆、隶，富收藏，著有《广印人传》等。

赵卓士从孙婿挽联

卓士今年就湖北学幕，抱病而归。小愈来苏州，见我于春在堂，即辞去，就试秣陵。未及试，卒于客舍。余兄子履卿孝廉遗二孤女，皆余为遣嫁，长者归洪氏，今年以疾卒；次即适赵氏，又抱未亡之痛，何皆不幸之甚也！

一握手从此长辞，殁于建业，病早在武昌，来去匆匆如大梦；

两从孙同时遣嫁，姊竟黄泉，妹亦悲白首，因缘草草只三年。

【简释】联语一以本人、一以家人，第三句或追溯、或递进，结出末一句，写足"不幸之甚"。三国孙权建都秣陵（故城在今南京），改称"建业"。病在武昌，扣湖北学幕抱病而归。从孙，兄弟之孙；《国语·周语下》："共之从孙，四岳佐之。"韦昭注："共，共工。从孙，昆季（兄弟）之孙也。"悲白首，扣"未亡"；《左传·成九年》杜预注："妇人夫死，自称未亡人。"

吴子薇司马挽联

子薇年六十三，于八月十四日卒。其六十岁时，有自寿诗，和者颇众。

六十岁高唱阳春，锦字钞来，正拟和章征海内；

三五夜待看明月，玉楼归去，未能佳节赏秋中。

【简释】上联就六十自寿诗发意，以《阳春》拟其诗作之高雅。锦字，指优美的诗句，扣自寿诗。和章，酬和之诗章。下联从卒日着眼，惜其早逝。玉楼，传说中之神仙居所；《十洲记·昆仑》："天墉城，面方千里，城上安金台五所，玉楼十二所。"

盛旭人侍郎挽联

侍郎福寿，为同辈中所希有，共知为常州待云庵和尚转世也。年八十九而终，若待至明年，即可奏请重宴恩荣矣。

富贵寿考，媲美郭汾阳，五戒是前身，自合三生兼福慧；
兜率海山，送归白太傅，九旬虚一岁，未能两度宴恩荣。

【简绎】盛康字勖存，号旭人，别号"待云庵主"，晚号"留园主人"。五戒，佛教戒律之一，亦借指出家人。郭子仪梦中，织女曾谓之"大富贵，亦寿考"；白居易晚年信佛，自号"香山居士"。

都韶笙大令挽联

韶笙桐乡人，江苏知县。生于咸丰四年六月十九，卒于光绪二十八年六月二十三。

游宦到三吴，桐树泾边怀旧隐；
去来皆六月，莲花香里证前身。

【简绎】上联扣宦地、籍里。桐树泾，即梧桐泾，在浙江嘉兴（桐乡属之）。宋张尧同，秀州（今浙江嘉兴）人，传有《嘉禾百咏》，中有《梧桐泾》。旧隐，旧时隐居之处；唐项斯《送归江州友人初下第》诗："新春城外路，旧隐水边村。"下联切生卒月份。十二月花信，六月为莲花，而莲花又与佛教有关。

林质侯观察挽联

质侯曾权知苏州府事，临终语诸子曰："吾无宦囊，惟以清白二字贻汝。"

易箦有遗言，惟愿子孙矢清白；
守苏曾小试，常教父老话龚黄。

【简绎】上联着笔临终遗言，下联进而追怀德政，赞扬多于哀挽。矢清白，发誓坚守清白。守苏，在苏州做郡守；郡在宋以后改为府，故知府亦习称"郡守"。因是"权"（暂代），故云"小试"。龚黄，用汉龚遂、黄霸典，指循吏。

沈毂成庶常挽联

毂成始官水部，继入翰林，竟以庶常终，不散馆，亦奇士也。精通释典，著有《报恩论》一卷。卒年七十三。

由水部入词林，以庶吉士归田，在认启单久推前辈；

因儒书通释典，逾古稀年证果，有报恩论长寿名山。

【简绎】水部为吾国古老官署，多属工部（如明、清设"都水司"），故"水部"亦相沿为工部司官之一般称呼。认启单，未详；陈宝琛《博沆叔招集同馆四十二人会饮藏园即席赋呈》有句："残梦能忘认启单，登瀛大拜盛衣冠。"翰苑出身，自然通晓吾儒经典，故云"因儒书"。证果，佛教语，指修行得道。长寿名山，谓著作传之不朽。

周笠西同年挽联

笠西名周乐，湖南人。今年奏请于明年癸卯正科重赴鹿鸣宴者，余之外，有周君及江南张君丙炎二人。乃至六月，而周君殂谢。承以同谱之谊，赴告于余，寄此联挽之。

六十年前与君同谱，荏苒至癸卯正科，其福在太傅文忠之上；

四千里外报我噩音，约略检甲辰小录，并世惟清河学士犹存。

【简绎】上联从同谱着眼，称其高寿多福。因同年而联及李鸿章（谥"文忠"），李享年七十九岁，先于周去世，故末句云云。下联从噩音生发，哀叹同年凋零。张丙炎字午桥，江苏扬州人，光绪三十年（1904）重宴鹿鸣，赐侍读学士。晋代陆云曾任清河（晋清河郡今属河北）内史，世称"陆清河"；而世有"天下张姓出清河"之说，下联末句"清河学士"似切"张"姓，应指张丙炎。

潘谱琴庶常挽联

谱琴为相国文恭公之孙，以庶吉士罢归，巾褐萧然，与寒士无异。每与余商榷（同"榷"）小典故，孜孜不倦。精制肴点，时承分贶。居在石子街时，相过从二十余年，吴中老友也。

宰相文孙，依然儒素；翰林老辈，尚有典型，遥遥十九科前，回首望玉堂天上；

郇厨精馔，每荷分颁；邺架奇书，常劳代检，历历廿馀年事，伤心过石子街头。

【简绎】上联述生平，主要着眼家世、科第。儒素，儒雅质朴；《隋书·杜台卿传》："性儒素，每以雅道自居。"此扣其巾褐归来、无异寒士。下联叙交谊，主要着眼居邻、馈贶。唐韦陟袭封郇国公，精烹饪美食，人有造访，必能满意；后以"郇厨"称盛宴美食。唐李泌封邺侯，家富藏书，韩愈《送诸葛觉往随州读书》谓之"邺侯家多书，插架三万轴"；后因以"邺架"比喻藏书之处。

陆春江方伯配王夫人六十寿联

夫人于十二月八日生，方伯曾护巡抚印。

六秩启华筵，恰好良辰过腊八；

三吴开幕府，再来使宅祝千秋。

【简绎】上联就夫人一边写，不外年岁、生辰、寿筵，突出腊八良辰。下联就方伯一边写。北魏太武帝、宣武帝，曾遣官巡抚边镇，或防寇，或赈灾；唐代始设巡抚使，宋承之且有所发展；明初，太祖派尚书蹇义等二十六人"巡行天下，安抚军民"。可知早期巡抚类同刺史，均奉天子之命持节赴外监察巡视之官。末句"使宅"（巡抚衙署），即由此而云。

王复卿明经挽联

复卿为菱湖镇龙湖书院监院。今年正月望，院中有礼事，犹出而主持。越三日遽卒，盖其宿疾已深也。时有废书院之议，余曾主是席三十三年，不能无今昔之感，故于次联及之。

人惊鹤驭太怱忙，元夕甫连，三日光阴俄已矣；

我为龙湖长叹息，老成凋谢，百年坛坫竟如何。

【简绎】上联惜逝者弃世之遽。鹤驭，犹"鹤驾"；元夕，犹"元宵"。下联叹世道变化之骤。书院于我国传统学术关系至巨，一概废止，固然错误；名不副实，益增感慨。今昔之感，曲园已甚，我今犹然。

程母裘太夫人九十有二寿联

夫人为程辅堂大令母，有四子、五孙、六曾孙。三月初十日，其生日也。大令时权知德清，乞书此联。

官舍大排当，律中姑洗，节属清明，寿母九旬晋二；

部民工颂祷，年过百龄，堂罗五代，贤侯一岁迁三。

【简绎】上联写庆寿。排当，安排宴会。姑洗，此指三月；《史记·律书》："三月也，律中姑洗。"清明多在农历三月，故有"三月节"之称。下联寓祝福。部属之民，谓之"部民"；有德有位者，敬称谓之"贤侯"。迁三，犹"三迁"，谓三次升迁；《南史·到彦之传》："上又数游撝家，怀其旧德，至是一岁三迁。"

宜兴程氏祠堂联

此亦辅堂大令乞书。自言先世由徽州迁宜兴，与二程子有别。二程子出二十六房，其族则出二十七房，盖同源而异派也。

自休父得姓以来，与伊川明道并振家声，一样门楣匹纯正；

从新安移居到此，于阳羡义兴大开祠宇，千秋福祚逮云仍。

【简绎】上联着眼姓氏。休父，西周宣王时人，封于程，史称"程伯休父"；后代即以"程"为姓。宋程颢（号"明道"）、程颐（世称"伊川先生"）兄弟，均为其后人。下联着眼祠宇。安徽徽州及严州地区，古称"新安"。宜兴秦称"阳羡"，隋名"义兴"。匹纯正，纯正（程度）相当；逮云仍，及于延续。

苏州新建李真人庙联

真人名育万，字空凡，元至大时人。年三十二坐化，建庙龙潭，遗蜕犹在，屡著灵异。本朝叠加"广济宣威灵应"封号，同治中颁有"仁德感应"四字额。其庙旧有仙方，分九科，共七百五十方，服之有验。苏州府向子振太守，因吴中多疫，特建是庙，余为题此联。

五百年元气长镇龙潭，祀典昭垂，四字襃题颁御墨；

数千里灵旗远临鹤市，神方普锡，九科妙剂拜仙方。

【简绎】上联首句"五百年"，从元至大始建庙到清同光间，大概而言。襃（褒）题，题写以表扬。下联首句"数千里"，谓从北方到江南。苏州别称鹤市，因当地士大夫喜养鹤。晋陆机《毛诗草木虫鱼疏》"鹤鸣于九皋"条载："今吴人园囿中及士大夫家，皆养之。"其地有养鹤涧、鹤舞桥、鹤市坊等。

陈母王太恭人挽联

恭人为陈蓝洲大令之母。蓝洲以湖北知县，陈情归养有年矣。客腊与余书，但言目力稍衰，起居尚无恙，不意越数月而长逝也。卒年八十四,已有曾孙。

八秩又四龄,近时目力稍衰,见犹起居如往日;
一堂将五代,有子宦情素淡,归来侍养已多年。

【简绎】上联侧重母亲一边。犹,原作"訧",当误。《广雅·释诂》"訧,罪也"王念孙《疏证》:"《说文》:'訧,罪也。'引《吕刑》'报以庶訧'。今本作'尤'。"下联侧重大令一边。做官之志趣、意愿谓之"宦情";《宋书·王微传》:"父忧去官。服阕,除南平王(刘)铄右军咨议参军。微素无宦情,称疾不就。"

钱室萧夫人挽联

夫人为钱怡甫观察之配,生于道光二十八年七月三日,殁于光绪二十九年四月九日。

乞巧前四夜披云锦衣来,想见宿根由慧业;
浴佛后一天到波罗蜜去,遥知证果在灵山。

【简绎】联语就生、卒时日发挥,归结到生之宿根、卒之证果,"慧业""灵山"则以赞叹代哀挽。古来七夕,有乞巧之俗。云锦,由传说天孙织女织锦生发而言。四月八佛诞,佛门有浴佛之举。波罗蜜,意谓"到彼岸",婉指亡故。一天,或作"一日"。

悭季文中翰五十寿联

季文乃湘抚次山同年子,慷慨有大志,且喜为诗。以拔贡生官内阁中书,以母戴夫人老,故不出也。

为名父子,奉母家居,荏苒年华,已到蘧大夫五十岁;
负经世才,以诗见志,激昂意气,俨然陈同甫一流人。

【简绎】上联祝寿诞。春秋时卫国大夫蘧瑗,字伯玉,人谓

"蘧伯玉行年五十,而知四十九年之非"(见《庄子·则阳》等);后称五十为"知非之年"。此侧重年岁而言。

下联赞才品。宋陈亮,字同甫,"生而目有光芒,为人才气超迈,喜谈兵,议论风生,下笔数千言立就"(《宋史·陈亮传》)。词宗辛弃疾,同为豪放词大家,清刘熙载《艺概》(卷四)云:"同甫与稼轩为友,其人才相若,词亦相似。"此则侧重其慷慨有大志。

宋氏祠堂联

祠在西湖卧龙桥畔,乃六桥之一也。

溯从壮武公后,代有传人,开元宰辅,天圣状头,卓荦大名满霄壤;

爰于新小隄边,聿兴祠宇,曲港金沙,长桥玉带,葱茏佳气到云仍。

【简绎】上联侧重姓氏。汉初陈平、周勃平定诸吕后,迎代王刘恒入都,众议皆以为不可信,唯宋昌(代王中尉)力促前往,遂即位为汉文帝。后宋昌以功封壮武侯;联中"公"非指爵位,乃男子尊称。宋璟,唐玄宗开元年间名相;宋庠,宋仁宗天圣二年(1024)状元。

下联侧重祠堂位置、环境。新小隄,指明正德三年(1508)疏浚西湖里湖所筑长堤,堤上亦建六桥,称"里六桥",卧龙桥为六桥之北第三桥。曲港金沙、长桥玉带,均为周边景致。聿兴,即兴建;聿,语助辞,《诗·大雅·文王》:"无念尔祖,聿修厥德。"葱茏,即"葱茏"。佳气,美好的云气。

山塘李文忠公祠联

有诏"立功省分,皆建专祠"。苏州建于山塘,为题此联。

钟间气龙文虎武，由灊岳降神，千秋又见临淮李；

奏元功北旆西旌，自苏台发轫，四境长留召伯棠。

【简绎】上联由籍贯生发，谓其独钟间气，仿佛临淮李重现。灊岳，今云"潜山"，又名"皖公山"，为安徽代表性山脉，而李鸿章正是安徽合肥人。"临淮李"则指唐李愬，他雪夜袭蔡州，生擒吴元济，平定淮西。宋王之道《六州歌头·和张安国舍人韵呈进彦》有云："追配汾阳郭、临淮李，扫妖孽，植颠仆，复疆宇，洗膻腥。"此用以比李合肥之勋绩。

下联就元功而引出祠宇所在地。元功，大功、首功；《后汉书·冯衍传》："将定国家之大业，成天地之元功也。"李鸿章率淮军进剿太平军，首次大捷为克复苏州，故有"苏台发轫"之谓。救民于兵火，亦可谓甘棠遗爱了。北旆西旌，当指任职直督及出访欧美。

王同伯比部挽联

同伯以进士官刑曹，奉母家居，遂不出。余主讲诂〔诂〕经，曾来充监院。去岁余至西湖，犹访我于碧霞西舍也。

壮岁策名北阙，荣列白云司，廿载栖迟，洛社高风留故里；

去年访我西泠，清谈碧霞舍，一朝凋谢，湖楼旧雨失斯人。

【简绎】上联述生平、科名、仕宦及家居，面面俱到；下联论交谊，追述近事，寄寓哀挽。策名，谓科考及第。白云司，刑部别称。相传黄帝以云命官，秋官为白云，刑属秋官，故称；亦指刑官。洛社，欧阳修、梅尧臣等在洛阳时组织之诗社。欧阳修《酬孙延仲龙图》诗："洛社当年盛莫加，洛阳耆老至今夸。"此扣奉母家居，亦切其文人身份。

柴功甫大守挽联

功甫白手起家，仕吴下，以知府候补。年八十五而终。有子七人，孙十三人，曾孙五人。

卅载宦三吴，福禄寿俱高，喜登仕版二千石；

一堂罗四代，子孙曾咸集，哭拜灵筵廿五人。

【简绎】上联由仕宦而颂福禄寿兼全，下联由子弟而述家人举丧。颜之推《颜氏家训·终制》"灵筵勿设枕几"，王利器《集解》："灵筵，供亡灵之几筵，后人又谓之灵床，或曰仪床。"

福州吴兴会馆联

福建省城新建吴兴会馆，同乡诸君属题此联。

千里到榕城，好领略丹荔黄蕉风味；

一樽话苕水，最难忘白蘋红蓼汀洲。

【简绎】联语主要就两地风物写来，确切不移。上联着笔客地，福州别称"榕城"，丹荔黄蕉为其特产。下联回写故乡，白蘋红蓼汀洲为其景致。苕水即苕溪，因夹岸多苕，秋时花白如雪，故称。吴兴，湖州古称，意为"吴国兴盛"，始置于三国东吴时期；隋废郡置州，为湖州建制之始；唐天宝元年（742）改湖州为吴兴郡，乾元元年（758）初复为湖州。会馆为乡人聚会燕饮之所，故"一樽酒"而"话"云云。

吴希玉大令挽联

大令为余孙陛云乡榜同年，后成进士，以知县官江西。罢归贫甚，年六十六而卒，几无以为敛，亦文人之薄命者。将卒前五日，犹来见我于春在堂云。

六旬翁乡举附孙行，五日之前犹见我；
百里宰家居以穷死，一官如此最怜君。

【简绎】上联着笔交谊，下联哀其贫死。乡举，指乡试中式。孙行，孙子辈。百里宰，县令别称；杜甫《寄刘峡州伯华使君》诗："皆为百里宰，正似六安丞。"

廖仲山尚书挽联

仲山由翰林起家，官至礼部尚书，引疾归。因其先德曾致力于《路史》一书，未卒业，与其兄榖似中丞共成之。年六十五而卒。余孙陛云应朝考，受其知；庚子之变，同在京师，可谓相从于患难者矣。

曳尚书之履，归卧乡园，与阿兄撰著名山，不惮辛勤成父志；

逾耆寿而终，共推全福，忆吾孙追随京国，正因忧患见师恩。

【简绎】上联写归里著书，侧重表彰；下联写两家交谊，侧重悼慰。曳，穿着（衣服、鞋履）；《诗·唐风·山有枢》"子有衣裳，弗曳弗娄"，孔颖达疏："娄、曳，俱是著衣之事。"名山，喻指藏之名山、传世不朽的著作。古称"六十曰耆"（《礼记·曲礼》），逾耆寿，扣年六十五而卒。京国，京城，扣京师。

许菊圃喜联

杭州许氏为浙西望族，世所称"七子登科"者，菊圃之大父行也。九月十三日完姻，书此贺之。

节序过重阳，喜见菊花开竝蒂；

科名绳七子，先将萱章祝馆男。

【简绎】喜联不过贺夫妇好合、祝早生贵子，此为多见，是联亦然。上联由节序切入，以并蒂贺喜；下联由家世切入，以宜男祝福。绳七子，意谓"七子相承"；绳，相继而承。萱草又名"宜男草"，俗传妇人佩之生男；《太平御览》引前蜀杜光庭《录异记》："妇人带宜男草，生儿。""萱章"用此俗信。（或云"章"当为"草"之误。）下联"䇾"字，意在与上联"竝"字搭对，同时亦符婚庆俗信——诸凡物事，均须成双成对。另，两"宜"并列之异体字，常见有"竉""宣"。

余杭县文昌阁联

在县城东南，明万历年建。阁圮，又新之，邑人乞题此联。大涤，乃其邑之名山也。

溯前朝建造以来，日启离明，每见奎光腾六府；
自大涤锺灵到此，地当巽位，长留杰阁镇千秋。

【简绎】楼阁联语，多就环境、历史、命意等着笔。此联上下首句，一则历史，一则环境，然后种种生发，扣到阁之意蕴、功用等。离明，日光。语本《易·离》："离为火，为日。"孔颖达疏："离为火，取南方之行也；为日，取其日是火精也。"奎光，奎宿之光。旧时俗信以为，奎宿耀光为文运昌明之兆。六府，文昌宫之六星。巽位，亦称"巽地"，东南方位。

汪母黄太夫人挽联

太夫人为耕馀观察之配。耕馀宰嘉定时，夫人曾置纺纱车数千具，颁赐民间，教之纺纱，至今蒙利。及其长子钧官河南鄢陵令，值河决，夫人又助之振，诏以"乐善好施"旌其门。

撤填振中州，帝用褒嘉，岂止欢声腾赤子；
鸣机课穷巷，民资乐利，允宜祀典配黄婆。

【简绎】联语集中于赈灾、教民两大事，旧时妇女而有此，足以彪炳千秋，故予大书特书，而家庭、子弟也便不之及。"岂止""允宜"，一则反跌、一则递进，朝野的褒扬、颂美尽在不言之中。

上联写出资赈灾。撤瑱（tiàn），摘下首饰；瑱，玉质耳饰，泛指首饰。振，救济；《史记·汲郑列传》："臣谨以便宜，持节发河南仓粟以振贫民。"后作"赈"。古豫州（今河南一带）处在九州中心，称为"中州"。

下联写纺车教民。鸣机，开动机杼，指织布。元人黄道婆，松江府乌泥泾（今属上海）人，改革纺织工具及技艺，推广棉花种植，衣被天下，卒后民间建祠奉祀。清钱载《木棉叹》诗："黄婆庙，乌泥泾，天晴献鸡酒，愿乞黄婆灵。"

陆立鑫庶常给假归娶贺联

庶常名凤仪，登第后完姻。年二十四，乡、会联捷。

给假赋催妆，勿徒艳说随园，好同符吴县文恭，与溧阳文靖；

联科登上第，更喜妙龄弱冠，待异日琼林重宴，即花烛重圆。

【简绎】上联以本朝三人，传写登第之早（在娶妇之前）：袁枚（号"随园"），同为二十四岁及第；史贻直（谥"文靖"），及第时只有十九岁；潘世恩（谥"文恭"），二十三岁状元及第。下联由妙龄联科登第，展望异日朝堂恩荣与白头之庆。

章式之刑部贺联

式之捷礼闱，分刑部，乞假南归，亲友聚贺。是日为十一月十二日，距冬至六日，乃其母夫人生日也。

京国赋归来，慈寿欣当日南至；

山堂精考索，清班应属鲁东家。

【简绎】章钰，字式之，曾问业于俞樾，光绪二十九年（1903）中进士，以主事任用，签分刑部湖广清吏司行走，报到后即请假回家侍母，所谓"京国赋归来"。夏至以后，日躔（chán）自北而南；冬至以后，又自南而北，故冬至日又称"日南至"，扣母夫人生日。《山堂考索》（又名《群书考索》），宋章如愚著，此切其姓。明、清六部均分司办事，各司分别称"某某清吏司"，此处"清班"当指此，扣任职刑部（清代刑部设十七个清吏司）。鲁东家（东家丘），指孔子；而孔子曾任鲁司寇，职掌刑狱、纠察，事属后世之刑部。

彭赞臣庶常挽联

赞臣名世襄，光绪癸卯以庶吉士假旋，到家即卒。相传为湖北某郡城隍，不知何所自也。其家以会试墨卷与赴状同投，亦可悲矣。

衣锦喜荣归，俄传吉士头衔，写入缙云新记；
报罗惊大去，堪叹长安行卷，附来薤露哀词。

【简绎】唐李阳冰任缙云县（今属浙江丽水）令时，作有《唐缙云县城隍庙记》。上联"缙云新记"由此引申，谓记录城隍之作，扣逝者为某郡城隍。报罗，指新进士暴卒。大去，原指一去不返，后也用为亡故之婉辞。唐代科考前夕，应举者将诗文写成卷轴，投送朝中显贵以延誉，称为"行卷"；此扣墨卷之来。薤露，又作《薤歌》《薤露》，古代挽歌；薤露哀词，扣赴状。

聂仲芳中丞五十寿联

中丞四十生日，余曾以一联为寿。今五十矣，适抚吾浙，因又赠此。

忆四旬初度曾献一联，荏苒阅十年，虎武龙文满中外；
际二月仲春欣开六袠，讴歌听两浙，吴山越水共高深。

【简绎】上下联以"忆""际"领起，一忆过往、一述目下，一则表交谊，一则赞宦迹。大约缘于无多可说，末句均未免略显空泛。际，当、适逢；綦毋潜《春泛若耶溪》："际夜转西壑，隔山望南斗。"

苏州省城浙江会馆联

苏城向无浙江会馆，今始有之，题此以落其成。

从吾浙挂席而来，历四百里津梁亭堠到此名区，闾阎殷富，山水清嘉，开拓心胸知几许；
登斯堂举杯相属，合十一郡文物衣冠成兹良会，襟上酒痕，袖中诗本，流连风景意云何。

【简绎】上联联系两地，仿佛由故乡一路行来，经过渡口桥梁、驿站关亭，到得优美富庶之客地。挂席，犹"挂帆"，亦即"扬帆"；《文选》谢灵运诗句李善注："扬帆、挂席，其义一也。"下联侧重会馆之用，即会聚同乡、诗酒流连。"十一郡"，指浙江省属十一府。文物衣冠，指文人绅士；元辛文房《唐才子传·窦叔向》："有卓绝之行，登第于大历初，远振佳名，为文物冠冕。"上下联末句，既表惬适，亦寓激勉，的是会馆不二指归。

刘母杨太夫人挽联

太夫人为刘有光大令之母，甘肃河西县人。其地素产布，太夫人自少即以纺纱织布为事。及大令官江苏，就养署斋，依然布素也。闻鞭笞声辄不乐，每劝大令虚心研鞫，勿事刑求。诚贤母也。

布帔不嫌麤，从前窗下鸣机，常自丝丝缫吉贝；
蒲鞭犹觉重，此后堂前听讼，更谁絮絮问平反。

【简绎】布帔,概指衣服朴素。帔即披肩,此处泛指服饰。麤,同"粗"。缲(sāo),把蚕茧浸在热水里抽丝。吉贝,译音词汇,本指木棉,混称棉花,亦指棉布。蒲鞭,以蒲草为鞭,表示刑罚宽疏;《后汉书·刘宽传》:"吏人有过,但用蒲鞭罚之,示辱而已。"絮絮,犹言"絮叨"。小引"有光"原空缺,据《滇南碑传集·刘母杨太夫人墓志铭》补。缪荃孙《郡城赠金涟生表兄一百韵》有句:"邑宰折柬招,是日正开仓。"(自注:邑令刘有光招饮)。

陈辰田明经挽联

辰田年八十时,重谐花烛,重游泮水,余曾以一联寿之。年八十三而终,少于余一岁。

六十年重谐花烛、再掇芹香,喜今五福俱全,如此完人能有几;

八旬翁已越三龄、未登九秩,叹我一年差长,可知来日亦无多。

【简绎】上联从六十寿辰往事着笔,赞扬其五福俱全。下联由逝者年寿转到自己一边,悼逝者兼叹自身年高。完人,绾合"五福俱全",与通常意义有别。差长(chā zhǎng),意谓大致年长一些。

沈羲民同年九十寿联

羲民甲辰副榜,丙午举人,历宰江苏大县,兼精医。光绪甲辰年九十岁,至后年丙午,则重宴鹿鸣矣。

是名宦、是名医,是名孝廉,后此一科,小雅笙簧重宴乐;

又同乡、又同年,又同寄寓,长吾六岁,先生杖履倍精神。

【简绎】上联"孝廉",扣举人;末句扣重宴鹿鸣,《诗·小雅·鹿鸣》:"呦呦鹿鸣,食野之苹。我有嘉宾,鼓瑟吹笙。吹笙鼓簧,……"下联"寄寓",暂时寓居,当指与俞樾一同寄居苏州。

翁叔平相国挽联

公之殁也,奏入报闻。昔日白香山卒,或为请谥,上曰:"何不取《醉吟先生传》看?"竟不予谥。上联亦微有寓意。

白傅一篇醉吟传;

绿图两代帝王师。

【简绎】白居易《醉吟先生传》云:"启手足之夕,语其妻与侄曰:吾之幸也,寿过七十,官至二品,有名于世,无益于人,褒优之礼,宜自贬损。我殁,当敛以衣一袭,送以车一乘,无用卤簿葬,无以血食祭,无请太常谥,无建神道碑;但于墓前立一石,刻吾《醉吟先生传》一本可矣。"翁同龢,字叔平,曾为同治、光绪两代帝师。曾参与戊戌新政,变法失败后,奉朱谕"革职永不叙用",卒后亦未予谥,直到宣统年间才追谥"文恭"。

《墨子·非攻下》:"河出绿图,地出乘黄。"孙诒让《间诂》:"《北堂书钞·地部》引《随巢子》云:'姬氏之兴,河出绿图。'"而姬氏(周朝)勃兴,军师姜尚至关重要;李白《赠钱征君少阳》诗"如逢渭水猎,犹可帝王师",句中"帝王师"即指姜子牙。下联"绿图",当联系于此。

赠张真人联

真人名元旭,字晓初。以事至苏,乞书此联。

于仙佛外别开一家;

从汉唐来自有千秋。

【简绎】东汉张道陵创立"天师道",以符水咒法为人治病,教人思过。此所谓"从汉唐(偏指汉)来"。因与追求神仙道之登仙、佛教之生天不同,故上联云"别开一家",而此亦"自有千秋"的理由所在。

留园戏台联

十馀年前,为园主人盛旭人侍郎书。久不记忆,有游留园归者为诵之,补录于此。

一部廿四史,谱成今古传奇,英雄事业,儿女情怀,都付与红牙檀版;

百年三万场,乐此春秋佳日,酒坐簪缨,歌筵丝竹,问何如绿野平泉。

【简绎】戏台联,不外演戏、看戏,所谓"戏里戏外"。此联即如此,上联写台上的戏齣,下联写台下的宴乐。红牙檀版,檀木制成之拍板;红牙,檀木别称。百年三万,概指人生百年三万日。簪缨,古代官绅之冠饰,比喻高官显宦人等。绿野平泉,绿野堂、平泉庄,分别为唐裴度之别墅、李德裕游憩之别庄。末句"问",原作"间",据文意改。

向子振观察六十寿联

子振时官雷琼道,适有土寇犯境,击却之。

数百里疆宇乂安,寻海琼子葛仙游迹;

六十岁精神强固,播汉将军向宠威名。

【简绎】雷琼道,隶属广东省,辖海南岛和雷州半岛雷州、琼州二府,道署驻琼山县。联语分别称美治绩、祝福寿诞,前者借当地名流表出,后者引同姓古人衬托。乂(yi)安,安定;《文选·陆倕〈石阙铭〉》:"区宇乂安,方面静息。役休务简,岁阜民和。"葛长庚，号海琼子，宋琼山县（今属海南）道人。曾为皇帝讲学，后往来名山，行踪无定。向宠，三国蜀汉中军将，曾平定汉嘉地区蛮夷叛乱，诸葛亮《出师表》谓"将军向宠，性行淑均，晓畅军事，……"

周伯英姨甥女挽联

伯英归张氏，其夫亡，支持门户，保守田园，颇于张氏有功。其父周君云笈，余之僚婿，其母乃姚夫人之伯姊也。故自其六七岁时，余即见之，然今年亦七十三矣。

忆幼时婉娈出拜，情景非遥，荏苒岁华成老病；
叹年来撠挶持家，田园无恙，艰难祖业付儿孙。

【简释】上联概生平，自幼时到老病。婉娈，年少美貌。下联说家政，由守护到托付。撠挶（jǐ jú），意同"拮据"；段玉裁《说文解字注》："《豳风》'予手拮据'，《传》曰：'拮据，撠挶也。'"

苏州元妙观祝釐所联

光绪三十年十月，恭逢皇太后七旬万寿，苏州士大夫以元（玄）妙观为祝釐公所，届期咸集，舞蹈趋跄。羁旅小臣，亦与瞻拜，敬题此联。

溯圣朝定鼎以来，从顺治而康熙、雍正，及乾嘉道咸同光，文谟武烈，造成百代丕基，尚赖皇太后日新日日新，玉律金科皆有叙；
就苏郡提封之内，合吴县与长洲、元和，暨昆新常昭江震，白叟黄童，罗拜七旬寿宇，并祝圣天子万岁万万岁，娥台蚁幄共无疆。

【简释】上联以圣朝为眼目，列数各代功烈而及于太后，极尽颂美。丕基,伟大基业;《书·大诰》:"呜呼!天明畏,弼我丕丕基。"日新日日新,原本《大学》:"汤之盘铭曰:'苟日新,日日新,又日新。'"而《易·系辞上》云"富有之谓大业,日新之谓盛德",则"盛德"之颂美不言自明。有叙,即"有序"。

下联以苏郡为眼目,列数各府老幼拜寿,尽管亦道及天子,末了又回到祝釐正主儿,再度比拟古贤以颂美。提封,提举四境之内土地,总计其数字;此后两句所举,即苏州府属之九县。娥台姒幄,娥皇(受祭)之高台、太姒(教子)之帷幄。娥皇,帝尧长女,与妹女英,同嫁虞舜,舜既嗣位,娥皇为后、女英为妃,刘向《列女传》谓"二妃德纯而行笃";太姒(亦作"大姒"),文王之妻、武王之母,育兄弟十人,《列女传》谓"太姒最贤,号曰文母"。唐《郊庙歌辞·武后大享昊天乐章》有云:"德迈娥台敞,仁高姒幄披。"

公所闳厂(同"敞"),一联不足,再献数联。
重轮重光尊二圣;
十月十日祝千秋。

【简绎】重轮,日、月周围光线折射形成的光圈;重光,日冕或日珥现象。二者古人皆以为瑞应。二圣,慈禧太后与光绪帝。慈禧太后生于道光十五年十月十日。

北阙奏笙簧,悉禀娲皇圣制;
南邦采芝朮,最宜泰伯遗封。

【简绎】《世本·作篇》:"女娲作笙簧。"上联以女娲比喻,谓政令悉出太后。为传贤于三弟季历之子姬昌(周文王),泰伯与二弟仲雍,托言为父至衡山采药,离开周原,迁居江东,建立句吴。芝朮(zhú),一种药草,传统以为食之长寿。泰伯遗封,指苏州。

慈寿庆七旬，七始七元，七百年重开景运；
良辰逢十月，十风十雨，十千耦共乐绥丰。

【简绎】上联扣七旬慈寿。七始七元，古人以十二律中之七律为"七始"，以黄钟、林钟、太簇为天地人之始，姑洗、蕤宾、南吕、应钟为春夏秋冬之始；又以二十八星宿中之七宿配六十甲子，一元甲子起虚，二元起奎，三元起毕，四元起鬼，五元起翼，六元起氐，七元起箕，凡四百二十日为一周始，共得甲子七次，称作"七元"。景运，好时运。

下联扣十月生辰。十风十雨，由"十风五雨""五雨十风"衍生，语本汉王充《论衡·是应》："风不鸣条，雨不破块，五日一风，十日一雨。"五（或"十"）天刮一次风、十（或"五"）天下一场雨，形容风调雨顺。宋陆游《村居初夏》诗："斗酒只鸡人笑乐，十风五雨岁丰穰。"又王炎《丰年谣》五首之一："五风十雨天时好，又见西郊稻秫肥。"十千耦，语出《诗·周颂·噫嘻》"亦服尔耕，十千维耦"，形容万人并力耕作。绥丰，安宁充实。

良月月真良，催回大地祥和，一曲阳春调律琯；
小春春不小，胜似满城桃李，三旬花样艳宫袍。
（功令：文武官穿蟒袍一月。）

【简绎】此联上下均从时令着眼，首句立论，后二句释说。

良月、小春，均指夏历十月。古人以盈数为吉，数至十则小盈，故以十月为"良月"。《左传·庄十六年》："公父定叔出奔卫，三年而复之……使以十月入，曰：'良月也，就盈数焉。'"宋陈元靓《岁时广记》引《初学记》："冬月（此指十月）之阳，万物归之。以其温暖如春，故谓之小春，亦云小阳春。"大地祥和、阳春调律，可谓"良真月"的注脚。而《阳春》非仅雅乐，又与十月小阳春绾合。"春不小"云云，缘于和桃李芬芳时节的比较；而"胜似"，则在于官员蟒袍花样绚丽多彩。三旬，一个月，则正朝廷规定文武官员服蟒的时限。

费屺怀太史暨徐宜人五十双寿联

太史生日,适逢家忌。九月十八日,宜人生日也,弧帨并陈,书此为寿。

成纪安喜,合为百岁;

长生久视,补作重阳。

(唐权德舆封成纪县伯,妻封安喜县君,有诗见本集。上联用此。唐懿宗歌云:"长生白,久视黄,同拜金刚不坏王。"并菊花名也。下联用此。费氏悬此联于听事,见者多不解,聊识于此。)

【简绎】双寿联,几乎无不在两人年岁上寻由头,此联亦是。上下联仅看后句,平淡无奇;前句援以典实,遂古雅、蕴藉多多。五十双寿,故云"百岁"。九九重阳,十八亦九九之重,故云"补",又隐寓"弧帨(喻男女)并陈"。

曾母丁太夫人挽联

太夫人之归于丁氏也,自匿其年三岁,故今年九十,实则九十三矣,盖苏俗然也。其生于九月三日;其卒于八月二十七日,是月小尽,距生辰五日耳。

计闰作三年,援昔贤官年之例,又实增三年,虽欠四龄亦人瑞;

设帨当九月,至今岁壮月而终,已将交九月,再迟五日即生辰。

【简绎】上联着眼年岁。旧时具报官府之年龄,谓之"官年",往往较"实年"(实际年龄)多几年。宋洪迈《容斋四笔·实年官年》:"士大夫叙官阀,有所谓实年、官年两说,前此未尝见于官文书。大抵布衣应举,必减岁数,盖少壮者欲藉此为求昏地;不幸潦倒场屋,勉从特恩,则年未六十始许入仕,不得不豫为之图。至公卿任子,欲其早列仕籍,或正在童孺,故率增抬庚甲有至数岁者。……江东提刑李信甫,虽春秋过七十,而官年损其五,坚乞致仕,有旨'官年未及,与之外祠'。"据联语可知,清代官年较实年少三岁。此挽妇人而准据官年,故谓"援例"。末句谓百岁只差四年,故曰"人瑞"。

下联着眼生辰。古礼:女子出生,挂佩巾于房门右侧。《礼记·内则》:"子生,男子设弧于门左,女子设帨于门右。"郑玄注:"帨,事人之佩巾也。"后用以指女子生辰,清戴名世《凌母严太安人寿序》:"七月某日为吾母设帨之辰,盖年臻八十矣。"壮月,指八月。《尔雅·释天》"八月为壮",郝懿行《义疏》:"壮者,大也。八月阴大盛。"农历小尽二十九天,八月二十七至九月初三,恰好五日。

沈问梅赠君挽联

君行年七十。其次公子梅观察,自津门驰归,甫举寿觞,即捐宾馆。君宰吴江时,余托其购求雪港沈氏《昭代丛书》。故其卒也,书此挽之。久不存稿,而其长公旭初观察,尚能诵之,因补录焉。

　　七秩甫称觞,洛社春深,有子津门旋宦辙;
　　十年重感旧,吴江枫冷,烦君雪港访遗书。

【简绎】上联由称觞而述及捐馆。次子驰归,本为称觞,而旋易举丧,此所谓"春深"。下联由感旧而寄寓缅怀。《昭代丛书》,清涨潮(甲乙集)、杨复吉(续集)辑。道光十三年(1833)吴江沈氏世凯堂重刊,为十一集本。其时沈氏主事者为沈懋德,书庄在吴江(今苏州吴江枫树区)雪港村。吴江枫冷,从唐初崔信明"枫落吴江冷"诗句化出。联中"深""冷"二字,极具感情色彩,可谓精到。

沈芳衢孝廉贺联

芳衢由副榜中式,故首联云。然此联亦失记,乃翁旭初观察属补录之。

　　两度游月宫,符君家故事;
　　一飞到霄汉,乘来岁春风。

【简释】上联纪实,写父子同中副榜。沈芳衢乡试副榜中式,其父沈旭初(字寅生)会试亦中副榜,"君家故事"或指此。宋胡铨《临平道中用坡老雪中长韵答刘寺簿》诗,有句:"况复君家有故事,元城先生刘器之。"北宋刘安世,字器之,直言敢谏,人称"殿上虎"。胡诗勉励刘寺簿,如本家刘安世一样,"莫将篇什助雪虐,好吐忠嘉淳俗漓"。下联预祝春风得意、一举夺魁。会试在春季(所谓"春闱"),故有"春风"云云。

姚访梅都转挽联

余前寓天津,始与君识,今四十余年矣。自营生圹,在嘉兴城外,颇有丘壑,榜曰"又一村"。

　　溯从前同寓丁沽,四十年来,喜见高门侔万石;
　　想此后重经丙舍,又一村里,长留佳气到千秋。

【简释】上联记交谊,说到门第;下联说生圹,言及不朽。丁沽,扣天津。侔(móu),齐,相等。万石,典出汉代石奋,此指门第高贵。丙舍,此指墓地房舍。佳气,美好的云气。

李勉林制府挽联

公以诸生从戎,官至巡抚,薨于两江署任。时各国赔款改银为金,公易箦前旬日,犹会商各督抚,合词电达外务部,请其力争,惜未之从也。

范文正起自秀才,白首建高牙,正为长江严管键;
寇莱公力争岁币,黄金掷虚牝,谁怜中土竭脂膏。

【简绎】上联简笔略叙科第、宦辙;援引范文正,不过突出其书生从戎。末句扣其署理两江总督。下联浓墨描述闪光事件;援引寇莱公,却颇具可比性。辽军南侵,寇准力劝真宗亲征,辽军未能得逞,便欲议和。商定岁币时,议和使节曹利用临行请命,真宗曰:"必不得已,虽百万亦可。"寇准却把曹利用"召至幄次,语之曰:'虽有旨许百万,若过三十万,将斩汝!'利用果以三十万成约而还"(《通鉴·宋纪二十五》)。虚牝(pìn),空谷,喻无用之地,意指白白浪费。末句"谁怜",以反诘语气表出有司未从其意。

沈氏节烈坊柱联

德清县学生沈寅恭妻周氏,夫亡守节,以节妇旌;副贡生沈寅禾妻马氏,徇夫而死,以烈妇旌。二妇乃娣姒也,合建一坊,余题其柱。

十载两旌门,节与烈并达九天,壸史修二贤合传;
一堂双筑里,娣及姒并堪千古,家风振八咏清声。

【简绎】节烈牌坊联,自然专就人事写来。十载,当是两次旌表的时间。壸史,壸(通"阃")闱之史,即妇女史;壸闱,古时妇女所居内室。一堂双筑,当指两人合建一坊。娣姒(dì sì),妯娌。八咏,用沈约"八咏诗"事,切姓。

孙仁甫明经七十寿联

君生于十二月初七日。其家富于藏书,乾隆间开四库馆,呈进书籍甚多。

为古稀翁豫祝百年，先腊八日敬举寿觞，共倾新酿酒；

愿中兴朝重开四库，与天一阁同修故事，再进旧藏书。

【简绎】上联侧重祝寿。膲，"腊"字古体；《晏子春秋·谏上》："景公令兵抟治（抟土为砖），当膲冰月之间而寒，民多冻馁，而功不成。"

下联颂美家道。孙炳奎（字仁甫）六世祖孙宗濂，在乾隆年间建"寿松堂"藏书；五世祖孙仰曾，曾向四库馆进书百余种。寿松堂藏书在战乱中破坏严重，孙炳奎、孙俊父子有所辑补。宁波范氏天一阁，乾隆间修《四库全书》，曾呈进六百多部善本书。故事，指旧事、先例；《汉书·刘向传》："宣帝循武帝故事，招名儒俊材置左右。"

台州彭刚直公祠联

台州民金满，字玉堂，素豪横，有周孝侯风，颇为乡里患。刚直怜其才，招致麾下，授以右职，积功至守备。玉堂感念旧德，即于其乡创建公祠，命子孙吉（世）祀之。公之破格怜才，玉堂之感恩报德，皆可传也。故题此联，以落其成。

感当年白发尚书，费一片婆心，招得英雄侍鞭弭；

看此日赤城胜地，崇千秋庙貌，留将俎豆镇溪山。

【简绎】上联写为彭玉麟收之麾下，任以右职（武职）。后二句以周处比金满，突出彭玉麟之恩德。晋人周处"年少时，凶彊侠气"，斩蛟后去见二陆（陆机、陆云），陆云也有一番教导；后"遂改励，终为忠臣孝子"（《世说新语·自新》），卒谥"孝"，世称"周孝侯"。鞭弭，马鞭和弓，借指戎马生活。雄，同"雄"。下联首句切地，台（tāi）州有赤城山，山色赤赭如火，又称"烧山"，号称天台山之南门。

苏州府署闲园联

郡署东偏〔偏〕，旧有一园，有桃坞、竹簃诸胜；名之曰"闲"，取乐天诗意也。余婿许子原守是郡，稍修葺之，为题此联。

本黄歇故封雄开剧郡，士民殷庶，财赋丰饶，赖有小园林，借半日光阴稍谈风月；

用白诗遗意肇锡嘉名，桃坞春朝，竹簃秋夕，惟愿贤太守，与三吴父老共乐宽闲。

【简绎】园林联语，多联系郡望、历史，展示命意、景致等等。此联前半基本如此，后半更在园名"闲"字上着墨，既期许、亦劝勉，使园林之意义得以延伸。

黄歇故封，借指苏州。剧郡，政务繁剧之郡，指苏州府。白居易诗有《闲行》："五十年来思虑熟，忙人应未胜闲人。林园傲逸真成贵，衣食单疏不是贫。专掌图书无过地，遍寻山水自由身。倘年七十犹强健，尚得闲行十五春。"又有《闲意》："不争荣耀任沉沦，日与时疏共道亲。北省朋僚音信断，东林长老往还频。病停夜食闲如社，慵拥朝裘暖似春。渐老逐谙闲气味，终身不拟作忙人。"肇锡嘉名，原本《离骚》"肇锡余以嘉名"。簃（yí），楼阁旁边的小屋。

沈旭初观察谢夫人双寿联

观察与夫人同于正月十三日生。夫人年五十，观察则六十有八。准功令计闰，九十七可作一百，则六十八可作七十矣。

蓬山仙眷，一日同来，预支佳节元宵，赏此十三风月；

柳絮清才，五旬未老，请计先生闰岁，合成百廿春秋。

【简绎】联语紧扣"双寿"来写。上联着眼生辰，可谓综括。宋徽宗宣和年间，庆赏元宵往往提前，甚至有腊月放灯者，谓之

"预赏元宵"。《宣和遗事前集》："为甚从腊月放灯？盖恐正月十五日阴雨，有妨行乐，故谓之预赏元宵。""预支元宵"化用。下联着眼年寿，先从夫人说，进而转到先生，末后合作一处。柳絮清才，用谢道韫事，切夫人之姓。

刘景韩中丞挽联

中丞前在天津，与大儿同官，甚相得。后抚浙，坐疆事免。
疆事处万难，青史应留公论在；
交情联两世，白头殊叹故人稀。

【简绎】刘树堂（字景韩）曾任直隶清河道署天津道，其时俞樾长子俞绍莱官直隶北运河同知。刘树堂任浙江巡抚时，在"三门湾事件"中切实备战，有"任事果敢，干略尤长"（荣禄语）之评。后因衢州教案，朝廷因列强胁迫，被处"革职永不叙用"。疆事，指涉外事务。上联写过生平要事之后，下联由两世交谊，进而归到悼挽。

徐孝女六十寿联

长洲县属永昌镇徐氏女，名曰淑英，以孝旌。父名佩藻，字子芹，临殁时语女曰："汝弟尚幼，汝能不嫁，为我抚之乎？"女曰："诺。"父以田三百亩予之。女遂不嫁，持家抚弟。弟既成立，娶妇，且入学矣。其父素有意欲立义庄，而田止五百亩，因循未果。女以父所予三百亩益之，又历年节省，续购田二百亩，合成一千亩，建义庄，以成父志。光绪三十一年，女年六十岁，戚党嘉之，为征寿言。

成父志，以一千畝建立义庄，绰楔高标东海望族；
守女贞，至六十岁抚成弱弟，环填长寿北宫婴儿。
【简绎】上下联均以首句提领，次句记事，三句则因事寓意，或赞扬、或祝颂。周穆王时之徐偃王，其后代在东海郡（在今山东）成为望族，自称"东海世家"。联中"东海望族"，切徐姓。北宫婴儿，孝女代称。婴儿，指齐国孝女婴儿子；《战国策·齐策四》："（威后）进而问之曰：……北宫之女婴儿子无恙耶？彻其环瑱，至老不嫁，以养父母。是皆率民而出于孝情者也。"

刘仲良制军八十寿联

公曾抚吾浙。四月四日，其生日也。

浴佛前四日，先瞻南极寿星，共拜东坡北斗；
去浙后廿年，尚有西湖旧雨，寄怀谢傅东山。

【简绎】此联就生辰、宦地着笔，又各用典实，一则寄寓祝福，一则缅怀交谊。民神寿星，本之南极老人星，故云"南极寿星"。相传某一夏日，苏东坡漫游到寿星院，借把躺椅，赤背休憩。小和尚看到坡老背上有七颗黑痣，恰如北斗七星。"东坡北斗"本此。谢傅东山，用谢安隐居东山之典；此当指寿主致仕退居。

郭榖斋观察挽联

余与郭氏，世有渊源。君之祖，乃先大夫同年也；余从孙剑孙，以丙子举于乡，君又适为内监试；余孙应经济特科取一等，君之子侍郎君又为阅卷官。今岁君年七十有六，以金衢严道署臬司而卒。

届八旬耄耋之年，霜柏外台，留得召棠古遗爱；
统四世渊源而论，云萍小录，感怀孔李旧通家。

【简绎】上下联各以"八旬""四世"领起，分别侧重宦迹与交谊。

宦迹集中于年高而犹在任。霜柏，喻指老而弥健之人；元赵孟頫《次韵左辖相公奉寄行台中丞徐公》:"白发故人霜柏在,黄尘游子断蓬如。"外台,后汉州郡长官刺史,可置别驾、治中诸曹掾属,号为"外台";此切臬司。八旬上寿,又留遗爱,可谓考终。

交谊集中于科场之关系。云萍录,记载师友姓名之簿册。俞樾《茶香室丛钞·云萍录》:"《云萍录》,当是记载师友姓名之书。"孔李通家(世交),用孔融与李膺典;因数世渊源,故曰"旧"。

刘吉园总戎挽联

吉园以武童从军,首破小池口贼垒,遂知名。曾从事左忠襄甘肃军营,后为杨石泉中丞调至吾浙,署定海总兵,补温州总兵。其统带省城防军也,颇有荣绩。杭州水星阁,存贮火药甚多,君于四围厚筑垣,及后火药局灾,而居民不伤。此一事,杭人至今感之。其时,俞楼亦颇震动也。

小池口破贼以来,复九江、复安庆,功冠戎行。及内地肃清,金城郡匹马长征,转战更经边徼外;

两浙间倚公为重,镇定海、镇温州,望隆专阃。即会垣防御,水星阁崇墉高筑,小楼亦在保全中。

【简绎】上联概写从军经历,前半主要指剿灭太平军,后半则指左宗棠麾下转战甘肃。小池口,在今湖北黄梅县南长江北岸,为刘祥胜(字吉园)首建战功之地。金城郡,古建制名,西汉始元六年(前81年)置,治所在今甘肃兰州市西。边徼,指边地。

下联特写在浙重事,前半笼统而言,后半涉及具体事件。专阃,此指将帅在外统军,扣总兵。会垣,指省城;清平步青《霞外攟屑·里事·鉴湖村居》:"然千岩万壑,不让会垣。"崇墉,高墙;《文选·王延寿〈鲁灵光殿赋〉》"崇墉冈连以岭属",张载注:"墉,墙也。"

此联并非简短，故结构尤为紧要。联中上下各着一"及""即"承转，以地隶事，绾合前后，真可谓巧不可阶矣。

谭文勤公挽联

公在同治初，以御史上一封奏，颇称旨。后之大用，由此也。及抚陕，值大无。公先在藩司任，积钱粟无算，他省皆纷纷请振，而陕寂然，或疑其膜视，不知其备之有素也。公访余湖上，言此甚详。公自杭州府迁豫臬以去，不十年抚浙，惠政甚多，而修复文澜阁及抄补《四库全书》，士林尤称颂焉。在浙适逢六十生日，余以文寿之。今闻公讣，寄挽此联。

同治初密陈一疏，宗社攸关，及开府秦中，活万户灾黎，不待泛舟有仁粟；

临安郡小别十年，封疆坐领，忆清尊湖上，祝六旬初度，正当杰阁建文澜。

【简绎】上联写六十岁之前两大事，一京城，一秦中；下联回转杭州，写交谊，也写惠政，尤其突出文事。

谭钟麟，字文卿，谥"文勤"。早年任江南道监察御史，曾奏论承统事。抚陕时某年遇大旱，调省内各州县社仓库粮赈济，平稳渡过灾年。抚浙时，改定税厘、修理海塘、整顿武备，皆有治绩。光绪六年（1880），谭钟麟主持重建文澜阁，次年九月告竣。光绪帝《奖励修复文澜阁谕旨》有云："文澜阁毁于兵燹，今谭钟麟筹款修复，其散佚书籍，经绅士丁申、丁丙购求藏弆，渐复旧观，洵足嘉惠艺林……"仁粟，"仁粟义浆"的省称。清尊，亦作"清樽"，借指清酒。

刘仲良制府挽联

公由浙抚迁川督，与洋人龃龉，罢归。今年四月八十生辰，余寄一联寿之，公手书报谢。乃至七月，以微疴遽卒。八月朔，始由邮局递到前书，亦可叹也。

　　两川抛玉节，拂袖遄归，疆事艰难，且领取十年林下乐；
　　八秩醉琼筵，投杯仙去，邮筒迟滞，犹传来四月案头书。

【简绎】上联由罢归切入，转而美其林下之乐。唐肃宗至德二载（757），剑南道置东川、西川两节度使，因有"两川"之称；此扣川督。疆事艰难，扣因与洋人龃龉等事。下联由遽卒切入，因间隔很近，故拈入寿筵，以醉投杯寓去世，转而叹其手书迟滞。古时封寄书信曾用竹筒，谓之"邮筒"，后世遂以为书信代称。

费屺怀太史挽联

　　太史甫留馆，即放浙江副主考。喜谈古义，所取各卷，多主公羊家言。撤棘后，亦毁誉参半。今年五月，访我春在堂，坐谈良久。未几，以洪昉思歌版见示，余赋二绝句而归之。不谓其微疾遽卒也。

　　词曹一出，便主持浙水文衡，高坐棘闱谈古义；
　　小别四旬，尚传示洪家歌版，骤闻蒿里发哀音。

【简绎】费念慈，字屺怀，晚号艺风老人，通书善诗，富藏书，精赏鉴及金石目录之学。词曹，文学侍从之官，此指翰林。文衡，判定文章高下以取士之权；唐刘禹锡《唐故尚书主客员外郎卢公集纪》："丞相曲江公（张九龄）方执文衡，揣摩后进，得公（卢象），深器之。"洪家，指洪昇（字昉思），《长生殿》传奇作者。歌版，亦作"歌板"，即拍板，歌唱时用以敲击节奏。

汤室周夫人挽联

　　夫人为味卿大令之配。大令乃余门下士吴焕卿在浙充乡试房官所得士也。夫人因其子以知府官江苏，从宦至吴而卒。

封鲊勖儿曹，方期多子多孙，两老遐龄登耄耋；
弋凫相夫婿，深惜门生门下，百年良佐失姬姜。

【简绎】上联因从宦生发，以"封鲊勖儿"美其德行。《晋书·列女传·陶侃母湛氏》："侃少为寻阳县吏，尝监鱼梁，以一坩鲊遗母。湛氏封鲊及书，责侃曰：'尔为吏，以官物遗我，非惟不能益吾，乃以增吾忧矣。'"后因以"封鲊"为称颂贤母之词。

下联因夫君"门生门下"之关系，表达悼挽。"弋凫与雁"省称"弋凫"，形容贤妻相夫及夫妇和悦。《诗·郑风·女曰鸡鸣》："女曰鸡鸣，士曰昧旦。子兴视夜，明星有烂。将翱将翔，弋凫与雁。"周王室姬姓，齐国姜姓，二姓常通婚姻，因以"姬姜"称美妇女宗族或名门之女。

冯仲梓廉访挽联

仲梓自幼家贫，恒食粥。后官陕西臬使，署藩司。适两宫西狩，腊八日，赐粥食之。是夕中风，四肢不仁，引疾归。感时事多艰，辄叹息流涕，病中于东三省之事，尤愤愤云。

颜鲁公食粥不讳言贫，晚岁恩荣，腊八日宠颁新玉粒；
贾太傅忧时可为流涕，病中愤懑，东三省泣念旧金汤。

【简绎】联语就两事见其生平，一则俭朴，一则忧国。早年如此，临殁犹然，可谓始终如一；又以古人作比，说明师古有得、养成有素。

唐颜真卿，封鲁郡公，世称"颜鲁公"。其《乞米帖》云："拙于生事，举家食粥，来已数月。"此所谓"食粥不讳言贫"也。汉贾谊，曾为长沙王太傅，其《陈政事疏》以为当时社会情形，有"可为痛哭者一，可为流涕者二，可为长太息者六"。"玉粒""金汤"对偶工整，又有无情对意味。

潘室孔夫人挽联

夫人为潘筑岩太守继配。其来归也，甫合卺，即眩仆于床，贺客皆惊散。卒于乙巳年八月十八日，则其年亦四十有二矣。

却扇便惊心，憔悴姬姜，喜过四旬还益算；
鼓盆重陨涕，凄凉夫婿，忍教八月再观涛。

【简绎】古婚礼，新妇用扇遮面，交拜后去之；后以"却扇"指完婚。《庄子·至乐》："庄子妻死，惠子吊之，庄子则方箕踞鼓盆而歌。"后以"鼓盆"指丧妻。陨涕之"重（chóng）"，扣合卺眩仆而言。中秋观潮，六朝时多在广陵，枚乘《七发·观涛》云："将以八月之望，与诸侯远方交游兄弟，并往观涛乎广陵之曲江。至则未见涛之形也，徒观水力之所到，则恤然足以骇矣。"下联末句"观涛"，当指再度惊心。

善伯封翁挽联

翁名恩元，曾奉旨驰驿赴都将军营，时称异数。后历知秦中剧县，皆有声。晚年以次子仲莱阁学官泰宁总兵，赐"教忠裕后"额。其馀子孙，亦皆贵显。余识其长公召南观察，余孙陛云，以朝考受知于阁学云。

卅年来驰传从军，特膺异数；鸣琴治县，大起循声。晚因贤子推恩，凤阙星云颁御墨；
一门内龙文虎武，中外知名；杞梓兰荪，后先济美。私喜吾孙徽幸，鲤庭桃李被清阴。

【简绎】上联就封翁一边，写其所历宦迹、所受恩典。驰传，驾驭驿站马车疾行。鸣琴，指地方官简政轻刑、无为而治。推恩，帝王对臣属推广封赠，以示恩典；此扣赐额。星云，喻指御墨颁自天宫。下联就子孙一边，写一门鼎盛及两家交谊。杞梓兰荪，比喻子弟皆为出众良材。徼（jiǎo）幸，同"侥幸"。鲤庭，用孔鲤趋庭典。

汤母葛夫人挽联

夫人为垫仙庶常之母。家贫不役婢媪，躬自操作，常一手抱儿、一手治事。年二十有六产垫仙，临蓐五日而始生。缘是得晕眩之疾，久而不瘳，竟以此卒，然年已七十六矣。

二十六得病，七十六告终，慈寿已高，寤生原不惊姜氏；
一左手剑儿，一右手治事，劬劳实甚，遗像长教泣秺侯。

【简绎】上联就生子着眼，表其高寿。寤（wù）生，逆生，产儿足先出。《左传·隐元年》："庄公寤生，惊姜氏，故名寤生，遂恶之。"泛指难产。下联就辛劳着眼，颂其懿德。剑儿，把孩儿夹在胁下；《礼记·曲礼上》孔颖达疏："剑，谓挟于胁下，如带剑也。"劬（qú）劳，辛劳；《诗·小雅·蓼莪》："哀哀父母，生我劬劳。"泣秺侯，用金日磾见母亲画像啜泣之典。

罗少耕观察挽联

少耕曾充出使日本大臣随员，为横滨领事官。旋蒙记名，候简出使大臣。后官江苏粮道，兼苏海关监督。以病乞休，终于苏寓。

星槎奉使，日窟从公，方期重任躬膺，域外遐探大瀛海；
漕节巡游，雄关坐领，何意微疴引退，吴中虚筑小行窝。

【简绎】上联写使外而获记名。日窟，日所居之处，此处借指日本。遐探，远处探究。下联写因病辞归而卒。宋人为接待邵雍，仿其"安乐窝"而建造屋舍，谓之"行窝"；泛指可暂居之安适住所；《明史·隐逸传》："（沈周）居恒厌入城市，于郭外置行窝，有事一造之。"

陆蔚庭太守挽联

蔚庭乃心农同年之子，成进士，入词林，简放江西、湖北副主考。官至河南汝宁府知府，在任八年，两次蒙传旨嘉奖。

花甎接武，棘院衡文，真不愧六十年状元门第；

八载贤劳，两回嘉奖，最难忘二千石太守循良。

【简绎】此联突出之处，在系联烘托，上联则父子，下联则君臣。陆继辉（字蔚庭）父子，均进士及第，入翰林院，父修撰、子庶吉士。唐时内阁北厅前阶有花砖道，冬季日至五砖，为学士入值之候。花甎（同"砖"）接武，指陆氏父子先后入翰林。其父陆增祥（号星农、莘农），道光三十年（1850）一甲一名进士，"状元门第"指此。贤劳而受到朝旨嘉奖，"循良"岂不令人难忘？

王止轩太守挽联

止轩入词林，未得一差；以知府仕中州，未得一缺，遇亦蹇矣。然身后所遗著述甚富，临殁自撰挽联犹及之。其弟子诒，以母病，请以身代，遂投月湖死，世称"王孝子"。及止轩殁，妻陶氏仰药死柩侧，亦以烈旌。

读中秘未司文柄，请外任未绾郡符，廿载长贫，空有芬芳留艺苑；

昔弱弟以殉孝亡，今令妻以从夫死，九原相见，大堪焜燿在泉台。

【简绎】上下联分别着眼宦辙和家庭，前半突出其仕途多蹇、家人节孝，可哀可叹；后半翻转来，突出本人著述之富、家人身后名之美，则又可喜可贺了。联语下字讲究：重复"未""以"，凸显悲感；"空有"是反语见意，"大堪"则着实表现，表意可谓精准而灵动。

中祕（秘），宫廷珍藏图书文物之所，此指翰林院。文柄，考选文士之权责，指任主考等。上联末句，扣所遗著述甚富。焜燿（kūn yào），照耀；柳宗元《为李京兆祭杨凝文》："冀兹竞爽，焜燿儒林。"

李鸿渚封翁挽联

君德行信于乡里，其乡有二次以微故酿械斗之祸，皆得君片言而解。庚子岁，梦至一处，山水清淑，园林疏旷，宫室巍然，中有虚位。及乙巳夏，又梦至其处，自知不久，明年丙午正月遂卒。其子钟鼎，欲乞余一言，因力疾书此联。

闾里争讼，取决一言，是真长者；
兜率海山，竟归何处，君其仙乎。

【简绎】联语分别就片言决讼、殁前梦境着笔，一实一虚，一然一疑。然如板上钉钉，确实无疑；疑则疑问中有确然，可谓更进一层之肯定。

任筱沅中丞挽联

中丞以拔贡生，官至浙江巡抚，在吾浙颇有声。谢病归，年已八十，寓吴下，时相过从。今年正月二日，犹亲来贺岁，其精力固未衰也。越二十日，竟捐馆舍，殊令人悽惋也。中丞父为先祖甲寅同年，以行辈论，盖长于余云。

由拔萃起家，踦历封圻，两浙间颂声，至今犹在耳；
叹新正贺岁，尚劳车骑，百年前世谊，此外更无人。

【简绎】上联述生平，由科名到宦迹，归结到惠政得民心。下联写交谊，由近事回溯，慨叹世交凋零。因父祖辈同年，故云"世谊"，"百年前"则突出其久远。

恽母戴夫人八十寿联

夫人为恽次山中丞之配。生于五月十三日，于四月二十四日豫祝。夫人颇工文墨，老年无事，喜以樗蒲消遣。

从八旬曼衍，开上寿期颐，彩格岁编金叶子；
借四月清和，圆端阳家宴，绮筵人戴石榴花。

【简绎】彩格（彩选格），即"彩选"。俞樾《茶香室丛钞·彩选》："彩选，即今升官图也。唐时已有之。"又《丛钞·叶子戏》："唐人藏书，皆作卷轴；其后有叶子，其制似今策子。凡文字有备检用者，卷轴难数卷舒，故以叶子写之，如吴彩鸾《唐韵》、李邰《采选》之类是也。骰子格本备检用，故亦以叶子写之，因以为名耳。"此扣樗（chū）蒲（亦作"摴蒱"）。

下联"端阳家宴"前原本二字"支圆"，应衍一字，人多取"圆"；鉴于四月预祝，"支"亦或可取，如"沈旭初观察谢夫人双寿联"之"预支佳节元宵"。比较而言，"支"则义确，"圆"则义莹。四月天气清明和暖，称"清和月"，此扣预祝时间；端阳、石榴则扣生辰的实际月份。

陈鹿笙方伯八十寿联

鹿笙官蜀藩，曾摄川督。壬寅岁，守城有功，曾绘《衣冠巷战图》，余有诗纪之。及罢归，以曾官杭州太守，即寓于杭。今年八十，书此为寿。

节麾五千里，归到白苏隄，坛坫司盟前太守；
杖履八十翁，大开黄绮宴，衣冠巷战老英雄。

【简绎】陈璃字鹿笙，南直隶苏州府长洲人（今属苏州）。早年以军功简任杭嘉湖道，因牾触上官左迁，后累任浙江杭州等知府，官至四川布政使；其护理四川总督印信，已在晚年（七十岁后)。罢归寓杭,故云"归到白苏隄"。坛坫司盟,当指绘图诗咏等事。黄绮,汉初"商山四皓"中之夏黄公、绮里季;黄绮宴,则指年高德劭之宴。司盟在去官寓杭时,故云"前太守";巷战在晚年,故英雄而云"老",可谓只字不忽。

又

撰前联后,又知方伯生于六月,今于四月中旬豫祝。其长子幼鹿观察,年亦六十矣。桥梓同庆,洵佳话也。又撰此联,命陛云写寄。

衣冠巷战归来,小住明湖,届耄寿八旬,看令子六旬舞绿;

琴剑宦游旧地,大开盛会,先诞生两月,卜良辰四月称觞。

【简绎】明湖,"明圣湖"(即西湖)之省称,与下联"宦游旧地",均扣寓居杭州。琴剑,古时文人随身携带之物,寓有能文能武之意;唐薛能《送冯温往河外》诗:"琴剑事行装,河关出北方。"

彭景云孝廉挽联

景云乃刚直公第四孙也,钦赐举人。负美才,中年萎谢,三党惜之。

一枝桂从丹凤衔来,清才竟以孝廉老;

千里驹惜季騧化去,衰泪重为刚直挥。

【简绎】负美才而萎谢,故联语表出美才之外,集中突出惋惜之意。丹凤衔桂,喻钦赐举人。《论语·微子》:"周有八士:伯达、伯适、仲突、仲忽、叔夜、叔夏、季随、季騧。"旧说谓"一母四乳,皆孪生"。季騧(guā)为第四子(之一),扣第四孙；《逸周书》谓之"德同良马"，所谓"千里驹"也。衰泪，切己年事已高；重挥，则扣到彭玉麟第三孙彭补勤前已去世（见前"彭补勤部郎挽联"）。

胡效山观察挽联

效山以进士，官至陕西延榆绥道。谢病归，就养吴中。少年时，文名颇盛。在都下以授徒为业，门下多贵显者，今溥玉岑尚书，即其一也。余与其令叔迪甫君，为庚戌同年，故与相识。易簀前一月，犹过我春在堂，以所选《西湖诗录》求序也。

　　都下播文名，数年来宦兴久阑，回思问字人多，犹有尚书留北阙；
　　吴中寻世好，一月前吟筇小驻，为报选诗功竟，已堪小集订西湖。

【简绎】上联着眼其人之才华。宦兴，做官之兴头，其意略同"宦情"。阑，残、将尽。问字，请教学问；问字中有官尚书者，可谓得力映衬。溥良字玉岑，曾任礼部尚书。下联着眼两人交谊。世好，世代交好，其意略同"世交"；此扣与其叔同年。选诗成集，不着一字而尽显才华，又为"宦兴阑"作一开解。

胡室杨淑人挽联

淑人为志云太守之配，即效山观察子妇也。先效山三日卒，志云适以海运事留滞京师，闻病乞假归，则已不及见矣。

　　先阿翁三日游仙，仍向九原侍馔；
　　催夫婿重洋归榇，空劳一恸凭棺。

【简绎】妇人挽联，多就丈夫、子弟着笔。此联亦然，而因阿翁不日亦亡故之事，也便从阿翁和丈夫说起。阿翁，指丈夫之父。侍馔，侍奉饮食；馔，同"膳"。重洋归榇，扣从事海运；

而归家人已去世，故云"空劳"。

陈鹿笙方伯挽联

君在成都，有《衣冠巷战图》，事已见前。余自君守温州时相识，垂三十余年。今年君自知不起，五月二十八日口授一书，与余诀，并赠五绝句，又寄示《绝笔诗》七律十首。是月小尽，至六月六日而卒，仅间七日耳。

倾盖后逾卅年，欣看一剑指挥，直把狂澜三峡挽；
易箦前仅七日，犹有五诗投赠，并传绝笔十篇来。

【简绎】上联撷英，彰显亮点，而以结交提领。陈璚衣冠巷战在蜀藩摄川督任上，故以"三峡"切其地。下联转到故世，而仍就交谊近事发挥，见其多能（诗、画之外，陈亦精书法）。

赠陶星如联

星如名洙，常州人，为陈小石中丞幕客。长于丹青，为余写真甚肖。

杜少陵诸侯老宾客；
王摩诘前身一画师。

【简绎】杜甫曾客剑南节度使严武幕，并自谓"甫也诸侯老宾客"（《醉为马坠，诸公携酒相看》），上联以之扣做幕客。苏轼云："味摩诘之诗，诗中有画；观摩诘之画，画中有诗。"王维《偶然作六首》之六："当代谬词客，前身应画师。不能舍馀习，偶被世人知。"下联以此扣长于丹青。

陆母郭太夫人挽联

太夫人为陆申甫粮道之祖母，年八十六而终，已有元孙五人矣。

距九秩止四龄，藕节延年，计寿又加两闰岁；
罗一堂将六代，麻衣抆泪，拜宾已有五元孙。

【简绎】《神农本草经》："藕实茎（即藕节），味甘平。主补中养神，益气力，除百疾。久服，轻身耐老，不饥延年。"联中"藕节延年"，似有所本。闰岁，连闰月推排而得出之年岁。抆（wěn）泪，擦眼泪。拜宾，拜答来宾。

恽母戴太夫人挽联

太夫人为次山中丞继配。今年八十生日，余以一联寿之，已录于前矣。夫人豪迈，有丈夫风，自号"洗蕉老人"。其家有老栎一株，故有"栎存草堂"额，余所书也。

大家轨范，豪有丈夫风，四坐听高谈，岂止庭蕉闲自洗；
极品荣封，兼享耄期寿，八旬开绮宴，犹祈园栎老常存。

【简绎】轨范，即"规范"，规则、范式；《文选·孔安国〈尚书序〉》："典谟、训诰、誓命之文，凡百篇，所以恢宏至道，示人主以轨范也。"丈夫风，男子的作风；高谈，亦似扣其豪迈。上下联末句，则由其自号、斋号生发而来。

易笏山方伯挽联

骆文忠公之督师入蜀也，檄君募乡兵二千以从，途与石达开大股贼遇。或曰："无与我事，可避勿击。"君曰："天下之贼，当为天下杀之，庸可避乎？"而众寡不敌，与战小挫。君于象鼻岭下，解鞍踞地坐，贼莫能测，竟引去。时湘军防宝庆，未防澧，赖此以全，湘人至今感之。后仕至江苏布政司，引疾归，爱庐山之胜，筑室名"琴心楼"，竟卒于此。临终衣冠端坐而逝，亦奇人也。

早岁募一军以出,使关湘澧安危,象鼻岭前,箕踞平原酣战后;

晚年后五老而游,竟在匡庐归去,琴心楼上,衣冠危坐考终时。

【简绎】上联撷出生平亮点,浓墨重彩表来。象鼻岭,在今重庆九龙坡区。随意张开两腿而坐,形如簸箕,谓之"箕踞"。《庄子·至乐》:"庄子妻死,惠子吊之,庄子则方箕踞鼓盆而歌。"成玄英疏:"箕踞者,垂两脚如簸箕形也。"

下联归结晚年优游、临终从容,更多赞叹。庐山五老峰,山姿不一,毕肖五位老者。道教、民间传说,谓曾有人至此,所行不一,但均为五位老者。危坐,挺直身躯端坐;《文选·东方朔〈非有先生论〉》:"吴王愀然易容,捐荐(草席)去几,危坐而听。"吕延济注:"危坐,敬之也。"联中箕踞、危坐对揭,而一在酣战后,一在考终前,此老风神毕现。

汪小樵封翁九十冥寿联

冥寿,俗例也。然顾亭林《丁贡士熊飞亡考生日诗》,则名人集中亦有之矣。小樵汪君,为余老友,道光戊戌、己亥间,与同读书于杭州考寓,今岁存年九十矣。其嗣君郎亭侍郎,敬营斋奠,余为题此联。

回思明圣湖边,六十八年前,铁砚互商文字;

遥想大罗天上,九洲三岛客,玉楼同拜神仙。

【简绎】上联忆旧。明圣湖,即西湖,扣杭州。铁砚,铁铸之砚台。语有"铁砚磨穿"(亦作"磨穿铁砚"),比喻读书用功、有恒心;王实甫《西厢记》第一本第一折:"将棘围守暖,把铁砚磨穿。"此处即谓攻书应试,扣"考寓"(试子居住之寓所)。下联展望。大罗天,道教所谓"三十六天"中最高一重天。九洲三岛,泛指各处仙境;玉楼,则指神仙居所。

嵊县金氏养老堂联

堂中额养老者一百人，筹备经费至三万缗有奇。乃金君禄甫，承其父孔昭君遗意而成之者也。

庞眉皓首，聚至一百人，饘于是、鬻于是，矍铄同堂，良亦熙朝小祥瑞；

仁粟义浆，积成三万贯，父作之、子述之，拮据两世，允称菩萨大慈悲。

【简绎】《礼记·檀弓上》"饘（zhān）粥之食"孔疏："厚曰饘，稀曰粥。"此处泛指饮食。《中庸》第十八章："子曰：无忧者，其惟文王乎！以王季为父，以武王为子；父作之，子述之。"新创谓之"作"，承继谓之"述"。《礼记·乐记》："作者之谓圣，述者之谓明。明圣者，述作之谓也。"厐，同"庞"。拮据，此指辛劳操持。

杭州然藜集惜字会听事联

万事万物，皆由文字留传，宝贵真堪同菽粟；

一点一画，可见图书精蕴，零星何忍委泥涂。

【简绎】上联谓文字堪与菽粟同宝，下联则概括旧俗"敬惜字纸"。《燕京旧俗志》云："污践字纸，即系污蔑孔圣，罪恶极重。倘敢不惜字纸，几乎与不敬神佛、不孝父母同科罪。"缘此，旧时一些地方设立惜字会，将字纸捡拾、集中，礼敬之后焚化。

王爵棠中丞挽联

中丞由监司起家，以文员从军，官至广西巡抚，充出使俄、法大臣。彭刚直公曾以"诚正笃实"荐。著有《国朝柔远记》，余为之序。

　　长于军旅，又擅使才，经济文章，请读圣朝柔远记；
　　起自监司，叠膺疆寄，诚正笃实，曾登刚直荐贤书。

【简绎】王之春（字爵棠）《圣朝柔远记》，又名《国朝柔远记》，"自世祖（顺治）讫穆宗（同治）朝，凡怀柔泰西诸国之事迹，皆备纪之"。疆寄，托付以一方疆土，指赋予全权之封疆大吏；此扣巡抚。

楹联附录

集秦篆

绎山碑

道因时以立；
理自天而开。

功高斯不伐；
理定自无争。

昧乃明之极；
昔者今所因。

金经略成诵；
白日长无为。

去日极可念；
远山如相亲。

乱流自起灭；
远山时有无。

惟止乃能动；
因昧而为明。

为言今日乐；
因理昔时书。

四野自高下；
万山时有无。

德成言乃立；
义在利斯长。

相亲维白石；
所诵此金经。

山去天不远；
石无土而高。

山石不流动；
天日自高明。

书久绎乃显；
理日战而强。

臣家今高国；
帝德古成康。

略具四时所乐；
不争壹日之长。

臣以壹经自乐；
史称万石之家。

维以经史为乐；
时有山泽之思。

极四时之所乐；
袭六经而成书。

有莫能言者乐；
无不成诵之书。

乐山泽而之野；
明经义以著书。

帝德万世无极；
臣家壹经如初。

壹威仪以成德；
泽经史而立言。

除诵经无所作；
思去日有如斯。

盛世不言远略；
臣家自昔明经。

理义明时有建白；
功夫定后无思维。

登高因诵白也作；
立石自刻献之书。

尽日相亲维有石；
长年可乐莫如书。

远山相从久不去；
乱石群立长无言。

言之高下在于理；
道无古今维其时。

自天降康年乃有；
及时为乐臣所能。

昔之所经极可念；
今如不乐请复思。

此日壹去不可复；
及时为乐其无辞。

泽以长流乃称远；
山因直上而成高。

日莫万山如无有；
天高四野极分明。

古书明昧久乃显；
远山高下初如无。

六经尽为道而作；
群书以久绎迺明。

世不能争维此理；
臣之所乐莫如书。

略诵古今成野史；
具言金石著山经。

以经史为无尽义；
不山泽而有远思。

古今之乐尽此矣；
山野所乐如斯夫。

自古以有年为乐；
方今如初日之长。

有无不争家之乐；
上下相亲国乃康。

极尽四时之所乐；
自成壹家以立言。

无言者天此理显；
有道之世其日长。

世登上理有极乐；
臣除经义无壹长。

帝立四维而定国；
臣诵壹经以起家。

下臣所乐维经义；
上理无为称诏书。

家无所有黔长乐；
世尽能思白不群。

臣于世不争功利；
日在家维诵道经。

请于极盛登咸世；
诵此无为道德经。

维于经义有献可；
不从时世复争长。

白日无为群动止；
金经成诵万言除。

起灭万流金自定；
久长壹念石为开。

请于泰上无为世；
长作天家在野臣。

戎功久著今天下；
高义咸称古相臣。

时定始成金石乐；
功高长在帝王家。

白乐天因天而乐；
王无功成功如无。

维孝于亲有石建；
不言所利无王戎。

乐其所乐莫之禁；
利不言利无能争。

四时不害年可乐；
数世之利书为长。

道理分明方及远；
功夫长久可为山。

为乐极之五六日；
著书可以十万言。

始于在家能及远；
因之为道如登高。

久从山泽言辞直；
除夫经书家具无。

时绎古书明古义；
请从山野著山经。

天年自乐今山长；
帝德能书昔史臣。

此乐无极臣壹石；
斯世其康帝万年。

时从野臣著野史；
久于山泽称山家。

帝德不以首山显；
臣年乃如野王高。

无古无今道维壹；
有可有不理自明。

动之作之咸有道；
高也明也今夫天。

家有义方称长者；
道维强立在初年。

道在无言天自显；
年高有德世咸亲。

不以经明思自荐；
维其道在泽长流。

乱流四下，疾于夫不；
古石群立，作其之而。

四时所乐具在于此；
六经之义不尽于斯。

远在泰古乃有此乐；
尽刻斯世所无之书。

登高而思，此乐万古；
立言不袭，自成壹家。

威仪可亲，帝称长者；
康强不害，臣乐高年。

既动复止，初念不及；
自昧而明，群言尽除。

登高而尽四野所有；
著书以成壹家之言。

强者明者，乃能斯道；
尽矣极矣，而复其初。

初念长明，如暴之日；
壹成不动，所乐者山。

山高流长，请从所乐；
道成德立，自显于时。

书无经史，咸极其义；
山有土石，分为之辞。

帝称其功，世乐其利；
及后者德，定远者威。

莫不乐其乐、利其利；
斯乃言无言、为无为。

威制暴强，惠及山野；
泽流后世，功在邦家。

具著于书，以明古义；
有如此乐，维在山家。

功德既高，长在国史；
金石之乐，不及臣家。

经史之泽，可以及后；
道德既高，因而显亲。

古称不德，乃为上德；
夫维无事，斯莫之争。

家世之盛，长为称首； 及时为乐，请自今日始；
著作所定，无不成书。 于世无争，长如泰古初。

道义自高，如立六国相； 道其道、德其德，义理自在；
著作极盛，可称万石家。 高者高、下者下，山泽攸分。

后日思今，今复思昔，不如尽除此念；
天下在国，国乃在家，其维自定于初。

自泰初而皇而帝而王，理乱相从，止此壹道；
念古昔立德立功立言，辞意不袭，具在六经。

集汉隶一
　校官碑

文章昔潘乐； 墼竹有高节；
家世今国高。 文禽无俗声。

清风表介节； 君子焉不学；
奥义发雄文。 国人臤曰臤①。

闲来绝人迹； 三公不易介节；
墼外聆禽声。 一官自乐天年。

陈诗聆国政； 学不讲，将焉获；
讲易剖天心。 礼既复，即是仁。

---

① 此处臤（贤）及下文古（世）、匽（笾）、尒（尔），均碑文所用古体字。

不役古俗之乐；
惟谋我心所安。

谋于㦣，学有获；
脩之家，德乃长。

获一善，无失之；
即三公，不易矣。

脩竹不孤君是矣；
清风在户我招之。

公旦垂声周有雅；
屈平高蹈楚无风。

平旦所息长在抱；
清风自来初无私。

自陈心迹诗之圣；
不用矜张文有神。

自将诗礼垂家教；
惟秉忠贞佐圣君。

自昔学诗宗表圣；
于今讲易有君平。

清风无私雅爱我；
脩竹有节长呼君。

昔年绝作屈平赋；
今古高风表圣诗。

自抱高风诗典雅；
不矜介节竹平安。

周诗汉赋自典重；
清流脩竹人平安。

利在所轻义自重；
德之既高文不卑。

高义自脩无德色；
老年长乐有童心。

所教学不外诗礼；
既安乐且长子孙。

老年不失髫年乐；
今世重亲上世人。

崇高将冠百官表；
闲雅不矜一艺长。

脩德克昌焉有艾；
抱诗自乐一无疑。

武公之诗是曰抑；
老子所宝首在慈。

清高自作诗家祖；
平易长存壑外风。

高人不附百官表；
诗老亲呼一字师。

君子在上众欢乐；
国人曰毁无阿私。

君子诗学自卓绝；
我所师资无阿私。

诗有清风师正雅；
字无俗迹学来禽。

学有师资在平昔；
老将谋乐从今兹。

亲仁宝善资民利；
讲武脩文佐圣谟。

壑无人迹禽声乐；
户有轻风竹景疏。

字无流俗形声正；
诗不矜张结构安。

文禽发声清于磬；
脩竹结实陈我圂。

圣垂六艺礼乐作；
天赋三德仁智存。

清绝作诗无俗字；
闲来叩户有高朋。

是迹是神无乃有；
即生即息贞复元。

世有令德在君子；
心虖爱民惟仁人。

自是高人长不老；
即今脩竹复生孙。

人之进退在繇礼；
官无崇卑惟爱民。

长令子孙亲有德；
自将诗赋乐平生。

自爱初无阿世学；
之官即有利民心。

文章尒雅从无俗；
诗赋风流自有神。

尚有典章平子赋；
从无声色乐天诗。

平安自爱高人竹；
清远初疑壑老家。

爱乐天诗初不俗；
抱君平易自无疑。

推艺惟诗三绝冠；
受廛有竹一家清。

所爱文章宗尒雅；
不将诗赋表风流。

百姓乐呼臤令尹；
一官即是昔公侯。

壑色有无在平旦；
清流屈曲抱诗家。

叩户从来无俗迹；
抱诗所在有清声。

闲家用老子三宝；
从政禀周官六廉。

自有高朋将学讲；
且教童子抱诗来。

有三公不易之介；
无一艺自用乃高。

壑外高人元不俗；
诗家老将自来雄。

国家将兴有臤佐；
文武所禀惟圣谟。

壑兴且教从众乐；
高年初不用童扶。

化㝢彼我元无迹；
存尒天君即在心。

惟学艺文抑末也；
克脩德艺是臤㝢。

实用闲存推圣学；
善谋克复即天心。

文艺从来资尒雅；
进脩元不失风流。

即用诗章陈国政；
长从壑老察官声。

仪容闲雅人胥爱；
文字优长世所师。

谋乐不在文字处；
学诗胥从风雅来。

绝艺无双在文字；
用心克一自优长。

从我所乐有学在；
操之即存惟心㲼。

清风高节世所重；
令子㲼孙家将兴。

脩德不矜官位重；
克家惟在子孙㲼。

文禽双来声欢乐；
清流一曲人优闲。

自是清高无俗尚；
从来文雅即风流。

高兴且谋壄外乐；
雄文尚有国初风。

自是壄人亲壄景；
惟将家学永家声。

童子一人亲执役；
高年三老来作朋。

闲招壄色来平楚；
曲受清流生远风。

彊抑直流生一曲；
闲招孤景作三人。

一家长有欢乐色；
百年从无彼我心。

天赋清高绝流俗；
老垂著作贻子孙。

履仁蹈义，用脩我德；
学诗讲礼，克昌尒家。

仁义自脩，君子安雅；
诗礼之教，家人利贞。

除周孔外，初无绝学；
繇楚汉来，乃有雄文。

乐民之乐，㲼于自乐；
仁人安仁，实即利仁。

长于从政，不惟三善；
卓彼著作，自是一家。

国政民风，垂之诗教；
进礼退义，闲于圣谟。

除文字外，一无所爱；
有脩竹在，众呼曰君。

礼乐既修，垂之教化；
进退无失，闲于容仪。

孝虖惟孝，家即有政；
乐民之乐，德乃不孤。

心虖爱人，即仁即智；
抱兹介节，不卑不高。

惟善是师，今之殴尹；
无疑不察，民曰神君。

爱众亲仁，世之师表；
修文讲武，民乃景从。

清流所受，不直即曲；
墼色自来，既有疑无。

克制彼私，平旦有息；
不役于俗，天君乃安。

惟忠惟孝，禀天所赋；
学诗学礼，演圣之谟。

爱乐天诗，不流虖俗；
学宗师文，克进于安。

家学优长，天资卓绝；
文章尒雅，履道清真。

惟曰进德焉、修学焉，是在我尒；
从兹永安矣、长乐矣，盖有天虖。

天之生我公焉，是上将、是殴佐；
昔也有兹人虖，曰武侯、曰子仪。

集汉隶二
　　曹全碑

泉石从所好；
文章如有神。

圣世重兴武七德；
诸君同负史三长。

有酒且共乐；
无钱安足忧。

泉遭急雨因潜出；
风遇馀云复勒归。

少孙尚拟续迁史；
子云奚惮反离骚。

周礼六官先治典；
汉家大史首臣僚。

早齐文望张童子；
还慕雄风周孝侯。

遇石不拜为之揖；
拟酒以圣甚于贤。

且以文章存典礼；
还因礼乐振风流。

综贯文章周六典；
清高名望汉三君。

文章典重张平子；
居处清幽王右丞。

不慕金章仍拜石；①
少疏文字复临流。

常为山人疏礼节；
还因野史访遗文。

山野所乐世无禁；
金石之辞臣有长。

且与君平学周易；
不同扬子反离骚。

野史所收或遗事；
国风既远有骚人。

师商之间有位置；
周秦以降无文章。

为爱凉风开北户；
因芟残叶出南山。

白石清泉从所好；
和风时雨与人同。

开泉分水山人事；
蒟叶芟枝童子功。

泉流分佈从无绝；
枝叶扶疏不拟芟。

名士风流咸所慕；
儒生门户本常清。

---

① 金章，当作"金张"，用金日䃅、张安世典。

生遭圣主贤臣世；
家在廉泉让水间。

文字若无高下别；
酒醪焉有圣贤分。

酒以高下别贤圣；
山因远近分亲疏。

风雨和平因圣世；
民人欢乐是清官。

大贤忧乐同斯世；
长吏廉平报圣时。

乡居且复脩农政；
兴至时还角酒兵。

子孙好守儒门学；
乡里仍名廉吏家。

辞章旧拟三都赋；
乡里仍名万石家。

共治幽居先退谷；
尚馀旧德是廉泉。

汉世金章牟众望；
孔门曾闵拟清名。

白石清泉常共隐；
美人名士有同心。

门廧咸拜文中子①；
官爵仍迁乡大夫。

雨风好访农家谚；
泉石常存吏隐心。

世承王氏三槐美；
人有张家百忍风。

字学近参王大令；
清名本拟蜀君平。

家居好水好山地；
人在不夷不惠间。

子孙具守颛门学；
父老长沾治郡/县恩。②

常居贤母三迁里；
不慕高官万石家。

---

① 此处廧（墙），为原碑文所用古体字。
② 此处"郡、县"并置，谓两字兼可。下类同。

至老不离文字事；
所居合在水云乡。

官位早从三事后；
文章尚在六朝前。

山上白云高士隐；
庭前好雨故人同。

方干以三拜为节；
君平有百钱养生。

秦嘉夫妇贤名起；
张敞风流乐事全。

幽人之居足泉石；
高年所乐长子孙。

儒者承家先孝弟；
学人报国在文章。

吏隐既分无造访；
姓名尚在为文章。

美官不慕齐三服；
高节还同汉二疏。

曾南丰文章典重；
王右丞居止清幽。

且幸雨风和圣世；
常存桃李在臣门。

旧有雄文悬北阙；
近存老屋在南山。

儒官本不亲民事；
老学奚为让少年。

令子贤孙同继起；
美人名士共长生。

负米共嘉贤子孝；
县鱼还述长官清。①

时与高人商出处；
不从文士角辞章。

有钱无钱都不计；
在山出山其奚殊。

山野所好各有在；
州郡之职安足为。

---

① 此联及上一联，"共"原本作"其"，应误，径改。前后类同。

和乃不流有定节；
敏而好学无常师。

屋后远山，门前流水；
农父赐酒，童子贡鱼。

人间大隐在朝市；
身后文章报国家。

不夷不惠，君子所处；
好山好水，幽人之居。

曹子建文常敏疾；
李商隐意本光明。

德义既高，不慕爵禄；
文章之美，故有师承。

居家不为在家计；
处世常存出世心。

义在斯为，奚让贲育；
理足而止，不因程朱。

叔子风流人所服；
阳城孝弟士咸归。

云出人间，合而为雨；
泉流石上，清于在山。

为慕机云常并屋；
不贪金紫早辞官。

枝叶既芟，斯存本性；
门户不出，而收远功。

方州部家，扬子之易；
政事文学，孔门所长。

理学程朱，辞章元白；
德性曾闵，家世金张。

文德武功，副是爵禄；
殊方绝域，惮其威名。

从叶流根，是为敦本；
因云兴雨，所以济时。

白云既开，远山齐出；
清风所至，流水与遭。

君子脩德，无不获报；
儒者明理，奚为费辞。

或有或无，归之性分；
若离或合，同于世人。

面山临流，幽人所止；
兴廉举孝，令德之光。

君子处事，有忍乃济；
儒者属辞，既和且平。

三世长者，是有令望；
百岁老人，还如童年。

臣门桃李，遗有清景；
名山金石，勒其雄文。

和仍不同，君子之德；
定而后安，大学所先。

民和年丰，咸拜神赐；
家给人足，共乐时清。

诸子百家，不分门户；
名山大河，各效文章。

德义无官位而足重；
文章勒金石以不刊。

残石临丞相臣斯字；
名山续司马子长文。

不出门庭，全收野景；
相从里巷，大有高人。

退之工文辞，学者从而师之；
司马相中国，远人服其威名。

官职文章，各居其极；
门廧桃李，无美不收。

白也风流，与神人等；
退之文字，为学者宗。

所居临流，亲近泉石；
有人载酒，商定文章。

同人于门，以辅其德；
君子有榖，乃兴尔家。

石不合拜，止相揖耳；
臣盖于酒，时复中之。

既济乃定，是有易理；
大极不动，斯为神功。

治国若鱼，不扰为福；
养民如马，有害斯除。

万里长城，圣意有属；
百榖膏雨，民望所归。

泉明归与归与，置老屋六七间在山水之乡，白首相安，金章奚慕；

居易乐哉乐哉，其及门二三子志秦汉而上，干时不足，养性有馀。①

集汉碑三

鲁峻碑

清游止风月；
生计在琴书。

史学无如小颜博；
书家祇守二王传。

春归芔不落；②
风静月长明。

究竟孔颜何所乐；
大凡清在不如龢。③

高文在乐石；
大道有传薪。

高人不在百官表；
远游当始三神山。

春芔秋月自娱乐；
三山五岳长游行。

能令一家长静穆；
不惟四月是清龢。

偄者家风当静穆；
学人体气自龢平。

自昔诗人有何逊；
还传雅度比王恭。

---

① 此联"泉明"即陶渊明，因碑文无"渊"字，且唐初避高祖名讳而易称"泉明"，故用之。

② 此处芔（华）及下文偄（儒）、丠（丘）、目（以）、等（等）等，均碑文所用古体字。而碑中"迏"等字，原书作"文"，均其仍旧。

③ 此处"清在"，有作"清仕""清任"（林庆铨《楹联述录》）者，文意难解。作"清在"，似应为"清明在躬"之略，谓即便头脑清晰明辨，还是不如以和为贵。

令德能如太玄长；
清游何独永稣年。

家除图史无长物；
天目风月娱高人。

史氏三长惟在学；
文家七发竟如神。

惟为孤石作雅拜；
自载明月当清游。

自昔何休为学海；
还如司马在文园。

除琴书乃无长物；
有箅石而佐清游。

所居直是稣神国；
自昔惟传独乐园。

书体迁流通汉隶；
诗怀清畅发吴歌。

群传长吏廉平德；
敬作中稣乐职诗。

俛门盛比文中子；
神计传之黄石公。

门外有人时载月；
园中无事自弹琴。

报国之文在公等；
传书而去有门生。

俛生任职弹琴治；
廉吏迁官载石行。

何人不谒图书府；
所在当称通德门。

纵怀箅事当春去；
畅足清游载月归。

若令居家长肃穆；
自然生子作公卿。

为报春风能一石；
当延明月作三人。

学无弗究诗怀畅；
书不徒临槀体高。

德行自当颜子比；
风神还若九龄无。

俛者不惟通一孔；
史家所有是三长。

纵览书家师内史；
盛传琴德比中郎。

大雅不群自宏远；
盛时所乐是清平。

休道春嵾无足览；
能如秋士自然清。①

自有图书生计足；
长留风月举家清。

自构小园称独乐；
时当令节作清游。

东山高视小鲁竟；
南国流风怀召公。

臣有图书足娱乐；
人当嵾月自迁延。

自昔便门长静穆；
一时诗史广流传。

游人纵道五陵乐；
高士自守孤山居。

盛事当令诗史纪；
高人能佐石公游。

能目诗书通政事；
自然道学始风流。

有时权园自便服；
未始弹今游王门。②

雅事长留在诗史；
清门所拜止嵾神。

若徒博物便还小；
未始陵人学自高。

官高中外威仪盛；
家在东南门第清。

百家九流视之掌；
一月三秋怀其人。

嵾事循行惟小辇；
石公雅拜有高冠。

高官五马何足道；
陈书百城目自娱。

---

① 此处"士"，疑当作"水"。
② 此联"灌"原作"权"，"琴"原作"今"，据文意及碑文改。

无大无小归于敬；
有为有守视其人。

曰诗作史乃无秽；
称石为公自不孤。

自疏干谒臣门静；
若去琴书家计无。

廉静自守则长足；
道德是乐乃无忧。

不居官职徵高节；
惟乐图书表雅怀。

高人自纪园居乐；
文士还传山石诗。

门内琴书长雅契；
山中冠服自清高。

自作歌诗无节奏；
强循礼度太生疏。

去除峚石当无物；
勃发歌诗若有神。

直曰文学当政事；
能为循吏惟纯倓。

五体惟为拜石绌；
三公未若灌园高。

不通干谒门长闭；
惟守琴书案自清。

长物不留惟载石；
清官有效是高门。

百事清平，为有令德；
一家龢乐，是曰大年。

如乐之龢，乃称盛德；
无书不览，是为通倓。

家无长物，琴书自乐；
天生高人，风雅之宗。

石气纵清，峚姿自润；
诗怀始畅，琴德曰龢。

帝嘉其才，士归其学；
民乐者德，吏服百威。

诗若长城，四竟独守；
学如大海，百流兼归。

陈大工如是其道广；
颜鲁公何止曰诗传。

有莘有月，园中乐事；
无春无夏，城外清游。

南董诗才，东马文学；
魏国七子，汉时三君。

春九十而园中长在；
月三五于海外生明。

落月有怀，孤石独拜；
春风所在，百莘自生。

度比江河，细流兼内；
气如春夏，群物发生。

董子大儒，史游小学；
高堂治礼，夏侯传书。

帝曰干城，士称师表；
民乐父母，吏敬神明。

长卿高文，天子是览；
中郎独断，学者所宗。

有物有则，山父之德；
学诗学礼，孔门所传。

归之于中，师商自化；
逊而不校，平勃曰稣。

家有小园，足目独乐；
年当大耋，自然长生。

报国宏文，济时高议；
居家稣乐，作吏廉平。

门外清游，三五明月；
园中莘事，廿四春风。

明月清风，人无不有；
弹琴作诗，自足自娱。

吕氏《博议》，自然通畅；
中郎《独断》，大有发明。

明月清风，足目乐矣；①
德行/政事文学，兼而有之。

仁义自治，有为有守；
琴书足乐，乃息乃游。

长卿诗城，自足目守；
何休学海，士无不归。

---

① 此联"目"，原文"以"，据碑文径改，下类。

广平所守,如石不化;
孝肃一乐,若河之清。

南山等高,东海比广;
春风流惠,秋月表清。

龢而不流,广平如石;
游乃是学,董子之园。

纵览乐史太平所纪;
如在大令永龢之年。

强者明者,乃能是道;
忠矣清矣,当视其仁。

公绰之廉,目石表契;
子产曰惠,不春而温。

学比董生,乃为偯者;
政如子产,是曰惠人。

山高流长,足目游览;
春温秋肃,归之中龢。

若在孔门,当视颜子;
比之汉偯,其惟董生。

能守琴书,是为有子;
自乐道德,不忧无徒。

作《百一诗》,目自娱乐;
临《十三行》,大有风神。

天为之徒,而物何有;
人能不孤,惟德则然。

颜子服膺,为学之道;
石氏恭敬,当时所称。

学通九流,书兼三体;
门无干谒,案有琴诗。

集汉隶四
　　樊敏碑

不离世而立;
乃与天为徒。

故人痛饮长松下;
同志清谭密室中。

有遗行于乡里;
有令德在子孙。

所学不为外人道;
其居乃号君子乡。

故旧清谭招一再；
门庭春色又重三。

常以经义授乡里；
不将文字角辞华。

古书旧校汉天禄；
盛世今参晋永和。

汉世所重在经义；
晋人常好为清谭。

所喜清谭有周党；
好将大节并严光。

春华不若秋华好；
今月常同古月明。

秋天炳然月长满；
春风起兮华怒生。

欲招故人与同饮；
乃鉏明月而种华。

旧有辞华分八米；
今留光曜在三台。

古人所重在大节；
君子于学无常师。

不辞华下一再饮；
为喜春光九十长。

痛饮春风能一石；
戏招明月作三人。

种松有就期百岁；
立石不铭刊六经。

居常无喜怒之色；
立志以圣仁为归。

立节能轻古韩魏；
当仁不后今微萁。①

奉华作神有春色；
为石立史无秽辞。

不以荣华曜乡里；
常将道德养祥和。

能以经术治吏事；
宜将秋实作春华。

---

① 此处"微萁"，当指殷代"三仁"之微子、箕子，"萁"通"箕"。

令德宜为汉三老；
雄风不慕齐一匡。

属当中外清和世；
请作君臣喜起歌。

直道而行能正俗；
学人所重在穷经。

能以经义正民俗；
不辞冠冕为君恩。

旧事微参柱下史；
雄谭大发枕中书。

此中宜作文字饮；
有人能为华月歌。

体道辞荣汉三老；
执经请事鲁诸生。

松下风为鲁和圣；
囊中书有晋阳秋。

诸史以迁为之祖；
六史有铉而后明。

行见乡闾三物备；
不徒文字一朝长。

盛世喜当汉文景；
老人复见鲁灵光。

喜见故人宜痛饮；
戏为明月发清歌。

古以青史氏为重；
君乃金华殿中人。

能以清谭学东晋；
非徒风景近西泠。

能于遗经见大义；
宜为潜德发光华。

十载濯冠钦俭节；
三军断布佐雄谭。

饮人戏招毕吏部；
秋色清同韩魏公。

明月不能无秋思；
故人所在有春风。

请歌王在灵台作；
非复巴人下里辞。

风度清华晋人物；
文辞严重汉都京。

吏治当师宓子贱；
清谭宜招刘景升。

十载辞荣长枕石；
一朝慕义起弹冠。

书体浑雄或参米；
史臣纪载欲师迁。

石建门风在忠孝；
王褒文体总清华。

欲与故人同倡和；
不从后起角辞华。

囊中旧有《归潜志》；
松下常谭《种树书》。

士喜然明重东里；
经将老子续南华。

辞华旧有三都作；
道体今从一贯参。

长松卓立古之直；
好风微起圣而清。

秋阳光曜近有若；
长松风起作之而。

勒石铭金百世物；
清风明月六朝人。

所喜好不离文字外；
有行义足为乡里师。

一书再书，华外无史；
十里五里，松下有人。

门有古松，庭无乱石；
秋宜明月，春则和风。

天之生民，有物有则；
学无常师，乃一乃精。

吏号神君，民歌众母；
国有桢幹，士赖楷模。

集义所生，无助之长；
好学而敏，乃穷其微。

学无常师，卓然有立；
古之君子，和而不同。

和而不同，周而不党；
今人与居，古人与稽。

行于乡里，为古长者；
附以韩魏，若旧有之。

华下今月，松下古月；
春宜和风，秋宜清风。

仁者为人，学者为己；
义在所重，物在所轻。

九经三史，轨物咸备；
五光十色，文字之华。

同人于门，冠冕所集；
君子表微，文字之祥。

十年种树，君子有后；
一朝复礼，天下归仁。

常将令德表此风俗；
不以外物扰其天和。

三世长者，宜备百禄；
十部从事，不若一书。

清风和风，咸助长养；
春色秋色，并有光华。

室除书史，从无外物；
臣于金石，寔有微长。

仁义足荣，轻汉三杰；
道德为重，耻齐一匡。

皇路方清，俊士并起；
圣经咸在，大义以明。

养之若苗，不助而长；
书此于石，以喜其遭。

秋寔春华，学人所种；
礼门义路，君子之居。

仁义是重，乃轻晋楚；
道德无损，能益松侨。

礼以履之，义路是蹈；
仁者人也，天君乃和。

履蹈中和，身为律度；
安行仁义，福垂子孙。

文以载道，史以载事；
义者为己，仁者为人。

居以志养，仕以禄养；
德为人师，学为经师。

请以种树十年为则；
不徒文士一朝之长。

请刊石经而备三体；
乃为楚辞以续九歌。

为学则益，为道则损；
与今人居，与古人稽。

以岁之和，史书大有；
其人能养，天授长生。

不遇九方，遂无神物；
周历五岳，非复常人。

有物有则，乃天所与；
或清或和，以圣为归。

汉太史公，恩礼为盛；
鲁灵光殿，中外咸钦。

九曰五福，天之所与；
一月三迁，士以为荣。

史氏所长，三者咸备；
大学之道，一是为归。

周有八士，伯达居长；
汉之三杰，留侯为贤。

集稷下士，作柱下史；
无囊中物，有枕中书。

八士生周，三杰佐汉；
六经在鲁，一匡霸齐。

节制三军，行其秋令；
招集百物，入此春台。

天有文昌，乃见光耀（曜）；
国之重臣，是为干桢。

清风清圣，和风和圣；
今月今人，古月古人。

同轨同文，遭际盛世；
有物有则，模楷古人。

从汉杨雄而学奇字；
招晋毕卓以为饮人。

国侨有辞，与之方鼎；
晏子节俭，见于濯冠。

风月满庭，春色无赖；
穷达一节，秋士有思。

鲁灵光殿，下倡景福；
楚巴人辞，上和阳春。

体验入微，不物于物；
造就者大，化工无工。

见义则为，鉏其德色；
当仁不辟，养此心苗。

德威并树，吏治乃建；
文行咸重，士风大和。

道德一经，首重在俭；
损益诸义，无大于谦。

和气生祥，所养者大；
浑元无外，与物为春。

六一居士，喜集金石；
九十春光，宜养祥和。

清节为秋，是有潜德；
和神富春，故能大年。

秋阳光曜，近于有若；
清风微起，古之伯夷。

集唐隶
  纪太山铭

惟孝蒸蒸义；
其仁浩浩天。

圣人大宝曰位；
天子万岁无疆。

为道则日损；
有大而能谦。

乐其乐，利其利；
道非道，名非名。

其称名也小；
能顺天者昌。

居在仁，由在义；
今与居，古与稽。

九五福居首；
七十载从心。

居何在，仁是也；
信以成，君子哉。

在山为宰相；
于易乃祖师。

仁者安，知者利；
视其以，观其由。

其书浑浑尔；
乃心休休焉。

能文章，有道德；
是官府，亦神仙。

前古后今有如是；
天高地厚无已时。

事在始终中毕举；
儒由天地人咸通。

高文典重张平子；
旧迹存留王献之。

山中人惟知自乐；
天下事不在多言。

实始居山斯为祖；
或能植物莫非师。

海上生明随处见；
山中积雨绝人来。

以石为山焉用大；
不风而月也能凉。

大山小山若伯仲；
新植旧植称祖孙。

不烦扰斯称道力；
无起灭乃见禅心。

江上自来山万叠；
尊前惟有月三人。

大文自刻会昌集；
小序如见永和人。

亦有小山起平地；
将随明月至前川。

多福集于大度者；
成功率在小心人。

合道德文章而化；
如金玉锡石之储。

岩处先储镇山宝；
川行小制顺风旗。

金石刻铭用皇象；
文章典雅有相如。

社事惟行一献礼；
山居亦有九锡文。

文士成章时涉戏；
山人行礼不为苛。

厚地高天乐其乐；
凉风明月仙乎仙。

立旗而观风顺不；
举网有得月随之。

小举金尊对明月；
高张石刻闻古香。

如是我闻尽风月；
多与人同惟艺文。

风化一编今乐府；
表章六艺古师儒。

已成灵运山居作；
不献相如封禅书。

众山自是群玉积；
明月岂非七宝成。

立石自成小五岳；
陈图而观大九州。

自有仙人非尽诞；
由来名士亦通禅。

天上亦闻有官府；
山中或已是神仙。

天子万岁万万岁；
圣德日新日日新。

汉史公书大著作；
唐山人集小词章。

顺道尚烦风一至；
归山惟与月同行。

顺时自有金风至；
构室惟求明月多。

多言自守金人诫；
稽典时开玉海编。

四时允叶玉衡政；
百岁不闻金鼓声。

观五岳而知众山小；
凡百川咸于大海归。

厥修乃来，惟日不继；
与人同乐，其益无方。

文岂无神，乃帝之命；
山亦有史，是臣自修。

山居乐事，三马有庆；
文章大观，万象咸新。

圣于伯子，亦美其简；
人如获也，始谓之和。

德者本也，利者末也；
礼以行之，信以成之。

著则能明，明则能动；
正而后修，修而后齐。

礼大斯简，乐大斯易；
父在为子，君在为臣。

视山人居若神仙宅；
开文章府亦大将坛。

图难于易，为大于小；
视有若无，居实若虚。

正修齐平，是谓知本；
诚著明动，乃能化邦。

天生仙物，三千岁孰；
地溥美利，九十月成。

无岁不孰，万宝之府；
得月而明，群玉其山。

山有锡贡，惟献植物；
天张玉戏，以乐高人。

以苍史凡将求古意；
用金人懿诚悬躬修。

今日云云，莫大风月；
我心在在，有小山川。

天锡六符，地贡万宝；
易张十翼，书陈七观。

臣于三德六行咸备；
书非先秦前汉不观。

请观玉衡以齐其政；
乃刻石鼓而纪兹文。

风至山中，无不和畅；
月生海上，自极高明。

古有文章与我为戏；
天将风月助人之欢。

秦刻岩石以视后代；
汉啟宅壁而求古文。

文以先秦前汉为则；
居有三山五岳之图。

有物在尊，是为天禄；
刻文于石，莫将人磨。

稽文考献，新编山史；
扬风摧雅，大啟词场。

顺时而行，归于安宅；
修德有报，福在后人。

礼乐有成，乃称明备；
功名不处，自极崇高。

儒者有文，斯称风雅；
山人无事，是谓神仙。

天孙锡灵，精思乃啟；
文昌垂象，休运斯开。

叙事以先秦前汉为则；
考文本方言广雅而来。

为政不烦，在明牧宰；
与人同乐，是小唐虞。

通人无方，不为玉、不为石；
修士有则，亦如锡、亦如金。

天生是人，以翼圣世；
帝立作相，用缵戎功。

文物天开，已尽东南之美矣；
典章圣作，尚于庚子而陈之。

修武撰文，允矣圣相；
报功崇德，美哉昌时。

集经石峪《金刚经》字

（泰山经石峪所刻《金刚经》已不全，兹姑就所有者集之，所无之字，则取之《金刚经》云。）

金轮持世；
宝典应时。

即心是佛；
知我其天。

但用我法；
何畏人言。

金经度世；
白眼观人。

不处下流；
自然上达。

老树若卧；
微波如罗。

从小知大；
受重若轻。

不解事汉；
真读书人。

著作空后世；
礼乐法前王。

福寿男则百；
德功言为三。

读书能见道；
入世不求名。

日长金尊小；
身老布衣高。

功名子弟事；
天地圣贤心。

罗衣称身著；
华担在肩轻。

尘根耨即去；
清福种方生。

但愿生平世；
何须著罪言。

照闇孤灯小；
乘流一筏轻。

多言即少味；
无欲斯有为。

种成皆宝树；
道合即金兰。

白眼观尘世；
金经养道心。

不养生而寿；
处尘世亦仙。

清时最有味；
白日长无为。

读书必提要；
处事在通经。

能受诸福五；
是称达尊三。

未成灯下句；
来数园中华。

山深围作国；
树老化为人。

高人天所命；
深义佛无言。

受经有高足；
应事要平心。

有时而独往；
无日不狂歌。

有子万事足；
无佛一身尊。

所行是我法；
其发即婆心。

老树甚可怖；
空山疑有仙。

坐观西山色；
卧读南华经。

众香国中住；
大罗天上人。

有华皆解语；
无树不生香。

此语深有味；
我心净不波。

书得灯边味；
人闻华下香。

深思供佛句；
微闇读书灯。

佛仙亦凡种；
福寿在名山。

为善无不报；
无欲而后刚。

树上长生果；
天边及第华。

欲无尔我见；
须有老庄书。

荷高能得露；
兰小已生香。

身心万缘净；
意味一灯孤。

不凡即是佛；
有果莫非因。

是非听人世；
礼乐付经生。

畏闻人世事；
高卧故山中。

老树立如塔；
清流绕作城。

高以下为体；
轻乃重之恨。

来从华严法界；
去观天下名山。

有恒可以入圣；
无欲然后得刚。

多言人莫轻信；
得意事不妄为。

那能皆如人意；
要不大异我心。

入乐国，住乐土；
见异人，读异书。

欲于经义有得；
若云世事无求。

山中作相尊之至；
坐间供佛寿无量。

书有未观皆可读；
事经已过不须提。

尊前时复中清圣；
灯下还能读汉书。

合眼如见诸仙佛；
入园即是小山河。

槃中仙果最得味；
坐上脩兰别有香。

不解俗缘千种事；
皆因身住万山中。

世上声名天付取；
山中事业我平章。

人世亦能随俗住；
我行最喜入山深。

乐善不言因果事；
养心有取老庄书。

解经切莫金根诳；
养性还须白堕来。

从来大白何能辱；
果是真金定有刚。

及时上寿一大白；
随处著华千碎金。

山中坐等小兰若；
天下人尊大布衣。

凡眼何能别兰种；
仙心方得受荷香。

能以仙心脩佛性；
即教肉食亦清流。

时歌白也微之句；
亦读庄生老子书。

脩仙即是成佛法；
入城不异在山时。

养性尊前须白堕；
戒言坐右有金人。

欲解昔贤何所乐；
但观今我此时心。

万事随缘皆有味；
一生知我不多人。

老树分行如立界；
深山围住即成城。

心上有天即见佛；
山中无庙亦来仙。

清波亦可辱以足；
小树已能高及肩。

我法去来皆不著；
人间聚散莫非缘。

昔往今来有如此；
天清地旷无已时。

老树成行不见日；
清流小触即生波。

人奉高名非所取；
天生清福不须脩。

不解养生偏得寿；
颇思离世乃成名。

功已告成还处女；
身能长寿又多男。

道大随人各有得；
心平于世一无求。

心至虚时能受益；
目当闇处乃生明。

但求之我有实在；
不得于心无妄言。

少日读书得上第；
老来高卧称达尊。

良句未成三益至；
清尊欲尽五经来。

老去初无阿世意；
出来还是在山心。

经在汉初无解释；
字从斯后有真行。

千金白日虚言值；
一老空山坐读书。

大名在千佛经上见；
此身于众香国中来。

人能读书，即为有福；
我欲去谤，莫如无言。

人诵高名，如在天上；
身无尘事，不入城中。

园乃甚小，山亦不深，颇得真意；
食尚有肉，衣则以布，自称老人。

深山无日无时，去来今不记；
老树有华有实，色香味皆清。

山中清节，严于金布；
天下散汉，尊在白衣。

善合众长，取狐之白；
大有所利，于肉得金。

与其轻人，不如重我；
但求无过，非必有功。

独往独来，义之与比；
众闻众见，德则不孤。

一念不起，彼我悉化；
空山无人，仙佛皆来。

有子弟可教一乐也；
舍逆亿不用其贤乎。

尊中有味，不为贤即为圣；
灯下无事，非读老亦读庄。

校注后记

作为晚清楹联大家，俞樾的《春在堂楹联录存》，拥有很高的知名度，读者众多，影响甚大。不过，晚近以来，该书单行本似乎不算多见（《全集》本除外），校注本甚或阙如？缘此，也才有了这个简体横排并尝试简注的版本。

本次整理，首先是自然点校。其实，此书流播甚广，加之楹联本身特点，句读基本不是多大问题（所见不同之处，不过是断得较为细碎或是相反）。各联小引以及个别的跋语、原注惯常标点之外，鉴于楹联上下整齐的特点，联语基本上不加标号，如书名、篇名均未加书名号（集联部分偶见上下联均可加者，亦有一二处加了的）；上下联末，也遵循习惯均以分号、句号结束。

文字方面，原刻偶见漫漶、变形，以及俗体字，一时难以确认，甚或偶尔误植的，此次尽可能均予校正（模棱者径予改正，明显误植者以〔〕注出正字）。原本极个别的墨丁或空缺，也参稽其他文献予以补出（其中两处参考凤凰社《全集》版《楹联录存》补出）。

原刻古体、异体字，一般均予保留；包括集联部分，亦尽量保留碑版原字（主要是古体字）。比较来说，各联原有小引及新加注释部分，字体更多予以规范；联语本身除繁简转换外，古体、异体则一律保留。小引部分保留的古体、异体字，随文加以括注；联语中的，则在注释中予以说明。

点校之外，尝试所作注解，主要指向联语本身，较少涉及联前小引；当然，为联语理解所需，偶尔也有涉及的。缘此，标题、小引已见之官名、科名等，只有到联语中出现时才出注；人物生平等，也只到便于理解联语时才适当注出。有关联语的运思结撰，也时有适当解读，故而谓之"简绎"；缘此，也便忽略了一些具体文字的注解。此外，集联部分此次未加注释，只能待以来日了。

此次校注，诸家文本之外，也参考了一些有关的直接或间接的介绍、研讨性文字，还就一些问题请教了学兄李子广先生，在此致以衷心感谢。

尽管人有"唐诗宋词元曲明小说清对联"之说，但说到底，楹联也是一种特殊的文体（髦得合时的说法该叫"文类"）。这种特殊性（内容的、体式的），也决定了楹联注解的难度。加以本人学识谫陋等种种不足，此次校注定多疏失乃至错谬，敬请读者方家不吝是正。

校注者
癸卯年仲夏